L'ART de SÉDUIRE

L'ART DE SÉDUIRE
Traduit de l'anglais par Jennifer Spinninger
Photographe : Julius Böcklin
Conception de la couverture : Sommer Stein, Perfect Pear Creative

L'ART  de SÉDUIRE

PENELOPE WARD
VI KEELAND

HAPITRE 1

Billie

— *Mince.*

Mon fichu téléphone venait encore de s'éteindre.

Je jetai un coup d'œil dans la cuisine de Kaiden à la recherche d'un chargeur. En général, il en gardait un sur le comptoir, mais ce n'était pas le cas aujourd'hui. Alors je me dirigeai vers la salle de bain où il prenait sa douche, afin de lui demander où l'objet se trouvait. En chemin, j'aperçus son portable en train de charger sur la table de nuit. La batterie était pleine, alors je le débranchai et le remplaçai par le mien. Puis son téléphone se mit à vibrer, et une notification Tinder apparut.

Mon cœur se serra.

Pourquoi est-ce que Kaiden recevrait une notification de la part de Tinder ? D'accord, c'était là que nous nous étions rencontrés quelques mois plus tôt, et j'avais également l'application sur mon portable, mais j'avais arrêté de recevoir des notifications dès que j'avais désactivé temporairement mon compte. Nous étions censés avoir une relation exclusive.

Peut-être qu'une fille avec qui il discutait avant notre rencontre voulait prendre de ses nouvelles. J'avais envie de tout ignorer pour lui laisser le bénéfice du doute, mais mon passé amoureux m'en empêchait. Je m'étais déjà brûlée auparavant... *sérieusement*. Alors, au lieu de me comporter en petite amie confiante, je tendis l'oreille pour m'assurer que la douche coulait toujours, puis je tapai son code : 6969. J'avais ri en le voyant taper ces chiffres un jour. Mais peut-être que j'aurais dû voir ça comme un signal d'alarme représentatif de la maturité relationnelle de cet homme.

Il avait un nombre impressionnant de messages dans l'application, alors j'ouvris celui qu'il venait de recevoir.

Katrina : Moi aussi, j'ai hâte de te rencontrer.

Trois émojis explicites suivaient la phrase : une bouche qui envoyait un baiser, un cœur et un verre à cocktail. En remontant la conversation, je compris qu'ils discutaient depuis un moment, et le dernier message avait été envoyé par Kaiden seulement une heure plus tôt. Mon cœur se mit à battre plus fort. J'avais envie d'aller sous la douche pour noyer cet enfoiré. Mais au lieu de ça, je continuai à fouiller. Je commençai à me sentir mal en parcourant le flot incessant de conversations qu'il avait eues. Rien que cette semaine, cet abruti avait parlé à douze femmes. Une seule aurait déjà été terrible, mais *douze*? Puis je remarquai sa photo de profil. Elle me semblait familière. Je zoomai pour l'inspecter de plus près, et je compris pourquoi. C'était moi qui l'avais prise ! Cet enfoiré l'avait recadrée pour me faire disparaître.

Mon visage était tellement chaud que j'avais l'impression que de la fumée allait s'échapper de mes oreilles. Et aujourd'hui, par-dessus tout. C'était l'anniversaire de Kaiden, alors j'avais fermé mon salon plus tôt et j'étais retournée rapidement chez moi pour préparer des cupcakes, avant de venir ici.

Pour commencer, *je ne cuisinais pas*. Et surtout, je ne fermais *jamais* mon salon plus tôt.

J'avais aussi passé *deux semaines* à travailler sur son cadeau, un dessin pour un tatouage personnalisé avec lequel il voulait que je le surprenne. Savait-il à quel point c'était stressant d'inventer quelque chose pour une personne qui ne vous donnait *aucune idée* de ce qu'elle désirait, et qui ne voulait rien voir *avant* que ce projet soit tatoué de façon permanente sur sa peau ?

Grrr. J'avais envie de hurler.

Toutefois, je ne le fis pas. Au lieu de ça, je pris une grande inspiration, fermai les yeux, et comptai lentement jusqu'à dix. Après ça, je ne me sentis pas mieux. J'avais toujours très envie d'arracher la tête de Kaiden. Cependant, à ce moment-là, je me rendis compte qu'une chose en particulier pourrait encore plus me remonter le moral que crier. C'était la *vengeance*.

Alors j'élaborai un plan. Tout d'abord, j'envoyai un message à la dernière femme avec qui il avait discuté. Ensuite, je le copiai et l'envoyai aux onze autres femmes naïves avec qui il parlait activement. Après avoir terminé, je rebranchai son téléphone au chargeur. Cependant, que se passerait-il si les femmes répondaient à mes messages ? Une notification s'afficherait forcément et lui ferait comprendre ce qui se préparait.

Je ne pouvais pas laisser cette éventualité se produire, alors il fallait que j'ajuste légèrement mon plan. Je récupérai son portable, levai mon bras, puis écrasai l'objet contre le coin de sa table de nuit. Après ça, le téléphone ne s'alluma plus, et je devais admettre que l'énorme fissure sur son écran me fit me sentir infiniment mieux.

Lorsque Kaiden sortit de la salle de bain seulement deux minutes plus tard, mon cœur battait encore la chamade. Pourtant, je savais ce qu'il me restait à faire pour m'en tirer. Je fis la moue, cachai le portable derrière mon dos, et lui offris mon meilleur regard de chien battu.

— Chéri, je suis vraiment désolée. J'ai cassé quelque chose par accident. Je me sens mal.

Il avait enroulé une serviette blanche autour de sa taille et en utilisait une seconde pour ses cheveux.

— Ce n'est pas grave. Qu'est-ce que tu as cassé ?

— Ton téléphone, révélai-je en le lui tendant.

Son visage s'assombrit.

— Oh, punaise. Comment tu as fait ça ? On dirait qu'il a été frappé contre un rocher.

Pas tout à fait, mais presque...

— Je suis tellement maladroite. Je l'ai entendu sonner depuis l'autre pièce, alors j'ai couru pour le prendre et te l'apporter. Je ne voulais pas que tu manques un appel puisque c'était sûrement pour te souhaiter un joyeux anniversaire. Mais en me rendant à la salle de bain, j'ai trébuché et je suis tombée contre le pied du lit. C'est le téléphone qui en a fait les frais. Je suis désolée. Je ferai remplacer ton écran dès qu'on aura terminé au salon, tout à l'heure.

Ou quand les poules auront des dents...

— J'ai la garantie AppleCare, alors ne t'en fais pas.

Oh, je ne m'en faisais pas du tout...

Une heure plus tard, nous arrivâmes à mon salon de tatouage. J'avais bloqué tous les créneaux de rendez-vous de la soirée pour pouvoir travailler sur le cadeau d'anniversaire de Kaiden sans être distraite. Malheureusement, le dessin que j'avais réalisé – une pin-up sexy que j'étais sûre qu'il allait adorer – aurait pu être ma plus belle œuvre. En temps normal, le vendredi soir au Billie's Ink était plutôt animé, puisque je restais travailler avec au moins un autre artiste jusqu'à plus de minuit. Toutefois, puisque j'avais libéré tout le monde pour la soirée, il n'y avait que Justine, ma réceptionniste, au bureau lorsque nous entrâmes.

— Salut ! lança-t-elle en souriant. Joyeux anniversaire, Kaiden.

— Merci.

— Alors, est-ce que Billie t'a laissé jeter un coup d'œil à ton œuvre ?

Kaiden secoua la tête.

— Non, je veux que ce soit une surprise.

— C'est tellement romantique de laisser ta petite amie te tatouer à l'aveugle.

Sa remarque me fit ricaner, et je dus couvrir mon rire en faisant semblant de tousser. Ça pouvait effectivement être romantique, ou dans ce cas précis, *sacrément stupide*.

Du pareil au même.

Je me raclai la gorge.

— Justine, je sais que je t'ai dit que tu pourrais partir à dix-huit heures ce soir, mais est-ce que tu penses que tu pourrais rester un petit peu plus longtemps ? J'ai… préparé une petite surprise, déclarai-je en souriant à Kaiden. En réalité, plusieurs surprises.

Ce crétin rayonna.

— Bien sûr, accepta Justine. Aucun souci. Je peux rester aussi longtemps que nécessaire.

— Merci. Laisse-moi juste installer l'homme du jour, et je reviens tout t'expliquer.

Je conduisis Kaiden à l'arrière et lui conseillai de se mettre à l'aise dans mon fauteuil. Ensuite, je mis de la musique – un peu plus fort que d'habitude – pour qu'il ne puisse pas entendre ce qui allait se passer à la réception, et je lui offris un sourire mielleux en l'informant que je serais de retour dans quelques minutes pour commencer.

Je me précipitai à l'avant du salon.

— Bon… j'espère que tu es d'humeur pour quelques rebondissements, annonçai-je à Justine en mordillant ma lèvre.

Elle arbora un grand sourire.

— Tu sais que je suis toujours partante pour ça. Qu'est-ce que tu as préparé ?

À voix basse, je lui donnai tous les détails concernant ce que j'avais découvert dans le téléphone de Kaiden. Elle était sidérée avant même que j'arrive à la partie la plus problématique.

— Et je les ai toutes invitées à boire un verre ce soir.

— Qui ça ? demanda-t-elle en fronçant les sourcils.

— Les filles à qui il parlait sur Tinder.

— Toutes ?

— Les douze, oui. J'ignore combien viendront, mais je leur ai dit de me retrouver ici. Enfin, pas moi, étant donné que je faisais semblant d'être Kaiden, mais tu vois ce que je veux dire.

Justine écarquilla les yeux.

— Douze femmes de Tinder vont venir rejoindre Kaiden ici ?

Je confirmai d'un hochement de tête.

— Je leur ai dit qu'il allait se faire tatouer demain pour son anniversaire et qu'il voulait leur aide pour choisir le dessin, avant d'aller au bar en bas de la rue.

Elle se couvrit la bouche.

— Oh, mon Dieu. Qu'est-ce que tu vas faire quand elles vont arriver ?

— Il me reste quelques heures, alors j'espère pouvoir finir son tatouage pour qu'il puisse le découvrir ici en même temps que les filles.

— Le tatouage que tu as dessiné est magnifique. Il est bien trop beau pour un menteur infidèle, répliqua Justine en fronçant les sourcils.

Je souris.

— Oh, je voulais aussi te parler de ça… Il y a un petit changement de plan pour le tatouage d'anniversaire. En fait, j'ai besoin que tu me prépares un stencil, si tu peux.

— Bien sûr, accepta-t-elle, les yeux brillants.

Je sortis mon téléphone et tapai ce qui m'intéressait dans la barre de recherche, avant de le tourner vers Justine.

— J'aimerais un stencil de cette image, s'il te plaît.

Elle prit un air surpris, avant d'écarquiller les yeux.

— Tu vas tatouer le *logo Tinder* sur Kaiden ?

— Il a dit que je pouvais lui tatouer ce que je voulais… lui rappelai-je en souriant.

Ma collègue éclata de rire.

— Tu es *dingue*. J'adore ça ! Est-ce que je peux tout filmer, s'il te plaît ? Ce truc va faire le buzz.

— Absolument. Je considère que poster ça sur les réseaux sociaux serait de l'ordre de l'intérêt général. Peut-être que certains hommes y réfléchiront à deux fois avant de tromper leur copine.

— Qu'est-ce que je dis aux filles quand elles arrivent ?

— Ça va être un peu délicat. Il faut les empêcher de discuter. Et si tu leur donnais un livre de tatouages chacune ? Dis-leur que Kaiden a appelé pour dire qu'il serait un peu en retard, et qu'elles devraient jeter un coup d'œil pour voir si elles trouvent quelque chose qu'elles aiment. On doit bien avoir une douzaine de portfolios entre les miens et ceux de Deek. Mais il faudra que tu parles doucement étant donné que l'accueil n'est pas très loin de la salle d'attente.

— Je me débrouillerai.

Elle secoua la tête et souffla longuement.

— Ça va être épique, ajouta-t-elle.

— Oh, ça, c'est sûr, ça va être quelque chose, confirmai-je en hochant la tête.

Kaiden s'était *endormi*.

C'était risible, vraiment. Les gens comataient parfois dans le fauteuil, mais c'étaient en général des femmes trop stressées à l'idée de faire leur premier tatouage, qui prenaient un Xanax avant de venir au salon. Je n'aurais jamais pensé que cet imbécile ferait une sieste. Même si je lui en étais reconnaissante.

Quand j'avais commencé à appuyer sur la pédale, il avait posé sa main libre sur ma cuisse. J'étais parvenue à la retirer en lui disant qu'il fallait qu'il garde sa position initiale, mais je craignais que la prochaine fois, sa main se pose sur mes fesses et que je finisse par lui coller mon poing dans la figure. Le fait qu'il n'observe pas mes moindres faits et gestes me facilitait nettement la tâche. Je n'avais pas à m'inquiéter de le voir jeter un coup d'œil dans le miroir à ce que j'étais en train de faire, et je pus même lui mettre un bandage avant qu'il commence à remuer.

Ces vingt dernières minutes, Justine m'avait envoyé des messages depuis l'accueil pour me tenir au courant de ce qui se passait. Apparemment, *huit* femmes étaient arrivées et étaient actuellement assises de l'autre côté de la porte de mon studio, en train d'attendre de pouvoir rencontrer leur charmant rencard Tinder. J'aurais pu jurer ressentir le courant électrique qui parcourait mon corps. Je dus prendre quelques grandes inspirations avant de réveiller le prince charmant.

— Hé, marmotte, c'est l'heure de se réveiller, annonçai-je en affichant mon plus beau sourire forcé, tout en remuant son épaule.

Il ouvrit les yeux. Pendant quelques secondes, il sembla perdu, puis il leva la tête et observa son bras.

— Mince. Je me suis endormi ?

— En effet.

— J'ai dormi combien de temps ?

— Oh... quelques heures.

Il passa une main dans ses cheveux.

— Tu as déjà terminé ?

— Oui. J'ai hâte que tu voies le résultat.

— Tu n'aurais pas dû mettre un bandage, ajouta-t-il en se redressant sur le fauteuil.

— Je veux garder la surprise un peu plus longtemps. Justine est encore là, alors je lui ai demandé de filmer la révélation.

Je veux pouvoir regarder encore et encore ton air ébahi.

— D'accord, merci, chérie.

— Avec grand plaisir, *crois-moi.*

Mon cœur se mit à palpiter lorsque je me dirigeai vers la réception. Kaiden me suivit. Dès que j'ouvris la porte, Justine bondit de son siège et bloqua mon chemin.

— Il y a un client. Un *vrai* client, souffla-t-elle. J'essayais de me débarrasser de lui.

Je regardai par-dessus son épaule. Effectivement, un homme se tenait au bureau d'accueil. Il était vêtu d'un costume, et le nœud de sa cravate était desserré. Il ressemblait à un flic mignon. *Mon Dieu, s'il vous plaît, faites que ce ne soit pas un policier.* Un peu plus loin, la plupart des chaises étaient occupées par des femmes qui regardaient toutes dans notre direction. L'une d'entre elles sourit et se leva. Il était impossible que je puisse retarder l'explosion qui était sur le point de se produire, alors ce pauvre homme allait obtenir bien plus que ce qu'il était venu chercher.

Kaiden étudia le type qui attendait au comptoir et les femmes qui patientaient.

— Je croyais que tu étais fermée ce soir, chérie.

— J'ai, euh, j'ai invité quelques amis pour la grande révélation.

Je pris sa main, une dernière grande inspiration, puis je le fis avancer au niveau de la réception. Une fois au centre de la pièce, avec tous les yeux rivés sur moi, mes jambes se mirent à trembler. Kaiden examina toutes les femmes présentes, et son regard s'attarda sur une blonde en particulier, alors qu'il semblait essayer de se rappeler où il avait vu ce visage. Cette situation allait imploser si je ne déclenchais pas la bombe moi-même.

Alors je me raclai la gorge.

— Mesdemoiselles, voici mon petit ami, Kaiden. Il fête son anniversaire aujourd'hui, alors je voulais organiser quelque chose de spécial pour lui. Puisque notre relation est si belle et si pleine de *confiance*, il m'a laissée choisir le tatouage qui ornera son corps éternellement. Il ne l'a pas encore vu, mais je pense que vous serez toutes d'accord pour dire que je n'aurais rien pu trouver de plus approprié pour lui.

Mes mains tremblèrent lorsque je déroulai le bandage sur le biceps de Kaiden. Une fois retiré, plus aucun retour en arrière n'était possible. L'énorme symbole qui représentait une flamme rose devait faire quinze centimètres. Il était impossible de ne pas le voir. Tout ce qui se passa ensuite sembla se dérouler au ralenti.

Kaiden posa les yeux dessus et fronça les sourcils d'un air confus.

— Qu'est-ce que c'est que ça ?

L'une des filles de Tinder se couvrit la bouche.

— Oh, mon Dieu. C'est le logo Tinder. Bon sang ! Est-ce que c'est réel ?

Kaiden avança son bras pour mieux voir.

— C'est quoi ce bordel, Billie ?

Je posai aussitôt mes mains sur mes hanches.

— Ce serait plutôt à moi de te poser la question, rétorquai-je en désignant les filles dans la pièce. Est-ce que tu reconnais au moins une de ces femmes ?

Il regarda autour de lui... Le premier visage, puis le second. Quand il arriva à la troisième femme, il écarquilla les yeux et les cligna plusieurs fois. Puis il les passa d'une personne à une autre, alors que tout se mettait en place. Kaiden ferma ses paupières.

— Qu'est-ce que tu as fait, putain ?

— Qu'est-ce que *j'ai* fait ?! hurlai-je. Voyons voir. Je t'ai préparé à manger quand tu devais travailler tard. Je t'ai massé le dos quand tu me disais que tu avais eu une dure journée sur le chantier. Je suis même allée chercher ton frère à l'aéroport quand il est venu te rendre visite. Mais je suppose que le plus important, c'est que je t'ai cru quand tu m'as dit que tu *voulais une relation sérieuse et que tu étais en train de tomber amoureux de moi.*

Kaiden tendit la main vers moi. Je fis deux pas en arrière et levai les miennes en l'air.

— Ne me touche pas.

— Je peux tout t'expliquer.

Bizarrement, ça me mit encore plus en colère. Comme s'il pouvait y avoir une explication à son comportement. Ça me fit péter les plombs.

— Va-t'en ! *Dégage !* m'écriai-je à pleins poumons en pointant la porte du doigt.

Je m'adressais à Kaiden, pourtant l'une des femmes se précipita vers la porte et faillit tomber sur le trottoir.

— Parfait, acquiesçai-je. Bonne idée. Dégagez tous de mon salon ! *Maintenant !*

Si j'avais été dans un bon état d'esprit, j'aurais pu apprécier l'humour de la scène qui était en train de se dérouler. Un homme tatoué d'un mètre quatre-vingt-dix pour cent cinq kilos qui filait vers la porte afin d'échapper à une cinglée d'un mètre cinquante-cinq qui venait de lui tatouer un énorme logo Tinder rose sur le bras. Il était si stressé qu'il manqua de piétiner quelques garces de l'application pour sortir d'ici.

Une fois que tout le monde fut dehors, je fermai la porte, puis mes paupières, et je tentai de me calmer.

Mais ensuite, une voix d'homme me fit rouvrir les yeux.

— Euh… ce n'est peut-être pas le bon moment, déclara le flic mignon.

Mis à part Justine et moi, il ne restait plus que lui dans mon salon.

— En effet, murmura ma collègue. Vous feriez sûrement mieux de revenir un autre jour.

Cependant, j'avais craqué, et le départ de Kaiden n'allait pas suffire à recoller les morceaux. J'avançai jusqu'au comptoir avec un sourire digne d'une folle.

— Non, ne partez pas. Qu'est-ce que vous voulez que je vous tatoue ? demandai-je d'une voix étrangement neutre.

Curieusement, mes yeux ne clignaient plus.

— Euh... je ne sais pas vraiment, répondit-il d'un air un peu nerveux.

Je penchai la tête.

— Ah bon ? Alors laissez-moi vous aider. Où allez-vous chercher les femmes avec qui vous couchez derrière le dos de votre petite amie ? Que diriez-vous du logo Bumble ? proposai-je, avant de lever un doigt en l'air. Ou celui de Plenty of Fish ? Il est plutôt mignon. Un petit poisson coloré ? Ou alors Hinge ? Je peux probablement réaliser un H en quinze, ou peut-être vingt minutes.

Le pauvre type se contenta de me fixer.

— Alors, vous choisissez quoi ? insistai-je en posant mes mains sur mes hanches. Je n'ai pas toute la soirée.

J'aperçus le bout de papier qu'il tenait. On aurait dit qu'il y avait une image dessus. Je le lui arrachai des mains et me mis à rire comme une hystérique.

— Une rose ? *Une fichue rose ?* Vous êtes cliché à ce point ? Vous devez déjà avoir un symbole de l'infini, je me trompe ?

Je jetai le papier en direction de l'homme, qui n'essaya même pas de le rattraper.

— Vous savez quoi ? reprit-il en désignant la porte d'un geste du pouce. Je vais juste partir...

— Parfait ! Vous êtes probablement un connard, vous aussi ! Vous savez comment je le sais ? Parce que vous êtes tous des connards.

Le type sourit tristement à Justine.

— Merci pour votre aide.

Il ouvrit la porte, mais s'arrêta avant de franchir le seuil.

— Je suppose que vous devez être Billie.

Il secoua la tête lorsque je ne répondis pas.

— D'accord. Ravi de vous avoir rencontrée. Au fait, je suis Colby Lennon, votre nouveau propriétaire.

CHAPITRE 2

Holden arriva tôt le lendemain matin pour réparer l'évier qui fuyait dans ma cuisine. J'aurais pu le faire moi-même, mais il savait à quel point les week-ends étaient importants pour moi – les seuls jours entiers où je pouvais passer des moments privilégiés avec ma fille, Saylor. Toutefois, Holden n'était pas seulement un homme à tout faire. Il était désormais l'un des propriétaires de l'immeuble, tout comme moi et deux de nos autres amis proches. En tant que musicien professionnel, il n'avait techniquement pas de travail en journée, alors quand il n'était pas en tournée, il gérait les réparations dans les locaux. Il avait passé son enfance à aider son père qui était entrepreneur, alors il savait presque tout réparer. Il avait occupé de nombreux petits emplois avant de devenir notre bricoleur attitré.

Saylor était assise à table à côté de moi, en train de dessiner, tandis que je buvais mon café du matin en observant Holden s'activer sous l'évier. Il sortit pour reprendre sa respiration, et jeta un coup d'œil à la feuille sur laquelle ma fille était en train de s'amuser.

— Est-ce qu'elle vient de dessiner ce que je pense ? demanda-t-il.

Je tournai les yeux et découvris que ma fille de trois ans avait gribouillé quelque chose qui ressemblait étrangement à un pénis avec des yeux... et des tentacules.

— Qu'est-ce que c'est, Saylor ? l'interrogeai-je.

— C'est toi, papa.

— C'est ressemblant, plaisanta Holden en riant.

Saylor adorait dessiner, et l'art en général. Même à seulement trois ans, c'était évident. Cet amour pour l'art était l'une des raisons pour lesquelles je voulais la surprendre avec un tatouage en son honneur. Ce plan avait incontestablement échoué. *Ce qui me faisait penser...*

— Hé, qu'est-ce que tu sais au sujet de la fille qui loue le salon de tatouage en bas ? Billie ? demandai-je à Holden en me tournant vers lui.

— Tu ne l'as pas rencontrée ?

Je secouai la tête.

— Oh que si.

— Qu'est-ce qui s'est passé ?

Je lui racontai la version courte de ce dont j'avais été témoin au salon hier soir, ou du moins, ce que j'avais pu comprendre vu le cirque qui s'était passé autour de moi avant que je parte.

— Mince. Je ne peux pas lui en vouloir de s'être énervée sur ce type. C'est une idée plutôt ingénieuse.

— Je dois admettre que tu as raison, même si j'ai été pris entre deux feux, avouai-je en riant.

— Mais je peux t'assurer qu'elle est super sympa, ajouta-t-il en pointant une clé à molette dans ma direction. Tu l'as croisée au mauvais moment.

— Oui, eh bien, elle aurait dû traiter un client avec respect, même si elle passait une mauvaise journée.

— Elle a réagi comment quand tu lui as dit que tu étais le propriétaire de l'immeuble ?

— Elle a eu l'air choquée, mais pas assez pour s'excuser. Bref, je suis parti avant qu'elle puisse ajouter quoi que ce soit.

— Je veux aller à l'atelier de maman ! intervint Saylor.

« L'atelier de maman » était un atelier mère-enfant auquel nous assistions une fois par semaine. J'étais le seul homme de ce cours, mais heureusement, elles nous avaient toutes accueillis à bras ouverts malgré le fait qu'il n'y avait aucune *maman* dans notre vie. Saylor était assez grande pour comprendre que c'était bizarre de ne pas avoir de mère, mais pas suffisamment pour faire un blocage dessus. Je savais que ce n'était qu'une question de temps, mais pour l'instant, je lui suffisais. Elle disait « papa est ma maman ». Je redoutais le jour où elle commencerait à me demander pourquoi sa mère ne voulait pas faire partie de sa vie. En attendant, j'étais content qu'elle ne cherche pas à en savoir plus. Elle acceptait mes explications vagues, telles que : « Ta mère ne peut pas être avec nous. Elle doit travailler sur certaines choses dans sa vie qu'on ne peut pas comprendre pour l'instant. »

Je baissai les yeux sur mon téléphone.

— Il nous reste encore un peu de temps avant l'atelier. On doit d'abord te nettoyer. Tu as du glaçage de donut partout sur le visage. Pas étonnant que tu aimes oncle Holden. Il t'apporte toujours des trucs sucrés.

Celui-ci haussa les épaules.

— Je sais qu'elle aime les donuts. Je ne peux pas résister.

— Oui, mais tu n'es pas obligé d'en apporter *chaque fois* que tu viens ici. J'essaie de lui donner des habitudes saines.

— Aussi saines que dans notre enfance? se moqua-t-il. Tu ne te rappelles pas nos visites au magasin du coin pour acheter des bonbons? On a de la chance d'avoir encore des dents.

Saylor arbora un grand sourire pour montrer ses petites dents. Je me préparais déjà au jour où elles allaient commencer à tomber. Je savais que je n'allais pas très bien vivre le fait de la voir grandir.

— Si oncle Holden finit par percer, il achètera un magasin de donuts et il lui donnera ton nom, déclara-t-il en tapotant la tête de ma fille.

Je me levai et déposai ma tasse dans l'évier.

— Il faut qu'on commence à se préparer. Tu restes ici pendant notre absence?

— Oui, il va me falloir un moment pour réparer ça.

— D'accord, ne te tue pas à la tâche. Ce n'est pas grave si tu dois revenir demain. Ce n'est qu'un robinet qui fuit.

— Ça va me rendre dingue si je ne répare pas ce truc. Tu le sais.

— Je suis bien content de ne pas être à ta place, répliquai-je en riant.

Nous avions quinze minutes de retard à notre rencontre hebdomadaire des «mamans de petites filles de Manhattan». La moitié des personnes présentes tournèrent la tête dans notre direction à notre arrivée, mais elles avaient toutes un air amical. Tout le monde me traitait comme les autres mamans, mis à part qu'occasionnellement, les femmes flirtaient avec moi. Même celles qui étaient mariées.

— Salut, Colby! s'écria l'une d'entre elles à l'autre bout de la pièce.

Je souris à Lara Nicholson, une mère célibataire du groupe. Elle était séparée de son mari, et ils partageaient la garde de leur fille, Maddie. Lara avait souvent proposé que nos filles se retrouvent pour jouer ensemble. J'avais surtout l'impression que c'était avec moi qu'elle voulait jouer, vu comme elle était insistante. Toutefois, je n'en avais pas envie. Je n'avais pas eu envie de grand-chose, ces derniers temps. J'allais à des rencards de temps à autre, mais j'étais bien plus sélectif maintenant que j'étais père. Je ne voulais vraiment pas laisser une femme approcher ma fille, à moins que cette personne soit exceptionnelle. Et étant donné que Saylor était arrivée dans ce monde suite à une grossesse non désirée, j'étais parano à l'idée que l'histoire puisse se répéter.

Le thème de l'atelier de cette semaine était « journée salon de beauté », et plusieurs stands avaient été installés pour les filles. Un où elles pouvaient se faire un chignon de princesse, un autre où elles pouvaient se déguiser, et encore un autre où elles pouvaient se mettre du vernis à ongles. C'était une bonne occasion pour que Saylor puisse interagir avec d'autres enfants en dehors de l'école maternelle. Et j'étais ravi de pouvoir lui permettre de faire des rencontres dans un endroit climatisé, étant donné qu'il faisait horriblement chaud en ville ces derniers temps, alors l'aire de jeux craignait un peu.

Une grande partie des mères se faisaient aussi vernir les ongles. Ma fille le remarqua.

— Papa, mets du vernis ! réclama-t-elle.

— Non, chérie. Je ne pense pas que ce soit pour moi.

— Viens par ici, Colby. Je vais m'occuper de toi, m'invita Amanda McNeeley d'une voix suggestive.

Cette dernière faisait partie des mères célibataires.

Ne voyant aucune issue, je m'approchai et m'assis.

— Quelle couleur m'irait bien ? demandai-je à ma fille.

— Du rose !

Je jetai un coup d'œil à Amanda en souriant.

— Autant faire la totale, n'est-ce pas ?

Saylor choisit la couleur fluorescente la plus vive, et Amanda secoua le flacon. Alors qu'elle me vernissait les ongles, je regardai le visage souriant de ma fille. Elle observait attentivement l'avancée des choses. Je ne pouvais vraiment rien lui refuser. C'en était la preuve.

Sur le chemin du retour, j'aperçus une crinière de longs cheveux foncés volant dans la brise d'été et avançant vers nous. C'était Billie, la tatoueuse énervée, qui se dirigeait vers son salon. *Bon sang.* Visiblement, j'avais été tellement distrait par son comportement malheureux de la veille que je n'avais pas vraiment remarqué à quel point elle était canon. Billie était toute menue, et petite malgré les talons vertigineux qu'elle portait. Ses cheveux noirs contrastaient totalement avec son teint de porcelaine. Et elle avait un bras entièrement tatoué.

Ses lèvres s'étirèrent lorsqu'elle me repéra. Même si je me rendis rapidement compte que ce sourire ne m'était pas adressé.

— Mais qui voilà ? demanda-t-elle lorsqu'elle s'arrêta devant nous.

— C'est ma fille, Saylor. Saylor, je te présente Billie, la *gentille* dame qui tient le salon de tatouage.

Billie s'agenouilla.

— En fait, ton père pense que je suis folle, et il a de bonnes raisons, mais je te jure que je suis *vraiment* une gentille dame, affirma-t-elle en ajustant le col de la robe de Saylor. Tu as quel âge ?

— Toi, répondit ma fille en levant trois petits doigts. Mais bientôt *quatre*.

— Trois. Waouh ! Tu es une grande fille.

— Regarde mes ongles, Billie !

— Ils sont très beaux, observa-t-elle en montrant les siens. Moi aussi, j'ai des ongles bleus.

— Et les miens sont roses, ajoutai-je en montrant mes doigts.

Billie écarquilla les yeux.

— En effet, déclara-t-elle en riant. C'est super, Monsieur le Propriétaire.

— Je vous en prie, appelez-moi Colby.

— Colby, répéta-t-elle en hochant la tête.

J'étais presque sûr qu'elle me considérait comme un type coincé après ce qui s'était passé hier soir. Les ongles roses semblaient au moins me faire gagner des points de *coolitude*.

Elle se releva.

— Écoutez... Je voulais m'excuser pour mon impolitesse. Je passais juste une très mauvaise soirée.

— Oui, j'ai cru comprendre.

— Je m'en doutais.

Lorsqu'elle baissa les yeux, les miens se posèrent brièvement sur sa poitrine. C'était difficile de ne pas regarder étant donné qu'elle portait un *corset*, et que deux jolies bosses couleur crème me faisaient coucou. Elle portait ce corset noir sous une chemise à carreaux rouge et noir, dont les manches étaient retroussées.

Ma fille tendit la main pour toucher le bras de Billie et tracer les contours de son tatouage.

— Elle a toujours été fascinée par l'art corporel, expliquai-je, avant de tapoter le dos de Saylor. Est-ce que tu aimerais que papa se fasse tatouer, un jour ?

Elle hocha la tête sans quitter Billie des yeux.

— Je voulais lui faire une surprise, mais vous savez que ce plan est tombé à l'eau, repris-je avec un clin d'œil.

— Heureusement, d'ailleurs, ricana-t-elle. À quoi vous pensiez? Enfin, si elle s'appelait Rose, je vous aurais laissé vous tatouer cette fleur sur votre corps. Sinon, c'est ringard. Je ne tatouerai rien d'ennuyeux ou de banal sur vous.

Billie regarda Saylor.

— Tu veux choisir un tatouage pour ton papa?

— Oui! accepta ma fille en sautillant.

— Vous voulez passer au salon?

— Je ne voudrais pas m'imposer, répondis-je en posant ma main sur l'épaule de Saylor.

— Je n'ai pas de client avant seize heures, précisa-t-elle en croisant mon regard.

Ma fille prit la décision à ma place quand elle saisit la paume de Billie et qu'elles se mirent à avancer ensemble vers le salon. Je profitai de cette opportunité pour admirer la face arrière de ma belle locataire, qui était tout aussi attirante que l'avant. Elle portait un legging noir légèrement brillant, qui laissait peu de place à l'imagination. Pas étonnant que ce salon fonctionne bien. *Bon sang*.

Une cloche sonna lorsqu'elle ouvrit la porte.

— Normalement, les enfants ne sont pas autorisés ici pour des raisons de sécurité, mais tant que je ne suis pas en train de tatouer, tout va bien, expliqua Billie.

Je grattai mon menton.

— Ah... Je n'y avais jamais pensé. Heureusement que je n'ai jamais promis à Saylor qu'elle pourrait me regarder me faire tatouer.

— Oui, la plupart des salons sérieux ont la même règle.

Elle se dirigea vers une étagère, en retira un gros classeur noir avec des pages plastifiées, et le tendit à Saylor.

— Il y a plein de jolis tatouages là-dedans. Jette un coup d'œil et dis-moi ce que tu aimerais pour ton papa. Sinon, je peux dessiner autre chose, précisa-t-elle en souriant.

Ma fille s'assit et posa le classeur sur ses genoux.

— Des papillons ! s'exclama-t-elle en les pointant du doigt, après avoir seulement feuilleté les premières pages.

Ce n'étaient pas simplement des papillons. Ils étaient entremêlés à d'autres choses que je ne pouvais pas formellement identifier. Pas un seul de ces dessins n'était ce que quelqu'un pourrait considérer de *banal*, selon les termes de Billie.

J'enroulai mon bras autour de Saylor, alors qu'elle tournait les pages.

— C'est magnifique, hein ?

Elle hocha la tête et continua à parcourir le classeur avec enthousiasme.

— Tu veux quelque chose à grignoter, Saylor ? proposa la tatoueuse.

Ma fille acquiesça d'un signe de tête sans lever les yeux.

— Tu aimes les Goldfish ?

— Miam ! Des Goldfish ! se réjouit-elle.

— Elle *adore* ces petits biscuits salés. Mais pourquoi est-ce que *vous* en avez ? l'interrogeai-je en plissant les yeux.

Billie haussa les épaules.

— Moi aussi, j'aime ça. Ils sont petits, faciles à manger sans mettre des miettes partout, alors vous pouvez penser ce que vous voulez. Vous savez ce que j'aime également ? Les briques de jus de fruits. Elles sont plus respectueuses de l'environnement que les bouteilles en plastique, affirma-t-elle en souriant. Tu en veux une, Saylor?

— Oui! accepta ma fille.

— Qu'est-ce qu'on dit? ajoutai-je.

— Oui, *s'il te plaît*, rectifia Saylor.

— Waouh, des gâteaux apéritifs et des briques de jus de fruits, Billie. Rappelez-moi de vous apporter des bonbons la prochaine fois que je passerai, la taquinai-je.

Elle rit, puis alla chercher le goûter de ma fille. Une fois encore, mes yeux se rivèrent aux fesses de cette femme sexy, qui étaient fermes et rondes. *Sacrément magnifiques.*

Elle revint avec un petit paquet de Goldfish saveur pizza, et une brique de jus de pomme. Elle ouvrit les deux et les déposa sur une table à côté de Saylor, qui lâcha enfin le classeur pour profiter de son encas.

— C'est très gentil de votre part. Merci.

— Avec plaisir, répondit Billie en s'installant à côté de moi.

— Écoutez... poursuivis-je en baissant la voix. Je suis désolé si j'ai pu paraître menaçant hier soir. Vous balancer que j'étais votre propriétaire de cette façon...

— Je ne l'ai pas pris comme ça. Enfin, vous *êtes* mon propriétaire, alors...

Elle soupira.

— Bref, c'est moi qui devrais être désolée d'avoir refusé d'accueillir un client qui avait attendu patiemment, propriétaire ou non. Ce que vous avez vu hier soir n'est pas du tout représentatif de ma manière de travailler.

J'acquiesçai.

— Ne vous en faites pas. Vous aviez tous les droits d'être en colère, la rassurai-je, avant de marquer une pause. Si je peux me permettre, comment une chose pareille a pu se produire?

— Vous voulez dire, mis à part le fait que ce soit un connard ?

Elle couvrit aussitôt sa bouche et regarda Saylor, qui était indifférente à ce qui se passait.

— Désolée, je n'ai pas réfléchi.

— Ne vous en faites pas. Elle est trop concentrée sur son goûter et votre classeur.

Elle secoua la tête.

— Je n'ai rien vu venir. Ma seule consolation, c'est que je n'ai investi que quelques mois dans cette relation, ce que je considère comme une bénédiction.

Je hochai la tête.

— Je suis ravi de l'entendre, mais ce que je voulais dire, c'est comment vous avez réussi à organiser tout ça ?

— Il a laissé son téléphone et j'ai vu une notification Tinder apparaître. Il n'était pas censé en recevoir, alors j'ai été obligée de mener une enquête. Je connaissais son code, et une fois que j'ai compris ce qu'il manigançait, j'ai décidé d'organiser un rendez-vous commun avec toutes les femmes avec qui il discutait. Et vous connaissez la suite.

— C'était épique.

— Merci, je suis du même avis, m'apprit-elle en souriant fièrement.

— Il faut être forte pour faire quelque chose comme ça quand on souffre.

— Bizarrement, je pense que la souffrance est ce qui m'a donné cette force.

— Je comprends.

Billie m'impressionnait. Non seulement elle était extrêmement talentueuse, mais elle était aussi forte, avec une petite touche de folie. Plus le temps passait, plus j'étais curieux à son sujet. Je la regardai droit dans les yeux l'espace d'un instant, mais elle se leva rapidement pour aller chercher une serviette en papier pour Saylor.

Elle reprit ensuite sa place à côté de moi.

— Vous vivez aussi dans l'immeuble, ou vous êtes juste le nouveau propriétaire ?

— Je vis au-dessus aussi, oui.

— Vous êtes le seul propriétaire, ou…

— Non, l'informai-je en secouant la tête. Vous connaissez Holden, n'est-ce pas ?

— Le musicien/bricoleur ? Oui. Il est sympa.

— Exact. Il est copropriétaire aussi, tout comme deux autres de nos amis.

Elle écarquilla les yeux.

— Waouh. Alors l'immeuble vous appartient à tous les quatre ?

— Oui. Enfin, il appartient à la société qu'on a créée ensemble. L'un d'entre nous, Owen, travaille dans les biens immobiliers commerciaux et a conclu l'affaire. Et il y a aussi Brayden.

— Vous devez vraiment vous faire confiance pour vous lancer là-dedans ensemble.

— C'est le cas. Ce sont les seuls en qui j'ai confiance, d'ailleurs.

— Alors hier soir, vous avez dû rentrer chez vous et parler de la gérante cinglée du salon de tatouage à votre femme, je me trompe ?

Oh. Tout le monde pensait que j'étais marié à cause de Saylor.

— Je n'ai pas de femme.

— Oh, lâcha-t-elle en entrouvrant les lèvres. Divorcé ?

— Non. La mère de Saylor n'a jamais été présente, l'informai-je en baissant encore la voix. Elle n'en a pas eu envie.

Billie blêmit.

— Je vois.

Je me levai et lui fis signe de me suivre à l'autre bout de la pièce, loin de Saylor.

— C'était une grossesse… surprise, et le mot est faible, murmurai-je en regardant par la fenêtre. C'était la dernière chose à laquelle je m'attendais. Nous ne nous connaissions pas vraiment. Mais Saylor est la meilleure chose qui me soit arrivée.

Billie observa ma fille.

— Elle est magnifique.

Comme toi, avais-je envie d'ajouter. Elle était vraiment d'une beauté singulière. Curieusement, même si elle était très maquillée, je savais qu'elle devait être encore plus belle sans rien.

— Mais ça doit être compliqué de l'élever tout seul, supposa-t-elle.

— Merci. Et oui, je n'avais jamais porté un bébé avant le mien.

— C'est fou.

Billie me regarda comme si elle attendait que j'en dise plus, mais ce n'était pas le moment. Je ne voulais pas que Saylor puisse nous entendre.

Je me perdis dans les yeux de Billie pendant quelques secondes. Ils étaient marron foncé, comme la couleur des grains de café. Puis ma fille avala la dernière gorgée de son jus de pomme et me sortit de mes pensées.

— Tu as choisi un dessin ? demanda Billie lorsque nous la rejoignîmes.

— Celui-là !

Elle désigna la licorne arc-en-ciel la plus tape-à-l'œil, ce qui fit rire la tatoueuse.

— Eh bien, je serais ravie de la tatouer sur ton père, s'il est d'accord.

— Il va falloir que je réfléchisse. Je dis toujours que je serais capable de tout pour ma fille, affirmai-je en agitant mes ongles roses. Mais il se pourrait que cette licorne bizarre soit la première exception.

— Si vous changez d'avis, n'hésitez pas à me le faire savoir. Et si vous désirez autre chose, je peux le faire aussi, ajouta-t-elle avec un clin d'œil. Sauf si c'est une rose.

Je hochai la tête.

— Je pense que j'ai besoin d'un peu plus de temps. Si la soirée d'hier m'a appris quelque chose, c'est bien qu'il ne faut pas se précipiter pour une décision aussi importante.

— Je suis parfaitement d'accord, acquiesça-t-elle en souriant.

Nous n'avions plus vraiment de raison de rester, et je ne voulais pas que Billie soit obligée de nous mettre dehors, alors je me retournai et tapotai ma fille dans le dos.

— Dis merci, Saylor. Il faut qu'on y aille.

— Merci ! répéta-t-elle, avant d'aller faire un câlin à Billie.

Cette dernière ferma les yeux en savourant cette étreinte.

— Avec grand plaisir, ma jolie. Reviens me voir bientôt. J'aurai toujours des Goldfish et du jus de fruits.

Elle nous raccompagna à la porte.

Avant de partir, je me retournai une dernière fois.

— Hé, Billie ?

— Oui ?

— Votre ex est un idiot.

Ses joues s'empourprèrent. Peut-être que c'était à cause de ce que j'avais dit, ou peut-être que c'était parce que je venais de jeter un nouveau coup d'œil au décolleté qui dépassait de son corset.

CHAPITRE 3

Colby

Le mardi, après avoir quitté le bureau, je ralentis sur le trottoir en passant devant le salon de tatouage, en espérant apercevoir la gérante – aussi connue comme celle qui hantait mes rêves ces dernières nuits. C'était bizarre. Je rêvais rarement – ou du moins, je me souvenais rarement de mes rêves –, mais ça faisait trois nuits que je faisais le même. J'étais dans le salon de tatouage de Billie, allongé sur son fauteuil pendant qu'elle me tatouait un pont en noir et blanc sur le muscle pectoral droit. Ça aurait pu être innocent si ça s'arrêtait là, mais évidemment, ce n'était pas le cas. En plein milieu de la séance, elle appuyait sur la pédale pour faire descendre le siège, puis elle se penchait pour passer sa langue le long de mes abdos... Ça se terminait toujours de la même manière : Billie allongée sur le fauteuil, ses jambes sur mes épaules, pendant que je la prenais violemment.

Charmant, n'est-ce pas ? Cette femme se montrait gentille avec ma fille, et en échange, je faisais un rêve érotique récurrent et je me masturbais tous les matins en me rejouant le film. Rien qu'y repenser me faisait me sentir comme une ordure, alors même si j'avais envie d'entrer pour passer quelques minutes avec elle, je ne le méritais pas vraiment.

Je décidai donc de m'en remettre au destin. Si je la voyais à travers la vitrine, je m'arrêterais. Si je ne la voyais pas, je continuerais mon chemin. Malheureusement, la chance n'était pas de mon côté ce soir, et la seule personne visible était la réceptionniste. Tant pis. C'était probablement mieux comme ça. Billie venait visiblement de vivre une séparation difficile, ce qui voulait dire que le timing n'était pas bon – non pas qu'elle aurait accepté de sortir avec moi s'il l'était.

Je passai devant la porte et continuai jusqu'à l'entrée principale des appartements, avant de me diriger directement vers l'ascenseur. Lorsque les portes s'ouvrirent, mon ami Owen en sortit.

— Salut. Quoi de neuf? demandai-je en lui faisant un check et une accolade rapide. Ça fait un moment que je ne t'ai pas vu.

— Oui, j'ai été pas mal occupé. Mon assistante est partie en congé maternité, et l'un de mes agents a démissionné sans préavis, alors je suis à court de personnel.

Je souris en posant les yeux sur ce qu'il tenait à la main.

— Une boîte à outils? Tu vas à une soirée costumée? Parce que je suis *certain* que tu ne sais pas du tout te servir de ce qu'il y a dans cette boîte, mec.

— Va te faire voir, enfoiré. Ne me prends pas pour un incompétent. C'est juste que je préfère ne pas me salir les mains.

Je ris.

— Ouais, j'ai entendu dire que ton esthéticienne se fâche si elle voit que tu as des callosités.

Je le charriais, évidemment, même si Owen se faisait vraiment faire des manucures. De notre équipe de quatre, c'était clairement celui qui appelait quelqu'un quand il y avait des trucs à réparer, et non pas le contraire.

— Plus sérieusement, repris-je. Où tu vas avec une boîte à outils ?

— Holden a un concert de dernière minute. Il ne voulait pas le rater, car un gros bonnet de la musique sera présent, alors il m'a demandé de prendre son rôle de concierge pendant quelques jours. Crois-moi, j'ai essayé de refuser, mais il avait vraiment l'air désespéré. Cela dit, *tu* pourrais être un super ami et prendre ma place...

— Impossible, refusai-je en souriant. J'ai une petite fille qui m'attend à l'étage.

— Allez, ça ne prendra pas longtemps. Oncle Owen peut l'emmener manger une glace pendant que tu t'occupes de cette intervention de maintenance.

— Pourquoi est-ce que vous voulez toujours donner du sucre à ma fille ?

— C'est ce qu'on fait pour que toutes les filles nous apprécient, expliqua-t-il avec un sourire en coin.

Je ris en entrant dans l'ascenseur, avant d'appuyer sur le bouton.

— Tu es bête. Amuse-toi bien quand tu devras mettre tes mains dans des toilettes ou dans je ne sais quel truc merdique que tu vas réparer.

— Ouais, je vais m'amuser à bricoler une clim. Peut-être que je me ferai tatouer après, car imaginer quelqu'un m'enfoncer sans cesse une aiguille sous la peau me paraît tout aussi amusant.

Les portes de la cabine commencèrent à se fermer, mais mes oreilles se dressèrent en entendant le mot « tatouage ». Je tendis la main pour forcer l'ascenseur à se rouvrir.

— La clim du salon de tatouage ne fonctionne plus ?

— Non. La gérante a appelé il y a un petit moment.

Tiens donc. Peut-être que le destin avait d'autres projets pour moi.

— Tout bien réfléchi, tu ne sais pas comment réparer un climatiseur. Et si j'allais y jeter un coup d'œil ? La baby-sitter a emmené Saylor au parc, mais elles vont revenir d'ici une heure. Il faudra juste que tu sois dans le coin pour prendre le relais si je n'ai pas fini à temps.

— Sérieusement ?

Je sortis de l'ascenseur et lui pris la boîte à outils des mains.

— Sérieusement. Mais tu me devras un service.

— D'accord, merci. Si j'ai une heure devant moi, je vais passer au bureau pour récupérer un dossier dont j'aurai besoin demain matin. Mais je m'assurerai d'être de retour avant que Saylor et la baby-sitter reviennent.

— Pas de souci, mais ne sois pas en retard.

— Promis. Merci encore, mon pote.

Je me sentais *presque* mal. Mais pas suffisamment pour admettre que j'aurais trouvé n'importe quelle excuse pour aller voir Billie, et certainement pas assez pour ne pas profiter un jour du service que me devait Owen.

— Bonjour, saluai-je la réceptionniste. Je suis là pour jeter un coup d'œil au climatiseur.

Elle m'observa en plissant les yeux.

— Vous n'êtes pas le type de la dernière fois ? Celui qui est tombé en plein milieu de la réunion Tinder ?

— Celui-là même, confirmai-je en souriant, avant de lui tendre la main. Colby Lennon. Je suis l'un des propriétaires de l'immeuble. On essaie de s'occuper nous-mêmes des réparations, si c'est possible.

Elle me rendit mon sourire en serrant ma paume.

— Justine Russo. Si vous venez réparer la clim, je suis sûre que Billie vous réservera un accueil plus chaleureux, cette fois-ci. La machine souffle de l'air chaud. Je pense qu'il doit faire trente degrés derrière.

— Je vais voir ce que je peux faire. Où est l'appareil ?

— Il est à l'arrière du salon. Vous pouvez y aller. Billie y est déjà.

J'avançai en me sentant un peu trop excité à l'idée de réparer un fichu climatiseur. Cependant, mon excitation redescendit rapidement quand j'ouvris la porte et que je trouvai Billie installée sur un fauteuil de tatouage, tandis qu'un grand type tatoué lui massait les épaules. Elle portait ce que je commençais à considérer comme sa tenue signature – un corset, mais cette fois-ci, sans la chemise par-dessus.

Ils ne semblaient pas m'avoir entendu entrer, et j'eus l'impression d'interrompre un moment privé, alors je me raclai la gorge avant d'avancer davantage dans la pièce. L'homme leva la tête, mais laissa ses mains sur Billie.

— Je peux vous aider ?

— Oui, je suis là pour, euh, jeter un coup d'œil à la clim.

Billie se redressa sur le fauteuil. Le grand sourire qui étira ses lèvres me fit plaisir après ce que je venais de voir.

— Hé, quoi de neuf, *Big Daddy* ? lança-t-elle en me faisant un clin d'œil.

Putain. Mon sexe tressaillit. Est-ce que c'était le fait qu'elle m'appelle *daddy* ou à cause de son clin d'œil ? Peut-être les deux. Je tentai de rester calme et relevai la tête.

— Salut, ça va ?

Elle se tourna vers le gars tatoué.

— C'est le nouveau propriétaire dont je t'ai parlé. Celui à qui je ne tatouerai *pas* une rose. Deek, je te présente Colby. Colby, voici Deek.

Billie balança ses jambes et bondit du fauteuil. Il était impossible de ne pas remarquer ses seins qui remuèrent dans son petit corset. Aujourd'hui, il était en dentelle noire, et je me surpris à me demander si elle avait une culotte assortie sous son jean. J'aurais pu parier que c'était le cas. La chemise en flanelle qu'elle portait d'habitude était attachée autour de sa taille. Je ne pouvais pas lui en vouloir, il faisait sacrément chaud ici.

— Suivez-moi, indiqua Billie en inclinant la tête en direction du fond de la pièce.

Je fis de mon mieux pour ne pas fixer ses fesses en la suivant, mais ce n'était pas facile. Son jean était moulant, et le corset d'aujourd'hui n'atteignait pas la ceinture de son pantalon, rendant visible un centimètre de sa peau d'une belle couleur crème.

Putain. Qu'est-ce que j'avais avec cette femme ? En temps normal, je n'étais pas aussi obsédé.

Lorsqu'elle atteignit le grand climatiseur, Billie me le désigna avec un geste digne d'une présentatrice de jeu télévisé.

— Voici l'appareil incriminé. Je le surnomme Kaiden, puisqu'il est inutile et qu'il brasse de l'air chaud.

— C'est bon à savoir, répondis-je en riant. Et où est le thermostat ?

Elle pointa du doigt le mur qui se trouvait trois mètres plus loin, puis passa ses pouces dans les passants de sa ceinture.

— Bon, je ne vais pas vous coller pendant que vous travaillez, alors criez si vous avez besoin de quoi que ce soit.

— Ça me va.

Après avoir fait les vérifications de base, m'être assuré que rien n'était figé et que les filtres étaient propres, je me dirigeai vers le thermostat. Tandis que je dévissais le boîtier, j'écoutai la conversation qui avait lieu derrière moi entre Billie et Deek.

— Ça te ferait du bien, déclara-t-il. Je pense que tu devrais le faire. Ignore-la.

— Tu as déjà vu Renée. Ce n'est pas quelqu'un qu'on peut facilement ignorer.

— Tu sais quel est le problème, selon moi ?

— Non, mais je suis sûre que tu vas m'éclairer.

— Tu as du mal à accepter d'aide extérieure.

— Pas du tout.

Je jetai un coup d'œil dans leur direction et aperçus le grand type froncer les sourcils.

— Est-ce qu'il faut que je te rappelle le taux d'intérêt insensé que tu as payé avec ton prêt pour pouvoir ouvrir cet endroit ?

— Non, je pense que les six cent trente-sept autres fois que tu l'as fait m'ont largement suffi.

— J'aurais pu te faire un prêt gratuitement.

— Je ne voulais pas prendre de risques avec ton argent.

— Tu es l'une des artistes les plus prisées dans une ville de huit millions d'habitants, et de nos jours, les gens de tous les milieux trouvent les tatouages branchés. Ce n'était pas un risque.

Billie haussa les épaules.

— Peu importe. Il n'y a rien de mal à faire les choses soi-même.

— Je suis d'accord, mais il n'y a rien de mal non plus à accepter l'aide de ceux qui t'aiment de temps en temps.

— J'y réfléchirai. Maintenant, masse-moi encore un peu la nuque.

Je perdis le fil de leur conversation après ça, probablement parce que ça me rendait dingue qu'un homme soit en train de la toucher, alors il fallait que je les ignore complètement. Vingt minutes plus tard, j'étais presque sûr d'avoir trouvé le responsable de la panne du climatiseur. Deux vieux fils jaunes du thermostat étaient pratiquement déchiquetés et n'étaient plus connectés. Puisqu'il s'agissait généralement des fils responsables du refroidissement, j'espérais qu'un rapide changement de câbles résoudrait le problème. Par chance, la boîte à outils contenait une bobine avec du fil de cuivre, alors après avoir retiré la gaine protectrice avec une pince à dénuder, je décidai d'aller informer Billie de la situation.

Un autre homme venait d'entrer dans le salon. Il se dirigea tout droit vers la tatoueuse, saisit ses joues, et déposa un baiser sur ses lèvres. Je serrai les dents. Mais ensuite, le type s'approcha de Deek et l'embrassa également sur les lèvres, avant de lui caresser le bras.

— Tu es prêt à partir ? Je refuse de payer encore une fois les frais de retard de la garderie pour chiens parce que tu préfères rester au travail pour raconter des ragots.

Deek leva les yeux au ciel.

— C'est seulement dix dollars.

— Dix dollars que je pourrais mettre dans la tirelire dédiée au Botox, rétorqua l'homme en posant ses mains sur ses hanches.

Billie se mit à rire.

— Bonne soirée, les gars. Rentre aussi chez toi, Justine ! s'écria-t-elle en direction de l'accueil. Verrouille la porte en partant, d'accord, ma belle ?

— Ce sera fait ! Bonne soirée, Billie !

Les deux hommes se chamaillèrent encore en sortant du salon. La tatoueuse les observa en arborant un sourire, avant de se tourner vers moi.

— Que se passe-t-il, Big Daddy ? Est-ce que vous avez réparé Kaiden ? En fait, on devrait peut-être trouver un autre prénom pour ce climatiseur, parce qu'on ne peut plus rien pour Kaiden.

Je souris en lui montrant les fils.

— Je pense que j'ai trouvé le problème. Je n'en serai pas certain avant d'avoir reconnecté le thermostat, mais ces deux-là n'ont pas bonne mine.

— Super, c'est génial. Parce que si ce n'est pas réparé très bientôt, il se peut que j'enlève ce pantalon et que je me balade en sous-vêtements. Il est collé à mes jambes, précisa-t-elle en s'éventant. Je ne supporte plus la chaleur.

— Eh bien, tout compte fait, je ne sais pas comment réparer ça, plaisantai-je. Vous voulez un coup de main avec ce jean ?

Elle rit à ma blague.

— Je suis en colère quand j'ai chaud. Le soir où vous êtes venu, je n'avais même pas chaud, alors croyez-moi, vous aussi vous avez envie que cette réparation soit faite.

Mon humeur s'était clairement améliorée après avoir compris que Deek ne s'intéressait pas à Billie. Maintenant que nous étions seuls, elle me suivit à l'arrière et s'assit par terre, à côté de ma boîte à outils.

— Alors, qu'est-ce que vous faites de vos journées, Monsieur le Propriétaire ? Vous portez un costume. Est-ce que vous travaillez à temps plein dans l'immobilier ?

Je profitai de notre conversation pour torsader les nouveaux fils afin de les connecter aux anciens.

— Pas du tout. Je suis architecte.

— Vraiment ?

— Oui.

— Je ne crois pas avoir déjà rencontré un architecte.

Je souris.

— Est-ce que c'est aussi excitant que ce que vous imaginiez ?

— Beaucoup plus, révéla-t-elle en riant.

Après avoir connecté le premier fil, je torsadai le second, mais lorsque les extrémités se touchèrent, une étincelle jaillit et je reçus un petit choc électrique. Ensuite, toutes les lumières s'éteignirent.

— Mince, gémis-je. J'ai fait sauter les plombs.

Il n'y avait aucune fenêtre à l'arrière du salon, alors nous nous retrouvâmes dans le noir complet. Je ne pouvais même plus voir Billie.

— Qu'est-ce que je peux faire ? demanda-t-elle.

— Rien. Attendez. Je crois qu'il y a une lampe de poche dans la boîte à outils.

Je m'agenouillai et tendis la main vers l'endroit où je *pensais* que cette boîte se situait.

— Euuuh... prononça-t-elle dans le noir. Ce n'est pas une lampe de poche. C'est un sein.

— Mince. Désolé.

— Pourquoi j'ai l'impression que vous ne l'êtes pas vraiment ? répliqua-t-elle en riant.

— Est-ce que quelqu'un serait en train de projeter ses fantasmes sur moi ? la taquinai-je. Vous savez, quand une personne se dépêche d'en accuser une autre, c'est probablement parce qu'elle est elle-même coupable.

— Alors, c'est *moi* qui ne suis pas désolée que vous veniez de me peloter ?

— Écoutez, je comprends, poursuivis-je. Je suis mignon, et vous avez des besoins. Je ne vous juge pas. Si vous voulez, je peux recommencer... dans votre intérêt, évidemment.

— Je pense que la décharge électrique que vous avez reçue avant que les lumières s'éteignent vous a court-circuité le cerveau, Monsieur le Propriétaire.

— *La dame fait trop de protestations, ce me semble.*

Billie éclata de rire.

— Est-ce que vous venez de citer *Hamlet* pour justifier le fait d'avoir touché mon sein ?

Je finis par sortir la lampe de la boîte, et je la portai à mon menton pour éclairer mon visage.

— J'ai emmené Saylor à un festival de théâtre en plein air le mois dernier. On s'est tous les deux endormis sur la pelouse. Je pense que c'est l'une des seules répliques que j'ai entendues.

— Il me semble que j'ai des bougies dans mon tiroir à fournitures, m'informa Billie en peinant à se relever. Vous pouvez venir avec moi pour éclairer le chemin ?

Je la suivis avec la lampe de poche, puis elle sortit trois bougies et les plaça à plusieurs endroits du salon. Alors qu'elle allumait la dernière, je ne pus m'empêcher de remarquer à quel point elle était belle illuminée par cette douce lueur. Je ne savais pas depuis quand j'étais devenu un tel dégonflé, mais je mourais d'envie de l'emmener manger un bon repas à la chandelle.

Elle me surprit en train de la fixer et me regarda bizarrement.

— Quoi ?

— Rien, répondis-je en secouant la tête. Où est le tableau électrique ? Il faut clairement le relancer.

— Il est dans les toilettes. Ne me demandez pas pourquoi ils l'ont mis dans cette pièce.

Lorsque j'ouvris le panneau, je fus surpris de trouver de vrais fusibles. Je pus rallumer les lumières au niveau de la réception, mais celles situées à l'arrière ne voulaient pas coopérer. Je dévissai l'un des fusibles correspondants pour y jeter un coup d'œil.

— Il est grillé. Vous n'en avez pas de rechange, par hasard ?

Billie secoua la tête.

— Euuh... non. Une fois sur deux, je n'ai même pas d'ampoules, et plus d'une fois j'ai dû aller chez Chipotle pour emprunter des serviettes en papier quand il nous arrive de manquer de papier toilette.

— Laissez-moi appeler Owen, proposai-je en sortant mon téléphone de ma poche. Son bureau se trouve à côté du nouveau Home Depot qui vient d'ouvrir. S'il y est encore, il pourra aller en acheter un sur le chemin du retour.

Lorsque je parvins à le joindre, Owen venait juste d'arriver au bureau, alors je m'y prenais pile à temps. Billie et moi n'avions plus qu'à rester assis dans le noir en attendant qu'il rentre. Cependant, je mourais de chaud dans cette tenue de travail.

— Owen devrait arriver avec le fusible d'ici environ vingt minutes. En attendant, il faut que j'enlève cette chemise. Je suis en train de cuire.

— J'ignore comment vous avez fait pour la garder si longtemps, déclara Billie.

Elle alla ensuite s'asseoir sur son fauteuil de tatouage pendant que je retirais une couche de vêtements. Je m'installai dans celui en face du sien.

— Alors, comment avez-vous atterri dans le milieu du tatouage ? demandai-je.

— Quand j'avais dix-huit ans, j'ai exposé quelques-unes de mes œuvres dans une galerie, et un homme tatoué a acheté un de mes dessins. Il a voulu savoir quels étaient mes projets d'avenir, et quand je lui ai dit que je n'étais pas sûre, il m'a demandé si j'étais une petite nature. Je lui ai dit que non, alors il m'a donné sa carte de visite en me disant de passer le voir. Il m'a proposé de l'assister pour voir si le tatouage pouvait m'intéresser.

Elle sourit.

— Ma mère était super énervée. Elle est propriétaire de la galerie et essayait de me pousser à aller à l'université pour être conservatrice comme elle. Honnêtement, c'est sûrement ce qui m'a poussée à passer au salon de tatouage du type le lendemain. Quand j'étais ado, mon passe-temps préféré était d'énerver ma mère. En réalité, j'aime toujours un peu ça... Bref, j'étais fascinée par les œuvres colorées de Devin, et au bout d'un mois, j'ai commencé à travailler pour lui en tant que réceptionniste pour pouvoir apprendre le métier. Par la suite, il m'a permis de devenir son apprentie pour que je puisse m'entraîner sous sa surveillance.

— C'est plutôt sympa. Alors pour résumer, vous avez été repérée ?

— Je n'ai jamais vu ça comme ça, avoua-t-elle en riant, avant de hausser les épaules. Mais je crois qu'on peut dire ça. Même si ma mère dirait que Devin m'a embauchée pour pouvoir reluquer mes fesses, et non pas parce que j'avais du talent.

Je fronçai les sourcils.

— Ce n'est pas très encourageant. Il y avait une raison pour qu'elle pense ça ? Est-ce que cet homme vous a déjà draguée ?

Billie secoua la tête.

— Absolument pas. Devin est comme un père pour moi. Et il était déjà marié et heureux en ménage avant même que je naisse. C'est juste que ma mère déteste mon métier.

— Pourquoi ?

— Parce qu'elle ne considère pas ça comme de l'art. Seules les œuvres accrochées aux murs d'une galerie et qui atteignent des prix à six chiffres sont dignes du temps de Renée Holland. Elle appelle mon art « du talent gâché à dessiner des obscénités ».

— Eh bien, pour ce que ça vaut, je préfère largement regarder votre portfolio plutôt que de me balader au MoMA.

Elle sourit.

— Merci. Elle insiste pour que je présente certaines de mes œuvres à une exposition qu'elle organise. C'est une belle opportunité parce qu'il y aura des tas de critiques de magazines lus par les personnes qui aiment cette forme d'art, mais je ne suis pas sûre de vouloir le faire parce que je déteste imaginer lui devoir quoi que ce soit.

— Vous connaissez le vieux dicton « mieux vaut ne pas scier la branche sur laquelle on est assis » ? Parfois, dans la vie, il faut juste prendre sur soi si ça peut nous aider à atteindre nos objectifs.

Billie resta silencieuse un moment.

— Oui, c'est sûrement vrai. Peut-être que j'y réfléchirai encore.

Owen finit par arriver avec la pièce manquante, mais puisqu'il devait prendre le relais de ma baby-sitter dans quelques minutes, il ne put pas rester, alors je me retrouvai de nouveau seul avec la tatoueuse.

— Bon, je vais aller brancher ça, et avec un peu de chance, la lumière reviendra, déclarai-je.

— Allez-y, gémit-elle. J'ai trop chaud pour bouger.

Dix minutes plus tard, les lumières se rallumèrent. Lorsque je me retournai, Billie était allongée sur son fauteuil. Sa peau brillait à cause de la fine couche de sueur qui la recouvrait, tout comme dans mon rêve. Et je me mis à m'imaginer en train de la prendre sur ce fauteuil. Je n'arrivais pas à arrêter de la fixer.

— Euh... vous me reluquez? lança-t-elle en riant, avant de se redresser.

— Non, je ne... Je réfléchissais juste à l'installation électrique.

Elle balança ses jambes pour se remettre debout, puis elle avança vers moi en souriant.

— Vous racontez des *conneries*.

— Pas du tout.

Elle se tint juste devant moi et arqua un sourcil.

— Regardez-moi dans les yeux et dites-moi que vous n'aviez aucune pensée obscène à mon égard.

Mon regard navigua entre ses yeux. J'ouvris la bouche, puis la refermai. Ensuite, je la rouvris, mais aucun mot n'en sortit, ce qui fit rire Billie.

— Ce n'est pas grave. Il faut juste assumer quand on se fait prendre la main dans le sac, ajouta-t-elle en passant son ongle sur mon bras. Enfin, vous ne m'avez pas vue observer tous ces muscles pendant que vous étiez occupé à me regarder. Pour être honnête, je ne pensais pas que vous ressembleriez à ça sous votre chemise guindée. Mais si *vous* m'aviez surprise en train de vous reluquer, j'aurais assumé. Il n'y a rien de mal à apprécier le physique de quelqu'un. Ce qui est bizarre, c'est de mentir à ce sujet.

Eh bien, si c'est ce qu'elle pense... Je baissai les yeux. Puisqu'elle était si petite et qu'elle se tenait très près de moi, j'avais une vue plongeante sur son décolleté phénoménal.

— Au cas où vous vous poseriez la question, je vous reluque. Je l'admets, avouai-je en souriant.

Billie rit de nouveau et poussa mon torse.

— Vous êtes un crétin. Maintenant, allez réparer mon climatiseur avant que je meure de chaud, Monsieur le Propriétaire.

— À vos ordres, madame.

Une demi-heure plus tard, je finis par réussir à faire souffler de l'air froid à la clim. Je n'avais pas envie de partir, mais il fallait absolument que j'aille préparer le dîner pour ma fille. Alors je ramassai tous les outils et les rangeai dans la boîte.

— Il faut que je monte pour nourrir Saylor.

— Oh, oui, bien sûr. Merci d'être venu à mon secours. L'ancien propriétaire aurait mis quatre jours à me rappeler. J'apprécie votre rapidité.

— Aucun souci. Laissez-moi vous donner mon numéro de portable, juste au cas où vous auriez d'autres ennuis avec ça.

— Ce serait parfait, merci.

Billie me tendit son téléphone, et j'y enregistrai mon numéro avant de le lui rendre.

— Bonne soirée, alors.

— Bonne soirée à vous aussi, Colby.

Nous avions passé deux bonnes heures ensemble, et nous avions même flirté. Alors même si je savais qu'elle venait juste de sortir d'une relation, je me jetai à l'eau.

— Hé, ça vous dirait qu'on dîne ensemble un de ces jours ?

Elle m'adressa un sourire triste en secouant la tête.

— Je ne pense pas que ce soit une bonne idée. Je suis désolée.

Argh. J'eus l'impression de me prendre un coup dans le ventre. Cependant, comme elle me l'avait dit, j'assumai mes propos et me forçai à sourire.

— Ça craint, observai-je.

— Je suis désolée, s'excusa-t-elle en souriant à son tour. Ça n'a rien à voir avec vous.

— Vraiment ?

Elle secoua la tête.

— Alors, si ce n'est pas moi, je suppose que je peux toujours tenter ma chance une autre fois ?

Elle rit.

— Bonne soirée, Colby.

— À bientôt, Billie.

CHAPITRE 4

Deek posa ses pieds sur la table basse.

— Pourquoi tu as refusé? Ce type est carrément canon, il a une belle carrière… Il a tout pour lui. Enfin, sauf qu'il n'a pas de tatouages. Ça, ça me plaît moins.

Nous étions jeudi après-midi, et j'étais montée chez Deek entre deux clients. Son petit ami et lui habitaient juste au-dessus du salon. Il faisait brûler de l'encens, probablement parce qu'il avait fumé de l'herbe avant que j'arrive. Il travaillait avec moi à temps plein, mais il concevait aussi des sites Web pendant ses jours de congé. Il était doué dans ce domaine, mais contrairement aux moments où il tatouait, il travaillait sur les sites en étant défoncé.

Deek avait passé presque toute cette conversation autour d'un café à m'engueuler pour avoir refusé la proposition de Colby. J'en venais à regretter de lui en avoir parlé.

— Colby a peut-être l'air d'être un bon parti, mais il y a d'autres choses à prendre en compte, Deek. Surtout après ce que j'ai traversé ces derniers temps. Je ne vais pas perdre mon temps avec quelqu'un qui pourrait me faire du mal.

— Euh, tous ceux à qui tu t'intéresses pourraient te faire du mal, souligna-t-il en arquant un sourcil. Mais tu vas l'écarter juste à cause de Kaiden, l'escroc de Tinder ? Il n'y a rien qui prouve que Colby soit comme lui. Cite-moi une seule chose qui ne va pas chez lui. Je parie que tu n'en es pas capable.

Je peinai à trouver une réponse, alors je finis par soupirer.

— Il n'y a rien qui ne va pas chez lui. Mais il a une petite fille. Même si elle est adorable, je ne peux pas m'impliquer. Il est déjà très occupé, alors je ne suis pas non plus certaine qu'être en couple soit sa priorité. Sans parler du fait que je ne sais même pas moi-même si je veux avoir des enfants, alors encore moins élever ceux des autres, avouai-je en buvant une grande gorgée de café. Donc il ne s'agit pas vraiment de ce qui ne va pas chez lui, mais plutôt de tout ce qui n'irait pas dans cette situation.

— Tu n'es pas un peu en train de brûler les étapes ?

— Non ! Quand un enfant est impliqué, on ne peut pas brûler les étapes. Il faut décider dès le départ si on se lance ou pas, si on est prêt à faire partie de sa vie ou non. Si la réponse est non ou si on n'est pas sûr, on ne peut rien commencer du tout. C'est aussi simple que ça. Ce n'est pas juste. C'est tout ou rien.

Il gratta son menton.

— D'accord. Je pense que je comprends ce point de vue. Mais essaie de garder l'esprit ouvert. Ce n'est pas comme s'il y avait une ex-femme dans l'histoire. Ce qui est rare. Je n'aime pas dire ça, mais le fait que la mère de la petite ait disparu facilite les choses. Au moins, tu n'aurais pas cette complication supplémentaire, ajouta-t-il en buvant le reste de son café. Qu'est-ce qui s'est passé avec elle, d'ailleurs ? Pourquoi elle est partie ?

— Je ne connais pas toute l'histoire. Je sais juste que cette femme ne voulait pas faire partie de la vie de son bébé, alors Colby l'élève seul.

J'avais beaucoup pensé à la « mère » de Saylor, ces derniers temps. Quel genre de personne pouvait abandonner son enfant et disparaître ? J'avais eu envie de demander plus de détails à Colby la dernière fois que nous nous étions vus, mais j'avais presque peur de la réponse. Est-ce qu'*il* avait fait quelque chose pour la faire fuir ? J'en doutais, mais j'étais curieuse, même si ça ne me regardait pas. Est-ce qu'il l'aurait épousée si elle était restée ?

Quoi qu'il en soit, cette histoire me brisait le cœur. Saylor était trop jeune pour comprendre la décision que sa mère avait prise. Ces conneries allaient lui tomber dessus un jour. Je pensais être mal tombée avec ma mère qui tenait parfois des propos injurieux, mais au moins, elle était là.

Puis je pensai à autre chose qui irait dans mon sens.

— Tu oublies aussi que c'est le nouveau propriétaire, Deek. C'est un bon moyen d'être obligée de déménager une fois que les choses tourneront au vinaigre.

— C'est aussi un bon moyen de ne plus payer de loyer, répliqua-t-il en remuant les sourcils.

— Pour une pute, peut-être.

— Je te taquine, précisa-t-il en riant. Il n'est pas le seul à posséder cet immeuble. Tu le sais, n'est-ce pas ? Ils sont quatre. C'est comme s'ils étaient tous tombés du même arbre de raffinement.

— Oui, ils sont tous amis. Le seul autre que je connais vraiment, c'est Holden, même si j'ai croisé Owen il y a deux jours quand il a déposé la pièce pour le climatiseur.

— C'est fou quand on sait comment ils ont fini par acheter cet endroit, déclara-t-il. Quand un de leurs amis est décédé d'une leucémie et leur a légué un énorme héritage, ils ont mis l'argent de côté à la banque pendant un moment, et ils ont fini par décider d'acheter cet immeuble. Sacré bon investissement, si tu veux mon avis. Ils vivent tous ici, alors aucun d'entre eux ne paie de loyer, et ils encaissent de l'argent tous les mois.

Je plissai les yeux.

— Comment tu connais cette histoire d'héritage ?

— Holden est mon pote. On discute. Ce mec est doué à la batterie. Tu l'as entendu jouer ?

— Non, répondis-je en jouant avec le couvercle de mon café. Mais il est sympa. Owen a l'air plus coincé.

— C'est ce que je pensais aussi de Colby, révéla-t-il. Mais on ne peut pas juger un livre à sa couverture.

Ça, c'était certain. La première fois que j'avais vu Colby, je n'aurais jamais imaginé qu'il avait une petite fille et que c'était un si bon père. En apparence, il ressemblait au dragueur canon typique.

— Qui est le dernier que je n'ai pas encore rencontré ? l'interrogeai-je. Quelle est son histoire ?

— Il s'appelle Brayden. Il est une sorte de grosse pointure des affaires. Holden est celui qui fait un peu tache. Tu vois, du genre artiste et créatif. Un peu comme une autre personne que je connais, précisa-t-il en me faisant un clin d'œil. Mais sérieusement, il devait y avoir quelque chose dans l'eau là où ils ont grandi, parce qu'ils sont tous les quatre canons, et ils ont tous du succès dans leur domaine.

— Merci pour les informations privilégiées.

— Tu peux toujours compter sur moi pour ça, répondit-il en souriant. Et sur mon humble avis.

— C'est pour ça que je t'aime.

Je me levai, m'étirai et me dirigeai vers la porte.

— Alors, je ne t'ai pas fait changer d'avis par rapport à la proposition de cet homme ?

— J'ai bien peur que non, affirmai-je en riant. Bref, il faut que j'y aille. Je veux organiser quelques petites choses au salon avant mon client de cet après-midi.

Après lui avoir dit au revoir avec une accolade, je descendis les escaliers, puisque l'appartement de Deek se trouvait seulement au troisième étage. Lorsque j'arrivai au deuxième, mon talon se coinça dans une grosse fissure dans le béton, et je faillis m'étaler par terre. Je m'en sortis avec une écorchure au genou.

— C'est quoi ce bordel ? tonnai-je, ma voix résonnant. Qui se charge d'entretenir le sol ici ? Cette personne devrait être virée ! Cette fissure est plus grosse que la raie de mon cul ! Aïe !

Je me frottai la jambe, et la porte des escaliers s'ouvrit.

— Est-ce que tout va...

Il marqua une pause.

— Oh, mon Dieu, Billie ? Vous allez bien ?

Je levai les yeux et aperçus Colby, les yeux écarquillés, alors que j'étais par terre. *Mince.* Il tendit sa main pour m'aider à me relever.

— Oui.

Je secouai la tête en me sentant mal d'avoir crié comme ça, vu son air inquiet.

— Je vais bien, contrairement à cet immeuble. Il y a une grosse fissure dans le béton, juste ici.

— Oui, j'ai entendu. Plus grosse que la raie de votre cul. Ça m'intrigue.

— Désolée, m'excusai-je en levant les yeux au ciel. J'étais un peu énervée. Mon talon s'est coincé et j'ai failli tomber tête la première.

Je me penchai pour récupérer mon talon, qui s'était détaché de mon escarpin noir clouté.

— Mince, vous saignez, me fit-il remarquer en observant ma jambe.

— Sans blague. C'était soit mon genou, soit mon visage. Mon genou a sauvé mes dents.

— Mon appartement est juste là. Laissez-moi vous aider à nettoyer tout ça.

Puisque je me sentais un peu éreintée, j'acceptai et il saisit mon bras pour me guider dans le couloir. J'avais un petit kit de premiers secours au salon, mais j'étais curieuse de voir son appartement. Enfin, c'était ce que je me disais. Curieuse de voir son *appartement*.

L'endroit était bizarrement soigné pour quelqu'un qui avait un enfant. S'il n'y avait pas eu un gobelet en plastique à l'effigie d'Elsa de *La Reine des Neiges* sur le comptoir, je n'aurais jamais pu deviner qu'une petite fille vivait ici. Les meubles en cuir marron et la décoration moderne et épurée donnaient plutôt l'impression de se trouver dans une garçonnière, ce qui convenait parfaitement au célibataire sauvage que Colby avait dû être.

— C'est sympa ici, déclarai-je en regardant autour de moi.

— La femme de ménage est passée ce matin, sinon vous auriez été accueillie par une explosion de poupées Lalaloopsy dans tous les coins de la pièce. Alors ce que vous voyez aujourd'hui est un peu trompeur.

— Lalaloopsy... Est-ce que ce sont les poupées bizarres avec des boutons en guise d'yeux ?

— Oui, je suis surpris que vous les connaissiez.

— J'ai dû en tatouer une sur quelqu'un une fois. Et la fille de mon amie les collectionne.

— Je devrais la présenter à Saylor, plaisanta-t-il.

— Où est-elle ?

— À l'école, répondit-il en fouillant dans des placards. Elle y va toute la journée. Une baby-sitter s'occupe d'elle ensuite, pendant que je suis au travail, mais deux jours par semaine, je quitte plus tôt pour pouvoir être là quand elle rentre. Je finis ma journée de travail ici, comme aujourd'hui.

Quel bon papa.

— Oh, c'est chouette.

Je soupirai et boitai avec ma chaussure cassée jusqu'à la cuisine ouverte.

— Ça doit être difficile de jongler entre tout ça, non ?

— Oui, mais ça en vaut la peine.

Il sourit en sortant une boîte en plastique de l'un des placards, avant de la secouer.

— Bingo ! J'ai trouvé le kit de premiers secours.

Il se déplaça jusqu'au tabouret sur lequel je m'étais installée, puis il s'assit à côté de moi et s'approcha. Son parfum aux effluves épicés flotta jusqu'à moi, et mon corps fut bien trop conscient de sa proximité quand il ouvrit un flacon d'eau oxygénée, qu'il en tamponna sur un coton, avant de nettoyer doucement mon genou.

— Je suis vraiment désolé que vous soyez tombée, déclara-t-il à voix basse.

— Ne vous en faites pas. Je suis désolée d'avoir crié.

— Vous en aviez tous les droits. Et je m'assurerai de faire disparaître cette raie du cul du sol. Je vous rembourserai aussi vos chaussures. Même si je suis content d'avoir une excuse pour passer un peu de temps avec vous, malgré les circonstances, avoua-t-il en souriant. Parce que vous savez, quelqu'un a refusé de sortir avec moi. Alors c'est le meilleur second choix.

— Vous pouvez toujours passer au salon pour dire bonjour. Je n'ai pas besoin d'être blessée pour que vous puissiez me voir.

Il leva brièvement les yeux.

— Je ne voudrais pas vous déranger quand vous êtes au travail.

Puis il... souffla sur mon genou.

Oh. Son souffle chaud contre ma peau imprégna tout mon corps. *Bon sang.* Qui aurait cru qu'un homme soufflant sur mon genou pouvait m'exciter ? Je me demandai si j'étais la seule, ou s'il existait des films pornos à ce sujet. Un souffle érotique. J'aurais pu jurer l'avoir ressenti jusque dans mon vagin. Il fallait que je m'envoie en l'air. *Mais pas avec Colby.* Non. Je ne pouvais pas craquer sur cet homme magnifique en face de moi, qui, d'après ce qu'il était en train de faire, savait clairement comment prendre soin d'une femme.

— On va laisser un peu votre blessure à l'air libre avant de mettre un pansement.

Ou tu pourrais encore souffler dessus.

— Merci, prononçai-je en coinçant mes cheveux derrière mon oreille.

Il y avait quelque chose de sexy dans sa façon de prendre soin de moi. Être père lui avait sûrement donné ce côté naturellement attentionné. Ce serait l'un des avantages de sortir avec un père célibataire. C'était sympa de jouer à *la fille à papa* l'espace d'un instant. Apparemment, j'avais vraiment l'esprit pervers aujourd'hui.

Je me raclai la gorge.

— Alors, qu'est-ce que fait votre nounou, mis à part s'occuper de Saylor quand vous travaillez ?

— Elle est plus âgée et elle ne m'attire pas si c'est... ce que vous insinuez.

— En fait, non, mais c'est intéressant de voir que vous avez tout de suite compris ça de cette manière. Vous avez l'esprit mal tourné.

C'est moi qui dis ça.

— Vous n'imaginez pas à quel point, confirma-t-il, les yeux brillants. Mais pas vis-à-vis de ma nounou.

Il se mit à rire.

— Kay a la cinquantaine. Elle est géniale. Sa mission est de s'occuper de Saylor, et rien de plus. Je n'attends pas d'elle qu'elle fasse du rangement, qu'elle cuisine ni rien d'autre. Vous savez, je n'aime pas non plus recevoir du monde à la maison. Je ne veux pas que ma fille crée ses souvenirs importants avec quelqu'un d'autre que moi. Alors dès que je rentre, la nounou s'en va.

— Vous préparez le repas tous les soirs ? demandai-je.

— J'essaie. Je limite les plats à emporter à une ou deux fois par semaine, admit-il en riant. Saylor adore les cochonneries sucrées. Je ne peux pas contrôler ce qu'ils lui donnent à l'école, et tout le monde est toujours en train de lui offrir des bonbons, alors je tente de cuisiner aussi sainement que possible. Je dois camoufler beaucoup d'aliments dans sa nourriture, car elle ne veut pas manger de légumes. Je mets des patates douces dans la sauce des spaghettis et des légumes verts dans des tas d'autres choses. Ça ressemble parfois à une expérience scientifique d'ajouter la quantité parfaite pour s'assurer que le goût ne prenne pas le dessus.

Je fronçai le nez.

— Je ne suis pas non plus fan de légumes. Est-ce que vous pouvez m'apprendre vos astuces ?

— Attendez.

Il se dirigea vers le frigo et en sortit quelque chose emballé dans de l'aluminium. Lorsqu'il le déballa, ça ressemblait à un dessert.

— Prenez-en un morceau, me proposa-t-il en me le tendant.

— Qu'est-ce que c'est ?

— Du brownie. Je veux que vous le goûtiez.

Il le porta à ma bouche, et ses doigts effleurèrent mes lèvres quand je les ouvris.

En mâchant, je me rendis compte que ça avait le même goût que n'importe quel brownie. C'était chocolaté, moelleux à l'intérieur, avec un peu de glaçage dessus.

— C'est bon, affirmai-je, la bouche pleine.

— Vraiment ? m'interrogea-t-il en arquant un sourcil. Eh bien, il y a plein d'épinards dedans.

— Ah oui ? Je ne m'en serais pas doutée, déclarai-je en avalant. Vous êtes un petit cachottier, Colby. Qu'est-ce que vous cachez d'autre ?

— N'utilisez pas mon brownie contre moi. Je cache des choses pour la bonne cause.

— Sérieusement... C'est une idée brillante, approuvai-je en riant.

Il tendit la main pour essuyer quelque chose sous ma lèvre inférieure.

— Désolé, vous aviez un peu de chocolat.

Bon sang, ça aussi, je l'avais ressenti. Tout comme le moindre contact que nous avions échangé aujourd'hui. Il fallait que je parte avant que ma culotte fonde.

— Merci.

Je léchai mes lèvres et remarquai comme ses yeux étaient rivés sur ce que je faisais.

— Qu'est-ce que vous avez encore en réserve ? m'enquis-je.

— Il se pourrait que j'aie encore quelques tours que je pourrais vous montrer, répondit-il, le regard pétillant.

Il me fixait droit dans les yeux, ce qui ne laissait aucun doute sur ce à quoi il faisait référence. Et vu l'état de ma culotte, mon corps et même mon esprit avaient compris le message. Il sortit un pansement du kit de premiers secours, puis le colla sur la coupure au niveau de mon genou. Il caressa doucement cette zone avec son pouce, provoquant une nouvelle fois une étincelle en moi.

Il m'observa dévorer le reste du brownie. Ses yeux bleus perçants se posèrent alors sur mes seins, et plutôt que de le lui faire remarquer, je pris quelques secondes pour apprécier son regard plein de désir. Lorsqu'il le releva vers moi, nos yeux se croisèrent, et j'aurais pu jurer qu'il s'approcha légèrement. Attendait-il que je l'autorise à m'embrasser ? Mon cœur s'emballa. *Bon sang.* J'en avais tellement envie.

Puis la porte s'ouvrit, et je reculai instinctivement.

Colby passa une main dans son épaisse chevelure châtain clair, et tenta d'agir comme si de rien n'était.

— Bonjour, salua-t-il la femme qui venait d'entrer.

— Oh, vous êtes déjà là, observa-t-elle en souriant.

— Papa !

Saylor courut dans les bras de son père, qui la souleva et couvrit son visage de baisers, avant de lui chatouiller le cou, ce qui la fit couiner. Ça faisait chaud au cœur de voir ça, même si le mien était fait de pierre.

Il la reposa, et les joues de la petite fille étaient encore rouges à force d'avoir ri.

— Bonjour, Saylor ! lançai-je en lui faisant signe de la main.

— Bonjour, Billie !

C'était mignon qu'elle se souvienne de mon prénom. Toutefois, il lui avait fallu un moment pour me remarquer, puisqu'elle n'avait eu d'yeux que pour son père depuis qu'elle avait passé la porte. La nounou, quant à elle, me dévisagea. J'étais certaine que son imagination débordait en me voyant avec ma chaussure cassée. J'aurais pu casser ce talon de bien des manières avec Colby.

— Merci encore d'avoir soigné ma blessure. Je vais vous laisser profiter de votre après-midi.

— Vous n'êtes pas obligée de partir, s'empressa-t-il de préciser. Je peux faire du café ou autre chose…

— J'ai déjà eu ma dose de caféine à l'étage avec Deek, l'informai-je en pointant la porte du pouce, avant de jeter un coup d'œil à mon téléphone. Et j'ai un client dans vingt minutes.

— Oh, j'aurais dû savoir que vous deviez retourner au travail.

— Merci aussi pour le brownie.

Il hocha la tête.

— Il faut que vous me disiez combien coûtent ces chaussures.

— Ne vous en faites pas pour ça. Elles étaient en promotion quand je les ai achetées.

— Je dois quand même vous rembourser d'une façon ou d'une autre, insista-t-il en glissant ses mains dans ses poches. Un dîner serait une occasion de le faire, si ce n'était pas une possibilité exclue.

— Faites-moi plus de brownies.

Je lui fis un clin d'œil, puis me penchai pour pincer la joue de Saylor.

— À bientôt, ma belle. Profite bien de ton après-midi avec ton papa.

Ton papa sacrément canon que je me taperais bien.

Je lui souris en essayant de repousser ces pensées obscènes. J'offris un hochement de tête à la nounou, puis je partis en me sentant rougir et en remettant en question mon vœu d'abstinence, car ça faisait très longtemps que je n'avais pas craqué pour quelqu'un de cette manière.

J'avais peut-être été sauvée par le gong en ce qui concernait ce baiser manqué, mais des images du père célibataire sexy du dessus continuèrent à inonder mon esprit le reste de l'après-midi.

CHAPITRE 5

Je n'avais pas vu Billie depuis sept jours.

Non pas que je n'en avais pas eu envie. Tous les soirs, quand je sortais du métro en bas de la rue, je me faisais un petit discours d'encouragement :

Continue à marcher. Un pied devant l'autre.

Ne regarde même pas sa vitrine quand tu passes devant.

Tu peux le faire.

De toute façon, elle n'a pas envie de te voir.

Tu l'as invitée à sortir. Elle a refusé.

Saisis le message, crétin.

Quatre entrées avant son salon, je me préparai à me répéter mon mantra nocturne, mais je n'eus que le temps d'arriver à « un pied devant… », avant de m'arrêter brusquement.

C'est quoi ce bordel ?

La vitrine du salon de tatouage de Billie avait disparu et avait été remplacée par un panneau de contreplaqué. À présent, je n'avais d'autre choix que d'y entrer.

Justine se trouvait à la réception.

— Qu'est-ce qui s'est passé ? demandai-je en pointant la vitre du doigt.

Elle fronça les sourcils.

— C'était comme ça quand Billie est arrivée ce matin.

Avant qu'elle puisse en dire plus, le téléphone se mit à sonner. Justine désigna l'atelier d'un geste du pouce, tout en s'apprêtant à décrocher.

— Vous pouvez aller en parler à Billie. Elle fait une pause entre deux clients, alors elle pourrait tout vous expliquer.

— Merci, acceptai-je en acquiesçant.

Je frappai à la porte de l'atelier, et lorsque je l'ouvris, Billie me tournait le dos. Visiblement, elle ne m'avait pas entendu, parce que lorsqu'elle se retourna, elle sursauta et posa une main sur sa poitrine.

— Mince, je ne vous ai pas entendu entrer, déclara-t-elle en retirant l'un de ses AirPods.

— Désolé. Justine m'a dit que je pouvais venir vous voir, et j'ai frappé avant d'ouvrir.

Elle secoua la tête.

— Ce n'est rien. C'est juste que je suis nerveuse aujourd'hui.

— Qu'est-il arrivé à la vitre ?

— Je ne sais pas. Elle était brisée quand je suis arrivée ce matin, et il y avait une brique par terre, à l'intérieur du salon.

— Une brique ? Est-ce que vous avez été cambriolée ?

Elle secoua de nouveau la tête.

— Non, c'est ça qui est bizarre. Rien ne semble manquer. Il restait même de l'argent liquide de la veille dans la caisse. La police a dit que ça pouvait être des enfants qui avaient vandalisé une vitrine au hasard, mais ils m'ont aussi demandé si j'avais eu un client mécontent ces derniers temps, ou si une relation personnelle s'était mal terminée, ajouta-t-elle en grimaçant.

— Bon sang, Billie, je ne sais pas pourquoi un ex voudrait se venger. Ça ne pourrait pas être à cause de l'énorme logo Tinder rose que vous lui avez tatoué sur le bras...

Elle essaya de ne pas sourire en récupérant un rouleau d'essuie-tout qu'elle m'envoya en pleine tête.

— Je vous taquine, précisai-je en attrapant l'objet.

— Je sais, mais vous n'avez pas tort. Avec du recul, je suis peut-être allée trop loin avec Kaiden.

Je haussai les épaules.

— Non. Ce type était une ordure. Il a eu ce qu'il méritait.

— Merci de dire ça, même si ce n'est pas vrai, ajouta-t-elle en ouvrant un placard. Je viens juste d'annuler mon dernier rendez-vous de la journée. Voir ma vitrine dans cet état ce matin m'a vraiment fait peur. Je vais me faire un whisky Coca, vous en voulez un ?

— Pourquoi pas, acceptai-je en haussant les épaules.

Billie prépara deux gobelets de son mélange, puis elle s'installa sur son fauteuil et m'invita à m'asseoir sur celui d'en face.

— Deek est en pause repas pendant une heure. Oh, attendez... Est-ce que vous devez rentrer pour rejoindre Saylor ?

Je vérifiai l'heure.

— Il me reste encore un peu de temps avant de devoir aller libérer la nounou.

Même si je n'avais pas eu le temps, j'avais le sentiment que Billie avait besoin d'un peu de compagnie, alors j'aurais envoyé un message à la baby-sitter pour lui demander de rester un peu plus longtemps, ce que je faisais rarement. J'avalai une gorgée de ma boisson.

— Alors, est-ce que la police va rendre visite à votre ex pour l'interroger au sujet de la vitrine ?

Billie secoua la tête.

— Je ne leur ai pas parlé de Kaiden.

— Pourquoi ça ?

— Je ne sais pas. Par culpabilité, je suppose. Je ne pense pas avoir eu tort d'inviter toutes les femmes de Tinder, mais peut-être que l'idée du tatouage était un peu agressive. C'est juste que...

Elle soupira.

— Je crois qu'on peut dire que je n'ai pas beaucoup de chance en amour. Je me suis fait avoir plusieurs fois, et j'ai laissé les choses dégénérer avec Kaiden.

— Je comprends, acquiesçai-je. Je ne suis pas non plus un pro en matière de relations amoureuses.

— Ah oui ? Vous voulez qu'on compare ? Qu'on voie qui a vécu la pire histoire ?

— Pourquoi pas, acceptai-je en souriant, avant de redresser la tête. Les femmes d'abord.

— Je pense que ma pire relation, c'est Lucas. On s'est rencontrés quand j'avais vingt ans et que je traversais l'Australie avec seulement mon sac à dos. Je venais de finir mon apprentissage en tant que tatoueuse, et j'avais décidé de prendre un mois de congés avant de travailler à temps plein pour un artiste. J'adore voyager – c'est probablement la seule chose que ma mère et moi avons en commun –, alors j'ai pris un vol jusqu'à Melbourne et j'ai remonté la Great Ocean Road. J'ai rencontré Lucas à Bells Beach, l'endroit où a lieu le grand concours annuel de surf. J'y suis allée tôt un matin pour voir le soleil se lever, et il est arrivé avec sa planche et m'a proposé de m'apprendre à surfer. Pour faire court, on a passé les cinq semaines suivantes ensemble, à voyager en Australie. Lucas venait de Californie, il travaillait dans la Silicon Valley, et il m'a dit qu'il venait de vendre une application pour la somme de vingt millions de dollars, donc il faisait une pause pour trouver ce qu'il allait faire ensuite. Quand l'heure est venue pour moi de rentrer à New York et de commencer mon emploi en tant que tatoueuse professionnelle, Lucas est rentré avec moi. J'étais dingue de lui, et je pensais que c'était réciproque.

Je hochai la tête. Cette histoire me nouait déjà le ventre.

— Bref, poursuivit-elle. Lucas a emménagé avec moi. On s'est vite rendu compte que mon appartement était trop petit pour nous deux, alors on a signé un bail pour un endroit que je n'aurais jamais eu les moyens de payer toute seule. On a ouvert un compte commun sur lequel il mettait son argent de poche – plus de deux-cent-mille dollars –, et j'étais plus heureuse que jamais. J'avais l'homme de mes rêves, et je venais de commencer un travail que j'adorais. Je l'avais même présenté à ma mère, et on était en train d'organiser un voyage en Californie pour que je puisse rencontrer sa famille. Pendant qu'on aurait été là-bas, il aurait récupéré le reste de ses affaires pour les rapporter à New York. Tout allait bien... jusqu'à ce que je rentre du travail un jour et que je me rende compte que tous les objets de valeur de mon appartement avaient disparu. Notre compte joint, sur lequel j'avais placé les soixante-mille dollars de l'héritage de ma grand-mère, était vide aussi.

Je passai une main dans mes cheveux.

— Bon sang. Je suis désolé, Billie. Il s'est passé quoi après ça ?

Elle haussa les épaules.

— Je suis allée voir la police. Il s'est avéré que ce type était un escroc bien connu et qu'il avait fait la même chose à d'autres. Mais il passe d'un pays à un autre, alors il ne s'est pas fait attraper. Non pas que je m'attende à ce qu'il ait encore mon argent. Il dépense comme s'il avait *vraiment* vingt millions à la banque.

Billie avala le reste de sa boisson et me pointa du doigt.

— À votre tour. Il faut croire que c'est moi qui vais gagner ce concours. Je ne vous connais pas depuis très longtemps, mais je sais que vous ne feriez pas une chose aussi stupide.

— Je n'en serais pas si sûr, à votre place, répliquai-je en agitant un doigt devant moi. Ne pensez pas que ce joli visage cache un cerveau qui fonctionne parfaitement. J'ai aussi fait des conneries.

Billie s'allongea sur son fauteuil et posa ses mains derrière sa tête.

— Oh, j'ai hâte d'entendre ça.

— Eh bien, ma fin est meilleure, cela dit, j'ai effectivement toujours réfléchi avec mon cerveau dans le passé. Mais pas avec celui qui se trouve ici, précisai-je en pointant ma tête du doigt.

Raconter cette histoire nécessitait du courage, alors je vidai mon gobelet.

— Il y a presque cinq ans, j'ai rencontré une femme qui s'appelait Raven. Puisque apparemment, je suis quelqu'un de cliché, et pas seulement en ce qui concerne mon choix de tatouage, Raven était strip-teaseuse. Je l'ai rencontrée dans un club de strip-tease – à Halloween, par-dessus le marché. J'étais sorti avec mes potes, j'ai pu discuter avec l'une des femmes après le spectacle, et j'ai fini par ramener

Raven chez moi. Elle est partie le lendemain matin et je n'ai plus eu de nouvelles... jusqu'au mois d'août de l'année suivante, où elle s'est pointée devant chez moi avec un bébé de cinq semaines.

Billie écarquilla les yeux.

— Impossible !

— Si, confirmai-je. Elle m'a dit que c'était mon enfant, qu'elle avait un entretien d'embauche qu'elle ne pouvait pas rater, et que personne ne pouvait garder le bébé. Elle m'a dit à peu près trois phrases, puis elle a posé le couffin et le sac à langer sur le seuil, avant de faire demi-tour et de partir. Je suis resté figé, sous le choc, pendant une minute, et ensuite, je lui ai couru après. Après avoir passé deux immeubles, je me suis rendu compte que je venais de laisser un bébé seul chez moi, alors j'ai couru dans le sens inverse.

— Qu'est-ce que vous avez fait quand elle est revenue ?

Je regardai Billie droit dans les yeux.

— Je vous le dirai quand ça arrivera.

— Oh, mon Dieu, Colby. Est-ce que vous êtes en train de dire que la mère de Saylor l'a laissée devant chez vous et qu'elle ne l'a jamais revue ?

Je confirmai d'un hochement de tête.

— Pour être honnête, au départ, je n'étais même pas sûr que le bébé était de moi. Je ne savais pas du tout quoi faire. Je n'avais jamais changé une couche de ma vie.

— Vous avez essayé de la retrouver ?

— Pendant longtemps, confirmai-je à nouveau. Mais la seule chose que je savais sur elle, c'était qu'elle travaillait au club de strip-tease. Évidemment, j'y suis retourné, mais le gérant m'a dit qu'elle n'avait pas travaillé là depuis six mois. Je suis même allé jusqu'à engager un détective privé pour retrouver sa trace, mais elle était introuvable. Il s'est avéré que Raven n'était même pas son vrai prénom. Elle s'appelle Maya, et elle n'est pas entrée légalement dans ce pays, alors il y a très peu de traces écrites.

Billie secoua la tête.

— Punaise, c'est fou.

— Est-ce que je gagne ?

— Il se pourrait que ce soit le cas, répondit-elle en riant.

— Alors je pense que j'ai gagné deux fois, parce que Saylor est la meilleure chose qui me soit arrivée. Mon histoire dingue bat peut-être la vôtre, mais en fin de compte, j'ai trouvé l'amour de ma vie.

— C'est très beau, Colby, observa Billie d'un air attendri.

Deek arriva quelques minutes plus tard. Il étudia la scène et adressa un sourire en coin à la tatoueuse.

— Est-ce que j'interromps quelque chose, boss ?

Elle leva les yeux au ciel.

— Non, Deek. Colby et moi étions juste en train de discuter.

— Mmh mmh. Comment ça va, mec ? me demanda-t-il ensuite.

Je descendis de son fauteuil pour lui tendre la main.

— Pas trop mal. Tu penses que son ex a pu faire ça à la vitrine ? Peut-être que tu devrais aller lui parler.

Deek sourit.

— J'aime ta façon de penser.

— Hé, personne n'ira parler à Kaiden, intervint Billie. On va juste mettre ça sur le dos de petits imbéciles et laisser cette histoire derrière nous.

J'observai Deek, qui haussa les épaules.

— C'est ma patronne. Elle est peut-être petite, mais sa folie me fait peur.

Sa réponse me fit rire.

— Très bien, mais si tu changes d'avis, tu sais où me trouver.

Billie secoua la tête.

— Je crois que je vais partir. Deek, est-ce que je peux faire quelque chose pour toi avant de m'en aller ?

— Non, ça ira.

— D'accord, j'y vais, dans ce cas. Justine a fini aussi, alors je verrouille la porte derrière moi, juste pour être sûre. Garde l'œil ouvert pour voir quand ton prochain client arrivera.

— Oui, boss.

Billie me regarda et désigna la porte d'un signe de tête.

— Allez-y. Je sais que vous devez aller rejoindre votre fille. Je vous raccompagne.

Une fois dehors, nous observâmes un moment la plaque de bois.

— Est-ce que je peux faire quoi que ce soit ? demandai-je. Appeler un réparateur ?

— Merci, mais une entreprise s'occupe déjà d'installer une nouvelle vitre demain matin. Et je fais aussi installer une alarme samedi. Avec des caméras. Si ce genre de chose se reproduit, je saurai qui est le responsable.

J'acquiesçai. Elle était forte, mais elle devait être secouée après cette journée.

— Parfait. Est-ce que je peux au moins vous raccompagner chez vous ?

— J'apprécie la proposition, mais je vais prendre un Uber ce soir, déclina-t-elle en souriant. Je suis trop paresseuse pour parcourir plus d'un kilomètre et demi, et je n'ai pas non plus envie de prendre deux métros. J'ai passé une très longue journée, alors je veux juste rentrer chez moi et me glisser dans un bon bain chaud avec un verre de vin.

Je souris.

— Si vous avez besoin de quelqu'un pour vous frotter le dos...

Elle me donna une tape dans les abdos.

— Bonne soirée, Colby. Merci d'être passé.

— Avec plaisir, ma belle.

Je me retournai juste au moment où je m'apprêtais à partir.

— J'ai failli oublier. Saylor m'a demandé de vous inviter à sa fête d'anniversaire qui aura lieu samedi.

— Vraiment?

J'acquiesçai.

— Vous n'êtes pas obligée de venir, mais je ne veux pas qu'elle découvre que je ne vous ai pas passé l'invitation. Comme Deek l'a dit, parfois, ce sont les petites personnes qui nous effraient le plus. Il se trouve que ma patronne à moi mesure seulement quatre-vingt-dix centimètres.

Billie sourit.

— À quelle heure commence la fête et où est-ce qu'elle a lieu?

— C'est à quinze heures. Son véritable anniversaire n'est que lundi, mais je fais venir quelques amis, une petite fille avec qui Saylor joue à l'école, et mes parents. C'est simplement dans notre appartement, ce n'est rien d'extraordinaire.

— J'essaierai de passer. L'entreprise chargée de poser l'alarme m'a donné une plage horaire de quatre heures ce jour-là, alors je ne peux pas vous assurer que ce sera possible, mais j'essaierai.

— Alors, quand c'est ma fille qui vous invite, vous acceptez, remarquai-je en frottant mon menton. Mais pas quand l'invitation vient de moi?

— Ne le prenez pas mal, *Big Daddy*. Saylor n'a pas cette chose à laquelle j'ai décidé récemment que j'étais allergique.

— Quoi donc? l'interrogeai-je en secouant la tête.

— Un pénis, répondit-elle en me faisant un clin d'œil. Bonne nuit, Colby.

♥

Le samedi après-midi, je m'emballai chaque fois que quelqu'un frappait à ma porte. Cependant, à dix-neuf heures trente, il devint évident que Billie n'allait pas venir. La plupart des invités qui étaient venus pour fêter les quatre ans de Saylor étaient déjà partis, et il ne restait plus qu'Owen, Holden et moi, assis à boire une bière, lorsque quelqu'un frappa à la porte. Je n'avais pas dit à mes amis que j'avais invité Billie, parce qu'une fois qu'ils avaient compris qu'une fille me plaisait, ils n'arrêtaient pas de me casser les pieds.

Alors je fis semblant d'être surpris quand j'ouvris la porte et que j'aperçus la tatoueuse, qui tenait des cadeaux emballés.

— Bonsoir, ça fait plaisir de vous voir, la saluai-je.

Elle jeta un coup d'œil dans l'appartement.

— Est-ce que j'arrive trop tard? L'entreprise a mis *deux heures* à installer le système d'alarme. J'ai fermé dès qu'ils sont partis.

Saylor arriva en courant derrière moi.

— Billie! Tu es venue!

Cette dernière s'accroupit, et ma fille se jeta à son cou.

— Je suis désolée d'être en retard. Je suis venue dès que j'ai pu.

— C'est pas grave. Tu es arrivée pile à temps. Oncle

Holden va me chanter une chanson spéciale. Il l'a écrite exprès pour mon anniversaire.

— C'est vrai? Waouh, personne ne m'a jamais écrit de chanson, déclara Billie en tapotant le nez de Saylor avec son index. Tu dois être très spéciale.

Nous étions toujours sur le seuil, alors je lui fis signe d'entrer.

— Venez, il y a encore plein de nourriture, et il y a aussi du gâteau.

Les gars la saluèrent en m'adressant des regards interrogateurs, mais je les ignorai.

— Vous avez faim? lui demandai-je. Ça ne prendra qu'un instant de réchauffer quelque chose. On a tout ce que Saylor préfère : du gratin de macaronis, des bâtonnets de poulet, et des sandwichs banane et beurre de cacahuètes.

— Oooh... les sandwichs me tentent bien, mais j'ai mangé au salon il n'y a pas très longtemps. J'ai commandé pendant qu'ils travaillaient. Je pensais que j'allais finir par mourir de faim.

— Du gâteau alors?

— C'est papa qui l'a fait, précisa Saylor en sautillant sur place.

Billie arqua les sourcils.

— Vous avez fait un gâteau?

— Ne vous emballez pas trop. Je l'ai fait avec une préparation prête à l'emploi, il est bancal, et je ne l'ai pas laissé suffisamment refroidir avant de mettre le glaçage, alors le dessus est fait d'un mélange de glaçage et de miettes de gâteau. Mais quand on ferme les yeux, il est plutôt bon.

— Juste un petit bout, alors, accepta-t-elle en souriant.

— C'est comme si c'était fait.

Pendant que je lui coupais une part, Billie offrit à ma fille les cadeaux qu'elle avait apportés.

— Papa, est-ce que je peux les ouvrir, *s'il te plaîîîîîîîît*?

Elle parlait comme si j'étais vraiment capable de lui refuser quoi que ce soit.

— Bien sûr, trésor. Vas-y.

Le premier cadeau qu'elle déballa était un coffret de matériel artistique. Il semblait de très bonne qualité et ne ressemblait pas aux coffrets typiques pour les enfants.

— C'était mon premier coffret de feutres acryliques quand j'étais petite, lui apprit Billie en le pointant du doigt. J'avais à peu près ton âge quand je l'ai eu. Une fois que j'ai commencé à dessiner avec ça, personne n'a réussi à me faire arrêter. Je suis tombée amoureuse de l'art.

— J'ai hâte de dessiner avec, déclara Saylor en les portant à sa poitrine.

Billie lui tendit un second cadeau.

— Et ça, c'est quelque chose que j'ai fait rien que pour toi, l'informa-t-elle, avant de jeter un coup d'œil à mon ami. Je ne chante peut-être pas comme ton oncle Holden, mais j'espère que tu aimeras ce que j'ai dessiné.

Saylor déchira le papier et découvrit l'image d'une fée encadrée. En la regardant plus attentivement, je me rendis compte que la fée avait le visage de Saylor.

— Bon sang. Vous avez dessiné ça de mémoire?

Billie confirma d'un hochement de tête.

— Ce n'était pas difficile. Cette petite fille n'a pas un visage qu'on oublie facilement.

— Papa! Je suis une fée! Je suis une fée!

— Je vois ça. Ce sont de merveilleux cadeaux, Saylor. Qu'est-ce qu'on dit?

Ma fille enroula ses bras autour de la taille de la tatoueuse.

— Merci, Billie. Je vais te faire un dessin avec mes nouveaux feutres!

— Avec grand plaisir. J'ai hâte de voir ce que tu vas créer.

Saylor se précipita vers Holden et Owen pour leur montrer sa nouvelle fée Saylor.

— Vous n'étiez pas obligée de vous donner tant de mal, murmurai-je à Billie.

— J'en avais envie. Et puis, sa réaction a illuminé ma journée – même ma semaine. Il se pourrait que je lui offre des dessins plus souvent juste pour que quelqu'un me regarde comme ça.

— Ne m'en parlez pas. À votre avis, pourquoi possède-t-elle quatre-cents éléphants en peluche ? Elle les adore, et je suis accro à la façon dont son regard s'illumine quand j'en rapporte un à la maison.

Un peu plus tard, Owen partit, puis Holden nous informa qu'il devait y aller aussi, alors il demanda à la star du jour de s'asseoir pour qu'il puisse lui faire la sérénade. Qu'elles aient quatre ou trente ans, les femmes ne pouvaient pas résister quand Holden chantait. Il avait écrit une jolie petite berceuse, et ma fille sourit à pleines dents pendant toute la durée de la chanson. Moi aussi je l'avais appréciée, jusqu'à ce que je jette un coup d'œil à Billie et que je remarque sa façon de regarder Monsieur Rockstar.

Putain. De nombreuses femmes aimaient Holden et son look négligé, mais elles voulaient toutes lui sauter dessus quand il sortait un instrument ou qu'il commençait à chantonner. Je ne savais même pas pourquoi il était batteur. Il aurait très bien pu mener n'importe quel groupe en tant que chanteur. Même moi j'étais obligé d'admettre que sa voix était sacrément sexy.

Une fois la chanson terminée, Billie cligna plusieurs fois des yeux.

— Waouh, c'était magnifique.

Holden m'adressa un sourire navré, et je le fis partir aussi vite que possible. Il se pourrait même que je lui aie fait passer la porte en le poussant. Toutefois, je pensais l'avoir fait discrètement.

— Vous voulez que je m'en aille aussi ? demanda Billie quand je me tournai vers elle. Vous avez un peu poussé vos amis vers la sortie.

— J'ai fait ça ?

Elle arqua un sourcil entendu, alors je cédai.

— Les femmes ne peuvent pas s'empêcher de craquer pour Holden, que ce soit lorsqu'il chante ou lorsqu'il joue de la batterie. Ce n'était qu'une question de temps avant que vous lui jetiez votre petite culotte si je l'avais autorisé à rester.

Elle se mit à rire.

— Est-ce que j'ai l'air d'être ce genre de fille ?

— Un jour, la *grand-mère* d'Owen a dragué Holden après l'avoir vu jouer de la batterie.

— Il a une jolie voix, et je suis certaine que c'est un musicien talentueux, mais Holden ne m'intéresse pas.

— Ah bon ?

Elle secoua la tête.

— Et l'un de ses amis ? Parce que j'ai entendu dire que les hommes qui savent faire un gâteau sont bien meilleurs au lit que ceux qui savent chanter.

— Ce gâteau était *vraiment* délicieux, déclara Billie, les yeux pétillants.

Heureusement, ma fille revint précipitamment dans la cuisine avant que j'aille trop loin – et que je suggère, par exemple, d'étaler le reste du gâteau sur son corps pour que je puisse tout nettoyer avec ma langue.

— Papa, on peut aller au pont maintenant ?

— Dans quelques minutes, trésor. Et si tu allais chercher un pull ?

— D'accord !

Saylor courut dans sa chambre, et je pris conscience de ce que j'avais fait.

— Hé, petite, ne sors pas tous tes vêtements de ta commode pour trouver un pull. Prends-en un sur le dessus.

— Vous connaissez bien votre fille, observa Billie en riant.

— La semaine dernière, je lui ai dit d'aller chercher un short. J'étais en train de finir un projet pour le travail sur mon ordinateur portable. Quand je suis allé dans sa chambre, on aurait dit qu'une bombe avait explosé dans un magasin de vêtements pour enfants.

— C'est à ça que ressemble mon appartement la plupart du temps.

— Les femmes, plaisantai-je.

— Alors, où est-ce que vous allez, tous les deux ? Saylor a parlé d'un pont ?

— Oui, on passe au Ward's Island Bridge. C'est une tradition que mon père a lancée quand je suis né. Il est aussi architecte, et il adorait me montrer différentes structures à travers la ville. Chaque année, pour mon anniversaire, il m'emmenait voir un pont différent. D'ailleurs, on n'en a toujours pas manqué un, et pourtant, j'ai vingt-neuf ans.

— Vraiment ?

J'acquiesçai.

— Il reste combien de temps avant que vous soyez à court de ponts ? Il y en a combien, à peu près trente en ville ?

— Presque. Il y en a deux mille vingt-sept dans les cinq quartiers, rectifiai-je en souriant.

Billie haussa les sourcils.

— Vous plaisantez, n'est-ce pas ?

— Absolument pas, lui assurai-je en riant.

— Oh, mon Dieu. Vous devez me prendre pour une idiote.

— Pas du tout. Honnêtement, la plupart des gens pensent la même chose. Tout le monde connaît les principaux, comme celui de Brooklyn, de Queensboro, le pont Verrazano, George Washington...

— Où se trouve celui que vous allez voir ce soir ?

— Sur la 103ᵉ Rue. C'est une passerelle qui traverse la Harlem River pour accéder à Ward's Island. Et si vous veniez avec nous ?

Billie hésita.

— C'est votre tradition avec votre fille. Je ne veux pas empiéter sur votre temps ensemble.

— Croyez-moi, Saylor serait ravie. On est toujours que tous les deux.

— Je ne sais pas...

Elle n'était toujours pas convaincue.

— Est-ce que je dois dire à ma fille de vous poser la question pour que vous acceptiez ? Vous agissez comme si j'étais sur le point de vous emmener à l'abattoir.

— Pas du tout, répliqua-t-elle en riant.

— Prouvez-moi que j'ai tort et venez. Je ne vous propose pas un rencard, cette fois-ci. On peut être amis, non ?

Elle mordilla sa lèvre.

— D'accord. On peut être amis.

— Super, conclus-je avec un clin d'œil. Mais juste pour que ce soit bien clair, il m'arrive parfois de reluquer les fesses de mes amies.

CHAPITRE 6

C'était mon moment préféré de la journée. Le temps calme au salon, le matin, avant que mon personnel commence. J'étais arrivée plus tôt pour organiser mon équipement et mettre un peu d'ordre. Le seul problème, c'était que j'avais bien trop de temps pour réfléchir quand il n'y avait personne ici. Et tout ce à quoi je semblais pouvoir penser ces derniers temps, c'était à Colby Lennon.

Après notre promenade sur le Ward's Island Bridge de la dernière fois, j'avais pensé qu'il m'aurait appelée ou envoyé un message. Cependant, ça faisait trois jours, et rien. Pas un mot. La question était, pourquoi attendais-je un appel ou une visite alors que je lui avais clairement fait comprendre que je voulais seulement que nous soyons amis ? Il m'offrait ce que j'étais censée désirer : de l'espace. Des *amis* ne devraient pas s'attendre à un appel si tôt.

La balade jusqu'au pont avait été plutôt cool. C'était mignon de le voir expliquer l'architecture et l'histoire au fur et à mesure. Et Saylor semblait boire les paroles de son père, même si elle ne comprenait probablement pas la moitié de ce qu'il disait. Comme si une petite fille de quatre ans s'intéressait à un projet de rénovation à seize millions de dollars, ou au fait que le pont avait été partiellement recouvert de vinyle jaune pour une apparition dans le film *The Wiz* en 1978, dans une scène où Diana Ross et Michael Jackson chantaient *Ease on Down the Road*.

Toutefois, on aurait pu penser que Saylor comprenait et appréciait vraiment. Elle avait souri à tout. J'avais eu envie de décevoir Colby en lui disant que je me fichais un peu de l'histoire du pont, mais j'avais *vraiment* aimé voir la passion qui se lisait dans ses yeux quand il parlait. Ça, j'aurais pu le regarder tous les jours. Et honnêtement, j'aimais passer du temps avec Saylor et lui, sans tenir compte de ce que nous faisions.

Visiblement, j'étais tombée sous son charme, que je veuille l'admettre ou non. D'où ma situation actuelle. Je vérifiai mon téléphone et regardai par la vitrine à la recherche du moindre signe de Colby.

Il ne me restait que dix minutes avant d'ouvrir, alors je décidai d'aller chercher un café au camion qui en proposait dehors. C'était l'une de ces rares matinées où l'air était frais et sec, et où l'humidité avait pris un jour de congé. J'attendis dans la file et commandai comme d'habitude un café court avec un peu de lait et un sucre. Quand je me retournai avec le petit gobelet bleu à la main, je l'aperçus en train d'avancer vers moi.

Colby se rendait au travail, vêtu d'un costume trois pièces bleu marine qui le faisait paraître... riche. Bon sang, cette tenue lui allait à ravir. Le voir tiré à quatre épingles me donnait envie de lui sauter dessus.

Au lieu de ça, je levai mon gobelet pour le saluer.

— Salut, toi.

— Salut, répondit-il en souriant. Ça faisait longtemps.

— Oui. C'est plutôt moi qui devrais te dire ça.

Qu'est-ce que ça veut dire? Que j'ai attendu qu'il m'appelle? Argh.

— Ces deux derniers jours ont été un véritable merdier.

— Oh oh. Pourquoi? demandai-je en fronçant les sourcils.

— Gastro. Pas moi, Saylor. On n'avait encore jamais vécu ça. Et le jour de son anniversaire, en plus.

— Oh, non. Je suis désolée.

— Quelqu'un a dû lui transmettre ça pendant la fête. J'ai eu de la chance. Jusqu'à présent, j'y ai échappé, soupira-t-il. Tu n'es pas malade, n'est-ce pas?

— Non.

— Parfait. Je me serais senti mal si tu avais attrapé ce virus.

— Est-ce qu'elle va mieux?

— Oui. On a attendu vingt-quatre heures de plus pour être certains qu'elle était rétablie, mais elle est retournée à l'école aujourd'hui.

— Dieu merci. Je n'imagine pas à quel point ça a dû être horrible.

— C'est très sexy d'être couvert de vomi pendant deux jours, pas vrai? Ça t'aurait fait regretter de ne pas avoir accepté de sortir avec moi.

— Eh bien, le fait que tu sois un si bon papa poule est l'une des choses les plus sexy chez toi.

Argh. Je parle encore sans réfléchir.

Étant donné que je n'avais aucune envie de sortir avec quelqu'un qui avait déjà un enfant, je ne comprenais pas vraiment pourquoi le fait qu'il soit un bon père m'excitait autant. Pourtant, c'était le cas. *Tu n'es quand même pas obligée de le partager, Billie.*

— C'est un excellent point à travailler. Je prends ce compliment et je le garde en mémoire. Malheureusement, je suis un peu en retard, alors...

— Vas-y, je t'en prie, déclarai-je en lui faisant signe de partir.

Colby regarda par-dessus mon épaule, et je me tournai pour apercevoir son ami Holden, qui venait de faire son apparition. J'avais presque oublié qu'il avait réservé le premier créneau de la journée.

— Ça gaze ? lança ce dernier.

— Qu'est-ce que tu fais là ? l'interrogea Colby.

— En fait, je viens voir Billie.

Son ami plissa les yeux.

— Pour quoi faire ?

— Tu te souviens de mon tatouage avec le prénom de Hailey ?

— Oui, répondit Colby en arquant les sourcils.

— Je vais enfin m'en débarrasser. Billie va le couvrir pour moi.

Quand Holden avait pris rendez-vous, il avait mentionné qu'il voulait retirer le nom d'une ex-petite amie du bas de son ventre. Nous avions décidé qu'il jetterait d'abord un coup d'œil à mes dessins, puisqu'il ne savait pas ce qu'il désirait.

— Ce n'est pas celui qui est pratiquement sur ton sexe ? gémit Colby. Celui que tu t'es fait faire pour qu'elle voie son prénom quand elle te faisait une fellation ?

— C'est bien celui-là. Au niveau du V... mais pas *sur* mon sexe, rectifia Holden en riant.

— Crois-moi, intervins-je. Il y a une grande différence entre « pratiquement sur » le sexe de quelqu'un, et *vraiment* dessus. J'ai déjà tatoué ces deux endroits, donc je suis au courant.

Colby écarquilla les yeux.

— Tu as déjà tatoué un pénis ?

— Oui.

— C'est génial ! s'exclama Holden en riant. Je veux voir des photos.

Je m'étais attendue à ce que Colby se mette à rire aussi, mais son visage était glacial. Rien de tout ça ne semblait l'enchanter, que ce soit le V ou le pénis.

Il se racla la gorge.

— Eh bien, amusez-vous bien, tous les deux. Il faut que j'aille travailler.

Holden et moi l'observâmes s'éloigner pendant quelques secondes, avant qu'il me suive jusqu'au salon. Une fois la porte fermée derrière nous, il se tourna vers moi.

— C'était quoi, ça ?

— Quoi donc ? demandai-je en faisant comme si je ne comprenais pas.

— Colby avait l'air d'avoir envie de m'assassiner.

— Ah bon ?

— Tu n'as pas remarqué ?

— Remarqué quoi ? le questionnai-je en clignant des yeux.

— Son regard quand il a appris ce que tu allais faire pour moi !

— Je ne faisais pas attention à son visage, mentis-je.

— Moi, oui. Je connais mon ami. Il n'a *pas* aimé le fait que tu allais me toucher. Il doit t'apprécier, Billie. Ça fait longtemps que Colby ne s'est pas intéressé à quelqu'un.

— Ne sois pas ridicule. Ça doit être ton imagination.

— Il t'aime bien, insista-t-il. Il a aussi raconté aux gars que vous aviez passé du temps ensemble l'autre soir, je me trompe ? Alors ne me dis pas que je suis en train d'imaginer des choses.

— Mêle-toi de tes affaires et installe-toi sur le fauteuil, lui ordonnai-je en sentant mes joues s'enflammer. On a du travail. J'ai une journée très chargée.

Holden ne parla plus de Colby pendant que nous feuilletâmes les dessins que j'avais rassemblés en me basant sur notre dernière entrevue. Il opta pour une série de notes de musique entrelacées qui sortaient du bec d'un oiseau et s'enroulaient autour de deux baguettes de batterie. Ça allait être un peu compliqué de recouvrir le prénom avec ce qu'il avait choisi, mais je savais que je trouverais une solution. Il ne m'était pas encore arrivé de rater un tatouage et je n'avais pas prévu de commencer aujourd'hui.

Holden s'allongea sur le fauteuil, et je me mis au travail. En général, je n'aimais pas parler pendant que je tatouais, mais Holden était bavard. J'avais écouté à moitié ce qu'il avait raconté à propos du milieu musical, mais quand il changea de sujet pour parler de Colby, je dressai l'oreille.

— Tu sais, Colby était le plus grand dragueur de nous tous, indiqua-t-il.

— Ah bon ?

Je fis comme si cette conversation ne m'intéressait pas particulièrement, tout en prenant soin de ne pas quitter des yeux ce que j'étais en train de faire.

— Oui. Enfin, pas au lycée, mais pendant presque toute la seconde moitié de nos études à la fac, jusqu'à... eh bien, jusqu'à Saylor.

— Qu'est-ce qui s'est passé au lycée ? demandai-je.

— Colby était amoureux de sa copine, Bethany. Mais elle a décidé qu'il vaudrait mieux qu'ils se séparent après la remise des diplômes puisqu'ils allaient dans deux facs différentes. Ce n'était pas vraiment son choix, alors au cours de la première année, il était obsédé par ce qu'elle pouvait faire – et avec qui – dans son université à elle.

Je peinai à entendre tout ce qu'il disait à cause du bruit de mon aiguille.

— Quand il a découvert par le bouche-à-oreille qu'elle avait couché avec d'autres types, il a décidé qu'il voulait se venger. Il est devenu incontrôlable pendant sa deuxième année, et il a couché avec tout ce qui bougeait. Ça a commencé à contrarier Bethany, mais je pense qu'il aimait ça. Bethany et lui ne se sont pas remis ensemble après ça, mais je suis presque sûr qu'il tenait encore à elle et qu'il gardait toujours espoir.

— Ça craint. Tu as été témoin de tout ça ? Tu étais dans la même université que lui ?

Son corps bougea lorsqu'il secoua la tête.

— Non, j'étais dans une autre fac, mais je lui rendais tout le temps visite parce que je n'étais qu'à une heure de route. Bref, soupira-t-il. L'histoire avec Bethany ne s'arrête pas là.

Je finis par lever les yeux.

— Pourquoi ? Il s'est passé quoi ?

— Elle a emménagé à New York après ses études, et elle est venue le voir chez ses parents à Noël. Elle lui a dit qu'elle était toujours amoureuse de lui, même après toutes ces années à être séparés, et elle voulait savoir s'il avait envie de ressortir avec elle. Elle a dit qu'ils pourraient recommencer à zéro.

— Il a dit quoi ?

— Eh bien, tu vois, c'était il y a quatre ans. Juste après qu'il a appris pour Saylor.

— Oh...

Mon cœur se serra pour Colby, même si je n'aimais pas cette Bethany. Et je pouvais deviner où il allait en venir.

— Elle a réagi comment ?

— Elle était sous le choc et n'a pas pu le supporter. C'était la dernière chose à laquelle elle s'attendait. Bon sang, c'était la dernière chose à laquelle tout le monde s'attendait. Elle s'est sauvée après ça, alors il n'a jamais eu de seconde chance avec elle.

Pour la première fois depuis le début de cette conversation, j'arrêtai totalement de travailler pour me concentrer.

— Est-ce qu'il était dévasté ?

— À ce moment-là, il se concentrait uniquement sur Saylor. Tout était si nouveau. Alors même si le retour de Bethany était déroutant, rien ne le perturbait plus vraiment à ce stade. Ce n'était pas comme si elle était revenue un an plus tôt, ajouta Holden en regardant au loin. Mais tu sais... je ne sais pas où il en serait s'il s'était remis avec Bethany et qu'il n'avait jamais eu Saylor. Je n'arrive plus à l'imaginer sans cette petite fille, à présent.

— Je suis parfaitement d'accord.

Il soupira.

— Mais oui, c'est bien Bethany qui est partie.

— Tu penses qu'il l'aime encore ? demandai-je en déglutissant.

— Je ne peux pas affirmer avec certitude qu'il n'éprouve plus de sentiments pour elle, mais je me rappelle l'avoir entendu dire qu'elle ne devait pas l'aimer tant que ça si elle n'avait même pas envisagé d'accepter sa fille. Dans une certaine mesure, il a compris sa réaction, mais je pense que le fait qu'elle soit partie si vite l'a repoussé. Je pense que si elle avait tout de suite accepté la situation, ils seraient déjà mariés. Au lieu de ça, elle a épousé quelqu'un d'autre.

— Ah bon ?

J'humectai mes lèvres. *Bethany est mariée. Pourquoi est-ce que ça me soulage autant ?*

— Oui.

Le fait que Colby soit amoureux de cette fille qui ne le méritait apparemment pas me contrariait et me rendait jalouse en même temps. Si elle savait comme c'était un bon père, je serais prête à parier qu'elle regretterait sa décision.

— Bref... reprit Holden. Je pense que si je te parle de tout ça, c'est parce que ça m'a fait du bien de le voir agacé comme ça, dehors. Il était tellement paumé ces dernières années, et il avait une bonne raison de l'être, mais il a besoin de reprendre du service. Il va falloir que je l'embête un peu plus, que je lui mette la pression. Je vais peut-être lui dire que je me suis bien amusé avec toi aujourd'hui pour voir comment il réagit. Ensuite, je lui tomberai dessus quand il pètera encore un plomb.

— Pourquoi tu ferais ça ?

— Parce que je suis con, et qu'on adore se chercher. Et je suis aussi énervé contre lui de ne pas m'avoir dit plus tôt qu'il en pinçait pour toi.

— C'est ta théorie. Il ne te l'a jamais avoué, pas vrai ?

— Crois-moi, il n'a pas besoin de le dire. Les regards comme celui qu'il m'a lancé ce matin ne trompent pas. D'ailleurs, c'était plutôt un avertissement. Et ça me disait tout ce que j'avais besoin de savoir.

Je me remis au travail, même si mes pensées n'étaient pas plus claires que lorsque j'étais arrivée ce matin, et un petit moment plus tard, le dessin de Holden était terminé. Je lui mis un pansement et le laissai s'en aller. Si seulement tout ce qu'il m'avait dit était parti avec lui. Au lieu de ça, Colby, Bethany, et ce qui se passait entre lui et moi tournèrent en boucle dans ma tête tout l'après-midi.

À la fin de la journée, j'étais en train de fermer le salon quand Colby me surprit en passant me voir sur le chemin du retour. Il était tout aussi canon que ce matin, sauf que sa cravate était désormais desserrée et qu'il était un peu décoiffé. La seule chose plus sexy que Colby Lennon impeccable en costume, c'était Colby Lennon négligé en costume. Toutes les versions de lui me convenaient parfaitement.

— Salut, Billie, lança-t-il en souriant. Quoi de neuf ?

— Salut ! Comment s'est passée ta journée ? demandai-je.

— Bien, acquiesça-t-il. Et la tienne ? Est-ce que ce crétin de Holden a eu ce qu'il voulait sur son V ?

— Oui. Ça rend très bien, d'ailleurs.

— Je dois t'avouer... que je le sais déjà. Il m'a envoyé une photo pour m'emmerder.

— Il a semblé penser que tu étais...

Je me raclai la gorge.

— ... jaloux.

— Pourquoi je ne le serais *pas* ?

Il me regarda droit dans les yeux.

— Parce que je ne copine pas avec mes clients, alors il n'y a aucune raison d'être jaloux.

Il poussa un long soupir.

— Ce n'est pas que je pensais que tu craquais pour Holden. C'est juste que ça m'a contrarié qu'il puisse passer du temps avec toi, contrairement à moi. Et cet enfoiré est séduisant, alors je suppose que savoir que tu allais le toucher à cet endroit m'a mis un peu mal à l'aise, avoua-t-il en haussant les épaules. Qu'est-ce que je peux dire ? Je suis jaloux, et apparemment, je suis très nul pour le cacher.

Pour la troisième fois aujourd'hui, je laissai mes pensées m'échapper avec Colby.

— En fait, je te trouve bien plus canon.

— C'est une information intéressante, indiqua-t-il en levant les yeux vers moi.

— En effet.

Holden était plutôt mon genre... avant Colby. Qui aurait cru que je choisirais le type en costume ? À présent, tout ce que je semblais vouloir, c'était tirer sur la cravate de cet homme pour coller ma bouche à la sienne.

— Alors, qu'est-ce qu'on fait à propos de ça ? De ton attirance pour moi ? demanda-t-il.

Je déglutis.

— Rien. On ne fait rien du tout. Tu sais que tu es séduisant. Je ne t'apprends rien. Ça ne change pas le fait que je ne sois pas intéressée à l'idée de commencer quoi que ce soit pour l'instant.

Il hocha lentement la tête.

— En fait, je crois que j'ai une solution, affirma-t-il.

— Laquelle ?

— Écoute-moi bien, répondit-il en s'approchant de moi. On n'est pas obligés de se voir lors de rencards, Billie. On pourrait organiser des... non-rencards.

— Des *non-rencards* ? C'est quoi exactement ? l'interrogeai-je, bien trop consciente de sa proximité.

Il n'était plus qu'à quelques centimètres de moi, à présent.

— C'est un peu ce qu'on a fait la dernière fois, quand on est allés voir le pont. Ce n'était pas un rencard, n'est-ce pas ? C'était un peu l'opposé. Un non-rencard. C'est ce que je te propose.

— Qu'est-ce que ça impliquerait ? m'enquis-je en croisant les bras.

— On passerait du temps ensemble, mais seulement dans des circonstances non romantiques et banales, déclara-t-il en grattant son menton. Je te donne un exemple. Imaginons que je sois en train de travailler sur quelque chose chez moi et que je me rende compte que j'ai besoin de passer chez Home Depot. Il n'y a rien qui soit sexy ou suggestif là-dedans. Boum. Tu seras la première à qui je penserais. Je t'appellerais et je te proposerais de venir avec moi si tu es disponible. Aucune pression. Aucune tentation. Un non-rencard.

— Quel est l'intérêt ? le questionnai-je en riant.

— L'intérêt, c'est qu'on pourrait être amis et passer du temps ensemble sans aucune pression. L'intérêt, c'est que je pourrais toujours te voir, ce qui me rend heureux.

Nos regards se croisèrent, et je me demandai à quel point il était évident que le fait d'être à ses côtés me rendait heureuse aussi.

— Ça me semble assez inoffensif, admis-je.

Toutefois, j'étais certaine que je changerais vite d'avis. Parce que même si ces non-rencards paraissaient innocents quand il en parlait, je pouvais entendre tous les signaux d'alarme retentir.

— Ah oui ? rayonna-t-il.

— Si c'est ce que tu veux vraiment, je peux jouer le jeu.

Son regard devint intense.

— Ce que je veux vraiment ?

Il secoua la tête doucement en riant.

— Ce n'est pas ce que je veux *vraiment*.

— Dis-moi ce que tu veux, alors, insistai-je, tandis qu'un frisson me parcourut.

Apparemment, j'aimais me faire du mal.

— Je ne pense pas que tu veuilles le savoir.

— En fait, si. C'est comme de la curiosité morbide.

— Bon, d'accord, accepta-t-il après une longue pause. Ce que je veux vraiment, c'est détacher ce corset en retirant chaque lacet un par un et enfouir mon visage entre tes seins magnifiques, pendant que tu me chevauches sur le fauteuil juste ici. *Tout de suite.* Alors, fais plus attention quand tu formules tes questions. Parce que la réponse sincère à ce que je *veux* à ton sujet ne sera jamais chaste ou courtoise.

Il sourit, puis se tourna vers la porte.

— Je t'appelle bientôt, lança-t-il avant de disparaître.

Sonnée et excitée, je restai là à fixer la vitrine pendant une durée indéterminée. Ensuite, je verrouillai la porte du salon et me retirai dans les toilettes, où je m'appuyai sans tarder contre la porte, avant de baisser ma culotte et de repenser à ce qu'il venait de dire, tout en caressant mon clitoris.

CHAPITRE 7

Colby

C'était le moment de vérité. Saylor étant exceptionnellement occupée un samedi, je récupérai mon téléphone et envoyai un message à Billie.

Colby : Prête pour notre premier non-rencard aujourd'hui ?

Elle me répondit presque immédiatement.

Billie : Qu'est-ce que tu as en tête ?

Je ris en tapant ma réponse.

Colby : Je croyais qu'on avait établi la dernière fois qu'il était dangereux de me demander ce que j'avais en tête… Mais si tu veux parler de mes projets, je vais chez IKEA et je voulais savoir si tu voulais m'y accompagner. On vient de rénover un appartement qui est vide, et on va tester la location meublée sur Airbnb. Je suis chargé de préparer les lieux, alors il faut que j'achète des articles ménagers, des trucs comme des verres et des ustensiles de cuisine.

Billie : Mmmh... C'est vrai que j'adore leurs boulettes de viande suédoises. Tu y vas quand ? J'ai prévu de participer à un cours de kickboxing à treize heures. Une connaissance organise une leçon de groupe gratuite pour essayer d'attirer de nouveaux clients.

J'avais pris des cours de boxe quand j'étais petit, et j'étais plutôt doué. Je me dis que ça pourrait être l'occasion de frimer un peu, alors je pris l'initiative de m'inviter.

Colby : Ça te dérange si je me joins à toi ? Je cherchais un moyen amusant de faire de l'exercice. Courir et soulever des poids, c'est ennuyeux. Peut-être qu'on pourrait faire un double non-rencard et aller chez IKEA ensuite.

Billie : Bien sûr. Taylor adorerait ça. Plus on est de fous, plus on rit. Est-ce que tu peux me rejoindre à la salle de sport ? J'ai quelques courses à faire juste avant. Je peux t'envoyer l'adresse.

Colby : Ça me va. J'ai hâte.

Je ne l'avouerais à personne, surtout pas à mes amis, mais je m'entraînai avant de partir au cours de kickboxing. S'il y avait une chance que je retire mon T-shirt, je voulais avoir l'air aussi sculpté que possible. Je fis une centaine d'abdos et presque autant de flexions pour gonfler mes biceps, avant de me rendre à l'adresse qu'elle m'avait envoyée.

J'avais pensé être en bonne forme... jusqu'à ce que j'aperçoive le type en train d'installer des tapis dans la pièce quand j'entrai. Il était vêtu d'un pantalon large et blanc, comme ceux qu'on portait pour le karaté, et il n'avait pas de T-shirt. J'étais musclé, cependant, cet homme me faisait paraître frêle. J'ignorais pourquoi, mais bizarrement, je savais qu'il était capable de faire danser ses pectoraux au rythme de la musique pour s'amuser. Cette pensée me fit froncer les sourcils, tout comme le souvenir des quarante minutes que j'avais perdues à faire de l'exercice avant de venir ici. Il était hors de question que je retire mon haut à proximité de Mister Univers.

Toutefois, je trouvai une raison de sourire quand je vis Billie me faire signe de la main. Elle portait un haut court et un short, et même si j'adorais ses corsets, ils ne me manquaient pas du tout pour l'instant.

— Hé, tu es venu, observa-t-elle.

— Oui, j'ai trouvé facilement. J'ai emprunté la voiture d'Owen pour qu'on puisse ramener nos achats après notre passage chez IKEA. Et mes parents ne vivent qu'à quelques rues d'ici, alors je leur ai déposé Saylor. En général, ils viennent chez nous un ou deux samedis par mois pour passer du temps avec elle, pendant que je rattrape ce que je n'ai pas eu le temps de faire. Elle était ravie de pouvoir aller chez eux, pour une fois.

— Oh, c'est super ! s'exclama-t-elle, avant de désigner l'autre côté de la pièce. Viens, je suis installée là-bas.

Je la suivis et déposai mon sac de sport par terre, à côté du sien.

— C'est génial que les grands-parents de Saylor s'impliquent autant dans sa vie, remarqua-t-elle en s'étirant un peu.

— Oui, mes parents sont formidables avec elle. Après la naissance de Saylor, ils ont quitté la Pennsylvanie où j'ai grandi pour s'installer à New York et être plus près de moi. Si je la laissais faire, ma mère la garderait tous les week-ends. Mais puisque je m'absente dix heures par jour pour le travail, j'essaie de passer des moments privilégiés avec ma fille les samedis et dimanches. En temps normal, je l'emmène visiter un endroit de la ville au moins une fois, sauf si la météo ne le permet pas. Crois-moi ou non, ce qu'elle préfère, ce sont les bibliothèques.

Billie sourit.

— Saylor grandit avec un modèle masculin très sain. En tant que femme, je ne peux te dire à quel point c'est important. Ma mère avait seulement dix-neuf ans quand elle m'a eue. Mon père avait vingt-cinq ans et était marié à une autre femme quand ma mère a découvert sa grossesse.

— Sérieusement ?

Elle hocha la tête.

— Encore plus drôle, sa femme était déjà enceinte de deux mois quand ma mère est tombée enceinte à son tour. Alors j'ai une demi-sœur qui n'a que huit semaines de plus que moi.

— Waouh. Comment ça s'est passé en grandissant ?

— Eh bien, mon père n'avait pas vraiment envie de me connaître. Quand il s'est mis avec ma mère, il lui a dit qu'il était en plein milieu d'un divorce, et elle l'a cru. Mais de ce que je sais, il est toujours marié à la même femme toutes ces années après.

— Bon sang, lâchai-je en secouant la tête.

— Ça a vraiment changé le cours de la vie de ma mère. Après ça, elle a fréquenté des hommes de temps en temps, mais je ne pense pas qu'elle ait assez fait confiance à quelqu'un pour se lancer dans une relation sérieuse. C'est bizarre, je me vante de ne pas lui ressembler, pourtant, j'ai pratiquement fait la même chose. Je suis tombée amoureuse d'un type qui s'est foutu de moi et je ne fais plus confiance aux hommes.

Je tapai mon torse.

— Sauf en celui ici présent, j'espère.

— Ça reste encore à voir. J'ai entendu parler de ton passé de playboy, tu sais.

Je plissai les yeux.

— De quoi tu parles ?

— Holden adore raconter des ragots quand on le tatoue.

Sérieusement ? C'est quoi ce bordel ? Pourquoi Holden lui raconterait des conneries de ce genre, que ce soit vrai ou non ? J'allais tuer ce crasseux en rentrant.

— Je ne suis plus comme ça, Billie, lui assurai-je en fronçant les sourcils. L'arrivée de Saylor m'a fait voir les choses autrement. Maintenant, je me demande toujours si j'aimerais qu'un type traite ma fille comme ça.

— Je crois vraiment que tu as beaucoup changé. Je ne voulais pas te rabaisser. Je voulais principalement te taquiner.

Principalement. Génial.

Notre conversation fut interrompue lorsque l'armoire à glace s'approcha de nous. Il ouvrit alors les bras et sourit à Billie.

— Tu es venue !

Elle accepta son étreinte, et le type la souleva pour la faire tourner. Il ne se sentait clairement pas intimidé par l'homme à côté d'elle.

— Tu m'écrases, Taylor ! s'écria Billie en riant.

Super, Taylor, c'était ce mec. Vu son prénom, j'avais pensé que la personne donnant le cours était une fille. À présent, j'allais devoir endurer une heure entière à voir la femme que j'étais venu impressionner regarder ce mec. Le rencard du jour, ou plutôt le *non-rencard,* n'avait pas commencé comme prévu. Pendant les trois premières minutes, Billie m'avait dit qu'elle avait entendu dire que j'étais un playboy, et maintenant, Mister Univers écrasait ses seins contre ses pectoraux énormes. *Génial. Vraiment génial.*

Le prof la reposa par terre, mais garda un bras enroulé autour de sa taille.

— Comment tu vas, ma belle ?

— Bien. Je te présente mon ami, Colby, répondit-elle en me désignant.

Le type me tendit la main.

— Salut, Colby. Merci d'être venu.

— Ravi d'être là, déclarai-je en me forçant à sourire.

Taylor jeta un coup d'œil à sa montre et désigna l'avant de la pièce.

— Je dois commencer le cours. On se parle après, d'accord ?

Billie hocha la tête.

— Avec plaisir.

Après que nous avions fait quelques étirements et nous être échauffés, Taylor nous montra quelques mouvements de kickboxing. Nous nous entraînâmes à donner des coups de pied et des sidekicks, puis il dit à la classe de faire des groupes de deux pour des petits combats.

— Est-ce qu'on choisit des adversaires à notre taille ? demandai-je en jetant un coup d'œil à Billie.

Elle posa ses mains sur ses hanches.

— Tu es en train de dire que je ne peux pas combattre avec toi parce que tu mesures trente centimètres de plus que moi ?

Je ris en haussant les épaules.

— Ça me paraît logique, non ?

Le prof fit un tour dans la salle pour parler aux binômes, et lorsqu'il arriva devant nous, il remit son bras autour des épaules de Billie.

— Je vais m'occuper de cette petite casse-pieds. Et si tu t'entraînais avec ce type, Colby ? proposa-t-il en pointant du doigt un homme au fond de la pièce. On dirait qu'il n'a pas encore trouvé de partenaire.

Bien sûr, comme si j'allais le laisser poser ses mains sur elle.

— Ça va aller, lui assurai-je en secouant la tête. Je reste avec Billie. Ne t'en fais pas, je vais y aller doucement avec elle.

Billie et Taylor se regardèrent, puis éclatèrent de rire.

— Tu vas y aller doucement avec Billie ? répéta-t-il. Dis-moi, est-ce que ça veut dire qu'elle doit aussi y aller doucement avec toi ?

Je haussai les épaules.

— Non, elle peut donner tout ce qu'elle a.

Taylor tapota mon épaule en riant.

— Tu ne diras pas que je ne t'ai pas prévenu, mon pote.

— De quoi il parle ? demandai-je à Billie en fronçant les sourcils.

Elle leva les mains pour se mettre dans la position de kickboxing que le prof nous avait apprise.

— Tu es prêt à te battre, Lennon ?

La lueur dans ses yeux aurait dû me faire comprendre que je ne savais pas dans quoi je m'embarquais. Cependant, je haussai les épaules comme un idiot arrogant.

— Je suis toujours prêt.

Je massai le bas de mon dos, après avoir coupé le moteur sur le parking d'IKEA. J'allais sans aucun doute avoir un bleu.

— Je n'arrive toujours pas à croire que tu ne m'aies pas dit que tu avais une fichue ceinture noire.

Billie se mit à rire.

— On a essayé de te prévenir, mais tu étais trop occupé à m'assurer que tu ne me ferais pas de mal. Tu sais, parce que je suis si petite et faible.

— Je n'ai jamais dit que tu étais faible.

— Allez, viens, mauviette, lança-t-elle en ouvrant la portière passager.

Je sortis en secouant la tête. Non seulement je n'avais pas réussi à lui porter un seul coup, mais Billie m'avait jeté par-dessus son épaule comme si j'étais une fichue poupée de chiffon. Moi qui pensais que j'allais l'impressionner avec mes abdos, j'avais été complètement émasculé.

Alors que nous nous dirigions vers l'entrée, Billie n'arrivait pas à arrêter de rire.

— Tu sais quoi ? Tu peux pousser le Caddie. C'est une mission pour les durs à cuire. Tu te sentiras plus viril.

— Tu sais ce qui m'aiderait à me sentir plus viril ? Que tu remettes mes testicules en place, parce que je suis presque sûr qu'ils ont passé l'après-midi à se cacher à l'intérieur de mon corps.

Billie récupéra un chariot et le poussa dans ma direction.

— Si tu continues à pleurnicher, je vais commencer à te donner des surnoms moins sympas que « mauviette ».

Boum !

Mince. Billie et moi échangeâmes un regard. Un sourire diabolique étira ses lèvres... puis elle fit demi-tour et s'enfuit.

Je jetai un coup d'œil autour de moi. La voie semblait libre, alors je courus aussi vite que possible, tout en poussant un chariot plein d'objets inutiles. Pendant cette dernière heure et demie, Billie avait choisi des articles et me les avait montrés. Si j'acceptais, elle les jetait par-dessus son épaule pour que je les rattrape avec le chariot. Je l'avais suivie en enchaînant les zigzags pour essayer de tous les récupérer, alors que nous riions tous les deux comme des enfants. Enfin, jusqu'à ce que je rate son dernier lancer et qu'un saladier éclate en mille morceaux.

IKEA était un labyrinthe géant, alors je continuai à courir aux côtés de Billie, en tournant à gauche, puis à droite, jusqu'à arriver à la partie entrepôt du magasin, qui se trouvait juste avant les caisses. Elle posa ses mains sur ses genoux, à bout de souffle.

— Je crois qu'on ne craint plus rien, déclara-t-elle.

— Et moi je crois que j'aurais préféré payer le saladier à douze dollars plutôt que de prendre la fuite. Ce chariot est tellement plein qu'il a failli basculer au moins dix fois.

Elle rit.

— Est-ce qu'on a pris tout ce dont on avait besoin ?

— Je ne sais pas, mais on a clairement acheté des tas de choses dont on n'a *pas* besoin. Par exemple, je pense qu'on aurait pu se passer des appareils qui font tourner les cônes de glace tout seuls. Les locataires peuvent lécher leurs glaces sans aide.

— Ça, c'est pour Saylor et moi, précisa Billie en souriant. Et ils s'allument aussi !

Je ricanai.

— Viens, passons à la caisse avant que je sois complètement ruiné.

Tandis que nous disposions tous les articles sur le tapis, je désignai d'un signe de tête le restaurant situé juste après les caisses.

— Tu es toujours partante pour des boulettes de viande ?

— Euh... tu es sérieux ? Je ne suis venue que pour ça.

— Aïe, ça fait mal, gémis-je en portant une main à mon cœur. Et moi qui pensais que tu étais venue pour être avec moi.

Après avoir payé, je fis avancer le chariot jusqu'à une table pour deux dans un coin du restaurant.

— Reste ici avec les achats, je vais nous chercher des boulettes de viande.

— D'accord, mais est-ce que tu peux aussi aller me chercher à boire, s'il te plaît ? Je meurs de soif.

Lorsque je revins, je posai deux grosses assiettes de boulettes sur la table.

— Tu as oublié les boissons ? demanda Billie.

Je souris en levant un doigt.

— Non, je ne les ai pas oubliées. Je les ai apportées.

Mon sac de sport de tout à l'heure était posé sous le chariot depuis que nous étions entrés. Je le récupérai, l'ouvris et sortis son contenu.

— Du vin, madame ? lui proposai-je en faisant reposer une bouteille de merlot sur mon avant-bras, afin de lui montrer l'étiquette tel un maître d'hôtel.

Billie se mit à rire.

— Tu as apporté du vin avec toi ? J'ai trouvé ça bizarre que tu prennes ton sac de sport dans le magasin, mais je me suis dit que ton portefeuille était peut-être dedans.

— Est-ce que j'avais un autre choix ? m'enquis-je en haussant les épaules. Tu ne veux pas sortir avec moi, alors je dois profiter au mieux de notre non-rencard chez IKEA.

Je saisis deux verres à vin en plastique, des serviettes de table blanches en tissu, et un bougeoir avec une bougie rouge.

Billie la prit pour l'examiner, avant d'arquer un sourcil.

— Une image d'un village en hiver ?

— C'est une bougie de Noël, avouai-je en haussant les épaules. Je n'avais qu'une heure pour partir de chez moi avec une petite fille de quatre ans. Ne me juge pas.

Les regards que nous lançaient les gens autour de nous alors que nous mangions nos boulettes de viande aux chandelles étaient plutôt amusants. J'étais aussi presque sûr qu'il était interdit d'allumer une bougie chez IKEA, sans parler du fait de ramener une bouteille de vin, mais de toute évidence, les employés derrière le comptoir n'avaient pas lu le règlement pour s'en assurer. Quoi qu'il en soit, le sourire de Billie en valait totalement la peine. À la fin du déjeuner, je soufflai sur la bougie et me mis à ranger.

— Tu sais... je pense que tu viens d'organiser un rencard en douce, pendant notre non-rencard.

Je replaçai le bouchon sur la bouteille de vin et la rangeai dans mon sac.

— Pas du tout.

— J'en suis quasiment certaine, insista-t-elle en plissant les yeux. Quelle est la différence entre ce qu'on vient de faire et un rencard ? On a déjeuné aux chandelles avec du vin et des serviettes de table en tissu.

— La différence, c'est que tu ne jouis pas à la fin du repas, lui murmurai-je à l'oreille.

Lorsque je reculai, Billie était bouche bée. J'adorais la voir si affectée par mes paroles.

Elle déglutit.

— C'est comme ça que se terminent tous tes rencards ?

Je secouai lentement la tête.

— Non, mais c'est comme ça que les nôtres finiraient.

— Tu veux que je te dépose chez toi ? proposai-je en m'arrêtant au premier feu rouge.

Billie secoua la tête.

— J'ai un rendez-vous au salon, ce soir. En général, je ne travaille pas les samedis soir, ce qui explique pourquoi j'étais en repos aujourd'hui, mais l'un de mes clients réguliers a déménagé en Floride et revient ici seulement pour le week-end. Il m'a demandé si je pouvais ajouter quelque chose à la manchette que je lui ai faite il y a un petit moment. Alors si tu comptes aller chez toi, c'est parfait. Si ce n'est pas le cas, pas de souci, tu peux me déposer où tu veux. Je suis sûre que tu dois aller récupérer Saylor.

— En fait, je vais d'abord déposer ce qu'on a acheté à l'appartement dont je t'ai parlé, avant d'aller la chercher. Elle va sûrement s'endormir sur le trajet retour, et je ne veux pas être obligé de la réveiller plus tard si je n'y vais pas maintenant.

— Tu es tellement attentionné, observa-t-elle en souriant. Je ne connais pas beaucoup d'hommes qui font autant d'efforts pour tout prévoir à l'avance, et pas seulement avec Saylor – comme aujourd'hui par exemple. Notre non-rencard était très mignon.

— Est-ce qu'à tout hasard, je mérite un *vrai* rencard ? l'interrogeai-je en me penchant légèrement vers elle.

Je la taquinais, du moins à moitié, mais le visage de Billie s'assombrit.

— Je suis désolée, Colby. Peut-être que cette idée de non-rencards n'était pas une bonne chose. Je ris et je passe de bons moments avec toi en buvant du vin et en partageant un repas. Ce n'est pas juste de ma part de te faire espérer.

— Je plaisantais, Billie, paniquai-je.

Elle n'avait pas l'air de me croire.

— Tu en es sûr ?

— Certain. Si j'ai le choix entre être ami avec toi ou rien du tout, je choisis l'amitié. Tu n'as pas à t'inquiéter de me faire espérer. Je suis un grand garçon.

Même si au fond de moi, je me sentais un peu anéanti. Il fallait croire que cette journée géniale m'avait *vraiment* donné de l'espoir. Toutefois, je n'allais pas le lui avouer, car je ne voulais pas qu'elle décide de ne plus me voir.

— Tu sais quoi? repris-je. Je pense que je ne veux *plus* sortir avec toi.

— Ah bon?

Je haussai les épaules.

— Enfin, tu ne sais pas lancer, et j'ai remarqué les petites gouttes de sauce marron des boulettes de viande qui ont coulé sur ton T-shirt. De toute façon, tu n'es pas vraiment mon genre.

— Ah oui? Alors quel est ton genre exactement? demanda-t-elle en souriant.

Je jetai un coup d'œil dans sa direction, avant de reposer mes yeux sur la route.

— J'aime les blondes. Les *très* grandes blondes qui mesurent au moins un mètre quatre-vingts. Et qui n'ont pas de poitrine, aussi. Il ne faut pas que j'oublie ce point.

Billie se mit à rire.

— Pas de poitrine, hein?

— Exactement, confirmai-je en hochant la tête. Moins il y en a, mieux c'est. Je ne dirais jamais non à une fille plate comme une planche à pain.

— Eh bien, il faut croire que je ne suis vraiment pas ton genre, alors...

— Pas du tout, lui assurai-je en tapant des doigts sur le volant. Alors tu n'as absolument pas à t'inquiéter de me faire espérer. D'ailleurs, quand tu t'approches un peu trop, j'ai même un peu l'impression que je pourrais attraper des microbes.

L'immense sourire sur le visage de Billie valait bien la peine de mentir.

Trop rapidement à mon goût, nous arrivâmes à l'appartement. Je me garai en double file, et mon amie platonique, *mais pas du tout plate*, m'aida à déposer tous les sacs dans le logement vide. Après le dernier voyage, Billie jeta un coup d'œil à l'heure sur son téléphone.

— Il faut que j'aille me préparer pour mon rendez-vous, mais je me suis beaucoup amusée aujourd'hui.

— Moi aussi. On remet ça bientôt, proposai-je en glissant mes mains dans mes poches.

Billie hocha la tête, puis se hissa sur la pointe des pieds pour m'embrasser sur la joue.

— Bonne soirée, Colby.

Je ne bougeai pas d'un pouce lorsqu'elle se dirigea vers son salon. Quand elle arriva à la porte, elle s'arrêta, mais ne regarda pas en arrière.

— Hé, Lennon ?

— Oui ?

— Pourquoi tu mates mes fesses si je ne suis pas ton genre ?

Je ris, alors qu'elle ouvrait la porte et disparaissait à l'intérieur.

Billie Holland n'était *définitivement* plus mon genre. Parce qu'un genre faisait référence à un groupe ou à une variété de choses qu'on aimait. Et ces derniers temps, je ne voulais pas d'un groupe. Je voulais *une seule femme*.

CHAPITRE 8

Billie

Le lendemain, je faisais les cent pas dans le salon de Deek.

— Tu es censé me ramener à la raison, et non pas encourager ça !

Nous avions mangé des ramens, puis j'étais venue chez lui et j'avais décidé de lui raconter le moment que j'avais passé avec Colby chez IKEA. Je craignais de commencer à tomber sous le charme de cet homme. Vu ma dernière conversation avec Deek à ce sujet, j'aurais dû me douter qu'il allait seulement m'encourager à craquer pour que je m'autorise à tomber amoureuse de Colby.

— Pourquoi tu es toujours aussi hésitante ? me demanda-t-il. De ce que je peux voir, ce type est une perle. Bon sang, s'il était bi, je te dirais de te lancer, sinon c'est moi qui l'aurais fait.

— Pour plus d'une raison.

— Comme ?

— Déjà, c'était un coureur de jupons. Holden a dit que Colby était le pire de leur groupe et que c'était lié à une petite amie du lycée qui lui avait fait du mal. Il n'a plus été le même après ça et il s'est lâché. Un vrai casanova. Jusqu'à l'arrivée de Saylor. Elle l'a dompté, mais probablement seulement parce qu'il n'avait plus le temps de papillonner.

— OK, donc il a un passé de coureur de jupons. Comme la moitié des hommes de ce monde. Y compris moi. *Pourtant...* il n'est plus comme ça, visiblement. Il en a sûrement fini avec ça. Alors, quelle est ton autre excuse ?

Je levai les yeux au ciel.

— Comme on en a déjà parlé, il a un enfant. Il n'a même pas le temps de se concentrer sur une relation.

— Tu te rends compte que tu te contredis, n'est-ce pas ? m'interrogea Deek en riant. D'abord, c'est un dragueur, et maintenant, il est trop responsable et c'est en plus un père dévoué ? Quelle horreur !

Je soupirai. Mes arguments ne tenaient plus vraiment la route.

— Tu sais ce que je pense ? ajouta-t-il.

— Quoi donc ? répliquai-je en croisant les bras.

— Tu te trouves des excuses parce que tu as peur. Oublie les deux choses que tu viens de citer, et demande-toi si tu apprécies sincèrement cet homme. Je parie que si tu faisais une liste des pour, ils seraient beaucoup plus nombreux que les contre.

Si je réfléchissais à ce que Colby me faisait ressentir et à l'attirance que j'éprouvais envers lui, mes sentiments étaient indéniables.

— D'accord, c'est vrai. Quand je suis avec lui, je suis plus heureuse que je ne l'ai été depuis longtemps. Si j'oublie le fait qu'il a un enfant et ma peur à propos de son passé, il n'y a rien que je n'aime pas. La liste des choses que j'apprécie pourrait remplir toute une page, mais je ne peux pas simplement ignorer le reste.

Deek haussa les épaules.

— Bien sûr que si.

— Comment je pourrais me faire confiance ? Regarde mes expériences passées ! Je n'ai rien vu venir avec Kaiden.

— Alors, on dirait que tu mérites quelqu'un de bien. L'univers essaie de te le mettre sous le nez, mais tu es bien trop têtue. Très bientôt, l'univers va en avoir marre et te laisser tomber.

Je levai les yeux au ciel. *Note à moi-même : si je cherche quelqu'un pour me convaincre de ne pas m'approcher de Colby, ne pas compter sur Deek.* Je devrais sûrement en parler à ma mère. Elle n'aurait aucun souci à me convaincre qu'un homme comme Colby ne s'intéresserait jamais à une fille comme moi.

En sortant de chez Deek, j'empruntai l'escalier, alors je devais passer devant l'appartement d'une certaine personne pour pouvoir sortir. Mon cerveau me disait de m'enfuir, mais apparemment, mes pieds écoutaient une autre partie de mon corps, car au lieu de faire ce qu'ils auraient dû et continuer vers la sortie, ils s'arrêtèrent juste devant chez Colby.

Est-ce que je frappe ?

Ce serait une très mauvaise idée pour des tas de raisons. D'abord, il était assez tard. Saylor devait dormir, et j'allais la réveiller. *Mais ce serait sympa de le voir. De lui dire bonjour.* Argh. Pourquoi je ne pouvais pas simplement lever la main pour frapper ? Je levai les yeux vers le plafond et poussai un long soupir, puis je me mis à faire les cent pas en continuant à me demander si je devais frapper ou partir. Une femme sortit de chez elle, et je la saluai de la main d'un air gêné.

Ça devait faire environ dix minutes que j'errais ici comme une idiote, à me parler toute seule en continuant à faire les cent pas, quand la porte de Colby s'ouvrit.

— Billie ? s'étonna-t-il en se grattant la tête.

— Oh ! Salut, Colby, lançai-je en faisant semblant de rire, tout en ignorant mon cœur qui s'emballait.

Il était vêtu simplement d'un jean et d'un pull noir. Il était canon. *Quand est-ce que ce n'était pas le cas ?*

— Tout va bien ? demanda-t-il d'un air inquiet.

Je soupirai en passant ma main dans mes cheveux.

— Oui, bien sûr. Pourquoi ça n'irait pas ?

— Eh bien, pour commencer, ma voisine m'a appelé pour me dire qu'une femme bizarre parlait toute seule devant ma porte. Alors j'ai regardé dans le judas, et je t'ai vue. C'était il y a quelques minutes. Je ne voulais pas interrompre le cours de tes pensées, mais j'ai fini par ne plus pouvoir m'en empêcher, révéla-t-il en inclinant la tête. Qu'est-ce que tu fais ?

Ma bouche s'ouvrit et se ferma à plusieurs reprises.

— Honnêtement... je me demandais si je devais frapper ou non.

— Je m'en suis douté. Mais pourquoi ?

Je soupirai.

— Tu me croirais si je te disais que je ne voulais pas réveiller Saylor ?

— Probablement pas, répondit-il en souriant. Mais tu sais quoi ? Je suis content que tu sois là, et après tout le temps que tu as passé ici, je pense que tu devrais entrer.

Il jeta un coup d'œil par-dessus son épaule.

— D'ailleurs, tu vas être ravie d'apprendre que je suis en train de faire la chose la moins sexy qui puisse exister, alors tu n'auras pas à t'inquiéter que les choses dérapent.

Lorsque j'entrai, je remarquai immédiatement la montagne de linge au milieu de la pièce. Elle mesurait presque un mètre cinquante de hauteur, une explosion de couleurs pastel mélangées à des tons plus virils, des robes avec des chemises, des serviettes de toilette roses qui en côtoyaient des noires.

— J'ai interrompu ta soirée lessive. Je devrais y aller...

— Tu plaisantes ? Crois-moi, c'est la meilleure interruption qui soit.

Je me laissai tomber à côté de la pile et me mis à plier.

— Oh là. Qu'est-ce que tu fais ? m'interrogea-t-il en tendant la main. Je n'ai pas besoin d'aide.

Je levai les yeux vers lui.

— En fait, j'adore plier le linge. Je trouve ça relaxant de poser le tissu chaud contre ma peau, de m'arrêter pour sentir l'odeur de la lessive, et de me concentrer pour que ce soit bien fait. C'est comme de la méditation sensorielle.

Je récupérai un vêtement au hasard, puis je le portai à mon nez pour inspirer longuement.

— Tu sais que ce sont mes sous-vêtements, n'est-ce pas ?

Je me figeai. *Mince.*

— Mais je t'en prie, continue, poursuivit-il. C'est sexy. Et détends-toi en pliant et en reniflant si tu aimes ça. Je suis prêt à faire une séance de méditation improvisée avec toi quand tu voudras.

Je sentis mon visage s'enflammer.

— Bref, ça sent bon, observai-je en pliant le boxer, avant de le poser sur le côté.

Il se mit à rire et se joignit à moi en s'installant par terre, en face de la pile.

— C'est sympa de changer. En temps normal, je mets la télé en baissant le volume pour passer le temps, mais je préfère largement te regarder.

— À quelle fréquence tu fais tes lessives, exactement ? Parce que ça fait... beaucoup.

— Une fois par mois peut-être.

— Je vois ça.

Il était peut-être père, mais il était aussi un parfait célibataire sur beaucoup de points.

Nous restâmes assis ensemble à plier le linge pendant plusieurs minutes, lorsque je l'aperçus fixer l'intérieur de mon avant-bras droit. Alors que tout mon bras gauche était tatoué, je n'avais qu'un seul motif de l'autre côté. C'était une clé victorienne.

— Est-ce qu'il a une signification particulière ? demanda-t-il. J'ai remarqué qu'il était tout seul.

— En effet, confirmai-je en souriant, avant de lui tendre mon bras. Ma grand-mère a porté cette clé autour de son cou chaque jour après le décès de mon grand-père. Il était militaire, et ils se sont rencontrés un jour où il était en permission. Cette clé ouvrait sa malle, où il gardait tout ce qui était important à ses yeux. À la fin de leur premier rendez-vous, il lui a dit qu'il n'en avait plus besoin, car la chose la plus importante qu'il pourrait avoir se trouvait devant lui. Ils étaient mariés depuis cinquante-et-un ans quand il est mort. Et quand ma grand-mère est décédée il y a deux ans, on l'a enterrée avec la clé.

— Waouh. Ça ressemble à quelque chose qu'aurait pu faire Rose dans *Titanic*.

— Je suis surprise que tu saches qui est Rose, indiquai-je en riant. Mais oui, c'est vrai.

Colby resta silencieux quelques minutes. Il semblait perdu dans ses pensées. Alors je roulai en boule une paire de chaussettes et la lui lançai.

— À quoi tu penses ?

— À rien.

— *Menteur.*

Il sourit.

— Je me disais juste que la femme qui se trouve être la présidente du club « tous les mecs craignent » est en fait une grande romantique.

— Pas du tout. Ce n'est qu'un tatouage.

— Hmm hmm.

Il croisa mon regard et arbora un grand sourire, mais il me surprit en passant à autre chose.

— Tu as mangé ? préféra-t-il demander.

Je posai à ma droite un pantalon soigneusement plié.

— En fait, j'ai dîné avec Deek il y a quelques heures.

— Il y a quelques heures ? Eh bien, tu dois de nouveau avoir un peu faim. Je vais te chercher quelque chose à grignoter.

— Je n'ai pas trois ans. Ce n'est pas nécessaire.

— Tu es mon invitée, rectifia-t-il en se levant. Pour moi, il est essentiel de t'offrir quelque chose. Tu veux du vin ?

— Non, merci. J'ai déjà bu en mangeant.

Colby se rendit à la cuisine, avant de revenir avec des petites choses qui me donnèrent le sourire.

— Ici, on ne manque pas d'encas pour enfants. Je me suis dit que si tu aimais les Goldfish, tu devais aimer ça.

Il posa un petit paquet de Lunchables devant moi, ainsi qu'une brique de jus de raisin.

— Tu me connais si bien. En réalité, c'est parfait, lui assurai-je en riant. Je me sers.

J'ouvris le paquet, puis plaçai l'une des petites tranches de fromage sur un biscuit salé et croquai un morceau.

— Je pensais que tu allais m'apporter un brownie aux épinards.

— J'en ai quelques-uns, m'apprit-il en se relevant. Tu en veux un ?

— Non, assieds-toi, c'est plus que suffisant, lui assurai-je en riant.

Colby se réinstalla par terre, et m'observa attentivement dévorer ma collation, comme si me voir manger était une sorte de spectacle.

— Quoi ? finis-je par demander, la bouche pleine.

— Désolé. J'aime bien te regarder. Ta façon de lécher le coin de ta bouche de temps en temps. Même ta façon de manger est unique. C'est mignon.

— Tu dis ça juste parce que tu ne m'as jamais vue manger des ribs. Je t'assure que ça n'a rien de mignon, affirmai-je en buvant ma brique de jus de fruits.

— Note à moi-même : trouver un moyen d'emmener Billie dans un restaurant grill, juste pour pouvoir voir ça.

— Assure-toi d'apporter des lingettes, alors.

Après avoir fini de manger, je me levai pour aller jeter les emballages, puis je recommençai à plier. Nous commencions enfin à voir la pile diminuer.

— Je ne vais pas trouver des culottes de femmes dans tout ce linge, n'est-ce pas ?

Il secoua la tête.

— Tu ne trouveras aucune culotte, à moins qu'il y ait des personnages Disney dessus en taille trois ans, précisa-t-il en souriant, tout en fouillant dans les chaussettes pour retrouver une paire. D'ailleurs, en parlant de sous-vêtements, il faut que je te pose une question sérieuse.

— D'accord... répondis-je, en secouant l'un des T-shirts de Colby pour le défroisser.

— C'est quoi le truc avec les corsets ? m'interrogea-t-il en posant les yeux sur ma poitrine.

Je jetai un coup d'œil à ma chemise à carreaux ouverte.

— Pourquoi j'en porte tout le temps ?

— C'est ça.

— Je trouve juste qu'ils sont flatteurs. Ils affinent au bon endroit et font ressortir tout ce qu'il faut. Je pense que c'est mon style signature, déclarai-je en arquant un sourcil. Pourquoi ? Ils te posent problème ?

Il mordilla sa lèvre inférieure en acquiesçant.

— Oui.

— Sérieusement ?

— Mon problème, c'est que c'est très difficile de ne pas regarder. Tes corsets sont en train de devenir ma faiblesse. Un peu comme le fait que *tu* sois en train de devenir ma faiblesse, avoua-t-il, avant de baisser la voix. Mais fais comme si tu n'avais rien entendu, parce que c'est censé être un non-rencard ennuyeux pendant lequel on plie du linge et rien d'autre.

Même faire les choses les plus banales avec Colby était... plus que ça. Pas du tout ennuyeux. Et voilà que je pensais à ce qu'il venait de dire sur mes corsets. Je secouai la tête pour me reconcentrer sur la tâche à accomplir.

— Il y a vraiment quelque chose d'encore plus agréable à plier le linge de quelqu'un d'autre.

— Eh bien, sens-toi libre de venir quand tu veux pour t'occuper du nôtre. Mais ne reste plus dehors pendant quinze minutes avant d'entrer.

Sa remarque me fit rire.

— Tu ne vas pas arrêter avec ça, hein ?

— Est-ce que tu sais combien de bébés ont eu le temps de naître pendant que tu étais devant ma porte, à te demander si tu devais frapper ou non ?

— Ta voisine a dû se dire que j'étais une démarcheuse.

— Elle ne savait pas quoi penser.

— Je trouve ça sympa que tu aies des voisins qui veillent sur toi. Tu sais, au cas où des folles se pointent devant ta porte, plaisantai-je en secouant une serviette. Qu'est-ce que tu lui as dit ?

— Eh bien, une fois que j'ai regardé par le judas et que j'ai vu que c'était toi, je suis allé à l'autre bout de l'appartement pour que tu ne m'entendes pas lui dire que la fille qui se trouvait devant chez moi était en fait quelqu'un pour qui j'en pinçais énormément, et que tu étais loin d'être folle. Je lui ai dit que tu appréhendais sûrement de frapper par rapport à ce que ça pourrait entraîner, parce que ce geste représenterait beaucoup plus que simplement frapper à une porte. C'était plutôt un geste symbolique, comme si tu frappais à la porte d'un monde de possibilités qui étaient à la fois effrayantes et excitantes.

— Tu as vraiment dit tout ça à ta voisine ?

— Non, admit-il en me faisant un clin d'œil. Je l'ai remerciée de m'avoir prévenu et je lui ai dit que j'allais régler ça.

Je lui jetai un boxer au visage, puis je regardai le sous-vêtement plus attentivement. Il semblait extrêmement... minuscule.

— Il n'est pas un peu petit pour toi ? ricanai-je.

Il rit en rejetant la tête en arrière.

— Il est *beaucoup* trop petit pour moi.

— Alors pourquoi tu le portes ?

— Ma mère m'a rapporté un lot de boxers du Brésil, m'apprit-il en le soulevant devant lui. Elle est allée là-bas l'été dernier. Elle a acheté un lot en taille M-L, mais ils terminent en XS après leur passage au sèche-linge. Alors en fait, ils sont à usage unique. Je ne peux pas les porter plus d'une fois. Il ne me reste plus qu'à les donner. Je pense que c'est le dernier du paquet.

— J'ai eu peur, l'espace d'un instant, le taquinai-je.

Il écarquilla les yeux.

— Crois-moi, il n'y a rien de taille XS chez moi. Je ressens le besoin de clarifier ce point, puisque selon tes limites, ce n'est pas quelque chose que je pourrai prouver un jour.

Le sourire espiègle qu'il m'offrit secoua mes entrailles. Cet homme me faisait de l'effet. Et plus le temps passait, plus il devenait difficile de faire comme si ça ne voulait rien dire.

— Blague à part, Billie, je ne t'en veux pas d'être hésitante à mon égard. J'espère que tu le sais. Je pense que si j'étais à ta place, j'hésiterais aussi, affirma-t-il en jetant le boxer. Et tu sais quoi ? Il n'y a rien de mal à être prudent. Surtout quand il n'y a pas que deux personnes impliquées dans cette histoire. Je comprends. Vraiment.

Son regard sérieux s'attarda sur moi.

— Bref, reprit-il en se raclant la gorge. Ça doit être la soirée la plus barbante que tu aies passée avec un homme, pas vrai ?

— En fait... c'est le meilleur non-rencard de ma vie, révélai-je.

Ses yeux pétillèrent.

— Moi aussi. J'adore nos non-rencards.

Une demi-heure plus tard, nous arrivâmes à la fin de la pile. Tout était désormais soigneusement plié, et nous replaçâmes les piles triées dans les panières qu'il avait sorties. Quatre d'entre elles étaient désormais pleines de vêtements.

Je regardai autour de moi.

— C'est fini ? Il n'y a plus rien à plier ?

— J'aimerais bien, répondit-il en riant. Comme je te l'ai dit, j'ai tendance à retarder le moment des lessives jusqu'à la dernière minute. En fait, l'une des raisons qui explique que ma fille possède des culottes avec tous les personnages Disney qui puissent exister, c'est que je suis connu pour lui acheter plus de sous-vêtements afin d'éviter de faire des lessives. Le fait que Saylor renverse des choses sur elle et sur moi n'aide pas, alors parfois, on se change plusieurs fois par jour. Il me reste encore tout un sèche-linge, et je dois encore en relancer un.

— Alors, ouvre la voie. Finissons-en ce soir. Je ne suis pas du genre à me dégonfler.

Je me levai et le suivis dans la buanderie, qui était une petite pièce étroite située juste après sa cuisine. Nous nous entassâmes dans l'espace restreint, nos corps si proches que je pouvais pratiquement le sentir sans même le toucher. Il posa ses yeux sur mes lèvres, et j'eus l'impression qu'aucun retour en arrière n'était plus possible à présent.

Un instant plus tard, un bruit sourd me sortit de ma transe. Le sèche-linge venait de s'éteindre.

— Mince, lança-t-il en fermant les yeux. En général, j'essaie de l'éteindre avant qu'il sonne.

— Est-ce qu'elle va se réveiller? demandai-je, légèrement essoufflée.

— Elle a le sommeil profond, alors je ne pense pas.

Je me sentais un peu secouée, non seulement par la sonnerie, mais aussi par le fait que ma détermination avait disparu, alors je pris une décision impulsive.

— Tu sais quoi? Je ne me suis pas rendu compte de l'heure. Il se fait tard et mon premier client arrive tôt demain matin. Je devrais rentrer chez moi. Tu penses pouvoir gérer le reste tout seul?

— Absolument, m'assura-t-il, en lisant probablement entre les lignes. Laisse-moi t'appeler une voiture.

— Tu n'es pas obligé de faire ça.

Il sortit son téléphone portable.

— J'insiste.

Mon chauffeur arriva en deux minutes, ce qui nous laissa à peine le temps de ramener le linge sec dans le salon.

Colby me serra dans ses bras pour me dire au revoir, et les muscles de son torse qui appuyèrent contre ma poitrine me rappelèrent exactement *pourquoi* j'avais pris cette décision.

Cependant, le trajet retour fut tout sauf paisible. Parce que cinq minutes après mon départ, mon téléphone bipa. Colby m'avait envoyé une photo, accompagnée d'un message.

Colby : Au cas où tu aurais encore des doutes en ce qui concerne la taille de mes sous-vêtements.

Ma mâchoire se décrocha. Ça aurait pu être une publicité pour Calvin Klein. Colby se tenait devant un miroir sur pied, et ne portait qu'un boxer gris. Son magnifique torse musclé et ses abdos bien dessinés étaient parfaitement visibles, tout comme la fine ligne de poils qui plongeait sous ses sous-vêtements. Et autant dire que l'énorme bosse qui me fixait n'aurait *clairement pas* pu tenir dans ce minuscule boxer brésilien rouge. *Bordel.* Il était encore plus canon que ce que j'avais imaginé.

Et voilà que je recommençais à penser qu'en fin de compte, il n'était peut-être pas quelqu'un de bien. Parce qu'il était clairement en train d'essayer de me tuer.

CHAPITRE 9

Colby

— Bon, est-ce qu'on est tous d'accord ? demanda Owen en jetant un coup d'œil autour de la table. On va améliorer le système de chauffage, ventilation et climatisation avec l'argent qu'on a sur le compte, et on remet les travaux du toit à l'année prochaine ?

— Ça me va, déclarai-je en levant ma bière.

Owen se tourna vers Holden et Brayden.

— Et vous, les gars ?

Ils haussèrent tous les deux les épaules, comme ils en avaient l'habitude. Ils avaient tendance à suivre l'avis du groupe.

— Ça marche pour moi, indiqua Holden.

— Pareil, ajouta Brayden.

Owen se pencha en tendant sa bière au milieu de la table, afin de porter un toast.

— Alors la réunion du conseil de ce mois-ci est officiellement terminée. On va pouvoir boire pour de vrai maintenant.

Nous trinquâmes tous ensemble.

Chaque deuxième vendredi de chaque mois, nous nous retrouvions tous les quatre pour discuter de l'immeuble et prendre des décisions. Techniquement, ces réunions étaient considérées comme des assemblées des actionnaires, puisque nous étions une société, mais étant donné qu'elles avaient lieu dans un bar et que nous devions parler plus fort que le groupe qui jouait, c'était plus comme une soirée entre potes.

Holden se leva. Il plaça ses mains autour de sa bouche pour crier par-dessus la musique.

— On part sur quoi ce soir, les mecs ? Tequila ou whisky ?

Je préférais la bière, mais ça ne valait pas la peine de subir leurs remarques si je refusais de participer. Tous les autres optèrent pour la tequila, alors je haussai les épaules.

— Va pour la tequila.

Comme d'habitude, nous allâmes chacun notre tour au bar pour commander une tournée de shots et payer l'addition. Quand la quatrième tournée arriva, j'étais content que nous ne soyons pas cinq, car je ne ressentais déjà plus rien.

— Je suis ami avec ces types, déclara Holden en pointant du doigt le groupe. Quand je leur ai parlé tout à l'heure, ils m'ont invité à venir jouer une chanson avec eux. Je crois que je vais accepter leur proposition.

Il désigna ensuite une table de quatre femmes qui étaient arrivées un peu plus tôt, et qui étaient assises près de la scène.

— Je vais aussi nous faire de nouvelles amies.

Se lier d'amitié avec des femmes n'avait jamais été un problème pour Holden. En allant rejoindre le groupe, il s'arrêta à la table des filles, et en moins d'une minute, elles se mirent toutes à sourire et à rire.

Quand il finit par quitter leur table, il discuta avec le groupe, puis le batteur se leva. Holden s'installa à la batterie et saisit le micro. Il fit tourner une baguette dans son autre main, avant de la pointer en direction des filles à qui il venait de parler, tout en leur adressant son petit sourire caractéristique.

— Je dédie la prochaine chanson à ma nouvelle amie, Nikki.

Je ris lorsqu'ils se mirent à jouer une ancienne chanson de Van Halen, *Hot for Teacher*[1], et je me penchai vers Owen.

— Je pense qu'on a deviné ce que fait Nikki dans la vie.

— Non, sans blague, répondit-il en secouant la tête. Ce mec a une chanson pour se mettre n'importe quelle fille dans la poche.

Une minute plus tard, le téléphone d'Owen vibra, et il fronça les sourcils en le regardant.

— C'est le boulot. Je sors pour pouvoir entendre.

— D'accord.

Il nous rejoignit dix minutes plus tard, juste au moment où Holden revenait à notre table.

— Désolé, les gars, je dois y aller. J'ai une urgence au bureau, annonça Owen.

— Quoi ? On vient à peine d'arriver, répliqua Holden en pointant du doigt la table de ses admiratrices. Ces demoiselles viennent juste de proposer qu'on se joigne à elles et elles nous ont commandé une tournée de shots. Elles sont quatre. Tu ne peux pas partir, mec.

Owen lui donna une tape sur l'épaule.

— Je te fais confiance pour en gérer deux, mon pote.

Je n'étais pas vraiment d'humeur à traîner avec les

1 « *Hot for Teacher* » peut se traduire par « j'en pince pour la prof » (NdT).

filles, mais je ne voulais pas être un boulet, alors je suivis les garçons. Je prendrais juste une bière et je partirais.

Toutefois, elles se révélèrent toutes très sympathiques. Elles étaient un peu plus jeunes que nous, mais elles étaient belles et extraverties. Bizarrement, elles étaient toutes les quatre amies depuis leur enfance, comme nous, ce qui était plutôt cool. Nikki, la blonde dont Holden se rapprochait, était enseignante et avait été titularisée aujourd'hui, alors elles venaient fêter ça. Après environ une demi-heure, Brayden annonça qu'il devait partir, tout comme l'une des filles, alors je me dis que c'était le moment parfait pour m'échapper également. Cependant, juste au moment où j'allais le faire, Nikki nous invita tous chez elles.

— Je pense que je vais rentrer, déclarai-je. J'ai une petite fille. Elle est avec mes parents ce soir, mais je dois aller la chercher tôt demain matin.

— Tu as dit à tes parents que tu y serais pour dix heures. J'étais là quand ils sont venus la récupérer, tu te souviens ? intervint Holden. Et ils t'ont dit de prendre ton temps. Allez... arrête de faire ta mauviette.

— J'habite juste au coin de la rue, précisa Nikki en inclinant la tête. Viens boire un verre.

Il y a quatre ans, j'aurais été le premier à supplier mon pote de ne pas me laisser tomber. Et la seule raison qui ne me donnait pas envie d'y aller, c'était une sorte de loyauté envers Billie, une femme qui ne voulait pas sortir avec moi. Toutefois, ces derniers temps, j'avais l'impression qu'elle commençait à changer d'avis, et je ne voulais pas foutre tout ça en l'air.

— Un seul verre, insista Holden en posant son bras sur mon épaule. Elle habite juste au coin de la rue.

Je cédai.

— D'accord, juste un verre.

♥

Ce qui se passait commençait à beaucoup trop ressembler à ce que j'avais connu à la fac, du moins tout ce que je ne voyais pas en double. Nikki vivait dans un petit appartement typique de New York, où la cuisine se trouvait à seulement un mètre cinquante du canapé. Holden et elle étaient actuellement en train de se rouler des pelles au niveau du comptoir de la cuisine, les jambes de sa partenaire enroulées autour de sa taille.

Pendant ce temps-là, les deux autres filles et moi étions assis sur le canapé, l'air gêné, en essayant de ne pas remarquer qu'ils passaient à l'étape supérieure. Du moins, moi, je trouvais ça gênant.

— Bon, je vais y aller, annonçai-je en tapant sur mes genoux.

Erika, la rousse assise à ma droite, posa sa main sur l'intérieur de ma cuisse.

— Ne pars pas.

Elle jeta un coup d'œil à son amie et sourit.

—Avec Mélissa, ça ne nous dérange pas de… partager, si ça te va aussi.

Cette dernière posa sa main plus haut sur mon autre cuisse et se mit à faire des mouvements de va-et-vient.

Putain. Je fermai les yeux. Ce genre de truc ne m'arrivait plus.

Je regardai Erika, puis Mélissa. Elles étaient toutes les deux séduisantes avec de jolis visages, et ça faisait un moment que je n'avais pas couché avec une fille. Sans parler du fait qu'il n'était pas fréquent pour un homme de se voir proposer un plan à trois, particulièrement avec des femmes qui ressemblaient à celles-ci. Pourtant, quelque chose me perturbait.

— Je crois que j'ai trop bu, déclarai-je. Vous m'excusez une minute ? Je vais aux toilettes et j'en profiterai pour me passer un peu d'eau froide sur le visage.

— Bien sûr, pas de souci, répondit Erika. Prends ton temps.

Il fallait que je m'éloigne d'elles pour pouvoir réfléchir correctement. Cependant, après avoir verrouillé la porte des toilettes, je m'arrosai vraiment le visage d'eau froide. Ensuite, j'eus une discussion à cœur ouvert avec le type dans le miroir.

— Deux belles femmes... Pourquoi tu ne sautes pas sur cette occasion, Lennon ?

Je baissai la tête. *Parce qu'elles ne sont pas Billie, voilà pourquoi.*

Je relevai les yeux.

— Ce n'est que du sexe. Un plan à trois, bon sang. Elles ne veulent pas t'épouser, crétin.

Je fermai les paupières. *Mais comment regarder Billie dans les yeux après ça ?*

Là encore... Billie m'avait clairement dit qu'elle n'était pas intéressée, plusieurs fois, même.

Tu.

Ne.

L'intéresses.

Pas.

Mets-toi ça dans la tête, Lennon.

Je passai les cinq minutes suivantes à alterner entre regarder dans le miroir, me convaincre d'accepter ce plan à trois, et baisser la tête honteusement à l'idée d'envisager cette possibilité. Mais tout ce que je parvins à faire, ce fut de me donner la nausée à force de lever et baisser la tête. Quand la pièce se mit à tourner, je m'assis par terre, à côté des toilettes. Ce qui se révéla être une bonne chose, car trente secondes plus tard, j'avais la tête dans la cuvette pour vomir tout l'alcool que j'avais avalé.

Argh. De la lumière filtrait par une fenêtre et atterrissait droit dans mes yeux. Je levai la tête et tentai de trouver assez de salive dans ma bouche pour pouvoir déglutir, mais tout ce que ma langue trouva fut ce même goût horrible. Quelque chose était-il venu mourir dans ma bouche hier soir ? Je regardai autour de moi. *Mais où je suis, bon sang ?*

Ce n'était clairement pas ma salle de bain.

Je fixai la porte fermée, jusqu'à ce que des bribes me reviennent.

Les filles d'hier soir.

Voilà… J'étais allé chez quelqu'un après notre passage au bar. J'étais seulement censé boire un verre, mais il y avait eu plusieurs tournées de shots. Ce qui s'était passé après ça était un peu confus. Pendant que je laissai une chance à mon cerveau de démarrer, je sortis mon téléphone de ma poche pour vérifier l'heure. *Merde.* Il était déjà huit heures et demie, et j'avais raté un paquet de messages. J'ouvris le premier, qui était arrivé à une heure du matin.

Holden : Mec, qu'est-ce que tu fais là-dedans ? Viens t'amuser avec nous.

Le suivant était arrivé un peu avant huit heures ce matin.

Billie : Salut. J'ai un rendez-vous à dix heures aujourd'hui. Si tu as le temps, passe me voir. Je devrais arriver dans pas longtemps. Je veux te parler de quelque chose.

Je fermai les yeux et secouai la tête. *Putain.*

Le message suivant était arrivé dix minutes plus tôt et venait de ma mère. Lorsque je l'ouvris, une photo apparut. Ma fille était assise à la table de la cuisine de mes parents, et sa petite langue sortait sur le côté, comme si elle était en train de se concentrer. Sur le plateau devant elle, elle avait formé la lettre P avec des céréales Cheerios.

Maman : Elle m'a dit que c'était la lettre P de papa, et elle a fait ça toute seule !

Je souris, mais en réalité, bouger mon visage était douloureux. À l'heure actuelle, ce P était celui de *pauvre type*. Il me fallait deux aspirines, une brosse à dents et une douche, immédiatement. Il me fallait aussi quelqu'un pour faire venir tout ça à moi pendant que je restais assis par terre. Je n'avais pas du tout envie de bouger pour l'instant, mais je n'avais pas vraiment le choix étant donné que je ne pouvais pas aller chercher ma fille dans cet état. Elle n'avait que quatre ans, mais elle était observatrice et remarquerait forcément que je portais les mêmes habits que la veille. Alors je me forçai à me relever et fouillai dans l'armoire à pharmacie à la recherche de dentifrice, puis je me servis de mon doigt pour me nettoyer les dents, avant de me pencher pour boire l'équivalent d'un grand verre d'eau directement au lavabo.

Ça allait devoir suffire jusqu'à ce que je rentre chez moi. Je jetai un coup d'œil rapide dans le miroir. Mes cheveux rebiquaient dans tous les sens, et j'avais de la bave séchée sur la joue.

Tant pis. Je m'occuperais de ça plus tard.

J'ignorais totalement ce qui m'attendait de l'autre côté de la porte. Pour autant que je sache, ces femmes ne se rappelaient peut-être même pas que j'étais dans la salle de bain, et j'allais les réveiller et leur foutre la trouille. Alors j'ouvris la porte aussi doucement que possible et sortis sur la pointe des pieds.

L'endroit était calme et il n'y avait personne en vue, donc je me dirigeai vers la porte. Cependant, lorsque j'atteignis l'entrée, je fis l'erreur de jeter un coup d'œil vers la chambre.

Holden était allongé sur le dos, les bras et les jambes écartés, son sexe parfaitement visible. Et il n'était pas seul. Les *trois* femmes d'hier soir étaient nues aussi. L'une d'elles était blottie à sa droite, la tête posée sur son torse, et les deux autres se trouvaient sur sa gauche. Elles étaient collées l'une à l'autre, mais aussi à lui. Je secouai la tête avant de partir.

Sacré Holden.

Une fois dehors, le soleil brillait beaucoup trop. Je me mis à marcher en plissant les yeux. Heureusement, notre immeuble ne se trouvait qu'à quelques rues de là. Les gens allaient et venaient sur le trottoir, propres et bien habillés pour leur journée, tandis que je gardais la tête baissée pendant ma marche de la honte.

Toujours dans cette même position, je tournai au coin de la rue et percutai quelqu'un.

— Mince, déso…

Je fus incapable de prononcer la suite lorsque je relevai les yeux vers la personne devant moi.

— Colby ?

— Billie ? Qu'est-ce que tu fais là ?

Elle sourit.

— Euuuh… je travaille ici, au cas où tu aurais oublié. Un peu plus loin. J'allais juste me chercher un café.

— Oui, euh, bien sûr. Désolé. Je ne sais pas à quoi je pensais.

Son sourire s'évanouit lorsqu'elle m'observa de la tête aux pieds.

— Est-ce que tu... rentres seulement de ta soirée ?

Mon premier réflexe aurait été de mentir et de lui dire que non, j'étais sorti pour chercher quelque chose, mais elle me regardait droit dans les yeux, dans l'attente de ma réponse, et je ne pouvais pas me résoudre à faire ça.

— Oui, je, euh, je suis sorti avec les garçons hier soir. J'ai un peu trop bu et, euh, je crois que je me suis endormi.

— Chez l'un de tes amis ?

Je fronçai les sourcils, et l'air déçu de Billie me fit l'effet d'un coup de poing dans le ventre. Elle secoua la tête et leva ses deux mains.

— Désolée. Je ne veux pas connaître les détails. De toute façon, je dois y aller.

Elle voulut me contourner, mais je l'en empêchai.

— Billie, attends...

— Tout va bien, Colby, m'assura-t-elle sans même me regarder. Tu ne me dois aucune explication. Tu es célibataire. Je comprends.

Je secouai la tête.

— Ce n'est pas ce que tu crois.

— Ah bon ? Alors tu n'arrives pas tout droit de l'appartement d'une femme après y avoir passé la nuit ?

— Si, mais il ne s'est rien passé.

Elle pinça ses lèvres.

— Ça ne me regarde pas. Et il faut vraiment que j'aille chercher mon café avant que mon client arrive.

— Accorde-moi juste une minute pour que je puisse tout t'expliquer.

Elle prit une grande inspiration, puis soupira sans rien dire, mais elle ne cherchait plus à partir, alors je me dis que je devrais continuer à parler.

— Je suis sorti avec les garçons pour notre réunion mensuelle au sujet de l'immeuble, et ensuite, on a bu quelques verres. Il y avait quatre femmes, Holden voulait aller chez elles. Il a insisté en disant que j'étais son bras droit, alors je l'ai suivi.

— Oh, je vois, déclara-t-elle en hochant la tête. Ça clarifie tout.

— Vraiment ?

— Oui. Tu as passé la nuit là-bas pour faire plaisir à ton ami.

— Exactement.

— Eh bien, j'espère au moins que tu as utilisé un préservatif.

— Je n'en ai pas eu besoin, répliquai-je lorsqu'elle tenta de nouveau de partir.

— Super.

Elle leva les yeux au ciel.

— Enfin, parce que je n'ai couché avec personne. En fait, j'ai dormi seul dans la salle de bain, alors qu'on m'avait proposé un plan à trois.

Je regrettai ces mots dès que je les prononçai.

Billie s'empourpra.

— Tu aurais dû choisir un meilleur moment pour arrêter de parler, Colby, lança-t-elle, avant de s'éloigner.

Cette fois-ci, je saisis son bras.

— Attends. Je ne veux pas te laisser alors que tu es en colère.

— Je ne suis pas en colère, riposta-t-elle en fronçant les sourcils, les yeux rivés sur le sol.

— Billie, regarde-moi.

Elle prit une grande inspiration et croisa mon regard. Ce que je pus lire dans le sien me serra le cœur. Elle avait l'air si blessée.

— Il ne s'est rien passé. Je te le jure.

Elle observa ma paume sur son bras, puis releva vers moi ses yeux pleins de larmes.

— Lâche-moi, s'il te plaît.

Je lui obéis aussitôt, et fis un pas en arrière en levant les mains.

— Désolé. On s'appelle plus tard ?

— D'accord.

Elle partit sans un regard en arrière.

Putain. Ce n'est pas bon du tout.

— Papa, regarde ce que j'ai fait !

De retour chez nous, Saylor sortit un nombre incalculable de dessins de son sac.

— Waouh, c'est beau, ma chérie. C'est une girafe ?

— Non, papa. C'est toi ! me corrigea ma fille en riant.

Je plissai les yeux.

— C'est quoi ces choses sur ma tête ?

— C'est le chapeau que tu as mis à mon anniversaire.

— Ooooh, acquiesçai-je.

Ça me semblait plus logique, à présent. Quand nous lui avions chanté joyeux anniversaire, je portais un de ces chapeaux pointus en carton sur la tête.

Saylor joignit ses mains dans son dos et se balança d'avant en arrière.

— Je l'ai fait avec les feutres que Billie m'a offerts pour mon anniversaire.

Entendre ce prénom dans la bouche de ma fille me serra le cœur. J'avais appelé Billie trois fois aujourd'hui. Les deux premières fois, ça avait sonné encore et encore, jusqu'à ce que je tombe sur le répondeur. La troisième, ça avait sonné une seule fois avant de passer à la messagerie, comme si elle avait rejeté l'appel. Ce qui me donnait une idée. Je regardai l'heure sur mon téléphone. Il était à peine dix-sept heures. Elle devait encore être en train de travailler.

— Ça te dirait de descendre au salon de Billie pour lui montrer ce que tu as fait ?

— Oui ! Oui ! se réjouit ma fille en sautant sur place.

Je souris.

— Va chercher tes chaussures.

Justine se trouvait à la réception lorsque nous arrivâmes.

— Salut, Saylor, lança-t-elle en souriant. Comment tu vas ?

— Bien.

— Billie est toujours là ? demandai-je en désignant l'arrière de la pièce.

— Oui. Elle vient juste de terminer avec son dernier client. Tu peux y aller. Elle est en train de ranger avec Deek.

— Merci.

Billie était en train de nettoyer le miroir de son poste de travail. Son visage s'assombrit quand elle m'aperçut dans le reflet.

Mince. C'est encore pire que ce que je pensais. Comme un lâche, je fis entrer ma fille la première.

— Salut. On passe juste pour te montrer le dessin que Saylor a fait avec les feutres que tu lui as offerts.

Deek jeta un coup d'œil dans ma direction, avant de croiser les bras.

Bon sang... elle lui en a parlé aussi. Je relevai quand même la tête.

— Quoi de neuf, Deek ?

Sa seule réponse fut de me fusiller du regard. Après quelques secondes gênantes, Billie et Deek échangèrent un coup d'œil, puis elle prit une grande inspiration et s'approcha de nous. Elle s'agenouilla devant Saylor et arbora un sourire.

— Montre-moi ce que tu as fait, ma belle.

Ma fille lui tendit le papier.

— Waouh, beau travail. Ça ressemble beaucoup à ton papa.

J'arquai les sourcils.

— Comment tu as deviné que c'était moi ?

— Le chapeau en carton, indiqua-t-elle en le pointant du doigt.

— Il faut croire que c'est pour ça que je suis architecte et pas artiste, plaisantai-je.

Je glissai mes mains dans mes poches et me balançai maladroitement.

— Comment s'est passée ta journée ? l'interrogeai-je.

Elle leva les yeux vers moi en pinçant ses lèvres.

— Saylor, trésor, et si tu allais montrer ton beau dessin à Deek ? proposa-t-elle.

Elle se tourna ensuite vers son employé, et le ton qu'elle prit ensuite ne laissa pas de place à la discussion.

— Deek, tu veux bien emmener Saylor à la réception pour regarder son œuvre ? Il me semble qu'Amazon a livré quelques paquets de choses à grignoter tout à l'heure. Je suis sûre que tu trouveras quelque chose qu'elle aime.

Il hocha la tête.

— Pas de problème, boss. Je serai juste à côté, ajouta-t-il en me lançant un regard d'avertissement lorsqu'il passa à côté de moi.

Dès qu'il referma la porte derrière eux, Billie planta son doigt dans mon torse.

— Ne refais plus *jamais* ça.

— Quoi donc ? demandai-je en levant les mains.

— Te servir de ta fille gentille et innocente pour essayer de m'amadouer.

Je soupirai.

— Comment est-ce que j'aurais pu te parler autrement ? J'ai essayé de t'appeler trois fois.

— Tu ne comprends pas le message ? Je n'avais pas envie de te parler, Colby.

— Aujourd'hui, ou plus jamais ?

— Je ne sais pas.

Elle ne me regardait pas, alors je me penchai pour que nos yeux soient à la même hauteur.

— Billie, je te jure qu'il ne s'est rien passé. J'y suis allé en tant que bras droit de Holden. Il y avait trois femmes. Holden en draguait une, et moi j'avais trop bu, alors je me suis endormi dans la salle de bain après avoir vomi. Quand je me suis levé ce matin, ils étaient tous les quatre nus dans un lit.

Billie prit un air dégoûté.

— S'il te plaît, ne m'en dis pas plus.

— Je suis désolé, mais c'est la vérité. Il ne s'est rien passé entre moi et ces filles. Est-ce que tu me crois ?

Elle soupira.

— Ça n'a aucune importance, Colby.

— Bien sûr que si.

— Non, pas du tout. En réalité, tu ne me dois aucune explication, et tu n'as pas à t'excuser puisqu'il ne se passe rien entre nous.

— Arrête un peu, Billie. Tu sais bien que si. On n'a peut-être pas couché ensemble et on n'a peut-être pas eu de vrai rencard, mais il se passe quelque chose entre nous.

Elle détourna le regard.

— Ce n'est pas vrai. Je suis désolée si je t'ai laissé penser le contraire.

Je pouvais supporter le fait qu'elle soit en colère contre moi. Je pouvais même gérer le fait qu'elle ne veuille pas me croire. Mais ce que je ne pouvais pas supporter, c'était qu'elle fasse comme s'il n'y avait plus rien entre nous. Parce que je *savais* que ce que je ressentais était réciproque. Du moins, c'était le cas avant que je fiche tout en l'air.

Je croisai les bras.

— Tu sais quoi ? Continue de te dire ça. Peut-être que tu finiras par y croire.

Je secouai la tête.

— Et tu as raison. Je n'aurais pas dû venir avec ma fille. En quatre ans, je ne me suis pas une seule fois servi d'elle comme ça. Jamais. Ce n'était sûrement pas la bonne chose à faire, mais ça devrait te faire comprendre que ce qui se passe entre nous est bien réel... du moins pour moi, précisai-je, avant de marquer une pause. À plus.

CHAPITRE 10

Holden avait réservé un autre créneau avec moi le lundi matin. Il avait dit qu'il voulait ajouter une petite chose à son tatouage. J'avais été nerveuse à l'idée de le voir, principalement parce que je savais que je ne pourrais pas résister à l'envie de creuser pour obtenir des informations sur le fameux plan à trois.

— Salut, Billie. Toujours aussi belle, déclara Holden en entrant dans le salon.

Il tapa dans la main de Deek, puis se dirigea vers mon espace de travail.

— Alors, qu'est-ce qu'on fait aujourd'hui? demandai-je.

Il souleva son T-shirt et descendit son pantalon de quelques centimètres pour exposer le dessin que je lui avais tatoué.

— J'ai décidé que je voulais ajouter ce ruban au milieu.

Il afficha une image sur son téléphone et me la montra. Il s'agissait d'un petit ruban de sensibilisation orange.

— Ça m'a l'air facile, indiquai-je en tapotant le fauteuil. Installe-toi.

— Merci, madame, répondit-il en s'allongeant.

— Alors, j'ai entendu dire que vous vous étiez bien amusés l'autre soir.

Je grimaçai intérieurement. Je n'avais même pas pu attendre d'avoir préparé mon équipement. Je fis de mon mieux pour paraître décontractée, alors que mon cœur battait la chamade.

— Qui t'a dit ça ? s'enquit-il en souriant.

— Colby. Il m'a raconté *tout* ce qui s'est passé. Tu sais, ta folle nuit chez une fille. Il paraît que tout le monde a passé un bon moment.

Je restai vague en espérant que Holden crache le morceau, même si je n'étais pas sûre de vouloir connaître toute la vérité. J'avais l'impression de mourir. Essayer de rester calme et sereine quand on était très jalouse et stressée était un art en soi.

— Tu veux dire que Colby a avoué s'être mis minable ?

— Un plan à trois, c'est minable ? m'étonnai-je en écarquillant les yeux.

— Je ne sais pas qui t'a parlé de plan à trois, car c'était un plan à quatre. Et Colby n'a rien eu du tout. Il s'est endormi dans la salle de bain.

Mon pouls ralentit légèrement. Ça correspondait à la version de l'intéressé.

— Eh bien, dommage pour lui.

— Tant mieux pour moi. J'ai récolté tous les bénéfices. Ces filles étaient canon et super excitées. Qui aurait cru que les profs étaient si chaudes ? Est-ce que les miennes l'étaient autant à l'époque sans que je le sache ? Bon sang.

Il se mit à rire.

Mon ventre se noua lorsque je me résolus à poser une dernière question.

— Alors, Colby n'a même pas embrassé l'une d'entre elles ?

Je n'avais aucun droit de demander ça, mais il *fallait* que je sache.

Il secoua la tête.

— Je ne crois pas. Enfin, je n'ai pas gardé constamment les yeux sur lui avant qu'il s'endorme, mais je suis presque sûr que non.

Je me sentais mal d'avoir envoyé promener Colby. Toutefois, s'il continuait à sortir avec Holden, ce n'était qu'une question de temps avant que ses anciennes habitudes de casanova reviennent au galop. J'activai mon aiguille et me mis à travailler sur le ruban de Holden.

— D'ailleurs, pourquoi les hommes aiment les plans à plusieurs ? Ce n'est pas trop difficile à gérer ? l'interrogeai-je par-dessus le bruit.

— Si, ça peut l'être, mais je suis toujours partant pour un défi, répondit-il en me faisant un clin d'œil. Ça me fait penser à un homme-orchestre. Tu as ta bouche sur un instrument, ta main sur un autre, et pendant ce temps, quelqu'un d'autre est en train de... s'occuper de ta trompette, faute d'un meilleur choix de mot.

Je levai les yeux au ciel.

— J'espère au moins que tu prends tes précautions en manipulant l'orchestre.

— Toujours, affirma-t-il d'un ton détaché. Si j'ai appris une chose grâce à mon pote Colby, c'est qu'il suffit d'une fois pour que notre vie change à tout jamais.

Je me raclai la gorge.

— Alors, est-ce que Colby ne *voulait* pas participer, ou est-ce qu'il était trop bourré pour relever le défi ?

À ce stade, plus rien ne m'arrêtait.

— Je ne pense pas qu'il aurait été partant même en étant sobre. J'ai dû le forcer à venir avec moi pour qu'il me serve de copilote. Il ne voulait pas y aller.

— Il fait quand même ce qu'il veut, donc d'une certaine manière, s'il est venu, c'est qu'il en avait envie. C'est juste qu'il a dû se dégonfler. Je pense qu'avoir un enfant nous fait réfléchir à deux fois à nos décisions.

— Peut-être. Il est *vraiment* plus responsable qu'avant, confirma-t-il en jetant un coup d'œil dans ma direction. Y a-t-il une raison particulière qui explique que tu sois si intéressée par les intentions de Colby de l'autre soir, Billie ?

J'hésitai.

— Non. Je suis juste curieuse.

— Arrête. Je ne suis pas bête. Je sais qu'il se passe un truc entre vous. Il ne m'en a pas parlé, mais c'est probablement parce qu'il sait que je viens ici, et il ne fait pas confiance à ma grande bouche.

— Est-ce que tu peux lui en vouloir ? demandai-je.

— Pas du tout.

— Bref... Il ne se passe rien entre Colby et moi.

— Vraiment ? Parce que tu t'es mise à me poser des questions sur lui dès que je suis arrivé, et tu es en train de rougir.

— Ferme-la et laisse-moi finir ça en paix, ordonnai-je.

Je transpirais, mais lui se mit à rire.

— C'est toi qui me poses des questions.

— Je suis sérieuse. Mon prochain client arrive bientôt. Plus de discussion.

— D'accord, accepta-t-il en reposant sa tête.

Holden laissa tomber le sujet et resta silencieux pendant que je continuai à travailler. Des gouttes de sueur se formèrent sur mon front.

Après quarante-cinq minutes, je terminai enfin.

— C'est tout bon. Ça rend bien. La couleur orange ressort vraiment.

J'avais été tellement préoccupée à chercher des informations tout à l'heure que je n'avais même pas pensé à lui demander la signification du ruban. Ça ne me ressemblait pas. J'avais tatoué des dizaines de rubans roses pour le cancer du sein, mais c'était la première fois que j'en voyais un orange.

— Qu'est-ce que signifie ce ruban ?

— C'est pour la sensibilisation à la leucémie.

J'aurais dû m'en douter. Leur ami décédé dont ils ont reçu un héritage.

— Ryan... soufflai-je.

— Oui, acquiesça-t-il. Tu es au courant, hein ?

— Oui, Colby m'a raconté l'histoire. Toutes mes condoléances.

— Merci. Il me manque tous les jours, soupira-t-il en se levant du fauteuil. Si la mort de Ryan m'a appris une chose, c'est que la vie est trop courte. Je pense qu'on a tous réagi différemment à son départ. En ce qui me concerne, j'ai continué à vivre comme je l'ai toujours fait, en m'amusant dès que je peux. Mais le changement n'a pas été positif pour tout le monde.

— Comment ça ?

— Owen se réfugie souvent dans son travail. Brayden semble parfois en colère contre la vie. Je pense qu'il a perdu la foi quand même Dieu n'a pas pu sauver Ryan. Comme je l'ai dit, je fais la fête et je me concentre encore plus sur ma musique. Et Colby...

Il marqua une pause.

— Eh bien, sa vie a changé avec Saylor très peu de temps après la mort de Ryan, alors il est difficile de savoir ce qui se serait passé si elle n'était pas arrivée. Qui sait... Peut-être qu'elle l'a sauvé. Mais il a souvent dit que l'une des raisons pour lesquelles il essaie d'être un bon père, c'est parce qu'il sait que c'est une opportunité qu'il ne devrait pas prendre pour acquise. Je pense que de nous tous, Ryan était le seul qui savait qu'il voulait des enfants. Il disait toujours qu'il avait hâte de grandir pour fonder une famille. C'était probablement parce qu'il savait qu'il n'en aurait peut-être pas l'occasion.

Mon ventre se noua.

— Ça me brise le cœur.

— Tu veux que je te raconte un truc flippant ? proposa-t-il.

— Je n'ai jamais été du genre à refuser ce genre d'histoire. Balance.

— La mère de Ryan est allée voir un médium après son départ, et son fils s'est soi-disant manifesté pour dire qu'il était déjà de retour parmi nous.

— Comment ça ? l'interrogeai-je en plissant les yeux.

— Eh bien, c'est ce qu'elle a demandé au médium ! Et après avoir creusé pour obtenir plus d'informations, il lui a dit que Ryan s'était réincarné et était revenu sur Terre.

Il marqua une pause.

— Dans la peau d'une petite fille, ajouta-t-il en me fixant. Déduis-en ce que tu veux.

— Bon sang, murmurai-je.

— Comme tu dis. Bref, sur cette note bizarre, je vais devoir te laisser. Merci encore d'avoir ajouté ça pour moi.

— C'est gratuit pour aujourd'hui.

Il écarquilla les yeux.

— Tu es sérieuse ?

— Oui. C'est pour Ryan, ajoutai-je en souriant.

— Merci, tu es la meilleure.

Il se pencha pour déposer un baiser sur ma joue, puis se retourna avant de partir.

— Tu sais quoi, Billie ? Que l'histoire de Ryan te serve de leçon pour saisir la vie à pleines mains... ou plutôt Colby, rectifia-t-il en me faisant un clin d'œil. Si c'est ce que tu veux. Quelque chose me dit qu'il *adorerait* ça.

Je levai les yeux au ciel, alors qu'il passait la porte.

Après son départ, je continuai à penser à Colby. Je n'avais pas été sympa avec lui alors qu'il n'avait rien fait avec personne lors de la soirée. J'aurais déjà dû tourner la page, pourtant, j'étais encore en colère. Mais contre moi-même. Et puis, il me manquait et je ne savais pas comment prendre ça. Les choses étaient beaucoup mieux ainsi, pas vrai ? J'avais succombé à son charme ces derniers temps, et j'avais déjà décidé que je n'aurais pas de relation sérieuse avec quelqu'un qui avait déjà un enfant. Alors peut-être que maintenant qu'il était en colère contre moi, il fallait que je le laisse tranquille, que je le laisse être énervé pour que nous puissions arrêter le petit jeu auquel nous avions joué. Comme le prouvait ma conversation avec Holden, la vie était trop courte pour faire perdre du temps à quelqu'un.

Il fallut que je mette mes réflexions de côté pour m'occuper de mon client suivant, un habitué du nom d'Eddie Stark, plus connu sous le nom d'Eddie Muscle. C'était un type mignon, même si ce n'était pas mon genre. Il était un peu plus vieux que moi, divorcé, et très baraqué – un vrai balèze accro à la salle de sport. J'aimais les hommes musclés, mais certains l'étaient trop, et c'était le cas d'Eddie. Chaque fois qu'il venait, il me proposait de sortir avec lui. Et chaque fois, je refusais. Il demandait toujours « Est-ce qu'aujourd'hui est mon jour de chance ? », ce à quoi je répondais généralement par « J'ai bien peur que non ». J'utilisais toujours l'excuse que je ne sortais pas avec mes clients. Je n'avais pas prévu que ça change.

— Tu as entendu parler du nouveau bar qui a ouvert dans le quartier ? demanda-t-il lorsque son nouveau tatouage fut terminé. Ils font de très bonnes tapas.

Eddie était très tenace.

— Oui, j'en ai entendu parler, acquiesçai-je.

— On devrait y passer. Et avant que tu me répètes encore que tu ne copines pas avec tes clients, laisse-moi ajouter que je ne reviendrai plus puisque je n'ajouterai plus de tatouages pendant un moment. Alors, si je fais une longue pause... techniquement, je ne serai plus ton client.

J'avais le mot « non » sur le bout de la langue. Mais ensuite, je me demandai si sortir avec quelqu'un d'autre que Colby n'était pas exactement ce dont j'avais besoin.

— Tu sais quoi, Eddie ? D'accord. Oui, pourquoi pas, me forçai-je à accepter avant de changer d'avis, tout en haussant les épaules.

Il écarquilla les yeux, et il sourit comme le chat du Cheshire. Il ne s'attendait certainement pas à ce que j'accepte.

Ensuite, je jetai un coup d'œil à Deek, qui avait entendu toute la conversation. Il me fixait comme si j'avais dix têtes. Justine arborait un sourire en coin à l'entrée. Apparemment, elle avait tout entendu aussi. Personne dans la pièce ne s'était attendu à ce que j'accepte un rencard avec Eddie Stark – moi la première. Je n'avais jamais accepté les avances d'un client. Pourtant, ça m'arrivait souvent. Il fallait croire qu'il y avait une première fois à tout.

— Eh bien, c'est sûrement la meilleure nouvelle que j'ai eue cette année, déclara Eddie d'un air rayonnant. Quel jour te conviendrait ?

— Mercredi ? proposai-je au hasard.

— OK, ça me va. Est-ce qu'on se retrouve ici ou…

— Oui.

— On dit dix-neuf heures ?

— Parfait, répondis-je en souriant.

Après le départ d'Eddie, Deek ne perdit pas une seconde pour s'adresser à moi.

— C'était quoi, ça ?

— De quoi tu parles ?

— Tu n'apprécies même pas ce type.

— Il est sympa. Et il mérite quelques encouragements pour sa persévérance.

Deek arqua un sourcil.

— Alors, lui il mérite des encouragements pour sa persévérance, mais pas Colby ?

Bon sang, il marquait un point.

— La situation est différente, arguai-je en croisant les bras.

— Exactement. Colby te fait peur, mais pas ce type puisque tu ne l'apprécies pas vraiment.

Je soupirai, incapable de nier.

— Pour ma part, j'ai toujours eu un faible pour Eddie, intervint Justine. Si je n'étais pas déjà mariée, j'aurais tenté ma chance avant que Billie puisse le faire. Je les aime grands et costauds comme ça.

— Sérieusement, Billie ? insista Deek en ignorant le commentaire de Justine. Ce que tu es en train de faire est tellement évident.

Il secoua la tête.

— Écoute, j'admets que j'étais aussi un peu suspicieux à propos de cette histoire de plan à trois avec Colby. Mais tu dois bien reconnaître qu'il a du mérite de t'avoir raconté la vérité à ce sujet, même si ça avait l'air suspect. Et sa version correspond à celle de Holden. Pour moi, il s'est laissé embarquer dans les frasques de son pote. Si on me blâmait pour tout ce que mes amis faisaient ou ce dont ils me forçaient à être témoin... Bon sang, je serais probablement en prison.

— De toute façon, Colby est en colère contre moi. Alors peut-être que je devrais le laisser tranquille.

— Il est en colère parce qu'il tient à toi, répliqua Deek. Et tout ce que tu continues de faire, c'est tout saboter.

La vérité blessait. Je ne parvins pas à formuler une réponse.

— OK, soupira-t-il en s'éloignant, avant de revenir vers moi. Je vais juste ajouter une chose. Tu es aveugle si tu ne peux pas comprendre que ta réaction impulsive est la preuve que tu as de véritables sentiments pour Colby. Tu ne supportes même pas d'en parler parce que tu sais très bien que tu ne peux pas le cacher. Alors, fais comme tu veux. Sors avec Eddie Muscle. Fais comme si ce n'était pas qu'une couverture, mais tu ne fais que perdre ton temps.

Le mercredi soir arriva, et même si mon rencard avec Eddie ne m'enthousiasmait pas vraiment, je me retrouvai à apprécier sa compagnie une fois que nous étions arrivés au bar. Je n'étais pas attirée par lui comme je l'étais par Colby, et je savais que ça ne mènerait nulle part, mais dans l'ensemble, je ne regrettais pas d'être sortie ce soir. Sans parler du fait que les tapas étaient *vraiment* délicieuses.

Eddie trempa un morceau de crevette dans une sauce au citron et à la coriandre.

— C'est incroyable le chemin parcouru par ton salon ces deux dernières années. Je suis plutôt fier d'avoir été l'un de tes premiers clients.

— C'est vrai. Je n'aurais pas pu faire ça toute seule. Deek a été d'une grande aide, et le nouvel emplacement a attiré beaucoup de monde.

— Deek est génial, mais c'est toi le vrai talent là-bas. Les nouvelles se répandent vite quand quelqu'un est doué dans ce qu'il fait. Je sais que je t'ai recommandée à pas mal de personnes.

Je fixai son bras que j'avais entièrement tatoué.

— Eh bien, c'est très gentil, Eddie. Tu es un type bien.

Mon téléphone bipa. Lorsque je baissai les yeux, j'aperçus un message de Colby.

Colby : Ravi de savoir que tu es capable d'accepter un vrai rencard. J'espère que tu passes un bon moment.

L'adrénaline se répandit en moi, alors que j'examinais la pièce. *Qu'est-ce qu'il fait ici ?* C'était un soir de semaine, alors je m'étais dit qu'il serait chez lui avec Saylor.

Je tapai une réponse.

Billie : Où es-tu ?

La sienne arriva quelques secondes plus tard.

Colby : Est-ce que c'est important ?

Billie : Je veux savoir comment tu sais où je suis.

Colby : Peut-être que tu devrais t'intéresser à ton rencard et arrêter de t'inquiéter à propos de ça.

— Est-ce que tout va bien ? me demanda Eddie.

— Oui. Juste un... problème personnel, annonçai-je en me levant de ma chaise. Tu veux bien m'excuser un moment ? Il faut que j'aille aux toilettes.

— Bien sûr, répondit-il, l'air inquiet.

Je m'éloignai pour pouvoir écrire à Colby en paix. Je m'appuyai contre le lavabo et tapai à la vitesse de l'éclair.

Billie : Tu m'as observée toute la soirée ?

Colby : Oui. Parce que j'ai *tellement* de temps à tuer que je me suis dit que j'allais t'espionner. Tu es sérieuse, Billie ?

Billie : Mais est-ce que tu es là ?

Il éluda la question.

Colby : J'aurais juste aimé que tu sois honnête avec moi.

Billie : Comment ça ?

Colby : Pendant tout ce temps, tu as agi comme si tu avais peur d'avoir une relation sérieuse en refusant toute proposition de rendez-vous. Mais visiblement, tu hésitais seulement à sortir avec MOI. Pourquoi ne pas simplement l'avoir dit ?

Il ne se doutait de rien. Il voulait que je sois honnête ? Ça voudrait dire qu'il faudrait que j'admette que rien ne m'avait jamais fait aussi peur que les sentiments que j'éprouvais pour lui. C'était à cause d'eux que j'avais accepté ce rendez-vous.

Billie : Ce n'est pas aussi simple que ça, Colby.

Colby : Joli corset bleu roi, au passage. Je ne l'avais encore jamais vu. Tu dois le réserver pour les vrais rencards.

Ouch.

Je ressortis pour examiner une nouvelle fois la pièce, mais je ne le vis nulle part.

Billie : Pourquoi tu ne veux pas me dire où tu es ?

Colby : Parce que ça n'a pas d'importance.

Billie : Pour moi, si.

Sa réponse mit presque une minute à arriver.

Colby : Tu crois que j'aime donner l'impression d'être un mec jaloux ? Ça ne joue pas à mon avantage, et je le sais. J'ai hésité à t'envoyer un message, mais les gens font des choses stupides quand quelqu'un leur plaît. Et tu me plais vraiment, Billie. Tu me plais tellement que je n'arrive même pas à me concentrer. J'ai mis de la foutue sauce pimentée dans les spaghettis de ma fille en pensant que c'étaient les miens. Heureusement, je m'en suis aperçu avant de lui brûler la bouche.

Je restai là à fixer mon téléphone. J'avais mal au cœur.

Colby : Ne me réponds pas. C'était une erreur. Je n'aurais pas dû interrompre ta soirée. Tu ne me dois rien.

Puis un autre.

Colby : Bonne soirée.

Mes jambes tremblaient lorsque je me forçai à revenir à table. Puis je regardai sur ma gauche et aperçus Holden au bar. Ses yeux étaient rivés sur moi, et il leva sa bière pour me saluer. C'était lui qui envoyait des informations à Colby. Je lui fis signe de la main, alors que j'avais plutôt envie de lui faire un doigt d'honneur.

CHAPITRE 11

— Billie ?

J'entendis Deek m'appeler, mais j'écoutais à moitié.

— Hmmm ?

— Je vais me chercher un smoothie. Tu en veux un ?

Je continuai à stériliser l'équipement que je nettoyais depuis un moment, jusqu'à ce qu'un sifflement aigu attire mon attention. Je levai les yeux et aperçus mon ami, les sourcils arqués.

— Tu en veux un ou pas ?

— De quoi tu parles ? demandai-je en fronçant le nez.

Deek croisa ses bras.

— OK, c'est bon. Assieds-toi.

— Quoi ? Pourquoi ?

— Parce que toi et moi, on va avoir une discussion.

— Pourquoi on dirait que tu te prends pour mon père ?

— Contente-toi de t'asseoir, Billie.

Je levai les yeux au ciel, mais je jetai l'essuie-tout dans ma main à la poubelle, avant de poser mes fesses sur mon fauteuil hydraulique.

— Qu'est-ce qui se passe ?

— Tu es malheureuse, affirma-t-il en me pointant du doigt.

— Pas du tout.

— Tu nettoies tout et n'importe quoi depuis deux semaines maintenant. D'habitude, tu es le genre de personne à renverser un truc et à laisser traîner ça, jusqu'au moment où tu vas crier sur quelqu'un d'autre de venir nettoyer, tout ça parce que tu ne te souviens pas que c'est toi qui l'as fait.

— Absolument pas, répliquai-je en plissant les yeux.

Il tourna la tête vers l'avant du salon.

— Hé, Justine !

— Oui ?

— Qui a renversé le jus violet qui est resté par terre pendant six mois ?

— Billie. Pourquoi ?

— Et est-ce que Billie nettoie ?

— Seulement quand elle est énervée ou triste.

Il se tourna de nouveau vers moi.

— Alors, comme je le disais, tu es si malheureuse que même tes clients le ressentent.

Je le pris mal.

— Je ne rate jamais mes tatouages, même quand je suis de mauvaise humeur.

— Je n'ai pas dit que tu avais raté un tatouage, mais la pauvre fille qui est venue l'autre soir en demandant un papillon est repartie avec la Grande Faucheuse sur le bras, Billie.

— Et alors ? lançai-je en haussant les épaules. C'est bien mieux qu'un papillon.

— Je suis d'accord, mais cette fille voulait un *foutu papillon*. Ça allait avec sa personnalité terriblement joyeuse. Quand elle t'a demandé ton avis, tu lui as dit que la plupart des personnes qui se faisaient tatouer des papillons étaient des anciennes pom-pom girls superficielles qui menaient des vies ternes et qui finissaient par se marier pour de l'argent qu'elles dépensaient dans du Botox.

J'avais vraiment dit ça ? *Oh, bon sang.* Il fallait croire que oui. Pourtant, je haussai les épaules.

— C'est la vérité.

— Bien sûr que oui, confirma-t-il en souriant. Qui voudrait ces conneries sur son corps ? Mais ce que je veux te faire comprendre, c'est que d'habitude, tu es douée pour créer une connexion avec les clients afin de leur donner ce qu'ils désirent, même si c'est banal et ennuyeux.

Je soupirai.

— Je suis sortie avec Eddie la semaine dernière.

— Je suis au courant. Je me suis dit que tu m'en parlerais quand tu serais prête, révéla-t-il, avant de marquer une pause. Attends, ce crétin ne t'a rien fait, n'est-ce pas ? Parce que je peux lui faire manger ses altères si…

Ça me fit sourire.

— Non, Eddie a été un parfait gentleman. Il ne s'est même pas plaint quand il a essayé de m'embrasser à la fin de la soirée et que je l'ai repoussé.

— Alors, qu'est-ce qui te tracasse ?

— Eh bien, pendant mon rendez-vous avec lui, Colby m'a envoyé des messages. Holden était au même endroit qu'Eddie et moi, et il a dit à son ami que j'avais un rencard. Colby a été blessé.

Deek fronça les sourcils.

— Pourquoi tu ne sors pas simplement avec lui ?

J'hésitai un moment, avant de reprendre la parole en baissant la voix.

— Parce que j'ai peur, Deek.

— Il était temps que tu l'admettes, rétorqua mon ami en arborant un grand sourire.

Je lui fis un doigt d'honneur en secouant la tête.

— Chaque fois que j'ai tenté ma chance, j'ai fini par souffrir.

Deek s'approcha de moi et posa ses mains sur mes genoux.

— Je comprends, trésor. Il n'y a pas que les hommes avec qui tu es sortie qui t'ont entubée. Ta mère et ton bon à rien de père n'ont pas non plus vraiment instillé la confiance par leurs actions.

— Colby me fait ressentir des choses, Deek, avouai-je en secouant la tête.

— Je sais. Pourquoi tu crois que j'insiste autant avec lui ? Je le vois dans tes yeux, ma belle.

— J'ai tellement peur de souffrir une nouvelle fois.

— Mais est-ce que tu n'es pas en train de souffrir à l'heure actuelle ?

— Si, mais ce serait plus facile de l'oublier si on ne passait jamais à l'étape supérieure. En plus, il a une fille. Je ne sais même pas si je veux des enfants.

Deek m'offrit un sourire triste.

— Cette histoire d'enfant n'est qu'une excuse, et tu le sais. Je suis fatigué d'entendre ça. Mais c'est ta vie, alors je ne vais pas t'embêter à ce sujet. Même si je dois ajouter une dernière chose.

— Quoi donc ?

— Je ne pense pas qu'on puisse oublier *la bonne personne*. Je préfèrerais tenter ma chance et souffrir, plutôt que de passer le reste de ma vie à me demander à côté de quoi je suis passé.

Deux heures plus tard, Deek et Justine s'apprêtaient à finir leur journée de travail. Deek se rendit aux toilettes à l'arrière, et lorsqu'il en sortit, il désigna le fond du studio d'un geste du pouce.

— Je crois que la clim est encore cassée.

Oh, mince. J'avais chaud, mais je pensais que ça venait de moi. Il y avait une grille au plafond, au-dessus du poste de travail à côté du mien, alors je grimpai sur une chaise, et je tendis la main pour sentir si l'air passait.

— Argh. Il n'y a rien qui sort.

— J'ai éteint et rallumé le climatiseur quand j'étais à l'arrière. C'est pas de chance, ajouta-t-il en haussant les épaules.

Je soupirai.

— D'ici l'ouverture demain matin, il va faire au moins trente degrés avec cette humidité. Et on a un planning chargé pour samedi et dimanche.

— Tu veux appeler le concierge et que je reste pour l'attendre?

Je secouai la tête.

— Non, ça va aller. Je n'ai rien de prévu, de toute façon. Je vais m'en charger et rester ici.

— Je verrouillerai la porte et enclencherai l'alarme derrière moi. Appelle-moi si tu as besoin de quoi que ce soit, proposa-t-il en hochant la tête.

— Merci, Deek. Bonne soirée, Justine.

Après leur départ, j'hésitai à envoyer un message à Colby. Il m'avait dit de le tenir au courant si le climatiseur me donnait encore du fil à retordre. Même si bien sûr, il n'était pas le concierge et n'avait probablement pas envie de me parler. Je devrais sûrement appeler Holden, qui se chargeait de la maintenance. Là encore, Colby connaissait déjà bien le climatiseur, alors il était plus logique de l'appeler lui. Et puis, il était mon propriétaire, alors nous allions devoir apprendre à coexister. Il ne pouvait pas m'ignorer éternellement.

Je sortis mon téléphone, cherchai son nom, puis appuyai sur le bouton d'appel. Il décrocha à la deuxième sonnerie.

— Allô?

— Salut. Euh, je suis désolée de te déranger, mais la clim du salon a encore cessé de fonctionner.

Il resta silencieux pendant dix bonnes secondes.

— Est-ce que tu y es encore? me demanda-t-il.

— Oui.

Il mit encore tellement de temps avant de reparler que je commençai à penser qu'il avait raccroché.

— D'accord. Je serai là dans dix minutes.

Pour quelqu'un qui n'était pas intéressé à l'idée de partager autre chose que de l'amitié avec Colby, je me précipitai dans les toilettes pour me rafraîchir. C'était aussi la première fois depuis un moment que je me sentais excitée.

Génial, je suis tellement désespérée de voir ce type que je me réjouis d'une clim cassée.

Quelques minutes plus tard, Colby frappa à la porte. Je désactivai l'alarme et lui ouvris avec un sourire hésitant.

— Salut.

— Salut, répondit-il en entrant.

Lorsqu'il passa devant moi, je pus sentir son délicieux parfum. Comme si le fait qu'il soit vêtu d'une chemise moulante et d'un pantalon, avec sa boîte à outils à la main, n'était pas suffisant. Cette stupide boîte rouge me faisait de l'effet. Est-ce qu'il était obligé de sentir bon, lui, aussi?

Mais tandis que j'essayais d'éteindre mes sentiments à l'extincteur, Colby semblait concentré sur la tâche à accomplir.

— Est-ce que le climatiseur tourne ? m'interrogea-t-il.

— Je ne crois pas. L'air ne sort pas.

Il hocha la tête et se dirigea vers l'arrière pour vérifier les aérations, avant de réinitialiser le système.

— Deek a déjà tenté ça.

Il acquiesça et se pencha pour sortir un tournevis de sa boîte à outils.

— Est-ce que ça soufflait de l'air froid toute la journée et ça s'est arrêté d'un coup, ou est-ce que ça a d'abord soufflé de l'air chaud pendant un moment ?

— Je crois que ça s'est juste arrêté. Tout était normal cet après-midi.

Il n'ajouta rien en dévissant la façade du climatiseur pour la retirer.

— Est-ce que... tout va bien ? demandai-je.

— Bien sûr.

Le téléphone de Colby sonna, alors il le sortit de sa poche et décrocha. Je n'entendis qu'un côté de la conversation.

— Je suis en bas, déclara-t-il. La locataire du local commercial a un souci avec le climatiseur. Il fallait que j'y jette un coup d'œil avant qu'on y aille.

Silence... et puis...

— Est-ce que tu peux passer récupérer les clés ici ? C'est un salon de tatouage qui s'appelle Billie's Ink. C'est juste en bas de chez moi.

Encore une pause.

— D'accord, à tout de suite.

Colby rangea son téléphone dans sa poche et se remit au travail en silence. Toutefois, je ne pus m'empêcher de parler.

— Je, euh, j'espère que je n'ai rien interrompu.

— Si, m'apprit-il en posant les yeux sur moi.

— Oh. Je suis désolée. J'aurais dû appeler Holden.

— Ce n'est rien. Je suis là, de toute façon.

Comme il est agréable...

Quelques minutes plus tard, la porte s'ouvrit et une femme absolument magnifique fit son entrée. Elle portait une petite robe noire et avait l'air classe. Cependant, pour une raison stupide – peut-être que j'étais dans le déni –, même s'il venait juste de dire à quelqu'un au téléphone de le retrouver ici, je ne fis le rapprochement que lorsque Colby s'avança vers la femme. *Oh, mon Dieu. C'est son rencard.* J'avais envie de vomir.

La femme sourit et me fit signe de la main quand il s'approcha d'elle.

— Salut, ne faites pas attention à moi, je récupère juste une clé.

Colby fouilla dans sa poche et en sortit un trousseau, avant de le poser dans sa main.

— Je te rejoins à l'étage dès que j'ai fini.

— D'accord... mais ne sois pas trop long, répondit-elle en souriant. Le Coucou est situé sur Lafayette et on va se retrouver dans les bouchons. Je ne veux pas être en retard.

— Ne t'en fais pas. Si je n'arrive pas à réparer ça rapidement, j'appellerai Holden pour qu'il prenne la relève.

La femme agita ses doigts dans ma direction et arbora un sourire digne d'un concours de beauté.

— Salut. Désolée de vous avoir interrompus.

Je sentis mes joues s'enflammer de jalousie – ou peut-être que c'était de la colère. Je ne savais pas ce qui se répandait le plus vite dans mes veines.

Si Colby le remarqua, il ne dit rien. Il se remit tout de suite au travail sur le climatiseur, comme si je n'étais même pas là.

Je parvins à tenir trois minutes sans parler, cette fois-ci.

— Alors... Le Coucou. Ça m'a l'air hors de prix. Oh, et je suppose que je ne suis pas la seule à accepter des rencards.

Colby jeta un coup d'œil dans ma direction. Il soutint mon regard pendant quelques secondes, mais il ne répondit pas. Encore une fois, il reporta son attention sur le fichu climatiseur.

— Elle est belle. Enfin, si on aime le genre refaite digne des concours de beauté...

Il s'arrêta et se tourna pour m'accorder toute son attention.

— Tu es jalouse.

— Pas du tout, lui assurai-je en inspectant mes ongles.

— Même ça, tu ne peux pas l'admettre, hein ?

— Il n'y a rien à admettre, parce que je ne suis pas jalouse. Je ne faisais qu'énoncer une évidence concernant son apparence et le restaurant.

Il hocha la tête.

— Mais bien sûr.

— C'est la vérité, insistai-je.

— Alors, ça ne te dérangerait pas si je te disais que j'allais me *taper* une autre femme ? répliqua-t-il en faisant un pas vers moi.

Je serrai les dents.

— Pas du tout.

Il avança encore d'un pas.

— Et si je te disais que j'allais enrouler les cheveux d'une autre femme autour de mon poing, alors qu'elle serait à genoux pendant que je baisais sa bouche ?

Je fermai les yeux en imaginant la scène.

— Tu n'es pas obligé d'être si vulgaire.

— Apparemment, si. Parce que c'est la seule façon que j'ai de te faire réagir, Billie ! rétorqua-t-il en haussant la voix.

J'écarquillai les yeux. Colby s'approcha encore d'un pas, alors que j'en faisais un en arrière. Puis il recommença. Mon dos finit par heurter le mur. Il posa un bras de chaque côté de ma tête, avant de baisser la sienne pour que nos yeux se retrouvent à la même hauteur.

— Tu sais ce que j'avais envie de faire au type avec qui tu es sortie la dernière fois, Billie ? J'avais envie de lui arracher la tête et de te prendre si violemment contre un mur que tu n'aurais pas eu d'autre choix que de te souvenir à qui tu appartiens.

Mon cœur s'emballa. Colby rapprocha sa tête. Nous étions pratiquement nez à nez.

— Tu sais ce que je pense ? Que tu es tout aussi jalouse que moi.

— Pas du tout.

La chaleur entre nous était si vive que j'avais l'impression que mon corps était en feu.

— *Menteuse.*

— Je ne mens pas.

— N'importe quoi, Billie ! Tout ce que j'aurais à faire, c'est d'avancer encore de cinq centimètres. Dès qu'on se toucherait, tu me supplierais de te prendre, et tu le sais. Peut-être que je devrais le faire. On prendrait tous les deux notre pied et on se sentirait bien mieux. Mais je ne te ferais pas ça. Et tu sais pourquoi ? demanda-t-il en me regardant droit dans les yeux. Parce que je ne veux pas ton corps sans avoir ton cœur.

Ça fonctionna. Je pouvais supporter la jalousie et la colère, mais ce coup-là me fit mal. Les larmes me montèrent aux yeux. En les voyant, le visage de Colby s'assombrit. Il fit deux pas en arrière, leva les mains et secoua la tête.

— Putain. Je suis désolé. Je n'aurais pas dû faire ça. C'est juste que... je ne sais pas comment t'atteindre autrement, et c'est sacrément frustrant, avoua-t-il en passant une main dans ses cheveux. Je suis désolé de t'avoir crié dessus et de t'avoir dit toutes ces choses, Billie.

Je restai silencieuse, en essayant toujours de retenir mes larmes.

Il poussa un soupir et secoua la tête.

— La femme qui vient de passer s'appelle Caroline, et c'est ma sœur. Elle est mariée, elle a deux enfants, et elle vit à Jersey. Mon père organise une petite fête surprise à ma mère ce soir. Caroline a acheté une robe spéciale à Saylor, qui s'accorde avec celle de sa fille. Elle est venue m'aider à la préparer et la coiffer.

Il ferma les yeux et parla d'un ton plus doux.

— Je ne pourrais absolument pas aller à un rencard ou être avec une autre femme. Tu es la seule à occuper mes pensées, Billie.

Je sentis les barrières autour de mon cœur s'effondrer, alors je m'excusai et me rendis aux toilettes. J'y restai pendant au moins dix minutes pour essayer de contrôler mes émotions. Quand j'entendis parler dans la pièce à côté, je me dis que je ne pouvais plus continuer à me cacher.

La belle femme – qui était apparemment la sœur de Colby – était de retour, et elle tenait la main de Saylor. J'espérais que personne ne remarquerait à quel point mon visage était rouge, alors que je tentais d'agir aussi normalement que possible.

— Salut, Saylor, lançai-je en me baissant. Waouh, ta robe est très jolie. Je parie qu'elle vole quand tu tournes.

Elle fut ravie de m'en faire la démonstration. Elle pivota sur elle-même, faisant gonfler le tulle tel un parapluie. Je souris.

— Tu veux bien nous accorder une minute, ma sœur ? demanda Colby en lui souriant.

Caroline nous observa tour à tour.

— Bien sûr. De toute façon, je ferais mieux d'aller appeler un Uber avec Saylor.

Une fois à l'abri des oreilles indiscrètes, Colby caressa ma joue.

— Il faut que j'aille à la fête avant de gâcher la surprise. Est-ce qu'on peut prendre le petit déjeuner ensemble demain ? S'il te plaît.

Il poursuivit lorsque je ne répondis pas.

— Ce ne serait pas un rencard. Mais il faut qu'on parle. On ne peut pas laisser les choses comme ça. J'ai cru devenir fou ces deux dernières semaines.

— D'accord, acceptai-je.

Il garda sa main posée sur ma joue, et déposa un baiser sur l'autre.

— On dit neuf heures au restaurant en bas de la rue ?

— Ça marche.

Il rangea sa boîte à outils et se dirigea vers la porte.

— Oh, et j'ai réparé ton climatiseur. Apparemment, le fusible que j'ai changé la dernière fois s'est bizarrement desserré.

Il m'adressa un clin d'œil, comme s'il pensait que c'était moi qui l'avais fait.

— Je n'ai *rien* dévissé.

— Si tu le dis, lança-t-il en souriant.

Je levai les yeux au ciel.

— Toujours aussi prétentieux.

Il s'apprêta de nouveau à partir, mais il ne fit qu'un pas avant de s'arrêter.

— Une dernière chose...

— Oui ?

Ses yeux balayèrent mon corps de haut en bas.

— Ne porte pas de corset demain. J'aimerais pouvoir me concentrer.

Le lendemain matin, mon métro resta bloqué sur le chemin pour aller rejoindre Colby pour le petit déjeuner, alors j'eus quelques minutes de retard. Il se leva de table lorsque je passai la porte du restaurant, et le soulagement se lut sur son visage. Mais ensuite, ses yeux se posèrent sur ma tenue et il prit un air totalement différent. Évidemment, j'avais mis mon corset en dentelle préféré – celui qui laisse peu de place à l'imagination.

— Salut, lançai-je en souriant lorsque je le rejoignis.

— Tu es diabolique, répliqua Colby en secouant la tête.

Je fis comme si je ne comprenais pas de quoi il parlait.

— Mon métro est resté bloqué.

— Je vais peut-être devoir retirer la nappe de la table pour recouvrir ton buste, déclara-t-il, les yeux rivés sur mon décolleté.

— Mais si tu fais ça, tu ne pourras pas apprécier mon corset, précisai-je en lui faisant un clin d'œil.

Il pointa du doigt la chaise en face de lui.

— Je t'en prie, assieds-toi pour que je puisse m'asseoir aussi. Sinon je vais devoir enrouler la nappe autour de ma taille pour éviter de me ridiculiser.

Sa remarque me fit rire. Le serveur s'approcha aussitôt pour nous donner les menus, et nous commandâmes des cafés.

— Malheureusement, je n'ai que quarante-cinq minutes, annonça Colby en regardant sa montre. Brayden garde Saylor, mais il doit partir à dix heures.

— Ce n'est rien. Je dois aller travailler, de toute façon.

Le serveur revint avec nos cafés et nous demanda si nous avions choisi. J'étais assise depuis à peine trente secondes, alors je n'avais même pas encore ouvert le menu qu'il m'avait remis.

— Tu sais ce que tu prends ? demandai-je à Colby en levant les yeux vers lui.

— Je pense que je vais opter pour les œufs Bénédicte.

— Mettez-en deux, s'il vous plaît, énonçai-je à l'attention du serveur, en lui rendant mon menu.

— C'est noté, répondit-il.

Une fois que nous fûmes seuls, Colby prit une grande inspiration.

— Avant qu'on parle, je veux encore m'excuser pour hier soir. Je n'aurais jamais dû te crier dessus et te mettre dans cet état.

— Ne t'en fais pas, Colby. Ce n'est pas grave.

— Pour moi, si, affirma-t-il d'un air sérieux. Ça ne se reproduira plus.

Je souris timidement.

— Tu es sûr ? Parce que c'était plutôt excitant.

Il arqua les sourcils, puis m'adressa un grand sourire.

— Ah oui ? Est-ce que je peux retirer mon engagement de ne plus recommencer ?

Ça me fit rire.

— Bref... reprit-il. Sur ces bonnes paroles, je vais aller droit au but. Je me suis emporté parce que je t'apprécie beaucoup. Tu m'attires énormément, ce qui est plutôt évident, mais c'est plus que ça. Je pense à toi tout le temps, Billie. Je pense même que ça en devient maladif.

Mon cœur s'emballa, et la chaleur se répandit dans mon ventre.

— Je t'apprécie aussi, Colby, révélai-je, avant de marquer une pause. Mais tu me fais peur. Et puis, j'ai de gros problèmes de confiance, et je ne veux pas mettre ce poids sur tes épaules.

Il tendit la main pour venir entrelacer nos doigts.

— On a seulement peur des choses qui signifient quelque chose pour nous.

— Je sais, soupirai-je en hochant la tête.

— J'y ai beaucoup réfléchi. Je pourrais te dire un million de fois que je ne te ferai pas de mal et que tu peux me faire confiance, mais ce n'est pas ce dont tu as besoin. Tu as entendu ce discours bien trop souvent de la part de personnes qui n'ont pas tenu parole. Le seul moyen pour que ça fonctionne entre nous, c'est que je gagne ta confiance.

— Comment tu comptes faire ça ?

— En passant du temps avec toi. Sans qu'on sorte ensemble, parce que tu as besoin d'être sûre de toi avant de franchir cette étape, mais en organisant plus de non-rencards. Sauf que cette fois, on s'engage tous les deux à ne sortir avec personne d'autre.

Je mordillai ma lèvre en y réfléchissant.

— Alors, ce serait des non-rencards exclusifs ?

— Exactement, confirma Colby en souriant, avant de s'adosser à sa chaise.

La réalité de la situation, c'était que je devais soit complètement couper les ponts avec cet homme, soit accepter d'avancer petit à petit comme il le suggérait. Vu comme j'avais été malheureuse pendant les deux semaines où nous ne nous étions pas croisés, je n'avais plus envie de fuir. Je pris donc une grande inspiration en acquiesçant.

— D'accord.

— Vraiment ?

— Oui. Je pense que c'est une bonne idée. Nos non-rencards se passaient bien jusqu'à ce que je pense que tu voyais quelqu'un d'autre et que je décide bêtement de sortir avec Eddie.

Colby gémit.

— Ne prononce plus jamais le prénom de ce type, s'il te plaît.

— D'accord, répondis-je en souriant. Mais il faut que tu me promettes de ne plus jamais parler du plan à trois à côté duquel tu es passé.

Il porta ma main à sa bouche et déposa un petit baiser sur le dessus.

— Marché conclu.

Nous fûmes bien trop rapidement de retour à mon salon. J'étais la première à arriver, alors nous restâmes devant l'entrée, juste tous les deux. Colby entrelaça nos doigts et fit balancer nos mains jointes.

— J'aurais aimé que les non-rencards se finissent par un baiser, déclara-t-il. Mais malheureusement, ce n'est pas la tradition.

— Ah bon ?

Il secoua la tête.

— Non. Les non-rencards se finissent en se reniflant, pas en s'embrassant.

— Comment ça ? demandai-je en gloussant.

— Ah, je suis ravi que tu me poses la question. Laisse-moi te montrer.

Il se pencha pour enfouir son visage dans mes cheveux, puis il effleura mon cou en remontant vers mon oreille, tout en inspirant. Ensuite, il laissa échapper un gémissement et je sentis son souffle chaud.

— Bon sang, tu sens tellement bon.

Tous les poils de mon corps se dressèrent. J'étais déjà à cinq secondes de briser la règle des non-rencards qui interdisait les baisers... jusqu'à ce qu'une voix me fasse sortir de ma torpeur.

— Prenez-vous une chambre, grommela Deek. Certains doivent bosser.

Je m'éloignai comme si quelqu'un m'avait vidé un seau d'eau glacé sur la tête.

— Oh, désolée.

Deek ricana.

— Laisse-moi passer pour que je puisse ouvrir, au lieu de vous regarder tous les deux. En plus, le voyeurisme hétéro, ce n'est pas mon truc.

Colby se mit à rire.

— Je vais y aller avant que Brayden me botte les fesses, de toute façon, annonça-t-il, avant de me regarder. Non-rencard demain soir ?

— D'accord, acceptai-je en souriant.

— Je t'appelle plus tard, une fois que j'aurai plus de détails.

Je lui fis au revoir de la main lorsqu'il s'éloigna en direction de l'entrée de l'immeuble. Deek avait déjà sorti sa clé, alors il se plaça devant moi et déverrouilla la porte.

— Donc je suppose que mon astuce du climatiseur en panne a fonctionné ?

— Je *savais* que c'était toi ! répliquai-je en entrant. Tu es vraiment un crétin. Colby pense que c'est *moi* qui l'ai fait pour avoir une excuse pour le voir.

Deek sourit.

— De rien, trésor. Je suis content que tout se soit arrangé et que vous puissiez sortir ensemble.

— Oh, on ne sort pas ensemble, rectifiai-je en secouant la tête. On fait ce qu'on appelle des non-rencards. On passe du temps tous les deux sans avoir la pression des rencards. Mais on ne fréquentera personne d'autre pendant qu'on fera ça.

Deek éclata de rire en rejetant sa tête en arrière.

— Qu'est-ce qui est si drôle ?

— Le fait que tu sortes avec ce type sans même le savoir.

CHAPITRE 12

Le samedi soir, je passai chercher Billie au salon après le travail pour notre non-rencard. Je ne lui avais pas dit ce qui était prévu, mais nous n'irions pas très loin puisque je comptais l'emmener à l'étage.

— On va où ? demanda-t-elle.

— Tu aimerais savoir, hein ? la taquinai-je en lui chatouillant les flancs.

— J'aimerais bien, oui, répondit-elle en me chatouillant à son tour.

— Pourquoi ? Tu as peur que je te piège pour aller à un rencard ? Loin de là.

Billie planta son doigt dans mon bras.

— Étant donné qu'on se dirige vers ton appartement, je me méfie vraiment. Est-ce que Saylor est chez tes parents ?

Elle claqua des doigts.

— Attends, est-ce que c'est encore une soirée lessive ?

— On ne va pas chez moi, l'informai-je en riant. Même si vu la pile de linge qui s'y trouve, on peut certainement arranger une nouvelle soirée lessive.

— Où est-ce qu'on peut aller, alors ?

— Tu verras.

— Est-ce que c'est un pique-nique sur le toit ? m'interrogea-t-elle.

— Ça ne ressemblerait pas à un rencard ?

— Si. J'étais juste en train de te tester, lança-t-elle en me faisant un clin d'œil.

— Ce qu'on va faire est loin d'être un pique-nique sur le toit, ma chère.

Je pus lire l'excitation dans ses yeux.

— Ça m'intrigue.

J'avais peur qu'elle soit franchement déçue. Nous poursuivîmes notre chemin dans l'entrée et entrâmes dans l'ascenseur, où j'appuyai sur le bouton du deuxième étage. Elle s'appuya contre le mur, alors que la cabine se mettait à monter. Debout à quelques centimètres d'elle, je me penchai pour sentir son délicieux parfum, et l'espace d'un instant, je me dis que je n'avais pas envie de la partager ce soir. Toutefois, au lieu de la garder pour moi, j'allais la jeter en pâture aux loups.

L'ascenseur s'ouvrit, et elle me suivit dans le couloir. Je frappai à la porte d'Owen en arrivant devant chez lui.

— Salut, mec, lança Brayden en ouvrant.

Il arbora un sourire en observant Billie. Il ne l'avait pas encore rencontrée.

— À qui ai-je l'honneur ?

— Je te présente Billie. Elle tient le salon de tatouage en bas. Elle se joint à nous ce soir, déclarai-je en posant ma main au creux de ses reins. Billie, voici Brayden, l'ami numéro trois, celui que je crois que tu n'as pas encore rencontré.

— Enchantée, Brayden.

Elle lui tendit la main, et il l'accepta avec un immense sourire.

— Pareillement.

L'odeur de cigare me frappa lorsque nous avançâmes dans l'appartement. La fumée emplissait l'air, et des cartes et des jetons de poker étaient posés sur la table. Je n'aimais pas autant les cigares que les autres, mais j'en prenais toujours un quand même s'ils fumaient tous autour de moi.

— Bienvenue à notre soirée poker trimestrielle, soufflai-je à l'oreille de Billie. Ce soir, tu fais partie de notre groupe d'amis. Suffisamment non-rencard à ton goût ?

Elle hocha la tête.

— J'adore le poker. C'est un non-rencard parfait.

— Tu joues ?

— J'ai joué, oui, révéla-t-elle en enfonçant son index dans mon torse. Tu as peur ?

— J'aurais plutôt dit excité, rectifiai-je, avant de me tourner vers Owen. Owen, tu connais Billie...

— Content de te voir, acquiesça-t-il.

J'aperçus son regard se poser brièvement sur sa poitrine. Ça me donna envie de l'étrangler, mais je ne pouvais pas lui en vouloir de jeter un coup d'œil. Billie avait encore une fois décidé de me torturer avec un corset, cette fois-ci le bleu roi qui apparaissait sur les photos que Holden m'avait envoyées quand elle était sortie avec ce type. Elle essayait vraiment de me tuer, et voilà qu'elle me donnait envie de tuer mon ami.

Comme à son habitude, Owen portait toujours sa tenue de travail, une chemise avec les manches relevées et un pantalon de costume noir – même un samedi. Nous organisions la soirée chacun notre tour, et en général, Owen était le dernier à arriver, même si c'était chez lui, étant donné qu'il travaillait toujours tard. J'étais surpris de le voir à l'heure ce soir. Si on regardait « accro au travail » dans le dictionnaire, j'étais presque sûr qu'on y trouverait une photo de lui.

Billie s'installa sur la chaise à côté de Brayden, et je m'assis à côté d'Owen, en face d'eux. Elle se permit de prendre un cigare, et Brayden lui tendit une allumette pour qu'elle l'allume.

— On a une fumeuse parmi nous. Je l'aime déjà, déclara-t-il.

— Merci, chef, répondit-elle, avant d'aspirer sa première bouffée.

Je pourrais définitivement m'habituer à observer sa bouche magnifique enroulée autour de ce truc. Je pris un cigare à mon tour et l'allumai.

Holden sortit de la cuisine en portant trois boîtes à pizza, et fit un geste de tête en direction de Billie.

— Comment ça va, mon amie ?

— Bien, et toi ? s'enquit-elle en soufflant de la fumée. Ça fait longtemps. Tu as espionné quelqu'un d'intéressant ces derniers temps ?

— Tu m'en veux encore pour ça ? demanda-t-il en riant. Tu sais que je t'adore. Je veillais seulement sur mon pote. Je me suis dit que ça l'intéresserait de savoir ce que tu manigançais en dînant avec ce mec colossal. Ce n'était pas méchant.

Il était obligé de souligner à quel point ce mec était costaud ?

— Il n'y a pas de mal, affirma-t-elle.

— Qui était ce type, d'ailleurs ? ajouta-t-il.

Mon cœur s'emballa lorsque les souvenirs de cette soirée me revinrent en mémoire. Ma mâchoire se serra autour du cigare, et mes dents s'y enfoncèrent un peu trop. *Toujours aussi jaloux, apparemment.*

— Eddie est un client. C'était juste un dîner, pas un rencard.

Brayden nous observa tour à tour.

— Attends… reviens en arrière. Elle est sortie avec un autre homme et Holden a fait quoi ?

Billie souffla de la fumée.

— Au départ, je pensais que Colby m'espionnait dans le bar. Mais c'était Holden.

— J'étais au bar ce soir-là, et j'ai envoyé tous les détails à Colby, expliqua Holden. Ça l'a mis en rogne, et il s'est ridiculisé en lui écrivant.

Je haussai les épaules.

— C'est vrai, je l'ai fait. Parce que je l'apprécie. Mais je n'avais aucun droit d'être jaloux puisqu'on ne sort pas ensemble. Est-ce que j'ai précisé que cette soirée était un non-rencard ?

Je la regardai en souriant.

— Je ne sais pas vous, les gars, mais moi, je suis perdu, indiqua Owen en plissant les yeux.

— Tu n'es pas le seul, plaisanta Billie. Même nous, on ne comprend pas vraiment ce qui nous arrive.

Owen commença à distribuer les cartes.

— Ça fait une éternité que Colby n'a pas ramené de fille, alors vous pouvez dire ce que vous voulez, mais je trouve cette histoire de *non-rencard* un peu suspecte.

— Au moins, Colby a des non-rencards, répliqua Brayden en se tournant vers Owen. Toi, tu te tues au travail. Holden couche avec tout ce qui bouge…

— Et toi, qu'est-ce que tu fais ? lâcha Holden.

— Moi ? Je me détends, répondit Brayden en s'adossant à sa chaise.

Holden leva les yeux au ciel. Ce qui était drôle, c'était que les gars se retenaient devant Billie. En temps normal, ils enchaînaient les insultes. Pour plaisanter, évidemment, mais ils prenaient vraiment sur eux en présence de notre invitée.

— Alors, qu'est-ce que Colby t'a raconté sur nous ? lui demanda Brayden. Je suis choqué qu'il ait le courage de te faire venir ici en sachant qu'on aime s'envoyer des pics.

— En réalité, Holden m'en a dit bien plus sur vous que Colby. Il parle beaucoup pendant nos sessions tatouages, révéla-t-elle avec un clin d'œil. Je sais qu'Owen est accro au travail. Je sais que toi, Brayden, tu joues en quelque sorte le rôle de médiateur dans le groupe et que tu n'autorises personne à rester fâché longtemps contre quelqu'un d'autre. Holden... Eh bien, Holden est un peu fougueux, d'après ce que j'ai pu voir. Et je sais grâce à Colby que vous êtes tous de très bons oncles pour Saylor.

— Analyse plutôt exacte, affirma Brayden en souriant.

— Tu es au courant pour Ryan ? l'interrogea Owen.

Le silence se fit dans la pièce.

— Oui, confirma Billie. Je suis vraiment désolée.

Owen souffla de la fumée.

— C'est pour lui qu'on installe une cinquième chaise à table.

— Oh, mince, lança-t-elle d'un air sombre. Est-ce que je suis assise à sa place ?

Brayden posa sa main sur son épaule.

— Non, non, non. Ce n'est rien.

— Il serait heureux que tu sois assise sur lui, plaisanta Holden.

Sérieusement, crétin ? Je le fusillai du regard.

— Et moi qui pensais qu'on pourrait passer une soirée sans que j'aie besoin de te frapper.

Holden haussa les épaules.

— Détends-toi. C'était une blague.

— Ouais, j'ai compris, rétorquai-je en serrant les dents.

Billie regarda autour de la table.

— Vous n'êtes pas obligés d'y aller doucement en ma présence. Mon meilleur ami, Deek, ne se retient jamais. Je suis habituée. J'ai la peau dure.

Une fois que la partie commença, plus personne ne parla vraiment. Je me retrouvai à alterner entre toucher mes cartes et fixer la magnifique *poker face* de Billie.

Quelques heures plus tard, je n'étais plus dans le jeu.

Nous avions atteint le dernier tour de mise, et il ne restait plus que Billie et Holden. Ils étalèrent chacun leurs cartes dans un duel. Billie avait la meilleure main avec un carré et l'emporta.

— Bon sang. Chouette partie, tout le monde, déclara Holden.

— Félicitations, Billie, ajouta Owen.

Brayden se mit à rire.

— Je suppose que c'est ce qui arrive quand on fait venir une dure à cuire à une soirée poker. Elle nous bat tous, et on ne peut même pas insulter la gagnante comme on le fait d'habitude, parce qu'on ne veut pas passer pour les enfoirés qu'on est vraiment.

— Allez-y, je peux encaisser, assura-t-elle.

Je fis le tour de la table et déposai un baiser sur sa joue pour célébrer sa victoire.

— Hé, pas de bisou, tu te souviens ? me taquina-t-elle.

— Ah, oui. J'avais oublié…

J'inspirai longuement son cou.

— C'est quoi ce bordel ? réagit Holden en arquant les sourcils. Il te renifle souvent comme ça ?

— C'est ce qu'on fait au lieu de s'embrasser, indiqua-t-elle.

— Vous êtes bizarres, conclut-il en se levant pour aller aux toilettes.

Je ris, puis apportai nos déchets à la cuisine. Owen me suivit.

— Tu m'as caché des choses, me murmura-t-il. Qu'est-ce qui se passe vraiment entre toi et cette diablesse ? Je ne crois pas à ces conneries de non-rencards.

— Tu pourrais essayer d'arrêter de fixer sa poitrine, comme ça je ne mourrais pas d'envie de tuer mon meilleur ami ?

— J'ai fait ça ? s'étonna-t-il en écarquillant les yeux. Merde. Désolé. Je ne m'en suis même pas rendu compte. Il faut peut-être que je m'envoie en l'air.

Je pris un air étonné.

— Il se passe quoi ? Passage à vide ?

— J'ai beaucoup trop de travail. Ça fait une éternité que je ne suis pas sorti.

Il secoua la tête.

— Attends, reprit-il. Je comprends ce que tu essaies de faire. Ne change pas de sujet. C'est *moi* qui te pose une question. Qu'est-ce qui se passe avec Billie ?

Je soupirai.

— Ce qui se passe... c'est qu'on s'aime bien... beaucoup, même. Mais elle ne veut pas sortir avec moi. Alors on fait comme si on ne sortait pas ensemble pour pouvoir passer du temps tous les deux.

— Donc vous sortez ensemble.

— Ce sont des non-rencards, rectifiai-je.

— Crois ce que tu veux, renchérit-il en secouant la tête. D'ailleurs, pourquoi elle refuse de sortir avec toi ?

— Je pense qu'elle a peur. Tu n'aurais pas peur, toi ? Enfin, si une femme entre dans ma vie, elle doit envisager la possibilité de devenir la mère d'une enfant qui n'est pas la sienne. Ça suffirait à me faire partir en courant.

— Elle a rencontré Saylor ?

— Oui. Et ma fille l'adore.

Owen sourit.

— Elle n'est pas la seule. Tu l'apprécies vraiment. Ça se voit à ta façon de la regarder.

— Tu te souviens quand ton père nous a emmenés à la pêche quand on avait douze ans ? demandai-je en souriant. Tu as attrapé cette belle perche énorme. On t'enviait terriblement. Aucun d'entre nous n'a rien attrapé de la journée. Ce truc gigotait pour t'échapper, et il a fini par gagner. La ligne s'est cassée et tu l'as perdu. Tu te rappelles ?

— Oui, bien sûr.

— Eh bien, cette perche me fait penser à Billie.

— Parce que c'est une belle prise ?

— Non.

Il écrasa une boîte à pizza.

— Alors je ne vois pas où tu veux en venir.

— Je n'ai pas encore fini, précisai-je.

— D'ailleurs, n'oublie pas ce qui s'est passé après la perte de ce poisson. Je l'ai attrapé une nouvelle fois.

— Oui, c'est là que je veux en venir. La seconde fois, c'est toi qui as eu le dessus après tous ces efforts. On n'a même pas pu la ramener à la maison pour la manger. Donc, Billie est un peu comme la perche. Je la veux. Et elle a du mal à s'éloigner, parce que je pense qu'elle me veut aussi, mais elle a peur. Au bout du compte, je ne suis même pas sûr d'être celui qu'il lui faut à long terme. Alors je me dis que si je finissais par être avec elle, il se pourrait que...

— Tu la rejettes à l'eau pour son propre bien ?

— Métaphoriquement, oui.

Je frottai mes tempes.

— Eh bien, quitte à continuer dans les métaphores aquatiques, il y a beaucoup de poissons dans l'eau, mais une perche comme celle-ci vaut la peine qu'on se batte pour elle, si c'est vraiment ce que tu veux.

— Je ne m'attendais pas à ça, mec, tu le sais ? J'avais abandonné l'idée de trouver quelqu'un avec qui je pourrais créer une connexion, du moins, tant que Saylor n'était pas plus grande. Mais elle est arrivée de nulle part.

— La vie arrive toujours à nous surprendre quand on s'y attend le moins. En bien ou en mal. Mais je t'envie, me confia-t-il en ouvrant la poubelle, avant d'y déposer certains des déchets que nous avions posés sur le comptoir.

— Pourquoi ? demandai-je en croisant les bras. Tu veux être frustré, toi aussi ?

— Tu as trouvé quelqu'un qui te fait vibrer. Je n'ai pas connu ça depuis... eh bien, je n'ai jamais connu ça. Je préfère être seul que de gâcher mon temps avec quelqu'un qui ne me plaît pas vraiment. C'est en partie pour ça que je n'ai fréquenté personne ces derniers temps. Mais si tu peux trouver ce genre de passion ? Bon sang ! Ne la laisse pas filer.

Owen travaillait avec un tas de belles femmes qui se jetaient constamment à ses pieds. Toutefois, il trouvait ça repoussant. Il préférait devoir courir après elles. Et il était sélectif. Il méritait de l'être.

— Tu la trouveras un jour, déclarai-je.

— Qui ça ? s'enquit Brayden en entrant dans la cuisine. Si vous ne revenez pas bientôt, je vais commencer à flirter avec la fille torride que tu as ramenée ce soir, Colby. Je n'en reviens pas qu'elle nous ait tous battus. Je n'en reviens pas non plus de ne pas l'avoir déjà vue en bas. Si ça avait été le cas, je serais peut-être allé la voir en premier.

Il dut remarquer mon air énervé.

— Bon sang, je plaisante, précisa-t-il en secouant la tête. Tu aimes vraiment cette fille.

— Je pense que c'est assez clair, confirmai-je.

— Est-ce qu'elle a des amies ? demanda Brayden.

— Depuis quand tu as besoin d'aide pour faire des rencontres ?

— Il n'y a rien de mal à avoir des recommandations. Les filles canons comme elle ont souvent des copines canons.

— Eh bien, son seul ami que j'ai rencontré jusqu'à présent est un type gay.

Il hocha la tête.

— Elle a l'air d'avoir des tas *d'amis* masculins. Comme celui avec lequel Holden l'a vue dîner.

— Tu cherches à te faire frapper, Brayden ?

Ça le fit rire.

— Reconnais que j'ai un certain mérite. J'ai dû bien me comporter pendant toute la soirée. Je me laisse seulement aller un peu.

Owen lui donna une tape dans le dos.

— On ferait mieux d'y retourner. On l'a laissée seule avec Holden pendant trop longtemps, ce qui n'est jamais une bonne idée.

— Vous savez qu'il lui a fait reprendre le tatouage qui va jusqu'à son entrejambe ? lançai-je.

Owen resta bouche bée.

— Quel crétin.

Après être partis de chez Owen, Billie et moi attendîmes dans l'entrée la voiture que j'avais appelée pour elle.

— C'était très sympa de pouvoir passer du temps avec tes amis et toi, déclara-t-elle en se frottant les bras.

— Ils ont tous apprécié cette soirée avec toi aussi.

— Je me sens honorée que vous m'ayez laissée participer à votre tradition. Est-ce que je suis la première fille à jouer avec vous ?

— La seule et l'unique, oui. Et vu comme tu nous as tous battus, probablement la dernière.

Je passai mes doigts dans ses longs cheveux noirs.

— Tu sais, vous avez beaucoup de chance de pouvoir compter les uns sur les autres. J'ai des amies filles, mais elles ne se connaissent pas vraiment entre elles. C'est cool de faire partie d'un groupe. C'est comme une seconde famille.

— Eh bien, on s'est promis de rester ensemble après la mort de Ryan. Son décès nous a appris à ne rien prendre pour acquis, y compris les amitiés. Alors oui, on se soutient tous. Ceci dit, ça ne me dérange pas d'en frapper un quand ils m'énervent. J'ai failli le faire ce soir quand j'ai surpris Owen en train de jeter un coup d'œil à ton corset.

Elle baissa les yeux sur sa poitrine.

— Oups.

— Pourquoi tu continues à en porter en ma présence alors que je t'ai demandé de ne pas le faire ?

— Tu m'en veux ? demanda-t-elle avec un sourire malicieux.

— Je suis plutôt énervé, rectifiai-je en m'approchant d'elle.

— J'adore te faire réagir.

— Tu ne sais pas du tout à quel point je réagis, répliquai-je en tirant sur le tissu de son corset. Mais je déteste celui-ci. Ça me rappelle à quel point je me suis ridiculisé quand tu le portais lors de ton rencard, même si tu ne veux pas admettre que c'en était un.

— J'adore quand tu es jaloux, murmura-t-elle.

— Tu adores me rendre dingue, oui. Et ça fonctionne, Billie. Ça fonctionne vraiment.

Je me penchai pour enfouir mon visage dans son cou, profitant de mon droit de la sentir. Elle passa ses doigts dans mes cheveux, et je remarquai que sa respiration s'était faite plus rapide.

— Est-ce que j'ai manqué l'information qui disait que se toucher comme ça était autorisé? gémis-je contre son cou. Parce que sentir tes mains dans mes cheveux est très agréable.

— J'adore tes cheveux. Ils sont épais et soyeux, observa-t-elle en éludant ma question. J'adore ton odeur aussi.

Je reçus la notification que sa voiture était arrivée. *Putain*. Dur comme la pierre, je m'écartai à contrecœur.

— Bon, eh bien... bonne nuit, prononça-t-elle, légèrement essoufflée.

— Bonne nuit.

Je la regardai s'éloigner. Après son départ, je pus voir mon reflet dans la vitre de la porte. Mes cheveux allaient dans toutes les directions. Je me recoiffai un peu, tout en sachant que j'allais devoir aussi calmer mon entrejambe avant de me retrouver face à la baby-sitter.

En montant chez moi, je compris que si j'avais la chance un jour d'attraper Billie, je ne la remettrais pas à l'eau. Au lieu de ça, je la mangerais plutôt en guise de dîner.

CHAPITRE 13

Billie

Le jeudi de la semaine suivante, je me dis que c'était à mon tour d'initier le prochain non-rencard avec Colby. Il m'avait envoyé quelques messages depuis la soirée poker pour prendre des nouvelles, mais j'avais l'impression qu'il essayait de se retenir pour me laisser un peu d'espace. Il m'avait donné quelques idées qui selon lui pourraient faire de bons non-rencards, mais il n'avait pas tenté de faire des plans concrets. Visiblement, la balle était dans mon camp, alors je lui écrivis pour lui demander s'il voulait venir avec moi à une exposition d'art ce week-end. Mais ensuite, je décidai que ça ressemblerait moins à un rencard si je l'embêtais d'abord un peu.

> **Billie : Salut. Je vais à une exposition samedi soir. L'un des exposants peint des chansons. Ce qui est plutôt cool. Une fois par mois, il demande à ses fans leurs chansons préférées dans le top 100, et il peint celle qui est le plus souvent citée. Ce n'est pas une interprétation littérale, mais juste le sentiment que la chanson évoque quand il l'écoute. On peut observer chaque peinture avec des écouteurs qui diffusent la musique dont elles**

sont inspirées. C'est dingue de voir à quel point il arrive à capter l'émotion à chaque fois.

Colby : Waouh, ça a vraiment l'air sympa. J'adore les expositions d'art.

Je souris. *Oui, il me fait bien comprendre que ça l'intéresse.*

Billie : J'ai un billet en trop. Je pensais proposer à Holden de m'accompagner. Tu sais, à cause du lien avec la musique. Évidemment, ce ne serait pas un rencard.

Mon côté diabolique ne put s'en empêcher. Puis j'ajoutai :

Billie : Ce serait plus un non-rencard. ;)

Les points de suspension apparurent, avant de disparaître, deux fois de suite. Je me mis même peut-être à ricaner. Mon téléphone finit par vibrer.

Colby : Tu veux aller à un non-rencard avec Holden ?

Billie : Oui, pourquoi pas ? Évidemment, ce serait aussi platonique que notre relation.

Je vis mon message passer de « reçu » à « lu ». Une minute entière s'écoula, puis mon portable sonna. Colby. Heureusement que ce n'était pas un appel vidéo, parce que je n'arrivais pas à arrêter de sourire.

— Salut, lançai-je.

— Je ne pense pas que ce soit une bonne idée.

— Quoi donc ?

Quelques secondes passèrent.

— Attends. Tu me fais marcher ?

— Pourquoi je ferais ça ? demandai-je en riant.

— C'est bien ça. Tu me fais marcher.

Je ne pus me retenir de rire à nouveau.

— Tu es jaloux ?

— Je vais te botter les fesses. Je ne sais même pas si tu as vraiment des billets pour une exposition, mais après ce que tu viens de me faire, il vaudrait mieux que tu en trouves. Parce que samedi soir, on s'y rendra, toi et *moi*.

— Le Colby autoritaire me plaît plutôt bien, avouai-je en mordillant ma lèvre inférieure.

— Ah oui? Eh bien, je serais ravi de te donner des ordres, trésor. Ramène tes fesses dans ma chambre et je te montrerai.

Oh, bon sang. La proposition me tentait tellement. Mais comment étions-nous passés si rapidement du stade où je le faisais marcher à celui où j'étais frustrée? Il fallait que je réoriente la conversation avant que je lui dise de continuer à parler pendant que je glissais ma main dans mon pantalon. Je me raclai la gorge.

— Bref... Voudrais-tu m'accompagner à une exposition, Colby? Évidemment, ce serait un non-rencard.

— Il t'en a fallu du temps pour poser la question.

Je ris.

— Il faut que j'y sois assez tôt. Dix-huit heures, ça te va?

— C'est parfait. Je passerai te chercher.

— Je te rejoindrai au salon, l'informai-je.

— Tu dois travailler?

— Non, je suis en repos toute la journée, samedi.

— Alors laisse-moi venir à toi. Je veux voir où tu habites.

— Euuh...

— Tu es sérieuse? Tu ne me fais pas encore confiance? Je ne vais pas m'en prendre à toi, Billie.

Ce qui était drôle, c'était qu'il n'était pas question de ne pas faire confiance à Colby. C'était à *moi* que je ne faisais plus confiance si je me retrouvais seule avec lui, surtout dans un endroit avec un grand lit. Cependant, c'était moi qui voulais que notre relation reste platonique, alors j'allais devoir prendre sur moi.

— Bien sûr que je te fais confiance. On se rejoint là-bas, alors.

♥

— Tu es en avance...

Colby baissa les yeux sur mes jambes nues. Je venais juste de finir de me maquiller et de sécher mes cheveux, alors je portais seulement un peignoir en soie qui couvrait à peine mes cuisses.

— J'ai plutôt l'impression d'être arrivé au bon moment, répliqua-t-il en basculant sur ses pieds.

Je ris et m'écartai pour le laisser passer.

— Entre. Fais comme chez toi. Je vais m'habiller.

Une fois dans ma chambre, je retirai mon peignoir et enfilai la robe d'été que j'avais choisie.

— J'essayais d'imaginer à quoi pouvait ressembler ton appartement ! s'écria Colby depuis l'autre pièce.

— Alors, ton verdict ? demandai-je. Tu t'attendais à ça ?

— Complètement. C'est féminin et girly, mais aussi assez original. D'ailleurs, est-ce que l'anse de cette tasse est *un pénis* ?

Je ris en mettant mes chaussures.

— Évidemment. Deek me l'a faite pour mon anniversaire. Son petit ami et lui ont pris un cours de poterie, et ils ont mis des pénis ou des testicules sur tout ce qu'ils ont fabriqué.

Je regardai dans le grand miroir derrière ma porte de chambre, et je ne reconnus pas la femme en face de moi.

Ça faisait longtemps que je n'avais pas porté une tenue comme celle-ci, mais je savais qu'arriver dans la galerie de ma mère avec mon look habituel lui provoquerait une crise cardiaque. Alors j'avais fait un effort, en espérant qu'elle en ferait de même ce soir.

Dans le salon, Colby était occupé à jeter un coup d'œil aux dizaines d'œuvres encadrées qui se trouvaient sur l'un des murs.

— Est-ce que c'est toi qui as dessi...

Il s'arrêta au beau milieu de sa phrase quand il se tourna vers moi, puis il cligna plusieurs fois des yeux.

— Waouh. Tu es...

— Habillée comme si j'allais à l'église ?

— L'église est bien la dernière chose à laquelle je pense quand je te vois dans cette robe. On pourrait m'envoyer en enfer à cause de ce que j'imagine...

Je baissai les yeux.

— Vraiment ? C'est ce que ça te fait ? Mais tu aimes tellement mes corsets.

— Oh, je les aime aussi. Mais cette robe... le mélange de cet air innocent et de ton bras tatoué... ça me donne envie de...

Il parcourut une nouvelle fois mon corps des yeux, avant de secouer la tête.

— Oublie ça. On devrait y aller, reprit-il.

Bon sang, cet homme me tuait. Mon corps frissonna en entendant la frustration dans sa voix. J'avais déjà eu affaire à des hommes qui me désiraient, mais Colby me donnait l'impression qu'il voulait bien plus que mon corps.

— C'est sûrement une bonne idée, acquiesçai-je. Ma mère déteste qu'on soit en retard.

Colby fronça les sourcils.

— Ta mère ?

— Oh, est-ce que j'ai oublié de te dire que l'exposition a lieu dans la galerie de ma mère ? lançai-je en récupérant mon sac à main.

— Il semblerait.

— Est-ce que je t'ai dit que techniquement, je n'y étais pas vraiment invitée, mais que j'y exposais certaines de mes œuvres ? L'exposition s'appelle « L'audace », parce que les artistes sont tous censés être... audacieux, prononçai-je en mimant des guillemets.

— Tu ne m'en as pas parlé non plus, non.

— Alors laisse-moi te souhaiter bonne chance avec ma mère, parce que tu vas probablement en avoir besoin.

— Alors, Colby. Parlez-moi de vous. Qu'est-ce que vous faites dans la vie ? demanda ma mère en portant son vin à ses lèvres parfaitement peintes en rouge.

— Je suis architecte.

— Oh, c'est une très belle profession. Ça vous laisse la possibilité de laisser parler votre créativité, tout en vous offrant une certaine stabilité. J'aurais tellement aimé réussir à convaincre Billie de faire quelque chose dans cet esprit.

— Mon salon de tatouage se porte à merveille, mère, précisai-je en serrant les dents.

Elle secoua la tête.

— Oui, mais les clients avec qui tu travailles...

— ... sont bien plus sympas que ta clientèle.

Elle sourit et reporta son attention sur Colby.

— Comment vous vous êtes rencontrés, tous les deux ? C'est tellement rare que ma fille vienne accompagnée. J'espère que toutes mes questions ne vous dérangent pas.

Colby se montra charmant.

— Pas du tout, posez-les. J'ai rencontré Billie à son salon de tatouage. En réalité, je suis son propriétaire, et je suis passé pour me présenter, lui expliqua-t-il, avant de me regarder avec des yeux brillants. Je me suis retrouvé au milieu d'une petite fête d'anniversaire en entrant.

Je levai ma coupe de champagne pour dissimuler mon sourire.

— C'est vrai. J'ai même offert un cadeau très spécial à l'invité d'honneur.

Ma mère semblait indifférente à notre échange. Elle était trop occupée à se concentrer sur l'un des mots que Colby avait prononcés.

— Propriétaire ! s'émerveilla-t-elle. Vous possédez des biens immobiliers à Manhattan à votre âge ? C'est impressionnant.

— Ce n'est pas aussi excitant que ça en a l'air, révéla-t-il. J'ai trois associés.

— J'ai plutôt l'impression que vous êtes modeste. La moitié du chemin, c'est de mettre sa vie sur la bonne voie, affirma-t-elle en m'observant. Peut-être qu'une partie de votre pondération déteindra sur ma fille et qu'elle arrêtera de se rebeller contre moi en mutilant son corps avec de l'encre et en traînant avec des personnes louches.

J'aperçus Colby rougir en contractant la mâchoire.

— J'en doute fort. Parce que je suis pour encourager les gens à faire ce qu'ils aiment. J'ai aussi rencontré certaines des personnes avec qui elle passe son temps, et elles n'ont rien de louche. Elles sont loyales et protectrices envers votre fille, exactement le genre de personnes que je voudrais voir autour de quelqu'un à qui je tiens.

— Elle pourrait avoir un meilleur mode de vie, soupira ma mère.

Colby secoua la tête.

— J'espère que vous me pardonnerez de dire ça, mais nous sommes là depuis cinq minutes et vous avez déjà insulté Billie quatre fois. D'après mon expérience, quand quelqu'un juge les autres sur leur apparence ou leur métier, le problème vient rarement de la personne qui se fait juger. Il vient plutôt des propres insécurités de celle qui se permet de le faire.

Ma mère cligna plusieurs fois des yeux, clairement choquée qu'on lui parle comme ça. Mais ensuite, elle se reprit et arbora son plus beau sourire forcé.

— Profitez bien de l'exposition. Ravie de vous avoir rencontré, Carter.

Je restai bouche bée lorsqu'elle s'éloigna.

— Je suis désolé, s'excusa Colby en secouant la tête. Je n'aurais pas dû dire ça.

— Tu plaisantes ? C'était *carrément génial* !

— Tu n'es pas fâchée ?

— Fâchée ? Je pourrais même t'embrasser.

— Tu devrais écouter ton instinct, répliqua-t-il en souriant.

Je me mis à rire.

— Sérieusement, c'était parfait, Colby. Elle ne l'a pas vu venir, et tu l'as dit sans lever la voix ni faire une scène.

— Honnêtement, j'ai pensé que tu exagérais les quelques fois où tu m'as parlé de ta mère.

— J'aurais bien aimé, lui assurai-je en passant mon bras sous le sien. Mais essayons de l'oublier. Viens, je vois Devin, mon mentor. Il vient d'arriver. Je t'en ai parlé. C'est lui qui m'a initiée au tatouage, et j'ai été son apprentie. Je veux te le présenter.

Après avoir passé un peu de temps à discuter avec ce dernier, je fis faire un tour de la pièce à Colby pour voir les œuvres. Nous nous arrêtâmes devant chacune d'entre elles. Lorsque ma section approcha, je me sentis un peu nerveuse. Colby avait vu mes tatouages, mais pas le genre d'œuvres que j'exposais aujourd'hui. Je pris une grande inspiration en arrivant devant la première toile – une femme nue allongée, le dos arqué. Son visage était tendu et ses muscles contractés. Tout était en noir et blanc, à l'exception d'un morceau de tissu rouge en soie qui couvrait sa poitrine.

— C'est l'une des miennes, révélai-je. Ma mère m'a fait changer le nom pour l'exposition.

— Waouh, c'est incroyable.

Colby jeta un coup d'œil au petit écriteau accroché sous l'œuvre.

— *Jusqu'à Ève*, lut-il. Qu'est-ce que ça veut dire ?

— Aucune idée, avouai-je en riant. Je suppose que c'est une sorte de référence biblique à Adam et Ève.

— Ça s'appelait comment à l'origine ?

— Je l'appelle *Le sommet avant le plaisir*. Dans ma tête, la pose incarne le moment avant qu'un orgasme frappe.

Colby observa de nouveau la toile. Il étudia la femme un long moment, puis il déglutit.

— C'est vraiment magnifique, Billie. Ça provoque quelque chose en moi quand je la regarde.

Je lui donnai un coup d'épaule, avant de baisser la voix.

— Quelque chose, hein ? Tu veux que je te confie un secret ?

— Absolument.

— J'ai pris une photo de moi nue dans cette position pour m'en servir comme repère pour l'arrondi du dos de la femme. J'ai utilisé le retardateur de mon iPhone.

— Tu as toujours cette photo dans ton téléphone ? demanda-t-il en posant les yeux sur mes lèvres.

— Peut-être.

Je lui adressai un sourire diabolique.

— Tu me tues, gémit-il.

Il nous fallut une heure pour finir d'admirer toutes les œuvres. Après avoir terminé, il fallait que je passe aux toilettes, alors je m'excusai.

Lorsque je revins, je trouvai Colby en train d'étudier de nouveau *Jusqu'à Ève*. Il tenait deux verres de champagne dans ses mains, ainsi qu'un morceau de papier cartonné épais.

— Une femme est passée et m'a demandé si je voulais un autre verre de champagne, alors je nous en ai pris un chacun, déclara-t-il.

— Oh, super, merci.

Il leva la carte.

— Elle m'a aussi donné ça. C'est quoi ? Les numéros d'identification de toutes les œuvres ?

— C'est la liste des prix, rectifiai-je en souriant.

Il venait juste de siroter son champagne et se mit à tousser.

— La liste des prix ? répéta-t-il en approchant la carte de son visage pour l'examiner. Est-ce qu'ils ont oublié la virgule qui sépare les dollars des cents ?

Je ris.

— Non, ma mère n'en utiliserait jamais. Elle trouve qu'utiliser le symbole du dollar est de mauvais goût. Voilà pourquoi seuls des nombres sont imprimés.

Colby pointa du doigt la toile devant nous.

— Donc ça me coûtera onze mille cinq cents dollars si je veux l'acheter ?

— En fait, tu ne peux pas l'acheter, l'informai-je en secouant la tête. On dirait qu'il a déjà été vendu.

Je pointai du doigt le petit autocollant coloré sur l'écriteau.

— Pour onze mille dollars ?

Il jeta un coup d'œil au reste de mes œuvres aux alentours. La plupart d'entre elles avaient également un autocollant à présent.

— Bon sang. Tu viens de te faire la moitié de mon salaire annuel en une heure.

— Ce n'est pas toujours comme ça, expliquai-je en souriant, un peu gênée. Mais maintenant, tu penses sûrement que je suis bête de ne pas avoir suivi la voie que ma mère aurait préférée.

— Ce n'est pas du tout ce que je pense. Je me demandais juste si le type qui a acheté celle-ci est toujours là, révéla-t-il en regardant les alentours. J'ai envie de lui régler son compte parce qu'il va avoir sur son mur un tableau inspiré de ton corps nu. Et je pense aussi que... j'ai dégoté une *sugar mama*.

— Tu es malade, Lennon, répliquai-je en riant.

À la fin de l'exposition, Colby me proposa d'aller faire un tour. La galerie de ma mère se trouvait dans le centre-ville et la soirée était douce, alors il suggéra de nous rendre à l'entrée piétonne du Brooklyn Bridge.

— Tu sais, j'ai passé toute ma vie ici et je n'ai jamais mis les pieds dans cet endroit, avouai-je en commençant la traversée.

— Vraiment ? Comment ça se fait ?

Je haussai les épaules.

— Je ne sais pas. Je pense que je n'ai jamais prêté attention aux ponts auparavant. Ils représentaient juste un moyen de quitter l'île de Manhattan.

— Oh, ça fait mal. Ces choses sont des œuvres d'art, rectifia Colby en se tenant le cœur.

Je levai les yeux sur les câbles de suspension et les lumières scintillantes au sommet.

— C'est vraiment beau.

Colby glissa sa main contre la mienne et entrelaça tranquillement nos doigts. Lorsque je posai les yeux sur lui, il leva son autre paume.

— Je tiens tout le temps la main à Saylor quand on se promène, alors n'essaie pas d'interpréter ce geste. Je suis bien conscient que ce n'est pas un rencard.

— Tout va bien, lui assurai-je en riant.

— Parfait, parce que ça me paraissait bizarre de marcher à côté de toi sans te tenir la main.

Je souris. Ce geste me semblait même normal. Et je tentai de ne pas laisser cette pensée me faire paniquer en changeant de sujet.

— Alors, quelle anecdote as-tu en réserve à propos de cette splendeur architecturale, monsieur le passionné des ponts ?

— Ah, je croyais que cette question n'arriverait jamais, répondit-il en levant un doigt.

Durant l'heure qui suivit, alors que nous nous baladions d'un quartier à un autre, avant de faire demi-tour, Colby me raconta tout un tas d'histoires au sujet du Brooklyn Bridge. Comment PT Barnum avait fait traverser vingt-et-un éléphants sur le pont pour prouver aux habitants de New York qu'il était solide, ainsi que la liste de tous les noms qui avaient été donnés à cette structure depuis sa construction. Si quelqu'un m'avait demandé si je trouvais le sujet des ponts intéressant il y a un mois, je l'aurais pris pour un fou. Pourtant, je buvais les paroles de Colby. Toutefois, je pensais que ça avait plus à voir avec lui qu'avec les ponts.

Il était presque minuit quand nous arrivâmes chez moi. Nous avions passé presque six heures ensemble, mais je n'étais pas prête à ce que cette soirée se termine. Au moment où nous nous approchâmes de l'ascenseur, je me demandai si l'inviter à monter lui enverrait le mauvais message. Finalement, je me dis que j'étais bête. J'avais passé suffisamment de temps dans son appartement pour que ça ne paraisse pas hors limites.

— Est-ce que tu veux... monter un peu ?

Il réfléchit un instant.

— Je ne devrais pas. Je ne voudrais pas pousser ma chance et briser l'une des règles des non-rencards. Et puis, la baby-sitter travaille demain matin, alors je ne devrais pas la faire attendre plus longtemps.

— Oh... oui, bien sûr. Je suis désolée, je n'ai pas réfléchi, m'excusai-je en tentant de cacher ma déception.

— J'ai passé une très bonne soirée, reprit-il en saisissant ma main.

Je souris.

— Moi aussi.

— Tu vois comme parfois, on fait certaines choses en se disant que ça ne semble pas normal ou naturel ? Comme si on se retournait après avoir lancé une boule de bowling sans regarder ce qui se passe.

— Oui, je vois, confirmai-je en riant.

Colby baissa les yeux.

— C'est ce que je ressens à l'idée de partir sans t'embrasser.

Je sentis la chaleur se répandre dans mon ventre.

— Je pense que je vais me priver de notre rituel traditionnel de fin de non-rencard. Pas de reniflage pour moi. Je ne sais pas si j'arriverais à résister si je suis si près de toi.

— D'accord, acceptai-je avec un sourire triste.

Colby appuya sur le bouton de l'ascenseur. Celui-ci devait déjà attendre puisque les portes s'ouvrirent aussitôt. Je dus me forcer à y entrer et à le laisser. Cependant, il avait entièrement raison. Partir comme ça ne me semblait pas du tout être la bonne chose à faire. Une fois dans la cabine, je posai ma main sur la porte pour l'empêcher de se fermer.

— Merci d'avoir pris ma défense face à ma mère ce soir. Ça compte beaucoup pour moi.

— *Tu* comptes beaucoup pour moi, me confia-t-il en souriant.

Je lâchai la porte et reculai.

— Bonne nuit, Colby.

— Bonne nuit, ma belle.

Dès que les portes commencèrent à se fermer, la panique m'envahit. Mon cœur s'emballa, mes paumes devinrent moites, et j'eus l'impression de faire une crise d'angoisse. J'allais si mal que je glissai ma main entre les portes à la dernière seconde, et le vieil ascenseur l'écrasa, avant de s'ouvrir de mauvaise grâce.

— Mince ! m'exclamai-je.

Colby revint en courant.

— Qu'est-ce qui s'est passé ? Tu vas bien ?

Je secouai mon poignet.

— Rien... J'ai coincé ma main entre les portes pour les empêcher de se fermer, mais ça va. Plus de peur que de mal.

Il prit ma main pour l'examiner. Elle n'était même pas rouge.

— Tu es sûre ?

— Oui, certaine, acquiesçai-je.

— Ouvre tes doigts et ferme-les.

Je lui obéis sans ressentir aucune douleur.

— Ils vont bien, insistai-je.

— D'ailleurs, pourquoi tu as mis ta main entre les portes ?

— Je, euh, j'avais l'impression qu'il fallait que je sorte.

Colby me fixa droit dans les yeux, puis un sourire arrogant étira ses lèvres.

— Tu trouvais aussi ça bizarre de partir sans m'embrasser, hein ?

— Pas du tout, répondis-je un peu trop vite.

— Admets-le. Tu as envie de m'embrasser.

— Absolument pas.

Son sourire s'élargit.

— *Menteuse.*

Colby prit mon visage en coupe et me fit reculer de quelques pas, jusqu'à ce que mon dos heurte les portes de l'ascenseur. Il se pencha pour que nos têtes soient alignées et que nos nez se touchent presque.

— On va rester ici longtemps si tu attends que ce soit moi qui fasse le premier pas. Je n'enfreins pas les règles.

Mon cœur battait encore plus fort quand il était aussi près. Est-ce qu'il était aussi obligé de sentir si bon ? Qui sentait comme ça après avoir passé six heures dans New York ? Je ressentis le besoin urgent de me coller à lui, de sentir son corps chaud et musclé contre le mien.

Colby passa son nez le long de ma gorge, son souffle chaud me donnant la chair de poule. Ma détermination s'effritait rapidement. Comment pourrait-il en être autrement alors que mon corps était sous tension, comme si j'avais touché un câble électrique ? Il posa sa bouche contre mon oreille.

— Tu sais que tu as envie de moi autant que j'ai envie de toi, murmura-t-il d'une voix rauque et pleine de désir.

Il avait raison. Mon envie de lui était insoutenable. Lorsqu'il recula sa tête et que je lus le désir dans ses yeux, c'en fut trop moi.

Beaucoup, beaucoup trop.

— Et puis merde, lançai-je en me jetant sur lui.

J'enroulai mes bras autour de son cou et sautai dans ses bras, avant d'écraser mes lèvres contre les siennes. Nos bouches s'ouvrirent, et nos langues se trouvèrent. J'avais peut-être initié le baiser, mais il ne faisait aucun doute que Colby avait pris la relève. Ses mains glissèrent dans mes cheveux, en saisirent une poignée à l'arrière, puis il bougea ma tête comme il en avait envie. Il se colla à moi, et je pus sentir son érection contre mon ventre. Mes yeux se révulsèrent. Nous restâmes ainsi pendant un long moment, à nous toucher et nous frotter l'un contre l'autre, à nous chercher et nous repousser. Quand le baiser prit fin, nous étions tous les deux à bout de souffle.

— Bon sang, lâchai-je en secouant la tête. C'était...

Je ne parvins pas à trouver le bon mot pour le décrire. Mais Colby s'en chargea pour moi.

— Juste le début, trésor. Voilà ce que c'était.

CHAPITRE 14

Mon téléphone sonna le dimanche après-midi, et je souris en voyant que c'était Billie. Elle devait nous rejoindre ici dans environ une heure pour notre prochain non-rencard.

— Colby n'est pas disponible pour l'instant, déclarai-je lorsque je décrochai. Il est toujours en train de se remettre du meilleur baiser de sa vie.

Elle se mit à rire.

— Je dois bien admettre que c'était sacrément agréable.

Rien qu'entendre sa voix me revigora. Je me laissai tomber en arrière sur lit et rebondis sur le matelas, encore tout excité de la veille.

— Comment je suis censé m'en tenir à nos règles maintenant que je sais ce que ça fait de t'embrasser ?

— Je pense qu'il va falloir que tu oublies.

— Est-ce que c'est ce que tu veux, Billie ? Parce que vu ta façon de te jeter sur moi, tu n'avais pas vraiment l'air de vouloir suivre les règles.

— J'ai perdu le contrôle. Ça arrive même aux meilleurs d'entre nous. Qu'est-ce que tu veux que je dise ?

— N'hésite pas à reperdre le contrôle dès que tu en as envie. Je t'attends.

Elle se racla la gorge.

— Bref... Qu'est-ce qui est prévu aujourd'hui ?

Même si je la taquinais, il fallait que je me calme un peu avant de me retrouver de nouveau seul avec elle. Vu ce que je ressentais, je risquais de dépasser les limites, d'avancer trop vite, ou de tout faire foirer. Alors je décidai que puisque c'était moi qui me chargeais de ce non-rencard, j'allais prendre la liberté de mettre une barrière entre nous. La plus grande que je connaissais.

— Alors, j'ai une bonne et une mauvaise nouvelle, annonçai-je.

— D'accord.

— La mauvaise nouvelle, c'est que je n'ai pas pu trouver de baby-sitter pour aujourd'hui. Mais la bonne, c'est qu'on va pouvoir passer la journée avec une petite fille qui aime ta présence presque autant que son père. J'espère que ça ne te dérange pas.

— Ooh... bien sûr que non. Ça va être chouette de passer du temps avec elle.

— Et puisque ma fille sera là, je me tiendrai bien. Alors tu es gagnante, pas vrai ?

Elle rit.

— Tu veux qu'on l'emmène où ?

— Elle m'a demandé d'aller au carrousel. J'ai pensé qu'on pourrait commencer par là, puis aller déjeuner dans un endroit sympa. Qu'est-ce que tu en penses ?

— Ça me va. Je ne suis pas difficile.

Je tirai sur mes cheveux.

— Ma chère, tu es loin d'être facile.

Malheureusement, notre projet de se rendre au carrousel tomba à l'eau. Ce n'était pas très malin de ma part de promettre quelque chose à ma fille sans vérifier la météo. Au moment où Billie était censée arriver, il pleuvait.

Quand j'ouvris la porte après l'avoir entendue frapper, ses cheveux étaient trempés. Je rivai mes yeux sur elle, mais les siens se posèrent aussitôt sur ma fille.

— Salut, ma belle ! s'exclama Billie en ouvrant grand ses bras.

Saylor courut vers elle.

— Billie !

— Ça fait longtemps ! Comment tu vas ? lui demanda-t-elle en se penchant pour lui faire un câlin.

— Bien. Tu es mouillée, fit-elle remarquer en la pointant du doigt.

— C'est vrai.

— J'aime quand tu es mouillée, murmurai-je.

— Arrête avec ton esprit mal tourné, Lennon. Je croyais que cette journée était censée ne pas être classée X.

— J'aime plutôt bien cette lettre.

Elle frappa mon bras.

— Je le méritais, repris-je en touchant ses cheveux. Je suis désolé que tu aies été surprise par la pluie.

— Est-ce qu'on va toujours au manège ? Comme tu peux le voir à mon nouveau style – rat noyé –, ce n'est peut-être pas la meilleure idée qui soit.

— Non, il ne vaut mieux pas.

J'en informai ma fille.

— Papa est un idiot, Saylor. On va devoir choisir un autre moment pour aller au manège, parce que ce ne sera pas amusant sous la pluie.

— C'est pas grave, papa.

— Tu es vraiment adorable, Saylor, observa la tatoueuse en souriant.

— On pourrait passer du temps ici. Est-ce que ça te va, Billie ?

— J'adore les journées confortables à l'intérieur quand il pleut, répondit-elle, avant de claquer des doigts. Vous savez quoi ? J'ai une idée. Est-ce que ça vous dirait une journée consacrée à l'art ?

— Contrairement à toi, je suis un homme facile, affirmai-je en remuant les sourcils. Et je suis sérieux.

Elle me frappa de nouveau, puis se tourna vers ma fille.

— Saylor, est-ce qu'on t'a déjà peint le visage ?

— Oui ! acquiesça-t-elle.

— J'ai de la peinture pour la peau en bas. Je vais les rapporter pour qu'on puisse faire une activité peinture. Est-ce que ça te plaît ?

Ma fille couina. Non seulement elle aimait l'art, mais elle adorait également toutes les occasions de mettre de la peinture partout.

Billie se tourna vers moi.

— Est-ce que ça te va ? J'aurais d'abord dû te poser la question, même si ma peinture n'est pas toxique.

— Ça me convient parfaitement, la rassurai-je en tirant doucement sur la queue de cheval de Saylor. J'accepte tout ce qui rend cette petite fille heureuse. C'est ma raison de vivre.

— Je reviens tout de suite, m'informa Billie.

— Hé, tu veux que je commande quoi à manger ? Je vais appeler pendant que tu seras en bas.

— Surprends-moi.

Je me penchai vers elle.

— Comme tu m'as surpris hier soir ?

Elle leva les yeux au ciel et se dirigea vers la porte.

Pendant que Billie se rendait au salon, je passai commande au restaurant japonais qu'elle avait dit adorer. Puisque Saylor aimait les California Rolls, je me dis que cet endroit serait une valeur sûre pour tout le monde.

Quand la nourriture arriva, nous déjeunâmes tous les trois et restâmes assis à table pendant un moment. Après ça, je débarrassai nos assiettes pour faire de la place pour le bazar qu'allait probablement créer l'atelier.

Billie arrangea les pinceaux et la peinture. Elle avait une bouteille pour chaque couleur de l'arc-en-ciel. Je lui donnai un rouleau d'essuie-tout au cas où elle en aurait besoin, et elle me demanda d'enfiler une vieille veste à Saylor pour qu'elle ne salisse pas sa robe.

— En quoi tu veux que je te maquille, Saylor ?

— Je sais pas, répondit-elle en se retournant.

— Je peux faire de toi une princesse papillon, une licorne... tout ce que tu veux.

Ma fille fronça son nez pendant un instant.

— En tigre ! s'écria-t-elle.

Billie écarquilla les yeux.

— Un tigre ? Et moi qui pensais que tu étais une petite fille sage. Tu es plus dans mon style, apparemment, parce que j'aurais totalement choisi quelque chose comme un tigre ! En fait, j'ai même failli m'en faire tatouer un.

Durant l'heure qui suivit, je m'assis et observai Billie peindre le visage de Saylor. Visiblement, j'étais habitué à ce que ce soit ma fille qui utilise la peinture, car le bazar auquel je m'étais attendu ne se matérialisa pas avec Billie aux commandes. Elle appliquait méticuleusement le liquide sur le visage de ma fille. C'était un bonheur à regarder, entre l'excitation de Saylor et l'adorable air concentré de Billie. Elle faisait ce truc où elle passait sans cesse sa langue sur sa lèvre inférieure quand elle se concentrait.

Il lui fallut une heure entière pour terminer, mais au bout du compte, ma fille avait l'air de sortir tout droit de la comédie musicale *Cats* de Broadway. Billie avait fait un travail magnifique, et Saylor était aux anges. La tatoueuse avait rendu inoubliable un après-midi pluvieux. J'espérais que Saylor se souviendrait toujours de cette journée.

Ma fille voulut appeler ma mère en vidéo pour lui montrer sa nouvelle tête, alors j'installai l'ordinateur portable dans la cuisine. Saylor était occupée à parler avec sa grand-mère lorsque je rejoignis Billie dans le salon.

— Pourquoi tu as toute cette peinture à portée de main dans ton salon, d'ailleurs? Je ne savais pas que tu proposais aussi des services de *body painting*.

— Ce n'est pas le cas, répondit-elle en essuyant l'un des pinceaux. Mais une fois, j'ai organisé un atelier de ce genre pour l'une de mes amies, pour son enterrement de vie de jeune fille. On a fermé le salon, et on a fait ça là-bas.

— Alors, vous vous êtes peintes mutuellement?

— Oui... nues.

Je déglutis.

— Nues?

— Oui, tu as bien entendu, confirma-t-elle en riant.

— Est-ce qu'il y avait des hommes à cet atelier? me sentis-je obligé de demander.

— Est-ce que tu vas être jaloux si je te dis que oui?

— Moi? Jaloux? pouffai-je.

Elle se mit à rire.

— En fait, on était entre filles.

Puisque j'étais vraiment jaloux, l'entendre dire ça me soulagea.

— Par hasard… est-ce que tu aurais des photos de cet événement ? Voir les autres ne m'intéresse pas. Seulement toi.

— Il s'avère que oui. J'en ai des tas sur mon téléphone.

— Vraiment ? Et, euh, qu'est-ce qu'il faut faire pour avoir le droit de les voir ?

— Elles ne sont pas pour les yeux du public.

— Mais je ne suis pas le public. Je suis un ami. Tu t'es mise nue devant tes amies, n'est-ce pas ?

Saylor finit son appel avec ma mère et se précipita au salon, interrompant notre conversation.

— Ta grand-mère est encore en ligne ? l'interrogeai-je.

Elle secoua la tête.

— Tu veux prendre quelques photos, Saylor ? proposa Billie en sortant son téléphone.

Je tendis la main.

— Je serais ravi de prendre ton portable pour m'en charger, proposai-je en lui faisant un clin d'œil.

— Tu ne t'approcheras pas de cet appareil, Lennon.

J'adorais l'embêter. J'espérais qu'elle savait que je plaisantais à propos des photos d'elle nue. *D'accord, peut-être que je ne plaisante pas. Je veux vraiment les voir.*

Billie passa les quelques minutes suivantes à prendre une série de clichés de Saylor peinte en tigre. Ma fille insista pour porter plusieurs de ses robes durant cette séance photo. C'était adorable à regarder. Je ne pouvais pas non plus ignorer le fait que Billie semblait très à l'aise en compagnie de Saylor. En général, ma fille était facile à apprécier, mais tout le monde n'accrochait pas autant avec elle. Il fallait de la patience pour la suivre. De la patience que même les personnes avec les meilleures intentions n'avaient pas. Billie n'était peut-être pas certaine de vouloir des enfants, mais elle avait un don avec eux.

— Qui veut un dessert ? demandai-je à la fin de la séance photo.

— Moi ! s'écria Saylor.

— J'ai fait des brownies.

Billie arqua un sourcil.

— Oooh... des brownies aux épinards ?

— Chuut... lançai-je en lui faisant un clin d'œil. Oui.

— Elle ne sait toujours pas ? murmura Billie.

— Non, c'est ça qui est beau, répondis-je en riant.

— Oups.

Billie et Saylor savourèrent chacune un de mes brownies, tandis que je m'installais tranquillement avec ma bière, les pieds posés sur la table basse.

La tatoueuse finit par rester avec nous tout l'après-midi. Puisque nous étions encore rassasiés de notre déjeuner, je coupai quelques fruits et du fromage, puis je sortis des biscuits salés en guise de dîner léger.

Après avoir mangé, Billie me surprit encore.

— Saylor, et si tu allais chercher ton pyjama ? proposa-t-elle. Je vais t'aider à retirer toute cette peinture avec un savon spécial.

Lorsque ma fille quitta la pièce, Billie s'approcha de moi.

— Tu veux que je te dise quelque chose, Colby Lennon ?

— Quoi donc ?

— Tu es un excellent père. J'espère que tu le sais. Je t'ai observé toute la journée, et tu ne manques pas un instant avec elle. Elle a beaucoup de chance de t'avoir.

— Oh, merci. J'apprécie ces gentils mots, ma belle.

— Et tu veux savoir ce que je pense aussi ?

Je caressai sa joue.

— Je t'écoute.

— Je pense que tu mérites un peu de temps seul. Pour ton plaisir personnel.

— Je n'ai pas besoin d'être seul quand tu es dans les parages.

— Je pense que tu préfèreras être seul pour ce moment.

Je plissai les yeux.

— Qu'est-ce que tu manigances ?

— Je m'occupe de mettre Saylor au lit. Reste là et détends-toi, me murmura-t-elle à l'oreille.

Billie partit chercher une autre bière dans le frigo, et l'ouvrit avant de me la tendre. Ensuite, elle sortit son téléphone et fit défiler ses photos.

Après quelques secondes, elle me le tendit.

— J'ai créé un album juste pour toi quand je suis allée à la salle de bain tout à l'heure. Profites-en bien.

Puis elle rejoignit Saylor et me laissa seul.

Mon cœur s'emballa lorsque je posai les yeux sur une série de photos du corps complètement nu de Billie, peint d'un mélange de rouge, blanc et bleu. Tout, absolument *tout* était visible. Ses seins, ses mamelons... et mon regard se dirigea plus au sud. Bon sang. Bon sang. *Bon sang*. Mon pantalon devint étroit.

Son corps était aussi magnifique que je l'avais imaginé, même si avec toute la peinture qui le recouvrait, je mourais tout de même d'envie de voir sa peau nue. Cependant, c'était un énorme cadeau. Un cadeau que je ne pensais vraiment pas recevoir ce soir.

Putain. Comment j'étais censé dormir avec ces images dans ma tête ?

J'étais tenté de me les envoyer, mais je ne ferais pas ça sans sa permission. Toutefois, j'allais définitivement lui poser la question.

Waouh, Billie. Tu es si belle. Des rires provenant du couloir me firent arrêter de la reluquer. J'avais été tellement concentré à observer le corps nu de la tatoueuse que j'avais oublié que Saylor et elle s'amusaient ensemble.

Je traversai le couloir et jetai un coup d'œil dans la salle de bain. La baignoire était pleine de mousse, et le tigre avait déjà disparu du visage de ma fille.

— Qu'est-ce que tu fais là? demanda Billie en se tournant vers moi. Je croyais t'avoir dit de te détendre.

— Me détendre? Je pensais que tu essayais de me stimuler.

Saylor frappa des mains sur l'eau, faisant atterrir une grosse quantité de mousse sur la tête de Billie. Je tentai d'ignorer le pincement de désir dans ma poitrine. Parce que même si c'était génial de la voir créer un lien avec ma fille, je me rendis compte qu'il y avait une grande différence entre une journée amusante et toute une vie de responsabilités. Le fait que Billie soit hésitante à mon égard depuis si longtemps le prouvait.

— Très bien. Je retourne à mon coin détente. Tu es sûre d'avoir tout ce qu'il te faut?

— Oui, je maîtrise la situation. J'ai trouvé les serviettes et le reste.

Je retournai m'asseoir au salon, mais à mon grand désarroi, l'écran du téléphone de Billie s'était verrouillé, alors je ne pouvais plus revoir les images puisque je ne connaissais pas son mot de passe. Je subis donc le sevrage de ces photos et finis ma bière en écoutant les rires qui résonnaient dans le couloir. Je me rendis compte que c'était la première fois que j'entendais ça, la première fois que cet appartement était si vivant. Billie était toujours là, pourtant, ce sentiment commençait déjà à me manquer.

Saylor me rejoignit en courant, vêtue de son pyjama.

— Je suis toute propre, papa !

— Je ne sais pas comment Billie a réussi à t'enlever tout ce maquillage. Il y en avait tellement, déclarai-je en prenant ma fille sur mes genoux.

— Oui, ça n'a pas été facile, mais ça en valait la peine, confirma l'intéressée.

Je levai les yeux vers elle.

— Je trouve que c'est le cas pour bien d'autres choses.

Ma remarque la fit rougir.

Au moment de mettre Saylor au lit, elle demanda à Billie de lui lire son histoire du soir. J'eus envie d'intervenir en lui disant que celle-ci était probablement fatiguée. Même si cette journée avait été amusante, une partie de moi s'inquiétait aussi que Saylor s'attache à Billie. Mais ensuite, je me rappelai à quel point ma petite fille était forte. Nous affronterions la situation si je devais lui annoncer un jour que cette femme ne viendrait plus nous voir. Pour l'instant, elle devrait pouvoir profiter de ce moment avec sa nouvelle amie.

Après environ vingt minutes, Billie sortit de la chambre de Saylor.

— Viens par ici, l'invitai-je en tapotant la place à côté de moi sur le canapé. Je ne vais pas te mordre, promis.

— Qui a dit que j'y serais opposée ? répliqua-t-elle en arquant un sourcil.

— Sois prudente quand tu dis des choses comme ça.

Elle s'installa à côté de moi.

— Tu as aimé les photos ?

— Oui. Jusqu'à ce que ton écran se verrouille quand je suis passé voir si tout allait bien dans la salle de bain.

Elle ricana.

— Pourquoi tu n'as rien dit ?

— Dire quoi? «Désolé d'interrompre ton moment avec ma fille, mais est-ce que tu peux déverrouiller ton téléphone pour que je puisse continuer à prendre mon pied en regardant tes photos?»

Elle se mit à rire et frappa mon genou.

— Qu'est-ce que tu en as pensé?

— Ce que j'en ai pensé? soupirai-je. Je ne vais sûrement pas bien dormir ce soir parce que je vais repenser à ces images. Je crois que je suis encore plus foutu que je ne l'étais déjà. Et je serais prêt à sacrifier mon testicule gauche pour pouvoir peindre ton corps sur-le-champ.

Elle se leva, puis se dirigea vers la table où les peintures étaient toujours alignées, et j'écarquillai les yeux. Au départ, je me dis qu'elle allait peut-être exaucer mon vœu en me laissant la peindre, mais c'était probablement bête étant donné que Saylor ne dormait sûrement pas encore.

— Retire ton haut, ordonna-t-elle.

— Est-ce que tu vas me peindre? Attends... Est-ce que c'est une excuse pour me voir torse nu?

— Un prêté pour un rendu, n'est-ce pas?

— Tu n'as pas besoin de me le dire deux fois, répondis-je en me débarrassant de mon T-shirt.

Elle se mit à rire.

— Allonge-toi et détends-toi.

Pendant les minutes qui suivirent, je fis ce qu'elle m'avait demandé. Je fermai les yeux pendant que Billie peignait quelque chose près de mon cou. Même lorsque j'ouvris les yeux pour observer son joli visage et la façon dont sa langue glissait sur sa lèvre quand elle se concentrait, je ne parvins pas à distinguer ce qu'elle dessinait.

— Voilà, c'est fini. Parfait, annonça-t-elle.

— Est-ce que je dois avoir peur de regarder?

— Je pense que tu vas aimer.

Je m'approchai du miroir, et je restai bouche bée. Billie avait peint un col blanc et un nœud papillon noir sur mon cou. Je ressemblais à un Chippendale, ou à un acteur tout droit sorti du film *Magic Mike*.

— Tu m'as transformé en strip-teaser.

— Il se pourrait que j'aie réalisé un de mes petits fantasmes.

— De me voir te faire un strip-tease ? Parce que ça peut s'arranger.

— Je me doutais que tu dirais ça. Mais je ne t'exploiterais jamais de cette façon.

— Tu ne sais pas encore que j'adorerais que tu m'exploites ?

Elle sourit.

— Tu es dingue, Colby.

— Dingue de toi, oui, confirmai-je en me rasseyant près d'elle. Cette journée a été... géniale. Vraiment. Merci pour tout. Pour avoir improvisé avec moi en ce jour pluvieux, pour avoir rendu ma fille heureuse, pour m'avoir laissé avoir un aperçu de ton corps magnifique.

— Est-ce que tu penses qu'elle dort ? demanda-t-elle après un long moment de silence.

— Probablement, mais je vais aller vérifier.

Je supposais qu'il y avait une raison à cette question, et j'étais plutôt intrigué. Je me levai pour aller jeter un coup d'œil dans la chambre de ma fille, qui dormait comme un loir, comme je le soupçonnais vu la journée excitante qu'elle avait eue.

— Est-ce que ça te plairait de peindre quelque chose sur moi ? Sur ma poitrine ? proposa Billie quand je revins sur le canapé.

L'adrénaline se répandit en moi. Toutefois, même si j'avais envie de bondir pour aller récupérer la peinture, je restai calme et me raclai la gorge.

— Ça pourrait m'intéresser, oui.

Elle rit, puis rapporta la peinture, avant de me prendre la main pour m'emmener dans ma chambre. Je verrouillai la porte derrière nous.

Les choses devinrent sérieuses lorsqu'elle commença à dénouer son corset. J'avais l'impression que mon cœur allait exploser et que mon sexe allait jaillir de mon pantalon.

Billie s'arrêta.

— En fait, est-ce que tu peux me trouver une veste ou autre chose pour me couvrir au cas où elle se réveille ?

— Oui, bien sûr.

Impatient, je trouvai une veste à capuche noire dans mes affaires.

— Tiens, prends ça.

— Merci.

Elle desserra les liens à l'arrière de son corset, avant de le retirer. Ses magnifiques seins ronds surgirent, et j'eus du mal à croire que c'était réellement en train de se passer. Elle enfila ma veste en la laissant ouverte.

Je durcis complètement en fixant sa superbe poitrine, sa peau laiteuse, ses mamelons rosés.

— J'espère que ça ne te dérange pas que je t'observe un instant.

— Pas du tout.

— Tu es tellement belle, murmurai-je.

J'avais envie de la toucher, mais je n'allais pas présumer qu'elle était d'accord. Au lieu de ça, je saisis les tubes noir et blanc qu'elle avait utilisés pour faire mon nœud papillon.

— Tu aimerais que je peigne quelque chose en particulier ? demandai-je.

— Non. J'ai envie de voir ce que tu as en tête.

Génial. Ça va être un vrai désastre.

Alors que je continuais à fixer ses seins magnifiques, une seule chose me vint à l'esprit. Je ne voyais rien d'autre. Et tout ce que je pensais, c'était qu'elle allait détester ça.

Cependant, je me mis tout de même au travail.

— Tu ne peux pas regarder avant que j'aie terminé, d'accord ?

— Ça me paraît honnête, accepta-t-elle en souriant.

Billie s'allongea, et je me mis à créer soigneusement mon œuvre magistrale. Étant donné que j'avais le talent artistique d'un enfant de cinq ans, elle allait être impressionnée. Je me dis que j'allais l'épargner en ne peignant qu'un seul de ses seins. Je me décidai pour celui de gauche.

Je savourai chaque seconde où je pouvais effleurer sa peau avec la peinture blanche, en prenant probablement plus de temps que nécessaire, car je ne savais pas si cette occasion se représenterait un jour. Une fois tout son sein couvert, j'ouvris la peinture noire pour finir les détails de mon dessin. Mon érection ne voulait pas se calmer, et j'espérais qu'elle comprendrait que je ne la contrôlais pas si elle baissait les yeux et remarquait à quel point j'étais excité.

Mon œuvre d'amateur ne me prit pas si longtemps que ça, et lorsque je finis, tout ce que je pus prononcer fut :

— Ne me tue pas.

— Qu'est-ce que tu as fait ? demanda-t-elle en rougissant.

— Va regarder.

Billie se leva, s'approcha du miroir, et elle resta bouche bée.

— Tu ne viens pas de transformer mon sein en Snoopy !

J'avais peint son mamelon en noir pour former la truffe du chien, ainsi que deux fentes noires juste au-dessus pour ses yeux. Sur les côtés, j'avais ajouté des oreilles noires. Ce n'était pas un chef-d'œuvre, mais j'avais l'impression d'avoir réussi mon coup.

— C'est la seule chose qui me soit venue à l'esprit.

Elle éclata de rire. Ses seins remuèrent dans le miroir, et on aurait dit que Snoopy riait aussi.

— Colby Lennon, tu es fou. Mais j'adore ça.

— Ah oui ?

Elle s'approcha de moi et enroula ses bras autour de mon cou. Mes yeux se rivèrent aux siens, et cette fois-ci, je ne pus m'empêcher de faire le premier pas. Je me penchai et posai mes lèvres sur les siennes, tout en sentant toute cette journée de frustration revenir en force, alors que j'expirais dans sa bouche. Nos langues se trouvèrent, et ce fut tout aussi agréable que la première fois. J'avais hâte de me retrouver dans son corps, même si j'allais devoir attendre une éternité pour en arriver là.

Elle s'écarta, haletante. C'était le moment où elle mettait fin à tout ça, avant que ça n'aille trop loin. Et c'était sûrement une bonne chose, parce qu'un peu plus et j'aurais été capable de prendre la truffe de Snoopy dans ma bouche.

— Je ferais mieux d'y aller, prononça-t-elle.

Juste à temps.

— Tu es sûre ?

— Oui. Je pense que cette journée a été très amusante et qu'il ne faut pas qu'on s'emballe.

— D'accord, trésor. Comme tu veux.

Je sortis mon téléphone pour lui appeler une voiture.

— Je ne veux pas mettre de la peinture sur mon corset. Est-ce que je peux t'emprunter cette veste ?

— Bien sûr. Garde-la, si tu veux. Mieux encore, rapporte-la la prochaine fois que tu me laisseras te peindre.

— J'ai peur de ce que tu pourrais dessiner.

— J'ai déjà une très bonne idée avec la peinture jaune.

— Laisse-moi deviner. Woodstock, l'ami de Snoopy?

— Je ne dirai rien, répondis-je en lui faisant un clin d'œil. Je ne voudrais pas gâcher la surprise.

— Dis au revoir à Snoopy, ajouta-t-elle en fermant la veste, couvrant ainsi ses seins.

— Bon sang, il va me manquer.

Nous nous mîmes à rire, puis nous quittâmes ma chambre pour rejoindre la porte. J'enroulai mon bras autour de sa taille et l'attirai à moi une dernière fois, savourant chaque seconde de sa bouche délicieuse sur la mienne.

— J'adore ton goût.

Elle gémit contre ma bouche, avant de faire un pas en arrière.

— La voiture attend. Je ferais mieux d'y aller.

— Hé, j'ai une idée d'histoire que tu pourrais lire à Saylor la prochaine fois, ajoutai-je en l'observant traverser le couloir.

— Laquelle?

— Snoopy et le Chippendale.

Elle secoua la tête et continua à marcher.

CHAPITRE 15

— Qu'est-ce que tu fais ?

Je fronçai les sourcils quand Deek interrompit le fil de mes pensées.

— Je suis assise sur une chaise. Qu'est-ce que j'ai l'air de faire ?

— Tu souris bizarrement.

— Ah bon ?

Deek travaillait sur l'un de nos clients réguliers. Il éteignit sa machine et fit pivoter le fauteuil pour que le client soit face à moi.

— J'ai fini, Remy. Mais est-ce que tu la trouves bizarre ?

L'intéressé plissa les yeux.

— Je ne crois pas. Qu'est-ce que je suis censé voir ?

— Je ne sais pas, avoua Deek en frottant sa fine barbe. Mais quelque chose cloche.

Il remit le fauteuil dans sa position normale et souleva le miroir à main, avant de le tendre à Remy pour qu'il puisse voir son dos.

— Jette un coup d'œil. Dis-moi ce que tu en penses.

Remy passa quelques minutes à observer son nouveau tatouage sous différents angles, puis serra la main du tatoueur.

— C'est superbe, comme d'habitude, mec.

— Merci. Appelle-moi quand tu auras trouvé ce que tu veux ensuite. Content de t'avoir vu.

Deek raccompagna Remy à l'entrée pour l'encaisser, puis nous nous retrouvâmes seuls tous les deux. J'avais commencé à dessiner une tête de Méduse pour un client qui viendrait se faire tatouer pour la première fois la semaine prochaine. Mon collègue jeta un coup d'œil par-dessus mon épaule, avant d'appuyer sa hanche contre mon poste de travail.

— Est-ce que tu as regardé un film d'horreur avant de venir aujourd'hui ?

Je secouai la tête.

— Non, pourquoi ?

— Caressé une portée de chiots ?

— Non, répondis-je en riant.

— Insulté ta mère sans qu'elle trouve rien à répondre ? Je posai mon crayon.

— Où tu veux en venir ?

— Il n'y a que quatre choses qui te font sourire comme ça, déclara-t-il en levant ses doigts pour compter. La première, les chiots. La deuxième, gagner une dispute contre ta mère. La troisième, les films qui te fichent la trouille. Et la quatrième, t'envoyer en l'air.

Je levai les yeux au ciel.

— Eh bien, rien de tout ça ne s'est produit.

— Ah bon ? Alors il ne s'est rien passé avec Colby ?

— Il s'est peut-être passé un *petit* quelque chose, révélai-je en haussant les épaules. Mais on n'a pas couché ensemble.

Deek secoua la tête.

— Alors tu es en train de me dire que tu souris à cause de tes *sentiments*? Je vais devoir parler avec ce type.

— De quoi tu parles? C'est toi qui m'as poussée à lui laisser une chance.

— Je sais, mais je ne me suis pas rendu compte que tu allais tomber si vite amoureuse de lui. Il faut que je m'assure qu'il a de bonnes intentions.

— Merci, *papa*, plaisantai-je. Mais je pense que je gère la situation.

Quinze minutes plus tard, nul autre que Colby passa la porte. Deek se frotta les mains.

— Oh, mince, marmonnai-je.

Colby avança dans le studio en souriant.

— Quoi de neuf, Deek? Salut, Billie.

Je savais qu'il ne valait mieux pas essayer de dissuader Deek de faire ce qu'il avait prévu. Alors au lieu de ça, j'embrassai Colby sur la joue.

— Je m'excuse par avance.

— Pour quoi?

Je désignai Deek, qui pointait du doigt le fauteuil à côté de lui.

— Assieds-toi, Colby. J'aimerais te dire un mot.

Ce dernier nous regarda tour à tour plusieurs fois, mais finit par hausser les épaules et s'asseoir.

— Qu'est-ce qui se passe?

— Où tu te vois dans cinq ans? demanda mon ami en croisant les bras.

Colby fronça les sourcils. Il chercha de l'aide en jetant un coup d'œil dans ma direction, mais je haussai les épaules.

— Ce sera pire si tu ne joues pas le jeu. Fais-moi confiance, lui assurai-je.

Il sembla méfiant, mais il reporta son attention sur mon collègue.

— Je ne sais pas. Je suppose que dans cinq ans, j'aimerais acheter un terrain pour y construire une résidence d'été. Je ne peux pas me permettre de faire ça dans les Hamptons ou dans un autre endroit tendance, mais ce n'est pas grave. De toute façon, je préfère l'Hudson Valley. Et j'offrirai peut-être un chien à Saylor, ajouta-t-il en jetant un coup d'œil dans ma direction. J'aurais peut-être une femme et un autre enfant. Je n'en suis pas sûr. Je n'ai pas vraiment de calendrier précis pour ce genre de choses. Je pense que j'aimerais juste être heureux et avancer dans ma vie.

Deek réfléchit à sa réponse avec une expression indéchiffrable.

— Quelle race de chien ?

— Un labrador, peut-être ?

— Acheté ou adopté ?

— Adopté dans un refuge, sans hésiter.

Deek hocha la tête.

— Quel genre de films pornos tu aimes ?

— Je ne sais pas. Tous, je pense ?

— Y compris la pédopornographie ?

— Quoi ? Non ! Bien sûr que non.

— Des réponses un peu plus spécifiques pourraient aider, alors.

Colby secoua la tête.

— Je ne sais pas. Quel genre de porno y a-t-il ? Je pense que j'aime le porno hétéro. Pénétrations, sexe oral, et occasionnellement sexe anal.

— Et les orgies ?

— Oui, bien sûr, affirma Colby en haussant les épaules. Les orgies, ça me va.

— Est-ce que ça t'inquiète ? m'interrogea Deek en me regardant.

Je souris.

— Non, les orgies dans les films ne me dérangent pas non plus.

Colby fronça les sourcils.

— C'est quoi tout ça ? s'enquit-il. Enfin, ne te méprends pas, je suis ravi que Billie apprécie les orgies, mais où est-ce que ça mène ?

Deek leva un doigt.

— Encore une question. Quel est le numéro de ton appartement ?

— Deux cent dix-huit. Pourquoi ?

— Pour savoir où aller si tu fais du mal à ma copine.

Je ris et me levai de ma chaise pour aller rejoindre Colby.

— Tu as fini, Deek ?

— Pour l'instant… répondit-il en le fusillant du regard.

— OK, super. Et si tu prenais ta pause déjeuner, alors ?

Colby attendit que Deek se soit éloigné pour se tourner vers moi.

— Qu'est-ce qui vient de se passer ?

Je me hissai sur la pointe des pieds et déposai un baiser sur ses lèvres.

— Il sait qu'on a dépassé le stade de l'amitié, alors il veut s'assurer que tu es un type bien.

— Peut-être que je devrais l'inviter à dîner avec son petit ami un soir.

Je m'écartai.

— Vraiment ? Tu ferais ça ?

— Bien sûr. Pourquoi pas ? C'est un bon ami à toi, n'est-ce pas ?

— Un ami qui vient juste de te faire passer un interrogatoire…

Colby repoussa les cheveux sur mon épaule.

— Ce n'est rien. J'aimerais que ma fille ait des amis protecteurs comme lui. Et j'espère qu'elle choisira le genre d'homme qui serait prêt à inviter ses proches pour les rassurer.

Sa remarque me fit fondre.

— Oooh, c'est adorable, Colby.

— Je suis ravi que tu penses ça, parce que le mot « adorable » ne convient pas vraiment pour décrire les pensées qui me traversent l'esprit depuis notre atelier peinture.

— Il se peut que j'aie eu quelques pensées pas très « adorables » non plus à ton égard ces derniers jours, révélai-je en mordillant ma lèvre.

Colby passa ses doigts sur mon bras.

— Ah oui ? Dis-m'en plus…

J'étais en train d'envisager de le faire quand son téléphone se mit à sonner. Ça ressemblait à une alarme.

— Mince, je dois y aller. Saylor a un cours de danse. Il faut que je libère la baby-sitter et que je l'emmène au studio.

— Je ne savais pas qu'elle prenait des cours de danse. Est-ce qu'elle porte un petit tutu rose ? demandai-je en souriant.

— En effet. Mais bizarrement, elle ne veut pas mettre ses baskets pour marcher jusqu'au studio. Au lieu de ça, elle porte son tutu rose avec des bottes de pluie vertes en caoutchouc que ma mère lui a achetées. Il y a même une tête de grenouille au niveau des orteils.

Je me mis à rire.

— Une fille comme je les aime.

— Je dois filer, mais je suis passé pour savoir si tu voulais qu'on dîne ensemble samedi soir.

— Ça me va.

— Juste pour que ce soit clair. Je te propose un rencard, et pas un non-rencard.

— Je pensais que te laisser me peindre la poitrine nous avait fait passer l'étape des non-rencards platoniques, mais oui, j'adorerais dîner avec toi lors d'un rencard, précisai-je en riant.

— Chez moi, d'accord ? Saylor sera chez mes parents, m'informa-t-il, avant de lever les mains. Aucune pression. Je sais que tu veux prendre ton temps. C'est juste que j'aimerais t'avoir pour moi tout seul, pour une fois.

Je souris.

— Bien sûr, c'est d'accord.

— Parfait.

Il se pencha pour effleurer mes lèvres une dernière fois.

— On se voit samedi.

— Je n'en reviens pas que tu aies préparé cette sauce toi-même.

J'étais assise sur le comptoir dans la cuisine de Colby, à côté de la cuisinière, en train de le regarder remuer de la sauce tomate.

— Quand Saylor est arrivée dans ma vie, je ne savais absolument pas comment m'occuper d'un bébé. Ma mère a passé beaucoup de temps chez moi parce que je stressais énormément. Je pensais que j'allais mal faire quelque chose et la blesser. Chaque fois que ma mère venait, elle apportait une fiche recette et un sac de courses. Quand Saylor faisait la sieste, elle m'apprenait à cuisiner. C'est grâce à elle que je me suis amélioré en tant que père.

Colby prit une cuillère de sauce, et souffla dessus avant de la porter à mes lèvres.

— Oh, waouh. C'est super bon. On sent bien l'ail, j'adore.

Une petite goutte tomba du dessous de la cuillère et atterrit sur ma clavicule. Colby se pencha pour la lécher, avant de passer sa langue le long de mon cou jusqu'à l'endroit où battait mon pouls.

— Tu avais de la sauce et je n'ai pas d'essuie-tout, se justifia-t-il avec un grand sourire.

Je pointai du doigt le rouleau plein à côté de moi, tout en arquant un sourcil.

— Enfin, je fais attention à l'environnement et je n'aime pas utiliser trop d'essuie-tout.

— Hmm hmm.

Je souris, puis je lui pris la cuillère des mains, la retournai, et en passai le dos encore couvert de sauce le long de son cou.

Son regard s'assombrit lorsque je m'approchai pour lui rendre la pareille en léchant la sauce et sa gorge.

Il gémit, et je reculai.

— Je vais renverser cette casserole sur nos corps dans une minute.

— Qu'est-ce que tu as avec cette histoire de peinture sur nos corps ? gloussai-je. Tu es fétichiste ?

— Je ne savais pas que je l'étais, mais c'est devenu un vrai problème pour moi. La dernière fois, je suis passé devant un magasin de jouets, et j'ai eu une érection en repensant à tes seins. Je ne sais pas si je serai encore capable d'emmener ma fille faire du shopping à cause de toi.

Je n'arrivais plus à arrêter de sourire.

— Et si tu éteignais le feu sous cette sauce pendant un petit moment ? On pourrait aller au salon. J'ai envie de m'asseoir sur tes genoux pour lécher encore un peu ton cou.

En deux secondes top chrono, Colby tourna les boutons de la cuisinière et me souleva pour me porter jusqu'au canapé, tandis que je ris tout le long du chemin.

— Pressé?

— Trésor, tu n'as pas idée.

Il ne fallut pas longtemps pour que nos rires se transforment en séance de mains baladeuses. Je sentais l'érection de Colby à travers nos deux couches de vêtements. Elle appuyait pile au bon endroit entre mes jambes écartées, et c'était tellement agréable. J'étais à quelques secondes de me frotter contre lui quand mon téléphone sonna. Cette sonnerie était quasiment la seule chose qui aurait pu m'arrêter.

— Qu'est-ce que c'est? m'interrogea Colby en détachant sa bouche de la mienne.

— Ça vient du *Magicien d'Oz*, quand la méchante sorcière fait du vélo en pleine tornade.

— Pourquoi?

— C'est ma mère, soupirai-je. Est-ce qu'on peut faire comme si ma poche ne sonnait pas?

Colby sourit, puis serra ma nuque pour me ramener à lui sans ajouter un mot. Quinze secondes plus tard, j'étais prête à recommencer à me frotter à lui, quand mon portable se remit à sonner. Je tentai de l'ignorer, mais ce fut impossible.

Je m'écartai.

— Désolée. Elle n'insiste jamais quand je ne réponds pas. Je devrais décrocher.

— Oui, bien sûr, acquiesça-t-il.

Je sortis le téléphone de ma poche et acceptai l'appel.

— Le moment est mal choisi, maman.

— Je viens juste d'être braquée... haleta-t-elle. À main armée.

Je me redressai aussitôt et sortis de ma petite bulle de désir.

— Quoi ? Tu es où ? Est-ce que ça va ?

— Je suis à la galerie. Et non, ça ne va pas ! Il a collé une arme contre ma tête !

Je quittai précipitamment les genoux de Colby et me mis à chercher mon sac à main.

— Tu as appelé la police ?

— Oui, ils sont déjà là.

Je poussai un petit soupir de soulagement en hochant la tête.

— OK, super.

— Tu peux venir à la galerie, s'il te plaît ? J'aurais besoin de ton aide.

— Oui, bien sûr. Je pars tout de suite.

Je n'avais même pas encore raccroché que Colby tenait déjà mon sac et ouvrait la porte de son appartement.

— On va où ?

— À la galerie de ma mère. Elle vient de se faire cambrioler.

— Alors, votre mère a dit que vous aviez récemment organisé une exposition dans cette galerie, c'est ça ? demanda l'inspecteur, qui tenait un petit carnet rabattable à la main.

— Le week-end dernier, confirmai-je.

Colby et moi étions arrivés à la galerie quinze minutes plus tôt. Ma mère semblait déjà être passée du mode apeuré à celui de la garce, ce qui, bizarrement, me rassura.

Le voleur cagoulé était parti avec son portefeuille qui contenait moins de cent dollars en liquide, mais elle était actuellement au téléphone pour faire opposition à toutes ses cartes bancaires.

L'officier de police hocha la tête.

— Et est-ce que des personnes suspectes étaient présentes ?

— Quoi ? Non, affirmai-je en fronçant le nez. Pourquoi vous dites ça ?

Il pointa derrière son épaule avec son stylo.

— Votre mère a dit que la soirée en question a fait venir une clientèle différente de ses habitudes. Elle semblait presque certaine que l'homme qui a fait ça aujourd'hui était aussi présent ce soir-là.

— Vraiment ? m'étonnai-je en écarquillant les yeux. Je croyais qu'elle n'avait pas vu son visage.

— En effet, mais elle a mentionné que des personnes appartenant à un gang étaient présentes, m'apprit-il en revenant une page en arrière dans son carnet. L'un d'entre eux s'appelait Devin quelque chose.

Je restai bouche bée.

— Vous plaisantez ?

— Non, pourquoi ?

Je sentis la colère me monter au visage.

— Devin ne fait *pas* partie d'un gang. C'est un tatoueur réputé qui a été mon mentor pendant des années. Je suis sûre que les gens de Bowery Mission à Tribeca se porteront garants de lui, car il y cuisine bénévolement pour les sans-abris trois jours par semaine.

L'officier fronça les sourcils lorsqu'il regarda de nouveau ses notes.

— Et un certain Lenny Prince ?

J'avais l'impression que mon sang bouillonnait.

— Lenny est un artiste de rue qui exposait le même soir que Devin. Le même soir où j'exposais aussi. Sa femme est juge au tribunal de police de Brooklyn. Je suis sûre qu'elle l'empêche de cambrioler des galeries pour voler des portefeuilles. Je suis désolée de vous dire ça, mais le seul crime que ces hommes ont commis, c'est de penser que ma mère soutenait leur travail. Vous voyez, ma chère mère pense que tous ceux qui ont des tatouages et un mode de vie qui ne ressemble pas au sien sont des truands, expliquai-je en prenant une grande inspiration. Si vous voulez vraiment découvrir qui pourrait vouloir du mal à ma mère, j'ai bien peur que vous ne soyez obligé d'interroger la moitié de New York. Je suis presque sûre qu'elle insulte la plupart des êtres humains.

L'officier de police m'imita quand j'observai ma mère. Elle parlait au téléphone, tout en touchant son collier de perles. Quand il se retourna, il referma son carnet.

— Merci pour les informations.

— Vous avez encore besoin de moi ? m'enquis-je.

— Je ne crois pas, répondit-il en secouant la tête.

— Alors je m'en vais. Bonne chance avec elle...

Colby m'attendait à la porte en jouant sur son téléphone. Il se leva lorsque j'approchai.

— Je veux retourner chez toi et me frotter contre ton érection jusqu'à jouir en étant tout habillée, déclarai-je en posant mes mains sur mes hanches. Est-ce que ça te va ?

Il haussa les sourcils, mais il se remit rapidement du choc.

— Absolument.

— Bien, allons-y.

Malheureusement, mon enthousiasme ne dura pas. Ma colère se transforma en déception pendant le trajet retour en Uber. Toutefois, Colby était doué pour lire en moi et il me laissa l'espace dont j'avais besoin, jusqu'à ce que nous arrivions chez lui.

— Et si je finissais de préparer le repas ? proposa-t-il.

— Ce serait parfait, acceptai-je avec un sourire.

Il s'activa dans la cuisine pour récupérer ce dont il avait besoin dans le frigo, avant de remettre la sauce et une casserole d'eau sur le feu. Après ça, il me réinstalla sur le comptoir où j'étais assise tout à l'heure, et il écarta mes jambes pour pouvoir se faire une place entre.

— Parle-moi.

Je secouai la tête.

— Je me suis encore fait avoir. Je pensais qu'elle avait peur et qu'elle avait besoin de mon aide. Mais en réalité, elle voulait juste que je donne des informations à la police au sujet de certains de mes amis présents à la galerie pour qu'ils puissent enquêter sur eux en tant que suspects.

Colby fronça les sourcils.

— Je suis désolé.

— Je ne sais pas quand je retiendrai la leçon avec elle, soupirai-je. Je suis désolée d'avoir gâché notre rencard. Je sais que tu n'as que très peu de temps sans Saylor.

— Tu n'as rien gâché. En fait, je suis un peu soulagé de voir que ta vie peut être chaotique de temps en temps. J'ai l'impression que ça n'arrive qu'à moi. Devoir garder ma fille quand on passe du temps ensemble parce que la baby-sitter a annulé, devoir rentrer à la maison avant que je me transforme en citrouille... précisa-t-il en haussant les épaules. C'est la vie, et ce n'est pas toujours facile. En réalité, la mienne est en général un immense bordel. Mais je veux partager ça avec toi, et je veux que tu partages le tien avec moi.

Je le regardai dans les yeux.

— Tu dis ça sérieusement, n'est-ce pas ?

Il sourit et tapota doucement deux de ses doigts sur ma tempe.

— Voyez-vous ça. Cette tête dure ne l'est pas tant que ça finalement.

Je lui souris en retour. Cet homme m'avait ouvert son monde, et le temps me semblait venu d'en faire autant. Je pris une grande inspiration.

— Je suis dingue de toi, Colby.

Ses yeux examinèrent les miens.

— Tu veux dire que tu as envie de me chevaucher sur le canapé pour te frotter à moi ?

— Non, je te veux en moi, rectifiai-je en souriant.

— Tu en es sûre ?

— Absolument certaine.

Colby me souleva du comptoir et me porta jusqu'à sa chambre. Il me déposa alors au milieu de son lit, la tête sur son oreiller.

— J'ai envie de te faire tellement de choses. Tu te rappelles il y a quelques semaines, quand tu as dit que tu aimais que je sois autoritaire ?

J'acquiesçai, et il arbora un sourire sexy.

— Lève les bras. Accroche-toi à la tête de lit et ne lâche pas.

Oh, bon sang. L'air crépita dans la pièce lorsque je lui obéis.

Il ouvrit mon jean et le fit glisser le long de mes jambes. Il passa ensuite un doigt sous le côté de ma culotte et tira sèchement, la faisant craquer.

Je haletai en serrant mes mains plus fort. Colby humecta ses lèvres en restant au pied du lit, tout en observant le bas de mon corps.

— Écarte les jambes.

Il n'avait pas posé un doigt sur moi, pourtant, je pouvais sentir mon orgasme se préparer. Je fis ce qu'il m'avait ordonné, et il fixa mon sexe.

— Plus grand. Je veux voir à quel point tu mouilles pour moi.

Tout devint plus tendu quand j'ouvris mes jambes autant que possible.

— Tout ton corps est magnifique, déclara-t-il en secouant la tête. Je vais te lécher jusqu'à ce que tu me *supplies* de te prendre.

Je ne savais pas vraiment d'où venait ce côté de lui, mais *j'adorais* ça. J'étais déjà à dix secondes de le supplier.

Il retira son haut, grimpa sur le lit et s'arrêta au-dessus de moi.

— Ne lâche pas cette tête de lit. Sous aucun prétexte.

Je ne pouvais former aucun mot, alors je hochai à peine la tête. Cependant, c'était apparemment suffisant pour satisfaire Colby, qui enfouit son visage entre mes jambes. Il n'y eut aucun coup de langue hésitant ni de préliminaires. Il se lança sans hésiter. Sa langue plongea en moi, son nez appuyé contre mon clitoris, et il se mit à bouger la tête d'un côté à l'autre pour me dévorer. Mon bassin se souleva lorsque les muscles de mes jambes commencèrent à trembler.

— Oh, bon sang, gémis-je.

Je mourais d'envie de glisser mes mains dans ses cheveux et de les tirer violemment, mais je continuai à agripper la tête de lit, de peur qu'il arrête. Je n'avais jamais senti un orgasme monter avec tant d'avidité. Colby fit monter sa langue pour venir tourmenter mon clitoris en l'effleurant, puis en appuyant plus fort, avant de l'aspirer en glissant deux doigts en moi, qui se mirent à faire des va-et-vient.

— Colby! lâchai-je en arquant le dos.

Il accéléra le rythme en se servant de son autre main posée sur mon ventre pour me maintenir en place. Le bruit de ses doigts qui bougeaient dans mon sexe trempé était le son le plus érotique que j'aie jamais entendu. Il n'y eut pas d'ascension lente jusqu'au bord du précipice. J'explosai en criant son nom, alors que mon corps se contractait violemment autour de ses doigts.

Après ça, j'étais dans un état second, à peine consciente que Colby se levait pour se débarrasser du reste de ses vêtements. Il ouvrit le tiroir de la table de nuit avant de le refermer, et lorsque je levai les yeux, il était assis sur ses jambes, un préservatif coincé entre ses dents. Il déchira l'emballage et m'adressa un sourire arrogant.

— Tu peux lâcher la tête de lit.

— Oh... répondis-je en riant. Je ne me suis pas rendu compte que je le tenais toujours.

Colby récupéra le préservatif, puis jeta le papier, et mes yeux suivirent sa main quand elle se dirigea plus bas.

— Oh, mon Dieu. Sérieusement? lançai-je en écarquillant les yeux.

Il enfila la protection, avant d'empoigner la base de son érection.

— J'espère que ce n'est pas de la déception, répondit-il avec un grand sourire.

Je levai les yeux au ciel.

— Tu sais bien que non. Tu es... énorme.

Il rit en se plaçant au-dessus de moi, et il aligna son gland imposant à l'entrée de mon sexe. Colby entrelaça nos doigts et embrassa doucement mes lèvres, avant de redresser la tête pour me fixer droit dans les yeux. Nos regards ne se lâchèrent pas lorsqu'il s'enfonça en moi.

— Putain, jura-t-il en fermant brièvement les paupières. Tu es tellement mouillée et étroite que je ne vais pas tenir longtemps, trésor.

Je souris.

— Ce n'est rien. Tu t'es déjà occupé de moi, et on a toute la soirée.

Il se mit à faire des va-et-vient, d'abord doucement, puis en poussant plus fort à chaque coup de reins. Quand je fus totalement prête pour lui, ses mouvements s'intensifièrent. J'enroulai mes jambes autour de sa taille, et nos corps commencèrent à bouger en rythme. En temps normal, je ne jouissais pas plus d'une fois dans la journée, si j'avais de la chance. Toutefois, il ne fallut pas longtemps pour que je sente l'orgasme monter de nouveau.

Je glissai mes doigts dans ses cheveux, et nos bouches s'unirent dans un baiser. Mon cœur s'emballa. Je ressentais bien plus que du plaisir physique. J'étais consumée par cet homme, et on aurait dit que je n'étais pas la seule à me laisser emporter par ce moment. Colby s'écarta encore une fois pour me regarder dans les yeux. Sa mâchoire était contractée et les veines de son cou ressortaient. L'intensité de cet instant me fit basculer de nouveau.

— Je vais...

Je n'eus pas le temps de finir ma phrase que mon corps se contractait déjà autour de lui.

— *Oh, bon sang...*

Il accéléra la cadence sans me quitter des yeux, pendant que mon orgasme se lisait sur mon visage. Une fois que mes muscles se détendirent, il remua une dernière fois et s'enfonça profondément en moi pour jouir à son tour.

— Putain, rugit-il. *Putain. Putain. Putain !*

Il m'embrassa tendrement en redescendant de son orgasme. Alors que nous avions toujours nos sourires aux lèvres, Colby continua à bouger en moi pendant un long moment, jusqu'à ce qu'il doive se lever pour se débarrasser du préservatif. Quand il revint de la salle de bain, il apporta une serviette chaude et nettoya doucement mon entrejambe, avant de revenir au lit et de me prendre dans ses bras. Il me positionna de sorte que ma tête repose sur son torse.

— C'était génial, déclara-t-il en caressant mes cheveux.

— C'est vrai, confirmai-je en souriant. Je ne suis même pas sûre d'avoir la force de soulever ma tête.

Ma remarque le fit rire.

— Dors. Je te réveillerai avec le petit déjeuner au lit.

— C'est trop mignon, répondis-je en me blottissant contre lui.

— Pas vraiment. Tu ne m'as pas demandé ce que je te donnerai à manger.

Je frappai ses abdos en bâillant, un peu dans les vapes.

— Tu sais, certaines personnes disent que roter est comme un compliment pour le chef. Eh bien moi, je comate juste après un bon orgasme.

— Très bien, alors tu vas beaucoup dormir à partir de maintenant.

CHAPITRE 16

Colby

Je pensais avoir une belle vie avant l'arrivée de Billie. Je m'étais convaincu que j'étais totalement comblé en étant simplement le père de Saylor, que je n'avais besoin de rien d'autre dans l'immédiat. J'avais probablement besoin de me dire ça pour pouvoir traverser ces débuts difficiles.

Cependant, depuis que Billie et moi avions décidé de nous laisser une chance, je m'étais rendu compte de tout ce qui m'avait manqué : à quel point mon appétit sexuel avait eu besoin d'être satisfait, à quel point j'avais eu besoin de stimulation intellectuelle. Et bon sang, Billie satisfaisait tous mes besoins. *Accro* n'était pas un mot suffisamment fort pour décrire ce que je ressentais pour elle. J'espérais seulement que ce n'était pas temporaire. Essayer de ne pas analyser tout ça était devenu mon plus grand défi. Toutefois, c'était humain de s'attendre au pire quand tout allait si bien, n'est-ce pas ? Bien trop souvent, quand on baissait la garde, la vie décidait de mettre son grain de sel.

Ces derniers temps, Billie montait dans l'immeuble au beau milieu de la journée pour me retrouver quand je rentrais pour une « pause déjeuner » rapide. Nous couchions ensemble dès que nous le pouvions pendant la journée parce que Billie ne passait pas encore la nuit chez moi. Nous nous étions mis d'accord tous les deux sur le fait que c'était trop tôt, et nous voulions préserver ma fille. Pendant l'un de nos rendez-vous, nous avions tant secoué le lit que la tête de lit avait cogné contre le mur, y laissant un trou considérable.

D'où la raison de la visite de Holden pour la réparation, ce jeudi après-midi. Je lui avais demandé où il rangeait dans la réserve le plâtre et le reste du matériel pour reboucher un trou, car j'avais voulu le colmater moi-même, mais il avait insisté pour passer. Et je savais qu'il allait se régaler avec cette histoire.

J'ouvris la porte quand il frappa, et je tentai une dernière fois de le faire partir.

— Salut, mec. Tu n'es vraiment pas obligé de faire ça. Et si tu me donnais juste ce qu'il faut pour que je m'en charge ?

Holden m'ignora et examina l'appartement.

— Alors, c'est où ?

— Dans ma chambre, l'informai-je en me préparant à sa réaction, alors qu'il me suivait jusque dans la pièce en question.

— D'ailleurs, qu'est-ce que tu fais chez toi aujourd'hui ? m'interrogea-t-il.

— La baby-sitter est en repos, alors je travaille ici. Je dois récupérer Saylor à l'école dans une heure.

— Où est le trou, déjà ? demanda-t-il dès qu'il entra dans ma chambre.

— Derrière le lit.

Je le déplaçai pour pouvoir lui montrer.

Il sourit.

— Gros cochon. Juste derrière la tête de lit. Pas étonnant que tu sois resté si vague à ce sujet. Tu as baisé si fort que tu as fait un trou dans le mur.

Je levai les yeux au ciel.

— Je pensais que j'étais le seul à avoir fait ce genre de trucs, mais apparemment pas, ajouta-t-il en riant.

— Voilà pourquoi je voulais m'en occuper moi-même. Pour éviter tes moqueries.

— Je ne me moque pas, mon pote. Je t'admire, rectifia-t-il en étalant son matériel par terre. Et je suis un peu jaloux. Ne me tue pas pour avoir dit ça. Je sais à quel point tu es possessif avec Billie.

Il se mit à rire.

— Alors, je suppose que les choses *s'emboitent parfaitement* entre elle et toi. Sans mauvais jeu de mots.

— On peut dire ça.

— Je suis content pour toi, mec.

— Merci. Je suis heureux aussi. Vraiment heureux, pour la première fois depuis longtemps.

— Billie est géniale.

Il poussa davantage mon lit et déposa une bâche en dessous de l'endroit où il allait travailler.

— Alors, tu penses que c'est la bonne ?

Je poussai un long soupir.

— J'ai l'impression que oui, mais tu sais quoi ? Il y a encore quelques trucs en suspens, alors j'essaie juste d'en profiter, de prendre les choses au jour le jour.

— Par quelques trucs, tu veux dire le fait que tu aies Saylor, c'est ça ?

Je ne voulais vraiment pas aborder ce sujet aujourd'hui, mais j'aurais dû savoir que Holden le fouineur voudrait tout savoir, y compris ce que j'avais dans la tête.

Je soupirai.

— Ce n'est pas moi qui ai une décision à prendre, tu vois? Être avec Billie est une évidence pour moi, mais ce n'est pas si simple pour elle. Rester avec moi signifie qu'elle doit décider si elle veut être une mère pour Saylor. Je suis sûr que cette question traîne toujours dans un coin de sa tête.

— Je comprends, acquiesça-t-il. Je ne veux pas que tu te sentes mal, mais je m'enfuirais probablement en courant à sa place.

— Merci, lançai-je en levant les yeux au ciel. Je peux toujours compter sur toi et ton honnêteté brutale.

— Avec plaisir, renchérit-il en souriant. Mais tu sais… il y a une chose qui joue en ta faveur.

— Quoi donc?

— Tu as une énorme bite.

— Ça va lui donner envie d'être mère?

— Possible. Ces trucs peuvent faire des miracles.

— Merci. Alors je devrais frotter la mienne comme une lampe magique et faire un vœu une fois que tu seras parti.

— C'est ce que je fais tous les soirs, ricana-t-il. Ça ne fonctionne pas pour moi. Je n'ai pas encore trouvé la seule et l'unique.

— Je ne pense pas que tu la cherches vraiment. Tu cherches plutôt à en avoir trois d'un coup, je me trompe? le taquinai-je.

Il haussa les épaules.

— Peut-être. Pour l'instant.

Ce serait intéressant à voir si Holden finissait par s'intéresser à une seule personne. Il fut un temps où je me demandais la même chose à mon sujet, et voilà où j'en étais. Alors il fallait croire que tout était possible. Mais s'il fallait parier, je dirais quand même que Holden serait le dernier d'entre nous à se poser. S'il le faisait un jour.

Nous discutâmes pendant presque une heure pendant qu'il rebouchait le trou.

— J'essaierai de faire plus attention la prochaine fois, indiquai-je en l'aidant à nettoyer.

— Tu plaisantes ? répliqua-t-il avec un sourire espiègle. Je serais déçu de ne pas avoir à revenir pour en reboucher un autre.

Ce soir-là, je demandai à Billie de venir dîner avec Saylor et moi. Elle proposa d'acheter ce qu'il fallait pour pouvoir faire nos propres pizzas, car elle pensait que ça amuserait Saylor, et elle insista pour aller chercher tous les ingrédients après la fermeture de son salon.

Elle m'envoya un message depuis le supermarché.

Billie : Qu'est-ce que Saylor aime sur sa pizza ?

Colby : En fait, elle aime les ananas. Ceux en conserve feront l'affaire. Et du bacon. Ce mélange-là.

Billie : Association intéressante pour une fille qui l'est tout autant. D'accord. Et toi, tu aimes quoi ?

Colby : Ce que j'aime ? C'est une question tendancieuse.

Billie : LOL. Ne te retiens pas.

Colby : Les coups rapides dans la buanderie après avoir couché Saylor. Mon sexe dans ta bouche, ou enfoncé profondément en toi dès que j'en ai l'occasion. Mon sperme sur tes seins. La liste est infinie.

Billie : Tu ne penses qu'à ça.

Colby : Tu le sais. Je suis accro. Pour répondre à ta question de départ, je mange de tout, mais il y a bien une chose que je préfère. Tu devines ce que c'est ?

Elle répondit avec une photo d'une conserve d'ananas posée contre sa poitrine. Son corset du jour était orange foncé, et je ne me rappelais pas l'avoir déjà vu. Comme d'habitude, je prêtais plus attention à ce qu'il y avait dessous.

Billie : Est-ce que ça convient ?

Je ne pus m'empêcher de l'embêter, car qui regardait une fichue conserve d'ananas quand elle était collée à ses seins ?

Colby : La conserve ou ce qu'il y a derrière ? Parce que ce que je vois est parfait. Bon sang, dépêche-toi de revenir à la maison pour que je puisse sentir ton cou pendant que Saylor ne regarde pas. (Cette marque convient parfaitement.)

Le fait que j'utilise le terme « à la maison » ne m'échappa pas. Nous étions loin de vivre ensemble, mais j'avais quand même l'impression que sa place était auprès de moi, que d'une certaine façon, mon appartement était aussi le sien à présent, même si elle ne dormait pas ici. *Ai-je mentionné que cette femme me rend follement heureux ?*

Billie : Je n'ai pas fini ! Je dois encore trouver la saucisse. Et ne t'avise PAS de faire de sous-entendu là-dessus.

Colby : Pourquoi tu gâches mon plaisir ?

Billie : Vas-y, je t'en prie.

Je tapai en riant.

Colby : J'en ai une pour toi. ;-)

Billie : Tu te sens mieux maintenant ?

Colby : Bien mieux.

Billie : Bon, plus sérieusement : saucisse et pepperoni pour nous. Ananas et bacon pour ma petite préférée. Je vais aussi chercher du basilic frais pour mettre dessus. Je suis excitée !

Colby : Moi aussi, je suis excité.

Billie : Pourquoi je pense que tu n'es pas en train de parler de la pizza ?

Colby : Je ne parle définitivement pas de la pizza. Ramène tes fesses ici, ma belle.

Lorsque Billie fut de retour chez moi, elle se mit aussitôt au travail en sortant les courses des sacs afin d'étaler tous les ingrédients pour les pizzas sur le comptoir. Saylor s'installa sur l'un des tabourets et observa Billie tout préparer.

Malheureusement, je n'avais pas de rouleau à pâtisserie, alors Billie en improvisa un avec une bouteille de vin pour étaler la pâte.

— Ton ingéniosité m'impressionne, déclarai-je en m'appuyant contre le plan de travail.

— Merci, répondit-elle en me faisant un clin d'œil.

J'aurais aimé pouvoir me pencher pour l'embrasser, mais nous évitions ça devant Saylor.

La farine vola quand les filles pétrirent et étalèrent la pâte. Très rapidement, leurs vêtements devinrent blancs. J'aimais que Billie n'ait pas peur de se salir – surtout pendant les parties de jambes en l'air.

Une fois la pâte prête, le moment de confectionner les pizzas arriva. Billie fit revenir la saucisse avec quelques oignons et mit ça de côté. Elle ouvrit ensuite tous les autres paquets et plaça les ingrédients dans des bols. Nettoyer la cuisine allait être compliqué, mais ça en valait largement la peine quand je voyais le sourire qui ne quittait pas les lèvres de ma fille.

J'observai la patience de Billie pendant qu'elles faisaient les pizzas ensemble. Pour quelqu'un qui disait avoir peu d'expérience avec les enfants, Billie était une pro.

Comme prévu, une fois les pizzas au four, la cuisine était sens dessus dessous : des gouttes de jus d'ananas, du fromage râpé partout, de la graisse de bacon. Cependant, c'était un joli bazar. C'était la vie. Un exemple de la vie qui avait été insufflée ici depuis l'arrivée de Billie.

Après le repas, cette dernière surprit Saylor avec un cupcake princesse qu'elle avait acheté à la boulangerie du supermarché. Visiblement, il plut à ma fille, car lorsqu'elle le finit, elle avait du glaçage dans les cheveux, et même sur les yeux.

Billie l'accompagna à la salle de bain pour la nettoyer, tandis que je me mettais à ranger la cuisine pour ne plus avoir l'impression qu'une bombe avait explosé ici. Je m'arrêtais de temps en temps pour écouter les rires dans le couloir.

Je veux ça. Tous les soirs. Mais je savais que c'était bête de supposer que Billie accepterait les responsabilités à plein temps qui allaient avec. Le temps nous le dirait, il fallait juste que je sois patient.

Avant d'aller au lit, Saylor réclama une histoire à Billie.

— Pas de livre ! s'écria-t-elle.

Billie me regarda pour que je l'éclaire.

— Ça veut dire qu'elle veut que tu inventes quelque chose, expliquai-je. Elle aime me mettre au défi.

Elle chatouilla Saylor.

— Petite chipie. Tu ne vas pas me faciliter la tâche, hein ?

Ma fille gloussa.

Billie s'installa au bord du lit et prit un moment pour réfléchir pendant que Saylor se glissait sous les couvertures.

— Bon, cette histoire s'appelle « La sorcière tatouée », commença-t-elle.

Ma fille se blottit contre elle, tandis que je restai sur le seuil à écouter.

— Il était une fois une sorcière tatouée. Elle vivait à New York et possédait son propre salon de tatouage où elle passait ses journées à tatouer les gens.

Elle marqua une pause.

— Un jour, un prince entra pour lui demander un tatouage, mais la sorcière passait une très mauvaise journée, alors elle le renvoya.

— Cette histoire me dit quelque chose, intervins-je.

— Il se peut que ce soit légèrement autobiographique, confirma Billie en me faisant un clin d'œil.

— Qu'est-ce qui s'est passé pour que la sorcière soit de mauvaise humeur ? la taquinai-je.

— Elle avait croisé Sir Tinder le Maléfique, qui lui avait fait de la peine.

— Ah, d'accord. Continue l'histoire, répondis-je en riant.

Elle se tourna vers Saylor.

— La sorcière se sentait très mal d'avoir été malpolie. Quand elle recroisa le prince, elle lui jeta un sort dans l'espoir d'avoir droit à une seconde chance.

— De la magie ? demanda Saylor en levant les yeux vers elle.

— Oui, une formule magique.

— Il s'est passé quoi ? l'interrogea ma fille.

— Ça a fonctionné ! Le prince a continué à revenir. Et une fois, le prince l'a même emmenée en rendez-vous sur l'île magique d'IKEA.

Je ris, et Saylor sourit.

— Il s'est passé quoi d'autre ?

— Le cœur de pierre de la sorcière a commencé à se réchauffer. Au bout d'un moment, la sorcière tatouée n'avait plus vraiment l'impression d'être une sorcière. Elle se sentait plus comme une princesse. Pas parce qu'elle en était une, mais parce que le prince lui donnait la sensation d'en être une. La sorcière avait jeté un sort au prince, mais en fin de compte, c'était elle qui avait été transformée. Fin.

Billie jeta un coup d'œil dans ma direction et me sourit.

— Est-ce qu'ils ont vécu heureux jusqu'à la fin des temps ? demanda Saylor en écarquillant les yeux.

Elle hésita.

— J'aime à le croire.

Bonne réponse. J'espérais totalement que la sorcière et le prince finissaient ensemble et partageaient une vie sexuelle épanouie.

Après avoir mis Saylor au lit, Billie sembla pensive lorsqu'elle s'assit à côté de moi au salon.

— Ma fille a l'air heureuse quand tu es là, déclarai-je en interrompant le fil de ses pensées.

— Oui, je suis surprise de voir à quel point j'aime être avec elle aussi.

Je traçai le contour des tatouages sur son bras et décidai de m'ouvrir à elle.

— La seule chose qui m'inquiétait en ce qui nous concernait, c'était de savoir si tu voudrais de cette vie à long terme. Je n'ai jamais voulu te forcer à y réfléchir, mais j'ai aussi l'impression qu'on en est au stade où j'aimerais savoir si tu pourrais envisager un avenir avec... nous deux.

Elle ne répondit pas immédiatement. J'avais l'impression de mourir en attendant qu'elle parle.

— Je ne vais pas mentir... finit-elle par reprendre. Au début, j'avais peur de ma capacité à trouver ma place dans cette situation, de m'occuper d'une enfant comme j'allais devoir le faire. Mais je veux que tu saches que je ne vois plus les choses de la même manière. Si ça ne fonctionne pas entre nous, ce ne sera pas à cause de mes peurs concernant Saylor. N'importe qui aurait de la chance de l'avoir dans sa vie.

— Waouh, merci, prononçai-je en déposant un baiser sur sa tête. J'ai l'impression de pouvoir respirer un peu mieux.

— Ça t'a trotté dans la tête ce soir ?

— Oui. C'est difficile de ne pas y penser quand je te vois avec elle.

— Mais je pense toujours qu'on doit y aller doucement, ajouta-t-elle.

— Je suis d'accord... mais...

— Mais quoi ? demanda-t-elle en arquant un sourcil.

— Est-ce que ça veut dire que je peux te convaincre de passer la nuit ici ?

Billie serra mon genou et soupira.

— Je ne sais pas...

— Saylor ne se réveille jamais la nuit. On peut se lever tôt pour que tu puisses partir. Même si je rêvais de pouvoir t'emmener dans la buanderie, je préfère largement prendre mon temps et faire ça dans mon lit. Il faudra juste éviter de faire du bruit. Pas de trou dans le mur ce soir.

J'étais prêt à la supplier.

— S'il te plaît, implorai-je en prenant le même air que Saylor quand elle me demandait un second dessert.

Sauf que je voulais me resservir plus d'une fois quand il s'agissait de Billie.

— Et si elle se réveille et qu'elle me voit ? murmura-t-elle.

— Je verrouillerai ma porte. J'ai toujours un babyphone. Je peux l'installer pour qu'on entende si elle se réveille. Même dans le pire des scénarios, si elle te voit ici, elle est trop jeune pour comprendre ce que ça implique sexuellement, alors je pense que tout ira bien. Elle croira juste que tu dors ici. Elle sera sûrement ravie.

L'expression de Billie s'adoucit et elle arbora un sourire espiègle.

— Est-ce que je peux y réfléchir pendant que tu me sers un verre de vin ?

Je fis une petite danse de la victoire intérieure, puis me levai pour aller chercher du vin à ma copine.

— Avec plaisir.

Juste au moment où j'ouvrais la bouteille, quelqu'un frappa à la porte. Les seules personnes qui frappaient chez moi à cette heure-ci un soir de semaine étaient mes amis.

— Tu attends quelqu'un ? demanda Billie.

Je reposai la bouteille et me dirigeai vers la porte.

— Non. C'est sûrement Brayden ou Holden.

J'aurais dû vérifier dans le judas. Peut-être que ça m'aurait évité de manquer de faire une crise cardiaque en la voyant. Il me fallut un petit moment, parce que ça faisait longtemps. Ses cheveux noirs étaient un peu plus longs, et elle était plus mince que dans mes souvenirs. Toutefois, son regard froid n'avait pas changé.

Je ne parvins pas à parler, alors je restai là pendant plusieurs secondes, tandis que la panique m'envahissait.

Qu'est-ce qu'elle veut ?

La femme que je connaissais uniquement sous le nom de Raven fut la première à parler.

— Salut, Colby.

Toujours rien. Je ne savais pas quoi dire. Tout ce à quoi je pensais, c'était : « Qu'est-ce qu'elle fait là, et comment je pourrais la faire disparaître comme par magie avant que Billie comprenne ? »

— C'est qui ? l'entendis-je demander.

Mes yeux restèrent fermement posés sur la femme qui se tenait devant moi.

Et moi qui m'attendais à ce que le pire arrive... Il fallait croire que le pire en question venait d'atterrir devant ma porte.

Je parvins enfin à trouver les mots pour répondre à Billie.

— C'est la donneuse d'ovocyte de Saylor.

CHAPITRE 17

Colby

Bam.

— Colby, qu'est-ce que tu fais ?

Billie observa ma porte d'entrée, horrifiée.

— Peu importe ce qu'elle veut, je ne veux pas l'entendre.

Je retournai dans le salon, remplis mon verre de vin et en avalai la moitié.

— Alors tu claques la porte au nez de la mère de Saylor ? Qu'est-ce qu'elle veut ?

— Pour commencer, ce n'est *pas* la mère de Saylor. La biologie ne fait pas de nous des parents. Et deuxièmement, je me fous de ce qu'elle veut. Troisièmement...

Mon discours fut écourté.

Toc. Toc. Toc.

Nous nous tournâmes vers la porte.

— Il faut que tu lui répondes, déclara-t-elle.

— Non, pas du tout, refusai-je en secouant la tête.

Mon regard croisa celui de Billie, et nous nous fixâmes. Je ne pensais pas pouvoir refuser quoi que ce soit à cette femme, avant ce moment-là.

Quinze secondes plus tard, les coups reprirent, plus forts.

Bang. Bang. Bang.

Billie soupira.

— Colby...

Je restai fermement ancré à ma place, tout en portant mon verre de vin à mes lèvres pour en boire le reste.

— Ouvre la porte, Colby ! Il faut que je te parle !

Je sentais la colère monter en moi. Elle partait de mes orteils, remontait le long de mes jambes et de mon torse, et s'arrêta au niveau de mon visage, qui se mit à chauffer.

— Colby, elle va réveiller Saylor. Qu'est-ce qui se passera ensuite ?

Je n'avais toujours pas bougé. Pas avant que ma fille sorte de sa chambre en frottant ses yeux.

— Billie, tu viens de crier ?

Celle-ci s'approcha aussitôt et s'accroupit devant elle.

— Non, trésor. Il y a quelqu'un à la porte. Euuh... une femme s'est enfermée dehors, alors papa va aller l'aider. *N'est-ce pas*, Colby ? lança-t-elle en me regardant.

Je ne répondis toujours pas. Billie secoua la tête et fronça les sourcils, puis porta Saylor sur sa hanche.

— Et si je te racontais une autre histoire pendant que papa sort pour aider cette femme ? proposa-t-elle en jetant un autre coup d'œil dans ma direction. J'en ai une autre où la sorcière s'envole sur son balai parce que le gentil prince se révèle être un crapaud, en fin de compte...

Ma fille sourit sans se douter de rien.

— Je veux entendre l'histoire du crapaud !

— D'accord, alors on y va, ma belle.

Elle emmena Saylor dans sa chambre, et s'arrêta une dernière fois pour regarder en arrière, avant de désigner la porte d'un signe de tête, me demandant silencieusement de gérer la situation.

Dès que la porte de Saylor se referma, Maya frappa de nouveau.

Bang. Bang. Bang.

— Je ne partirai pas, Colby ! Alors il vaudrait mieux que tu ouvres cette fichue porte avant que je réveille tous les locataires de cet immeuble !

Je fermai les yeux et pris une grande inspiration. Ça ne m'aida pas du tout à me calmer ni à apaiser ma colère, pourtant, je n'avais pas vraiment d'autre choix. Je ne voulais *pas* que Saylor pose de questions. Je ne voulais pas qu'elle voie le visage de cette femme ni qu'elle entende sa voix.

Maya se redressa quand je sortis dans le couloir. Cette femme ne manquait pas de culot. Je refermai la porte derrière moi et croisai les bras.

— Qu'est-ce que tu veux ?

— J'ai besoin de ton aide.

J'éclatai de rire en basculant la tête en arrière.

— Tu as besoin de *mon* aide ? Quelle bonne blague. Et ta *foutue fille* ? Tu ne penses pas qu'elle aurait eu besoin de ton aide ces quatre dernières années ? Tu as un sacré culot de te pointer devant ma porte pour dire que tu as besoin de moi.

Maya détourna le regard.

— Je n'avais pas prévu d'avoir un bébé. Quand j'ai découvert que j'étais enceinte, j'ai pensé que je pourrais gérer, mais ça n'a pas été le cas. Cette enfant est mieux sans moi.

Je me penchai pour me retrouver devant son visage.

— *Saylor*. Cette enfant a un foutu prénom. Et tu as plutôt intérêt à croire qu'elle est mieux sans une femme qui n'a eu aucun scrupule à laisser sa chair et son sang à un homme qu'elle n'avait vu qu'*une seule* fois. Tu n'as même pas appelé pour prendre de ses nouvelles, bon sang. Où est-ce que tu étais pendant quatre ans ? J'ai engagé un détective privé pour te retrouver.

— Tu es son *père*, pas un inconnu.

— Alors quoi ? Le tueur en série de Green River a tué quarante-neuf femmes. Il avait un enfant, lui aussi, rétorquai-je en secouant la tête. Même si là, tout de suite, je commence à comprendre comment quelqu'un peut être un parent *et* un assassin.

Maya fronça les sourcils.

— J'avais prévu de revenir. J'avais juste besoin d'une pause, et je n'avais personne vers qui me tourner. Le bébé n'arrêtait pas de pleurer, et j'ai pensé qu'une nuit de repos me ferait du bien. Mais une journée s'est écoulée, puis deux, puis une semaine. Et ensuite, j'ai commencé à retrouver ma vie.

— Comme c'est génial pour toi...

Elle secoua la tête.

— Écoute, Colby. Tu ignores beaucoup de choses sur moi. Pour commencer, je ne m'appelle pas Raven. C'était juste mon nom de scène.

— Oui, je sais. Raven ne m'a pas vraiment aidé quand le détective privé a essayé de te trouver, *Maya Moreno*.

— Oh. Eh bien, est-ce que tu sais que je ne suis pas là légalement ? J'ai profité d'un visa estival pour venir de l'Équateur quand j'avais dix-sept ans, et je ne suis plus repartie.

— Je le sais aussi. Tu veux me dire autre chose sur ta vie ?

Je haussai les épaules et ne lui laissai pas vraiment le temps de répondre avant de continuer.

— Non ? Parfait. Ces retrouvailles étaient sympas, mais tu ferais mieux de retourner d'où tu viens et d'oublier que j'existe. Profite bien du reste de ta vie, comme tu l'as déjà fait ces quatre dernières années.

Je me tournai et tendis la main pour saisir la poignée de la porte, mais Maya posa sa paume sur mon bras.

— Attends !

Je la fusillai du regard.

— Ne me touche pas, putain.

— D'accord, je ne te touche pas, accepta-t-elle en retirant sa main. Mais j'ai besoin d'un service. Je vois bien que tu es fâché. Et si on allait prendre un café demain matin pour discuter, après que tu auras eu un peu de temps pour te calmer ? Je pourrais tout t'expliquer à ce moment-là.

— *Je n'irai pas prendre un café avec toi*, lâchai-je d'un air méchant.

— Écoute, Colby, insista Maya en levant la voix. Tu vas devoir dépasser ton problème avec moi pour le bien de notre fille.

— C'est *ma* fille, rectifiai-je, les dents serrées.

Maya soupira.

— Je ne voulais pas faire ça comme ça.

Elle souleva le rabat de son sac à main et en sortit une épaisse enveloppe brune qu'elle me tendit.

Je continuai à lui lancer un regard noir, les bras croisés, sans même essayer de la lui prendre.

Elle leva les yeux au ciel.

— Je serai au café au coin de la rue demain matin à huit heures. Si tu n'es pas là...

Elle lâcha l'enveloppe par terre, entre nous.

— ... je remplirai ces papiers à neuf heures.

Je m'étais assis à la table de la cuisine avec une bouteille de whisky et un verre désormais vide, quand Billie sortit de la chambre de Saylor et vint s'asseoir sans bruit à côté de moi.

— J'ai réussi à la rendormir.

— Merci.

Elle hocha la tête.

— Parle-moi. Qu'est-ce qui se passe, Colby ? Je pensais que la mère de Saylor n'était pas présente.

— Elle ne l'était pas. Tu connais toute l'histoire. Je l'ai rencontrée dans un club de strip-tease à Halloween il y a quelques années. Elle est rentrée avec moi. On a couché ensemble un seul soir, et elle est partie le lendemain matin en me laissant un faux numéro. L'unique fois où je l'ai revue, c'est quand elle s'est pointée devant ma porte avec un bébé en disant que c'était le mien, et que je devais m'occuper d'elle parce qu'elle avait un entretien d'embauche important. Elle s'est enfuie aussi vite qu'elle est arrivée.

Je secouai la tête.

— Je ne l'ai pas revue ni n'ai entendu parler d'elle depuis. J'ai essayé de la chercher après sa disparition, mais elle est entrée ici illégalement, alors il était facile de disparaître sans laisser de traces.

— Qu'est-ce qu'elle t'a dit dehors ?

Je remplis mon verre avec du whisky en secouant la tête.

— Pas grand-chose. Elle a juste dit qu'elle avait besoin d'un service. Je me suis énervé sur elle. Ensuite, elle a menacé de remplir ces papiers si je ne la retrouve pas demain à huit heures au café au coin de la rue, ajoutai-je en désignant l'enveloppe, avant de lever mon verre et de boire.

Ça brûlait, mais pas suffisamment.

— Qu'est-ce qu'il y a dans l'enveloppe ?

— Je te laisse regarder, répondis-je en posant de nouveau les yeux dessus. Je ne peux pas prononcer ces mots…

Billie sortit la liasse de papiers. Sa tête bougea légèrement de gauche à droite lorsqu'elle examina les feuilles imprimées. Je vis à quel moment elle lut le sous-titre. Ses yeux s'écarquillèrent et elle redressa brusquement la tête.

— Une demande de garde ?

J'avais envie de vomir en entendant ça.

— Colby, oh, mon Dieu, elle est sérieuse ?

Je secouai la tête.

— On dirait bien. J'ai seulement survolé les papiers, mais elle a des déclarations sous serment de médecins attestant qu'elle a souffert de dépression post-partum et que c'est la raison de son départ. Il y a aussi des conneries sur le fait qu'elle aurait été inquiète à propos de la sécurité de son bébé. Et même un certificat là-dedans qui dit qu'elle a pris des cours de parentalité. Comme si quelqu'un pouvait nous apprendre à aimer nos enfants et à les protéger en donnant notre vie pour eux, ou encore à rester éveillé toute la nuit pour les surveiller quand ils ont de la fièvre, ou même à oublier qu'on avait une vie avant eux. Des foutus cours.

— Oh, Colby…

Billie prit ma main sur la table.

J'avais été tellement en colère ces quinze dernières minutes. Pourtant, ce petit contact fissura mon armure. Je sentis toute ma nervosité s'échapper par cette fissure.

Je continuai à baisser les yeux en secouant la tête.

— Ils ne peuvent pas faire ça, pas vrai ? Donner ma fille à une femme qui a tourné le dos à son enfant et qui n'a jamais appelé pour prendre de ses nouvelles ? Dis-moi qu'ils ne peuvent pas.

Je déglutis et sentis un goût salé.

Billie secoua la tête. Elle avait l'air si triste.

— Je ne sais pas, Colby. Mais j'ai une amie dont son enfant n'a pas vu son père pendant cinq ans, et ils lui ont accordé un droit de visite. Il était toxico et a arrêté, alors c'est un peu différent.

— Différent de quoi ? D'une femme qui a une lettre de son médecin jurant qu'elle faisait une dépression post-partum ? Les deux sont des maladies, non ?

Billie serra ma main.

— Ralentissons un peu. Je pense qu'on s'avance en essayant de deviner ce qu'un juge fera. On n'en viendra peut-être même pas à ça. Tu as dit qu'elle n'a pas encore rempli les papiers, c'est ça ?

— Je ne crois pas. Elle a dit que si je ne la rejoignais pas à huit heures, elle les remplirait à neuf heures.

— Pourquoi elle veut te voir à huit heures ?

— Je n'en sais absolument rien.

— Eh bien, je pense qu'il faut que tu le découvres…

Je dormis à peine.

Finalement, Billie était rentrée chez elle. Elle avait dit qu'elle voulait me laisser du temps pour réfléchir, et je n'avais pas vraiment lutté. Je n'aurais pas été de bonne compagnie, de toute manière. Quel renversement de situation. Un instant, j'étais plus heureux que jamais avec ma copine qui allait passer la nuit chez moi, avec Saylor et Billie qui s'adoraient clairement, et la femme que je pensais faire fuir avec mon quotidien se jetait dans mes bras justement pour cette raison. Puis il y avait eu les coups à la porte.

Les foutus coups.

La femme qui se trouvait de l'autre côté était celle qui avait bouleversé mon existence quatre ans plus tôt. Et elle essayait de recommencer.

Maya.

Il n'y avait donc pas de limite concernant le nombre de fois où on pouvait faire des coups bas à un type avec qui on avait passé moins de huit heures dans sa vie ? Si ce n'était pas le cas, il faudrait que ça existe.

— Papa… Tu fais l'idiot ? demanda-t-elle en entrant dans la cuisine où j'étais en train de boire un café, tout en levant une paire de mes chaussettes.

Je fronçai les sourcils.

— Pourquoi tu as mes chaussettes, trésor ?

— Parce que tu les as laissées pour que je les mette quand tu as posé mes vêtements sur le lit, répondit-elle en souriant, avant de sortir quelque chose de derrière son dos. Et ça aussi !

Je clignai plusieurs fois des yeux. J'avais vraiment fait ça ? J'avais laissé mes sous-vêtements et mes chaussettes à la place de ses affaires à elle ? Il fallait croire que oui.

Saylor inclina la tête.

— Tu es triste, papa ?

Mince.

— Non, ma chérie, je ne suis pas triste. Je suis juste un peu fatigué, c'est tout.

La dernière chose que je voulais, c'était inquiéter ma petite fille avant de la déposer à l'école. Alors je la pris dans mes bras, j'arborai mon plus beau sourire forcé, et elle se mit à rire.

— Je me demandais pourquoi mes sous-vêtements étaient si serrés qu'ils rentraient dans mes fesses. Il faut croire que c'est parce que ce sont les tiens…

Saylor écarquilla ses yeux brillants.

— Tu n'as pas vraiment mis *ma* culotte, papa, pas vrai ?

— Je ne sais pas. Est-ce que tu en as une rose avec des petits papillons violets dessus ?

Elle hocha rapidement la tête.

— Hmm. D'accord, eh bien, c'est une bonne chose alors, parce que la mienne est noire sans aucun papillon, l'informai-je en frottant mon nez au sien. Tu ne penses pas vraiment que je rentrerais dans ta culotte, n'est-ce pas ?

Elle rit de nouveau, et j'eus l'impression qu'on avait appliqué un baume apaisant sur la blessure à vif dans mon cœur. Je la portai jusque dans sa chambre, puis j'ouvris le tiroir de sa commode pour en sortir une culotte et des chaussettes.

— Tiens. Mais tu ferais mieux de te dépêcher. Il nous reste à peine dix minutes avant de devoir partir à l'école.

— D'accord, papa.

Une demi-heure plus tard, j'arrivai au coin de la rue après avoir déposé Saylor. J'étais à la fois amer, en colère, et j'avais surtout peur en ouvrant la porte du café et en regardant à l'intérieur.

Maya leva sa main en souriant, et me fit signe comme si nous étions des amis se retrouvant pour prendre le petit déjeuner ensemble. *Elle est sérieuse ?* Je pris une grande inspiration, avant d'avancer jusqu'à la table. Mon visage était tout sauf amical.

— Bonjour, Colby.

La première chose que je remarquai, c'était qu'elle n'était pas habillée comme hier soir. Aujourd'hui, elle portait un tailleur, tandis que la veille, elle était vêtue d'un jean et d'un haut dont je ne me souvenais même pas. Je savais seulement qu'elle avait porté une tenue informelle, alors que là, on aurait dit qu'elle était en mode travail. Ses cheveux noirs étaient attachés, et elle portait une paire de lunettes à monture épaisse. Je ne savais même pas qu'elle portait des foutues lunettes.

Je hochai la tête et m'assis.

— Qu'est-ce que tu veux ?

La serveuse s'approcha.

— Je vous sers du café ou du jus de fruits ?

— Rien pour moi, merci, la renvoyai-je. Je ne reste pas longtemps.

Maya sourit à la femme.

— Je vais prendre un café avec du lait et du sucre, s'il vous plaît.

J'attendis à peine que la serveuse parte.

— Alors, qu'est-ce que tu attends de moi ?

— J'ai besoin que tu te maries avec moi, lâcha-t-elle en croisant ses mains devant elle. Ils essaient de m'expulser.

J'arquai brusquement les sourcils.

— Tu es défoncée ?

— Non, je suis parfaitement sobre.

— Alors juste folle ? Je ne vais pas *t'épouser*, putain. Je ne peux pas te voir.

— Si tu le fais, je signerai les papiers pour que tu aies la garde exclusive de Saylor. Mon avocat m'a informée que j'avais deux moyens de rester dans ce pays à ce stade : soit je remplis le dossier pour obtenir la garde de mon enfant et je demande une carte verte en tant que représentant légal principal de ma fille, soit j'épouse un citoyen américain. Tu es le choix le plus logique, et il paraît qu'on passerait facilement les démarches d'immigration si on disait qu'on était ensemble depuis la conception de Saylor.

Je la fixai un long moment avant de reprendre la parole.

— Saylor va bien. Merci de poser la question.

Maya prit une grande inspiration, avant d'expirer.

— J'essaie de laisser mes émotions en dehors de tout ça, Colby.

— Comme c'est noble de ta part. Ça doit être sympa de pouvoir considérer son enfant comme rien d'autre qu'une transaction commerciale que tu peux marchander.

La serveuse revint avec du café et en servit une tasse à Maya, puis elle nous regarda tour à tour.

— Vous êtes prêts à commander ?

— On a encore besoin de quelques minutes, s'il vous plaît, répondit Maya en secouant la tête.

— Pas de souci.

Je me penchai en avant.

— Tu n'as même pas *envie* d'avoir sa garde, pas vrai ?

— Comme je te l'ai dit, je pense qu'il vaut mieux qu'on laisse nos émotions en dehors de tout ça. Rendons les choses plus simples. J'ai besoin d'un service. Épouse-moi, et dès que j'obtiens ma carte verte, on divorcera et tu n'auras plus jamais à t'inquiéter de cette histoire de garde.

Je la fusillai du regard.

— Ça ne m'inquiète pas à l'heure actuelle. Aucun juge ne t'accorderait sa garde.

— Tu parles avec tes émotions parce que tu te sens menacé.

— Va te faire foutre, lançai-je en levant la tête.

— Renseigne-toi, Colby. Consulte un avocat spécialisé en droit de la famille. Peu importe la personne que tu iras voir, elle te dira que j'obtiendrai un droit de visite une fois que j'aurai rempli ces papiers. Ce sera peut-être limité au début, mais les tribunaux aiment que les mères soient présentes dans la vie de leurs enfants, surtout quand il s'agit d'une petite fille. Par la suite, quand je ferai tout correctement et qu'il se sera écoulé un peu de temps, j'aurai droit à la garde partagée.

— Tu serais prête à bouleverser la vie d'une petite fille pour servir tes propres intérêts sans même hésiter un instant ? Tu l'as déjà abandonnée, ça ne te suffit pas ?

Maya retira des poussières imaginaires sur son pantalon.

Je ne pouvais plus supporter ça. Sa nonchalance me faisait enrager. Je me levai en faisant racler bruyamment la chaise sur le carrelage.

— Je n'ai plus rien à faire ici.

Maya agrippa mon poignet quand je me tournai.

— Va voir un avocat, insista-t-elle. Fais confirmer ce que je t'ai dit. Ensuite, rejoins-moi ici à la même heure dans une semaine. Je garde les papiers jusque-là. Je me rends compte que ça fait beaucoup à digérer pour toi.

Je retirai mon poignet et la regardai droit dans les yeux.

— Va te faire foutre.

— Même heure la semaine prochaine, Colby. À bientôt.

CHAPITRE 18

Billie

C'était l'une de ces journées où il pleuvait tellement qu'on aurait presque dit qu'il faisait nuit. La météo correspondait parfaitement à mon humeur. J'avais aussi fait tomber des choses toute la matinée. Deek m'avait regardée bizarrement à chaque fois. Ce serait génial si j'arrivais à survivre à cette journée de travail sans devenir dingue. Heureusement, je n'avais pas encore raté de tatouage, mais la journée était loin d'être terminée. Depuis ce matin, je n'avais pas été capable de penser à autre chose qu'à Colby qui devait rejoindre la mère de Saylor.

Maya. Elle avait désormais un prénom et un visage. Un visage que j'avais envie de frapper.

Tout allait tellement mieux quand elle n'était qu'un fantôme du passé, quelqu'un que je pouvais ignorer. Tout s'était passé si vite hier soir que j'avais à peine pu voir à quoi elle ressemblait. Mes priorités étaient ailleurs. À savoir, protéger Saylor pour qu'elle ne se rende pas compte que sa mère était une horrible personne.

Finalement, Deek et moi parvînmes à prendre une pause entre deux clients, ce qui lui laissa l'occasion de m'interroger à propos de mon comportement bizarre. Je ne lui avais pas encore expliqué ce qui se passait.

Il arriva derrière moi et secoua mes épaules.

— Qu'est-ce que tu as aujourd'hui ? Il s'est passé quelque chose avec Colby ?

— On peut dire ça... soupirai-je.

— Je savais que je n'aurais pas dû faire confiance à un type qui n'est pas tatoué, répliqua-t-il en plissant les yeux. Est-ce que je dois aller lui régler son compte ?

— Crois-moi, tu ne pourrais pas le faire aller plus mal qu'à l'heure actuelle.

Je pus lire un air préoccupé sur son visage.

— Oh oh. Ça a l'air inquiétant. Crache le morceau.

Je lui racontai tout. D'habitude, Deek trouvait toujours quelque chose à dire sur tout. Mais cette fois-ci ? Il resta bouche bée pendant un long moment.

— Tu penses qu'elle veut quoi ? finit-il par demander.

— Je ne sais pas. Elle a agité les papiers de demande de garde sous son nez pour le pousser à venir la voir, alors il y a forcément quelque chose. Il va passer tout à l'heure pour me tenir au courant.

— Waouh, lâcha Deek en regardant au loin. Cette fille est vraiment une ordure... Disparaître pendant tout ce temps, puis revenir sans prévenir comme ça ?

Je soufflai.

— On a passé une super soirée ensemble avant qu'elle arrive. Tous les trois. C'était la première fois que je pouvais voir...

Je ne finis pas ma phrase.

— Que tu faisais partie de leur famille ?

Je hochai la tête et les larmes me montèrent aux yeux. Je ne voulais pas pleurer, mais il valait mieux faire ça maintenant plutôt que devant Colby. Il avait besoin que je sois forte et que je ne rende pas les choses encore plus difficiles. Il ne devrait pas avoir à s'inquiéter pour moi et mes sentiments à un moment comme celui-ci.

— Tu t'inquiètes que ça puisse avoir un impact sur ta relation avec lui ? m'interrogea-t-il.

— Je ne m'en fais pas du tout pour Colby et moi, avouai-je en secouant la tête. Le bien-être de Saylor est tout ce qui me préoccupe. Je n'imagine pas un scénario où elle serait forcée à passer du temps avec cette inconnue. Ou pire encore, qu'elle soit enlevée à Colby. Ces deux-là ne sont rien l'un sans l'autre. Ça ne peut pas arriver. Même pas de temps en temps. Ce n'est pas envisageable, Deek !

Il secoua lentement la tête.

— Je n'aime pas ça. Une personne qui sort de nulle part pour menacer Colby est probablement capable de tout.

— Exactement. Qui fait ça ?

— Une garce maléfique, répondit-il.

Je frottai mes tempes.

— Je donnerais tout pour que tout ça s'arrête.

— Eh bien, je connais un type... me taquina-t-il.

— Ultime recours, répliquai-je en riant.

— Mais écoute. Ne panique pas tant que tu n'as pas entendu ce qui s'est passé.

Je soupçonnais que le « petit déjeuner » de Colby avec Maya allait seulement empirer les choses, pas les arranger.

— Tu sais, on a parfois un mauvais pressentiment dont on n'arrive pas à se débarrasser...

— Oui...

— C'est ce que je ressens à propos de leur rendez-vous d'aujourd'hui. Je sais qu'il va venir ici et m'annoncer quelque chose que je ne veux pas entendre. Je le ressens au plus profond de moi.

— Vu comme ça t'affecte, je me rends compte à quel point tu tiens à cette petite fille, et à quel point elle aurait de la chance de t'avoir dans sa vie.

— C'est moi qui aurais de la chance, Deek. Vraiment.

Il me prit dans ses bras.

— Peut-être qu'en fin de compte, tu veux des enfants, hein ?

Je serais capable d'adopter Saylor dans la minute si ça pouvait faire disparaître cette femme.

— Peut-être, confirmai-je en souriant. Je ne suis pas encore certaine de vouloir donner naissance, mais être la mère de cette gentille petite fille serait un plaisir.

Je soupirai.

— C'est sûr qu'elle mérite mieux que celle qui l'a mise au monde.

Je repensai à ma brève première impression de Maya.

— J'ai du mal à croire que cette inconnue ait donné la vie à Saylor. Je pense que jusqu'à maintenant, je l'avais en quelque sorte imaginée comme de la neige sur un écran de télévision. Rien de clair. Juste un bruit de fond.

— Elle ressemble à quoi ?

— Je n'ai pas vraiment eu l'occasion de bien la voir, révélai-je en haussant les épaules. Elle était belle. Enfin, j'ai toujours su qu'elle le serait parce que Colby était sorti avec elle. Elle avait de longs cheveux foncés. Aussi longs que moi, mais pas aussi noirs. Elle ne ressemblait pas vraiment à Saylor. Ça m'a fait prendre conscience à quel point la petite tient de son père. J'aurais pu mieux la voir si je ne m'étais pas autant concentrée sur le fait de m'assurer que Saylor ne remarque pas que quelque chose n'allait pas.

— C'est compréhensible, oui. De ce point de vue-là, c'était une bonne chose que tu aies été présente.

Je frottai mes yeux.

— Bon sang, je n'imagine même pas si ça n'avait pas été le cas.

Justine revint de sa pause et interrompit notre conversation. J'étais proche d'elle, mais je ne voulais pas encore tout ressasser, et Deek savait se taire sans que j'aie besoin de le lui demander.

Quelques minutes plus tard, nos prochaines clientes arrivèrent. Ironiquement, il s'agissait d'une mère et de sa fille venues se faire des tatouages assortis. L'univers avait un drôle de sens de l'humour parfois. Je faillis pleurer en leur tatouant la même phrase : *Je t'aime encore plus*. La relation mère-fille était inégalable. Moi qui n'avais pas la meilleure mère du monde, j'avais toujours eu envie de plus. Peut-être que le seul moyen serait de devenir mère à mon tour.

La journée traîna en longueur alors que j'attendais que Colby passe après le travail. J'avais fait exprès de ne pas lui envoyer de message, car je ne voulais pas qu'il se sente obligé de tout expliquer par téléphone, alors que je savais qu'il avait prévu de tout me dire en personne.

Après la fermeture du salon, Deek resta avec moi jusqu'à son arrivée.

Quand mon homme passa enfin la porte, ses yeux étaient rouges et creusés. Sa cravate était de travers et ses cheveux ébouriffés, probablement parce qu'il avait tiré dessus. Ça ne sentait vraiment pas bon.

Je me précipitai vers lui et le pris dans mes bras. Je savais qu'il avait besoin de ça avant tout. Pour une fois, Deek resta silencieux. Ce n'était pas le moment de parler, et il le savait.

— Je vais verrouiller la porte derrière moi, m'informa mon ami, et je jetai un coup d'œil dans sa direction par-dessus l'épaule de Colby.

— Merci, soufflai-je en hochant la tête.

Après son départ, je reculai et posai mes mains sur les joues de Colby, avant d'attirer son visage à moi pour déposer un baiser sur son front.

— Peu importe ce qui arrive, ça va aller, murmurai-je.

Il lui fallut quelques minutes pour se mettre à parler. J'avais tellement envie qu'il me dise ce qui s'était passé. Toutefois, quand il prit enfin la parole, j'aurais préféré ne jamais entendre ces mots.

— Elle veut que je me marie avec elle.

Je faisais les cent pas. Après que Colby m'avait raconté toute l'histoire, tout ce que je pouvais faire, c'était marcher. Si je ne bougeais pas, j'allais faire quelque chose de stupide, comme envoyer une chaise par la fenêtre. Je n'avais jamais été si en colère de toute ma vie.

Pendant ce temps, Colby était assis, la tête entre les mains.

— Je n'en reviens pas du culot de cette femme, crachai-je.

Il leva les yeux vers moi.

— Je ne l'épouserai pas.

Si seulement c'était si simple et que cette phrase pouvait la faire disparaître.

— Sauf qu'elle a dit que si tu jouais la comédie, elle signerait les papiers pour te donner la garde exclusive, Colby. Tu dois au moins y réfléchir, même si c'est difficile à avaler.

— Je ne peux pas l'épouser, putain, lâcha-t-il, les dents serrées.

— Tu préfères devoir te battre pour avoir la garde ?

— Est-ce que tu es en train de me convaincre de céder ?

— Je ne sais pas, avouai-je en tirant sur mes cheveux. Je ne sais pas ce que je fais. J'ai l'impression d'être au milieu d'un cauchemar.

Je cessai de faire les cent pas un instant.

— Écoute, je suis la dernière personne à vouloir que tu approches cette femme. Rien que de l'imaginer, ça me dégoûte. Voilà pourquoi l'idée de pouvoir la faire partir définitivement est si attrayante. Souffrir un peu pour un gain important. Ne plus avoir à s'inquiéter qu'elle revienne te menacer.

Les mains de Colby tremblaient. Je le rejoignis aussitôt et les portai à ma bouche, les couvrant de baisers. Je ne l'avais jamais vu comme ça. Je m'inquiétais pour sa santé mentale dans les semaines à venir. Quelle que soit la décision qu'il prendrait, ça n'allait pas être facile.

— On va trouver une solution, murmurai-je. Elle a dit que tu avais une semaine pour prendre une décision, c'est ça ?

— Oui, confirma-t-il d'une voix à peine audible.

— Bon... repris-je en relevant sa tête. Regarde-moi, Colby. On va prendre cette décision ensemble, d'accord ? On n'est pas obligés de faire ça tout de suite. Il est inutile de réagir de manière excessive avant que tu aies pu parler à un avocat spécialisé en droit de la famille, pas vrai ? Peut-être qu'on ignore quelque chose qui pourrait influencer les choses d'une façon ou d'une autre.

Colby se contenta de hocher la tête. C'était comme s'il m'entendait, mais qu'il n'enregistrait rien. Il fallait que je passe au niveau supérieur et que je sois encore plus forte pour nous deux. Pour résumer, il fallait que je joue un rôle, car je me sentais tout sauf forte en ce moment même.

Je me redressai et frappai dans mes mains.

— OK ! Voilà ce qu'on va faire, monsieur Lennon.

Il leva les yeux.

— On va monter tous les deux pour libérer la nounou, on va serrer mademoiselle Saylor dans nos bras, et on va commencer le processus consistant à se détendre après cette journée horrible. Tu vas passer du temps avec ta fille, et je vais m'occuper du repas.

— Tu n'es pas obligée de…

— Chut, l'interrompis-je en posant mon doigt sur sa bouche. Si. Je veux que tu te détendes ce soir, et ensuite on va tous les trois manger un bon repas ensemble. Quand elle sera couchée, je te laisserai m'emmener dans ta chambre pour me faire ce que tu veux.

Ses yeux s'éclairèrent pour la première fois.

— Je viens juste de vivre le pire jour de ma vie, et tu es en train de me dire que la sodomie va régler les choses ? demanda-t-il en arborant un sourire. Tu as peut-être raison.

— Là, je te reconnais, répondis-je en riant. C'est le sourire que j'aime.

Je savais que rien ne pourrait résoudre le problème ce soir, mais si je pouvais le faire sourire ne serait-ce qu'un instant, j'accomplissais ma mission.

Je n'étais pas la meilleure cuisinière qui soit, mais je ne voulais pas rater ce repas. Il était important pour moi que notre dîner soit fait maison pour contrebalancer cette journée glaciale. Il y avait quelque chose de foncièrement consolateur dans un repas préparé maison. Alors par précaution, j'optai pour un plat de spaghettis avec de la salade et des artichauts grillés, une association que je me faisais souvent quand je passais la soirée seule et que j'avais envie de nourriture réconfortante.

Je me trouvais devant le plan de travail, en train de remuer la sauce tomate, pendant que Saylor coloriait à table, quand Colby arriva derrière moi et enroula ses bras autour de ma taille.

— Merci pour tout, me souffla-t-il à l'oreille. J'ai envie de te dire quelque chose, mais je ne veux pas que ce soit terni par cette journée. Je ne veux pas te le dire pour la première fois aujourd'hui.

Des frissons parcoururent mon corps. *Je t'aime aussi, Colby.* Je ne m'étais pas rendu compte à quel point avant que ce bordel se produise.

Il retourna à table pour dessiner des animaux avec sa fille. Ils avaient environ cinq minutes avant que je leur fasse ranger les crayons et les feuilles pour que nous puissions nous préparer à passer à table.

Colby m'aida à mettre le couvert, puis nous nous installâmes tous les trois pour prendre un bon repas paisible avec nos pâtes. Colby et moi fixâmes un peu plus Saylor que d'habitude pendant qu'elle engloutissait ses spaghettis, comme si cette action simple était la chose la plus fascinante qu'il nous ait été donné de voir. Son visage fut vite recouvert de sauce tomate. Je surpris les yeux brillants de Colby, et ça me brisa le cœur. Rien ne pouvait alléger ma peine ce soir.

Le repas fut interrompu par un coup frappé à la porte.

— C'est qui ? demandai-je, le ventre noué.

— Je ne sais pas, mais cette fois-ci, je ne vais pas oublier de vérifier dans le judas, répondit Colby en se levant.

Le soulagement m'envahit en voyant les garçons. Bon sang, j'avais l'impression d'avoir un choc post-traumatique après la soirée d'hier. Pourrais-je un jour entendre quelqu'un frapper à cette porte sans me souvenir de ce moment ?

— Holden nous a tout raconté, déclara Owen en entrant.

Il tenait un sachet d'ailes de poulet, et ça me fit rire. Comme si ça pouvait arranger les choses.

— On ne peut pas en parler pour l'instant, si tu vois ce que je veux dire, répliqua Colby en désignant Saylor d'un signe de tête.

— On parlera en langage codé, répondit Holden.

— Comment tu vas, Billie ? demanda Brayden.

Je soupirai en haussant les épaules.

— Tu dois savoir...

— Oui, je sais, murmura-t-il d'un air compatissant.

— Je t'ai apporté ta bière préférée, indiqua Holden en la tendant à Colby.

— Merci, mec, c'est gentil.

Colby la rangea dans le frigo, avant de revenir à table.

— Et des donuts pour Saylor ! ajouta Brayden en levant la boîte qu'il avait à la main.

La petite sauta sur sa chaise.

— Oui ! Des donuts !

Malgré tous leurs efforts pour nous remonter le moral, l'ambiance resta sinistre.

Holden tira une chaise et se racla la gorge.

— Bon, il faut vraiment qu'on fasse quelque chose à propos du problème d'ordures de ces derniers temps.

Brayden croisa ses bras.

— Oui, il faut qu'on se débarrasse des ordures.

Il fallait croire que le langage codé avait démarré.

— On a décidé de ne pas parler ce soir de si on garde les ordures ou si on les jette, les informa Colby. On essaie de laisser d'abord les choses se tasser un peu.

Owen, qui était encore en tenue de travail, comme d'habitude, intervint à son tour.

— D'accord, mais je vais quand même dire une chose. Parfois, quand on garde les ordures, ça pue vraiment. Je pense qu'il vaut mieux ne pas les garder du tout, craquer une allumette dedans et lutter de toutes tes forces. Laisse tout ça brûler. On a aussi de l'argent de côté pour les urgences sanitaires de ce genre.

— J'entends bien, et c'est gentil. Vraiment. Mais il y a aussi un risque si on met le feu aux ordures, indiqua Colby en soupirant longuement. Ça peut exploser.

— C'est vrai, confirma Holden. Et je veux juste préciser quelque chose. Si jamais tu as besoin d'aide pour séduire et manipuler l'ordure en question, tu n'as qu'un mot à dire.

Brayden ricana.

— Tu crois que tu peux résoudre tous les problèmes avec...

— Ton sourire, intervint Colby, avant de le fusiller du regard. Brayden, surveille ton langage.

Celui-ci se mit à rire.

— J'allais dire broyeur à ordures.

Colby rit à son tour, ce qui était agréable à voir. Il avait de la chance d'avoir ces hommes dans sa vie. Aussi compliquée que soit cette situation, ce serait bien pire si Colby n'avait aucun soutien.

— J'adore les camions poubelles ! annonça Saylor, en essayant clairement de comprendre de quoi parlaient ses oncles fous.

— Ah oui ?

Holden chatouilla ses côtes.

— Oui, confirma-t-elle en faisant tourner sa fourchette dans le reste de ses pâtes.

— Saylor adore regarder le camion poubelle venir récupérer les ordures pour les emmener, pas vrai, trésor ? l'interrogea Colby en la regardant avec adoration.

Elle hocha la tête.

— On peut le voir par la fenêtre !

Owen feignit l'enthousiasme.

— C'est trop cool, Saylor. Je me souviens que j'aimais beaucoup regarder aussi quand j'étais petit.

Holden donna un coup sur la table.

— Bon, fini de parler d'ordures, lança-t-il. Ouvrons les bières.

Les garçons restèrent pendant une demi-heure, avant de tous partir en même temps. J'insistai pour nettoyer pendant que Colby faisait prendre son bain à Saylor. Je pouvais entendre les bruits d'eau et les rires au loin. Ah, la douce ignorance de ne pas savoir que sa soi-disant mère était en train d'essayer de détruire la vie de son père. J'espérais que Saylor ne découvrirait jamais ce qui était en train de se passer.

Quand ils me rejoignirent, j'observai Colby se joindre à elle par terre pour jouer avec ses poupées Barbie. Il avait Ken à la main, et à la demande de Saylor, il faisait semblant d'être le patron de Barbie au zoo. Sa Barbie à elle était une gardienne de zoo venant de Mars.

À un moment donné, Colby posa soudain Ken pour serrer fort sa fille dans ses bras. Cette petite ignorait totalement toutes les émotions qui devaient se bousculer dans la tête de son père ce soir. Des pensées terrifiantes envahissaient mon esprit aussi. Il y avait tellement de questions sans réponses. Est-ce que Maya serait capable de quitter le pays avec Saylor ? Ça le tuerait.

Colby ferma les yeux, et je compris qu'il priait en silence. Moi aussi je l'avais fait. Enfin, c'était plutôt une promesse. *Billie, tu vas faire tout ce qui est en ton pouvoir pour t'assurer que cet homme ne perde jamais sa fille. Peu importe le prix.*

C'était une vérité difficile à avaler. Parce qu'à ce moment-là, je savais que je ne me mettrais pas en travers de son chemin s'il n'avait pas d'autre choix que d'épouser cette garce, même si ça me tuait.

CHAPITRE 19

Phillip Dikeman, mon avocat spécialisé en droit de la famille, fronça les sourcils en secouant la tête.

— J'aurais aimé que tu viennes plus tôt, Colby.

— Maya a réapparu il y a seulement quatre jours, et c'est le premier rendez-vous qui était disponible pour te voir.

Il lança sur son bureau la requête qu'elle m'avait donnée.

— Je veux dire, avant que la mère de Saylor revienne dans ta vie.

— Pourquoi est-ce que je serais venu avant qu'elle réapparaisse ?

— Parce qu'on aurait pu lui retirer ses droits parentaux pour abandon. New York ne réclame que six mois d'absence pour déposer une demande de résiliation des droits.

Je passai une main dans mes cheveux.

— Putain, je n'en savais rien. Quand tout ça s'est passé, j'ai rencontré l'avocat de mes parents. Il m'avait conseillé de demander la garde exclusive tout de suite, mais je pense que je m'attendais encore à ce que la mère de Saylor revienne. Quand il est devenu évident que ça n'arriverait pas, notre vie s'est simplement mise en place. Personne ne m'a jamais demandé de prouver que j'avais la garde de ma fille, et je ne sais pas... Il s'est passé une journée, puis une semaine, et d'un seul coup, ma fille a eu quatre ans.

Phillip sourit et désigna une photo encadrée sur une étagère derrière son bureau.

— À qui le dis-tu. La mienne vient juste d'aller au cinéma avec un garçon hier soir. Je pourrais jurer qu'elle avait encore quatre ans hier.

— Je suis foutu, hein? demandai-je en secouant la tête.

— Je vais être honnête avec toi. Si elle est capable de prouver tout ce qui est dans sa requête, et je vais supposer que c'est le cas pour le moment, alors il y a de grandes chances que le tribunal lui accorde un droit de visite. Ce sera limité et sous supervision, du moins au début. Mais peu importe le juge, il va devoir faire la balance entre ce qui est dans l'intérêt de l'enfant, et pénaliser un parent pour les erreurs qu'il a commises. Et priver une mère de voir sa fille parce qu'elle se faisait traiter pour des problèmes de santé mentale – surtout si elle est restée loin de l'enfant de peur de ne pas être un bon parent – n'est pas quelque chose qu'un juge voudrait faire, à moins que ce soit absolument nécessaire.

— Mais ce sont des conneries! Elle n'est pas restée loin de Saylor à cause de sa santé mentale! Elle me l'a avoué. Elle est restée loin parce qu'elle préférait sa vie sans enfant. La seule raison pour laquelle elle est revenue, c'est parce qu'elle a *besoin* de quelque chose. Ça n'a rien à voir avec le fait que ma fille soit mieux avec sa mère dans sa vie. Honnêtement, même si je déteste Maya, si elle était revenue avec un vrai désir de voir sa fille, qu'elle avait vraiment eu des soucis de santé mentale et qu'elle regrettait d'être partie comme ça, je ne suis pas sûr que j'essaierais de les séparer. Saylor *mérite* d'avoir une mère. Mais cette femme ne mérite pas Saylor. Elle fait ça pour les mauvaises raisons, et je dois faire tout ce qui est en mon pouvoir pour protéger ma fille de cette personne diabolique.

Phillip hocha la tête.

— Je comprends. Vraiment. Et je suis totalement partant pour qu'on s'oppose à sa demande. Je ne veux pas que tu penses le contraire, Colby, mais les papiers qu'elle t'a donnés racontent une histoire différente de celle que tu me décris. Des professionnels jurent qu'elle a souffert d'un trouble mental et qu'elle a travaillé dur pour aller mieux, pour le bien de son enfant. Qu'est-ce que tu as pour prouver que ta version est celle que le juge devrait croire ? Malheureusement, la plupart du temps, c'est ce qu'on peut *prouver* qui est vrai, même si ce n'est pas la vérité.

J'avais envie de vomir.

— Donc tu es en train de me dire que j'aurais dû enregistrer ce que Maya m'a dit ? Contrairement à elle, mon esprit ne fonctionne pas comme ça. La dernière chose que j'avais en tête quand elle est venue frapper à ma porte, c'était de préparer ma défense.

— Évidemment, acquiesça-t-il. Et je ne dis pas que tu aurais dû l'enregistrer. En fait, même si New York est un État d'autorisation unilatérale – c'est-à-dire qu'une seule personne doit consentir à l'enregistrement –, celui-ci ne serait pas admissible au tribunal, à moins qu'on puisse trouver une exception. Malheureusement, tout n'est pas noir ou blanc en justice. J'essaie juste d'exposer les choses telles qu'un juge va les voir. On peut tout à fait te faire témoigner que Maya a une idée derrière la tête, mais ce sera notre parole contre la sienne.

Je pris ma tête dans mes mains et tirai sur mes cheveux.

— Bon sang. C'est dingue. Qu'est-ce que je suis censé faire ? L'épouser ?

— Ce ne serait pas éthique de ma part de te conseiller de contracter un faux mariage dans le seul but d'obtenir une carte verte, mais puisque le sujet du mariage a été évoqué et que l'immigration n'est pas vraiment mon domaine, j'ai pris la liberté de joindre un avocat dont c'est la spécialité dans cet immeuble. Adam est un ami à moi, et il te recevra gratuitement. Au moins comme ça, tu auras toutes les informations dont tu auras besoin pour prendre une décision éclairée sur la suite des événements.

Une heure et demie plus tard, j'avais la tête qui tournait en sortant du bureau du deuxième avocat. J'avais envie de courir au magasin pour boire de l'alcool jusqu'à faire taire mes pensées, mais ma petite fille était chez mes parents, et je savais aussi que Billie avait hâte de savoir comment s'était passé mon rendez-vous. Alors je pris sur moi et j'allai chercher Saylor.

— Salut. Comment ça s'est passé ? demanda ma mère en ouvrant la porte.

Elle avait l'air presque aussi stressée que moi. Je n'aurais probablement pas dû tout lui raconter quand j'étais venu déposer ma fille tout à l'heure, mais un seul regard avait suffi à la convaincre que je lui cachais une maladie incurable.

J'entrai et observai autour de moi.

— Saylor fait la sieste ?

— Ton père l'a emmenée au parc, m'informa ma mère en secouant la tête.

J'acquiesçai et m'installai sur une chaise de la cuisine en poussant un long soupir.

— Je vais nous faire du thé, proposa ma mère.

— Merci.

Quelques minutes plus tard, elle déposa deux tasses sur la table et s'assit sur la chaise en face de moi.

— Est-ce que tu veux en parler ?

— Je veux remonter le temps et rester quatre jours en arrière pour toujours, répondis-je en fronçant les sourcils.

— Les nouvelles ne sont pas bonnes ?

Je fixai ma tasse de thé.

— Je n'arrive pas à croire ce qui est en train de se passer. Pour résumer, j'ai le choix entre tenter ma chance dans un combat pour obtenir la garde, ou épouser une femme que je déteste et risquer cinq ans de prison si je me fais prendre en train de me marier dans le seul but d'échapper aux lois de l'immigration.

— Oh, bon sang, lâcha ma mère en posant sa main sur son cœur.

— Je ne te le fais pas dire.

— Est-ce que l'avocat pense que tu pourrais obtenir la garde exclusive ?

Je secouai la tête.

— Il pense que Maya obtiendra un droit de visite. Ce qui signifie que je devrais expliquer qui elle est à Saylor, et que je prendrai le risque qu'elle disparaisse encore une fois quand elle aura obtenu ce qu'elle veut vraiment. Elle pourrait briser le cœur de Saylor, maman.

— Je n'aurais jamais pensé dire à mon fils d'empêcher une mère de voir sa fille, mais les raisons du retour de Maya me font peur aussi. On ne peut pas confier le bien-être de notre Saylor à une personne capable de se servir d'une enfant comme un pion pour obtenir ce qu'elle veut.

Je m'en veux de te dire de ne pas te battre pour ce qui est juste, mais parfois, on se fiche de qui gagne. La guerre en elle-même fait assez de dégâts.

Les larmes me montèrent aux yeux.

— Je ne sais pas quoi faire, mais je ne peux pas prendre le risque de faire souffrir Saylor.

— On dirait que tu as déjà fait ton choix, mon fils, déclara ma mère en couvrant ma main avec la sienne.

Je fermai les paupières.

— Combien de temps tu devrais rester marier ? me questionna-t-elle.

— J'ai vu un avocat spécialisé dans l'immigration, et il a dit que la procédure prend en moyenne neuf mois à partir du moment de la demande. On devrait passer des interrogatoires, et c'est là que vient le risque de se faire prendre. Mais l'avocat ne semblait pas trop inquiet pour ça étant donné que Maya et moi avons une fille de quatre ans. Il faut croire que ça aide à donner l'impression que ça fait un moment qu'on est ensemble.

Ma mère acquiesça.

— Eh bien, au moins, ça n'interromprait pas ta vie pendant très longtemps, indiqua-t-elle en se forçant à sourire. Le côté positif, c'est que tu es célibataire, alors il n'y aura pas de troisième personne impliquée qui risquerait d'être blessée.

Mon cœur se serra en croisant le regard de ma mère.

— J'ai rencontré quelqu'un, maman. J'allais te parler d'elle.

— Oh, Colby...

— Elle s'appelle Billie et elle est incroyable. On s'est tourné autour pendant un moment parce qu'elle voulait être sûre d'elle avant de s'engager avec quelqu'un qui a un enfant, mais je pense vraiment que ça pourrait être la bonne.

— Je suis ravie de l'apprendre, déclara-t-elle avec un sourire triste. Même si évidemment, le timing n'est pas idéal.

— En effet...

— Qu'est-ce que Billie pense de tout ça ?

— Je ne lui ai pas parlé de ce que les avocats m'ont dit aujourd'hui. Mais depuis le moment où Maya a frappé à ma porte, la priorité de Billie semble être de veiller sur Saylor. Cela dit, je ne sais pas si elle pourrait gérer la situation si je venais à épouser cette psychopathe. J'espère pouvoir lui parler une fois que Saylor dormira ce soir.

Ma mère et moi restâmes silencieux pendant un moment, puis elle serra ma main.

— On dirait que cette Billie connaît ses priorités. Et si tu laissais Saylor dormir ici ce soir ? On adore l'avoir avec nous, et je pense que tu as besoin d'un peu de temps pour toi.

— Ce serait génial, maman, acquiesçai-je. Je lui poserai la question quand elle reviendra avec papa, mais je suis sûr qu'elle sera contente de rester ici.

Une heure plus tard, je rentrai chez moi sans ma fille. Saylor avait sauté sur place tellement elle était contente de pouvoir dormir chez mes parents. C'était sûrement mieux comme ça, étant donné que ma fille était déjà une experte pour lire en moi. Puisque j'avais toute la soirée pour moi tout seul, je décidai de parcourir les deux kilomètres et demi jusqu'à chez moi à pied. C'était une belle soirée, et j'espérais que l'air frais pourrait m'aider à me vider la tête. En chemin, je m'arrêtai chez un fleuriste pour choisir un bouquet de fleurs sauvages pour Billie, puis je sautai le pas et achetai des raviolis frais et du pain, en pensant que je pourrais peut-être lui préparer à manger et la convaincre de passer la nuit avec moi. Lorsque j'arrivai chez Billie's

Ink, je n'avais résolu aucun de mes problèmes, mais j'avais trouvé ce dont j'avais besoin pour les douze prochaines heures : une soirée tranquille à la maison avec ma copine.

Justine me salua lorsque j'entrai dans le salon. Elle jeta un coup d'œil au gros bouquet dans mes mains et sourit.

— Elle est avec un client, mais les hommes qui arrivent avec ça dans les mains ont le droit d'aller directement à l'arrière, indiqua-t-elle en désignant la porte d'un signe de tête. Va égayer sa journée, beau gosse.

— Merci, Justine, répondis-je en souriant.

Toutefois, mon sourire s'évanouit rapidement quand j'aperçus ce que Billie était en train de faire. Elle tatouait les fesses d'un type. Cependant, son visage s'éclaira quand elle me repéra.

— Salut, toi. Je ne savais pas que tu allais passer.

Elle souleva son pied de la pédale et retira l'aiguille de la peau de l'homme.

— Tu n'étais pas obligé de m'apporter des fleurs, mon grand, intervint Deek en me faisant un clin d'œil. Je suis plutôt facile. Du vin et du lubrifiant m'auraient plus convenu.

Je ris en lui faisant un signe de tête.

— Quoi de neuf, Deek ?

Le type allongé sur le ventre sur le fauteuil de Billie leva les yeux vers elle.

— On peut faire une pause pipi ?

— Oui, bien sûr. Laisse-moi juste un instant pour couvrir ta fesse avec du plastique, histoire que la zone reste stérile.

Après avoir terminé, elle lui recommanda de ne pas remonter ses sous-vêtements à l'arrière. Alors j'observai les fesses poilues d'un type qui avançait vers les toilettes avec les trois quarts d'une rose tatouée dessus. Enfin, la fesse gauche était poilue. La droite avait été rasée.

Billie retira ses gants et s'approcha de moi.

— Elles sont pour moi ?

Je me penchai pour effleurer ses lèvres.

— Il n'y a que deux femmes dans ma vie, et l'autre préfère que je lui ramène des bombes de bain en forme de licorne qui vomissent des paillettes quand on les mouille.

— Qui vomissent des paillettes ? répéta Billie en souriant. Je ne savais pas que c'était un choix possible. Je pense que tu devrais rendre ces fleurs magnifiques.

— Veux-tu dîner avec moi ? lui demandai-je en enroulant un bras autour d'elle pour l'attirer à moi.

— Ça dépend. Qu'est-ce que tu as prévu de me faire ?

— C'est une question dangereuse... affirmai-je en souriant, tout en levant le sac dans mon autre main. Mais je serai sage. Est-ce que ça te va si je te dis raviolis frais et pain à la semoule ?

— Mmmmh... ça donne envie.

Je coinçai une mèche de cheveux derrière son oreille.

— Saylor dort chez mes parents ce soir. J'espérais que tu pourrais passer la nuit chez moi.

— Je pense que ça peut s'arranger...

Son client revint des toilettes, alors elle baissa la voix.

— Tu veux qu'on s'éloigne une minute pour parler de comment ça s'est passé avec l'avocat ?

Je secouai la tête.

— Remettons ça à demain matin. Peut-être qu'on pourrait faire comme si rien ne s'était passé juste ce soir, étant donné que j'ai rarement une soirée pour moi tout seul. Je ne veux pas gâcher une seule minute à faire autre chose que me concentrer sur toi.

— Ça me convient, accepta Billie en souriant.

— Super. À quelle heure tu termines ici ?

— Tex est mon dernier client. Je devrais avoir terminé dans quarante-cinq minutes.

Je jetai un coup d'œil par-dessus son épaule. Tex était en train de se réinstaller les fesses à l'air dans son fauteuil.

— D'ailleurs, pourquoi il se fait tatouer une rose à cet endroit, alors que tu n'as pas voulu m'en tatouer une sur le torse quand je te l'ai demandé ?

— Parce que je n'ai pas à avoir constamment ses fesses sous les yeux.

— Je t'ai demandé de me tatouer une rose la première fois qu'on s'est rencontrés. Tu ne savais pas non plus que tu allais voir tout le temps mon torse nu à cette époque.

Billie inclina la tête avec un sourire diabolique.

— Tu en es sûr ?

— Bonne réponse, répondis-je en souriant à mon tour. Va faire ce que tu as à faire avec ces fesses, mais ramène les tiennes à l'étage dès que tu as fini.

Elle se hissa sur la pointe des pieds et déposa un baiser rapide sur mes lèvres.

— Oui, monsieur.

Je sortis le grand jeu pour donner le ton à la soirée. Quand Billie frappa à la porte, deux casseroles étaient sur le feu, le pain était dans le four, j'avais mis de la musique douce, et la table était mise avec des bougies.

Lorsque j'ouvris la porte, elle me tendit les fleurs que je lui avais données au salon.

— Je t'ai acheté ça.

— Comme c'est attentionné, déclarai-je en souriant.

Elle se mit à rire.

— Je ne voulais pas les laisser en bas puisque je suis en repos demain. Tu as un vase ? En montant, je me suis rendu compte que tu n'en avais peut-être pas. En général, ce sont les hommes qui offrent les fleurs, pas qui en reçoivent.

— Je pense que j'ai ça. Ma mère m'envoie des fleurs pour la fête des pères.

— Oooh... c'est trop mignon.

Je pris le bouquet des mains de Billie, le déposai sur le comptoir, puis la pris dans mes bras.

— Merci de me donner ça.

— Les fleurs ? Je vais te confier un petit secret... je les ai eues en quelque sorte gratuitement, plaisanta-t-elle.

— Je parlais de la soirée pour oublier tout ce qui se passe. Vu comme je me sentais cet après-midi, je ne pensais pas pouvoir changer d'humeur. Mais l'idée de passer une soirée seul avec toi a rendu les choses plus faciles que je le pensais.

— Je suis ravie de pouvoir aider, affirma Billie, dont le visage s'adoucit.

Je frottai mon nez au sien.

— Tu m'aides. Beaucoup.

Je nous servis chacun un verre de vin, et Billie s'assit sur le comptoir à côté de la cuisinière, pendant que je finissais de préparer le repas.

— Je nous ai apporté un jeu au cas où on aurait besoin d'un peu de réconfort.

— Ah oui ? Quel genre de jeu ?

Elle pointa du doigt son sac à main sur la chaise.

— Passe-moi mon sac, je vais te montrer.

Billie en sortit un gros jeu de cartes et le leva pour me montrer le nom sur la boîte.

J'arquai un sourcil.

— Sex Trivia?

— Je l'ai acheté dans une petite boutique en bas de la rue qui vend des bangs et des magazines cochons. C'était derrière le comptoir, à hauteur d'yeux, et ça fait un moment que je suis curieuse de voir ce que c'est.

— Tu fais des courses là-bas? demandai-je avec un sourire. Je n'ai vu ce qu'ils vendent que depuis l'extérieur.

— Ne me juge pas, répliqua-t-elle en me fixant. Leur café est excellent et ne coûte qu'un dollar.

Je lui pris les cartes des mains.

— Il faut que je voie ça. On a un peu de temps avant que le repas soit prêt. Que dirais-tu de parier sur ce jeu?

— Tu n'as même pas encore vu la première question et tu veux déjà parier que tu vas gagner?

Je haussai les épaules.

— Si je perds, je te dévore en guise de dessert. Si tu perds, je te dévore en guise d'entrée.

— Euh... On dirait que je gagne même si je perds.

— Marché conclu?

Billie sourit.

— Je n'ai jamais refusé un pari.

— Ça, c'est ma copine.

La première carte du paquet était intéressante. Je me raclai la gorge et la lus à voix haute.

— Quelle position est la plus susceptible de provoquer l'orgasme chez une femme? A : la levrette. B : le missionnaire. C : la cowgirl inversée. D : l'Andromaque.

Billie réfléchit en pinçant ses lèvres.

— Hmm... Je vais choisir la réponse D, parce que la femme a plus de contrôle dans cette position.

— Plus de contrôle, hein? C'est ce que tu aimes?

— D'habitude, oui, acquiesça-t-elle. Mais j'aime vraiment quand tu es autoritaire. Je pense que mes problèmes de confiance m'empêchaient d'apprécier de laisser le contrôle à un homme.

— Ça signifie beaucoup pour moi, révélai-je en la regardant droit dans les yeux.

— Alors, quelle est la bonne réponse ?

— Tu l'as dit. La position qui mène le plus souvent les femmes à l'orgasme est celle de l'Andromaque, indiquai-je en souriant. D'ailleurs, j'ai hâte que tu prennes le dessus.

Billie se mit à rire et me prit le paquet de cartes des mains.

— Le score est de un à zéro. Voyons voir ce qu'on a ici, poursuivit-elle en examinant la prochaine carte. Une femme préfère : A : faire le ménage. B : manger un repas. C : jouer à un jeu de questions-réponses. D : s'envoyer en l'air sur le comptoir de la cuisine, à côté d'une casserole de raviolis.

Je fronçai les sourcils l'espace d'un instant, avant de comprendre. Puis je lui retirai la carte des mains et la lançai par-dessus mon épaule.

— Je choisis la réponse D.

— Bon choix. J'aime la réponse D.

— Parfait, trésor, parce que c'est exactement ce qui va se passer.

Les raviolis attendraient. Je coupai le feu sous l'eau qui commençait à peine à bouillir, et j'enroulai les jambes de Billie autour de ma taille. C'était la première fois que nous avions le champ libre pour faire tout ce que nous voulions dans cet appartement pendant toute une nuit, et je comptais bien en profiter.

— Tu vas d'abord me servir de dîner, d'accord ? murmurai-je.

Billie hocha la tête en soulevant mon haut, et je me mis à défaire les liens de son corset. Ses jolis seins clairs jaillirent simultanément, et je ne perdis pas de temps pour prendre son mamelon dans ma bouche. Je l'aspirai si fort qu'elle grimaça. Billie enfonça ses longs ongles dans mon dos, avant de faire glisser ses mains plus haut pour tirer mes cheveux.

Dur comme la pierre, je ne pouvais plus attendre une seconde de plus pour être en elle. J'ouvris son jean et elle s'en débarrassa en le jetant par terre. Je retirai ma ceinture et descendis juste assez mon pantalon pour pouvoir sortir mon érection, sans pouvoir attendre de l'avoir complètement baissé. Voilà à quel point j'avais envie d'elle.

Je laissai échapper un bruit inintelligible en m'enfonçant en elle. Son sexe était l'extase totale. Les muscles de Billie se contractèrent autour de moi alors que je poussai brusquement en elle. Je continuai à la tenir pendant qu'elle basculait ses hanches. J'avais dû être sacrément remonté aujourd'hui, car j'avais l'impression de ne pas pouvoir la prendre assez fort. Ça ne semblait pas déranger Billie, qui se tordait sous moi en soutenant le rythme de mes coups de reins.

Elle n'avait jamais été si serrée, si mouillée, si prête pour moi. Nous avions tous les deux subi beaucoup de stress cette semaine, et c'était pile ce que le médecin avait prescrit. Nous étions tellement pris dans l'instant qu'il nous fallut un moment pour nous rendre compte que je ne m'étais pas arrêté pour enfiler un préservatif. Billie m'avait dit qu'elle avait commencé à prendre la pilule récemment, mais il fallait que je vérifie encore qu'elle était prête pour ça.

— Est-ce que c'est bon pour toi ? demandai-je. Je n'ai pas de protection.

— Oui, haleta-t-elle. Ça me va.

Je gémis.

— Je ne pensais pas que ça pouvait être encore meilleur avec toi, mais bon sang.

— Je sais. Je n'ai jamais fait ça sans préservatif.

J'arrêtai de bouger en elle un instant.

— Tu es sérieuse ?

Elle acquiesça.

— Attends… Je vais être le premier à jouir en toi ?

Elle hocha la tête en mordillant sa lèvre.

— Bon sang. Tu n'imagines même pas ce que ça me fait, déclarai-je en la pénétrant de nouveau.

Elle me tira les cheveux.

— Ne t'arrête plus, s'il te plaît.

— Oui, madame, acceptai-je en accélérant la cadence.

On pouvait entendre le son de nos sexes humides alors que je faisais des va-et-vient. Quand je sentis ses muscles se contracter, je ne pus plus attendre une seconde de plus. Je poussai un grognement et m'enfonçai profondément en jouissant. Elle continua à se resserrer autour de moi en rejetant sa tête en arrière, et sa voix résonna dans la cuisine quand son orgasme arriva. Je poursuivis mes mouvements jusqu'à ce qu'elle finisse, puis je restai en elle pendant un moment, alors que ses fesses reposaient contre le comptoir.

— On ferait mieux de nettoyer ce plan de travail, haleta-t-elle.

— On se fiche du plan de travail, mais je devrais aller te chercher une serviette. Même si j'aime l'idée de mon sperme en toi.

— On peut s'arranger pour recommencer plus tard, proposa-t-elle en parlant contre ma peau.

— Cette idée me plaît.

Je récupérai un torchon dans le tiroir et le plaçai délicatement entre ses jambes, tout en couvrant son cou de baisers.

— J'ai une idée, annonçai-je.

— Quoi donc ?

— Va prendre un bain relaxant. Je finis de préparer le dîner, puis on apportera tout dans ma chambre et on mangera nus au lit. Qu'est-ce que tu en dis ?

— J'en dis que ça ressemble à une soirée parfaite.

Plutôt que de se précipiter à la salle de bain, Billie s'attarda, ses bras toujours enroulés autour de mon cou et ses yeux rivés aux miens. Je me rendis compte que j'avais vécu peu de moments aussi précieux que celui-ci : être là, à moitié nu dans la cuisine, avec cette femme magnifique à qui je venais de faire l'amour, qui me faisait confiance en me laissant jouir dans son corps magnifique.

Ce n'était peut-être pas du romantisme classique, mais ça me semblait être le bon moment pour le lui dire.

— Je suis en train de tomber amoureux de toi, Billie.

Mon cœur s'emballa lorsqu'elle me fixa pendant quelques secondes. *Et si elle ne ressent pas la même chose ? Et si elle a peur de m'aimer vu tout ce qui se passe dernièrement ?*

— Tu n'es pas le seul, Colby, finit-elle par répondre. C'est juste que je ne voulais pas être la première à exprimer ce que je ressens. Je pense que j'ai hésité car j'ai peur que si je tombe, tu ne sois pas là pour me rattraper. C'est bête, je sais. J'ai laissé mes expériences du passé perturber ce qui se passe entre nous. J'aurais dû te le dire avant que tu ailles prendre le petit déjeuner avec cette sorcière, parce que c'est aussi le jour où j'ai compris à quel point mes sentiments avaient évolué. Je le savais, car l'idée que tu puisses souffrir me rendait malade. Bref, je suis désolée de t'avouer tout ça maintenant. Je sais qu'on est censés oublier tout ça le temps d'une soirée.

Je l'embrassai.

— Je serai toujours là pour te rattraper, Billie, murmurai-je contre sa bouche.

— Je te crois, Colby.

Je me retins d'ajouter autre chose. *J'aurais aimé que ce soit toi qui aies besoin que je t'épouse.*

CHAPITRE 20

La soirée d'hier fut intense dans tous les sens du terme. De notre façon de faire l'amour à celle d'exprimer nos sentiments réciproques. Et maintenant que j'avais ouvert les yeux, je sentais la dure réalité de la situation actuelle revenir au galop.

La matinée fut douce-amère. Colby me raconta son rendez-vous avec l'avocat, et toutes les nouvelles insécurités et les regrets qui allaient avec. Ce dernier pensait que l'affaire avec Maya était plus compliquée que ce que nous avions espéré. Ça me bouleversait, mais je devais rester forte pour Colby. Il n'avait pas encore décidé de ce qu'il allait faire.

Notre discussion à propos de la situation avec Maya fut la mauvaise partie de la matinée. La bonne partie, c'était que nous avions pu passer les heures avant ça à faire l'amour passionnément.

Colby me proposa de venir avec lui chez ses parents pour récupérer Saylor. J'avais prévu de rentrer chez moi juste après.

Quand nous arrivâmes chez eux, sa mère sembla savoir parfaitement qui j'étais.

— Tu dois être Billie.

— Oui, confirmai-je en observant Colby, avant de revenir à elle.

— Je suis ravie de te rencontrer.

— De même.

— Elle est magnifique. Tu es un petit chanceux, Colby, ajouta madame Lennon à l'attention de son fils.

Il me serra contre lui.

— J'en suis conscient.

— Billie ! s'écria Saylor en se précipitant vers nous.

Je m'accroupis pour recevoir son câlin.

— Salut ! Tu t'es bien amusée ?

Elle hocha la tête avec enthousiasme.

— Est-ce que vous voulez rester un peu ? proposa la mère de Colby. J'ai fait la soupe aux pois cassés que tu adores, Colby. Saylor en a déjà mangé, alors elle ne va sûrement pas avoir faim avant un moment.

Il me regarda.

— Je pense qu'on ferait mieux de ramener Saylor à la maison pour vous laisser tranquilles. Mais merci d'avoir proposé.

— Peut-être une autre fois, madame Lennon. Cette soupe doit être délicieuse, ajoutai-je en souriant.

— Je t'en prie, appelle-moi Yvonne.

Une fois sur le trottoir, Colby avança en tenant la main de la petite.

— Tu es attendue quelque part ? me demanda-t-il.

— Je me suis dit que j'allais rentrer chez moi. Je vais te laisser passer un peu de temps avec ta fille.

— Tu plaisantes ? répliqua-t-il en m'attirant à lui. Je ne suis pas prêt à te laisser partir.

— Oh, vraiment?

Je souris.

— Oui. Est-ce que tu veux bien rester avec nous?

Honnêtement, combien de jours sans complications nous restait-il? Il était impossible que je refuse. Puisque je n'avais aucun client aujourd'hui, j'allais juste traîner chez moi à ruminer cette situation, alors autant rester avec Colby.

— Rien ne me ferait plus plaisir que de passer la journée avec vous.

— Super.

Il jeta un coup d'œil à sa fille.

— Cette petite a besoin de beurre de cacahuètes, et je dois acheter de la charcuterie pour la semaine, ajouta-t-il. Ça te dérange si on s'arrête au supermarché? Je pourrais aussi nous prendre quelque chose pour ce soir.

— Aucun problème, acceptai-je en souriant.

Une fois au magasin, Colby partit d'un côté pour récupérer ce dont il avait besoin, tandis que je partis dans une autre direction avec Saylor. Nous nous amusions à explorer les lieux. J'installai la petite dans le Caddie, et je fis peut-être la course dans quelques rayons. J'avais peut-être aussi glissé des céréales, des Pop Tarts et des Goldfish dans le chariot. Visiblement, on ne pouvait pas m'emmener dans un supermarché. J'étais une enfant sans surveillance avec le budget d'un adulte.

Nous atterrîmes dans le rayon boulangerie — évidemment, puisque c'était moi qui décidais — pour que je puisse offrir un cookie à Saylor. Il y avait une file d'attente. À un moment donné, la femme à côté de moi observa la petite.

— Elle est adorable. C'est une si belle petite fille.

— Merci, répondis-je en souriant.

Je me rendis compte que la femme avait probablement pensé que Saylor était ma fille. Et je m'étais pratiquement attribué le mérite de sa beauté. Je pris quelques secondes pour réfléchir à ça. Aux yeux de cette inconnue, j'étais une mère. Saylor était ma fille, elle était en sécurité avec moi. La vie était simple. Et j'aurais sincèrement voulu que ce soit le cas, que nous puissions rentrer à la maison ce soir et dormir paisiblement sans aucune inquiétude. Un sentiment écrasant de nostalgie m'envahit.

Ce moment fut interrompu lorsque notre tour finit par arriver.

— Qu'est-ce que je vous sers ? demanda l'employée.

Je laissai Saylor choisir ce qu'elle voulait. Elle pointa du doigt le dernier cookie aux pépites de chocolat du présentoir.

— On va prendre ce gigantesque cookie, déclarai-je.

Il devait faire au moins quinze centimètres de diamètre. Quand la femme l'emballa dans une serviette en papier et le tendit à Saylor, la fillette derrière nous se mit à pleurer.

L'expression joyeuse de Saylor s'évanouit lorsqu'elle regarda la petite.

— Tout va bien ? demandai-je à la mère.

— Je suis désolée. Malheureusement, non. Elle voulait ce cookie. C'est celui qu'elle prend toujours quand on vient ici, ce qui, heureusement, n'est pas fréquent. Elle appelle ça « le gros cookie ». C'est pour ça qu'on est venues ici aujourd'hui. Je lui avais promis que si elle était sage chez le coiffeur, je lui en offrirais un.

Oh, mince. Je me tournai vers Saylor.

— Trésor, tu penses que tu pourrais partager la moitié de ton cookie avec cette petite fille ? Elle est triste parce qu'on a acheté le dernier.

À ma grande surprise, Saylor lui tendit tout le biscuit.

— Tiens, ne pleure pas.

Mon cœur se serra, pas seulement parce qu'elle était mignonne, mais parce que Saylor avait aussi les larmes aux yeux. Quelle petite fille empathique. Une magnifique personne.

— C'est très gentil de ta part, mais tu devrais garder la moitié, déclara la femme.

— Elle peut tout prendre, répondit Saylor en secouant la tête.

La femme me sourit.

— Waouh, merci. C'est une super petite que vous avez là.

— Je sais, affirmai-je sans hésiter.

Elle se tourna ensuite vers sa fille.

— Dis merci, Elena.

— Merci ! répéta la fillette en reniflant, ses joues encore mouillées de larmes.

Saylor lui fit au revoir de la main, et la petite fille en fit autant.

Après leur départ, nous retournâmes dans la file pour acheter un cupcake. Je n'arrêtais pas de penser à quel point elle avait été gentille d'insister pour donner à la petite non pas la moitié, mais son cookie entier. La générosité de Saylor était un témoignage de sa gentillesse, et certainement le résultat d'avoir un père qui l'avait bien élevée, car il lui montrait le bon exemple. Colby était aussi le genre d'homme qui pourrait offrir sa propre chemise à un inconnu. Il serait aussi capable de remuer ciel et terre pour les gens qu'il aimait.

Notre tour arriva, et j'achetai un nouveau gâteau à Saylor.

Elle en prit une grosse bouchée et son nez fut recouvert de glaçage rose. Je ne me lasserais jamais de cette petite fille si mignonne.

Je savais que l'attachement que je ressentais pour elle était en corrélation directe avec le fait d'être tombée amoureuse de son père. Après tout, Saylor était une extension de Colby. Je tenais sincèrement à eux deux.

Puis mon copain magnifique apparut en poussant un chariot rempli à ras bord. Lui qui ne venait que pour quelques petites choses.

— Te voilà, lança-t-il en souriant. Je pensais t'avoir perdue.

— Jamais, répondis-je en lui faisant un clin d'œil.

Il m'embrassa sur la joue et regarda dans mon Caddie.

— Je vois des choses très saines par ici.

— Eh bien, mon petit ami doit me préparer des brownies aux épinards pour que je mange mieux, répliquai-je en enroulant mon bras autour de sa taille. Attends que je te raconte ce que ta petite chérie a fait.

Je lui expliquai l'histoire du cookie tout en rejoignant la caisse. Il était très fier de sa fille.

Nous rentrâmes chez Colby et passâmes du temps ensemble en attendant l'heure du repas. Même si nous avions apprécié les fajitas qu'il avait préparées, l'ambiance s'était assombrie. Mon impression que la réalité était revenue au galop était plus forte que jamais. Colby, en particulier, semblait perdu dans ses pensées en finissant son dîner.

Je lui proposai de donner son bain à Saylor pendant qu'il faisait un peu de nettoyage.

Après ça, quand Saylor se rendit dans sa chambre pour jouer un peu avant l'heure d'aller au lit, je retrouvai

Colby dans la cuisine et enroulai mes bras autour de lui par-derrière.

— Parle-moi. Je vois bien que tu te laisses envahir par tes pensées ce soir.

Il posa ses bras sur le comptoir et soupira. Après quelques secondes de silence, il finit par se tourner vers moi.

— Et si elle se faisait expulser et qu'elle parvenait à emmener Saylor avec elle ? J'en mourrais, Billie.

— Ça n'arrivera pas, lui assurai-je, quand bien même je m'étais inquiétée pour la même raison ces derniers temps.

Il existait plusieurs scénarios catastrophes.

— Comment tu le sais ? demanda-t-il.

— D'accord, je n'en sais rien. Je ne sais pas grand-chose. Mais je vais prier pour que ça n'arrive pas. Et je suis convaincue que le bien finira par l'emporter.

Colby regarda au loin.

— J'en ai fait un cauchemar cette nuit. Je me suis réveillé en sueur au beau milieu de la nuit. Tu dormais. J'étais content que tu ne me voies pas dans cet état, mais il faut croire que tu es en train de me voir paniquer en ce moment même.

— Tu as tous les droits d'avoir peur, et n'aie jamais l'impression de devoir me cacher quelque chose. Je prendrai le bon, le mauvais, et même le pire, affirmai-je en prenant son visage en coupe.

Saylor se précipita dans la pièce, interrompant notre conversation.

— Billie, on peut raconter une histoire avant d'aller au lit ?

Je regardai l'heure. Elle se couchait à vingt heures trente, et aucun de nous ne s'était rendu compte qu'il était déjà vingt-et-une heures.

— Bien sûr, acceptai-je.

— Pas de livre ! ordonna-t-elle.

— Encore ? Je ne suis pas si créative que ça, Saylor.

— Pas de livre ! gloussa-t-elle.

— D'accord, pas de livre. Allons-y.

Je la portai et me mis à la chatouiller, puis je jetai un coup d'œil à Colby qui arborait un sourire, malgré la peur persistante qui se lisait dans ses yeux.

Saylor se blottit contre moi dans son lit. J'adorais sa chambre le soir, avec les lumières éteintes. Elle avait des autocollants violets phosphorescents au plafond. C'était un endroit relaxant. Je ne savais pas du tout quelle histoire lui raconter, alors je commençai par une simple phrase.

— Il était une fois un joli petit oiseau.

Puis j'inventai au fur et à mesure.

— Le petit oiseau vivait en sécurité dans un nid en haut d'un arbre avec sa famille.

Saylor m'observa avec de grands yeux en attendant la suite. Elle était tellement mignonne.

— Un jour, une grosse buse est venue pour essayer d'emmener l'oiseau avec elle.

Bon sang. L'art imitant la vie ? Apparemment, je n'avais qu'une seule chose en tête.

— Pourquoi ? demanda-t-elle.

Parce que c'est une garce opportuniste.

— Parce que la buse voulait le nid. Elle se servait du bébé oiseau pour que la famille oiseau lui donne son nid, même si elle ne le méritait pas.

— C'est très méchant.

— Je sais. Mais l'histoire a une fin heureuse.

Je ne sais juste pas encore comment ils en arrivent là.

— Qu'est-ce qui s'est passé ? m'interrogea-t-elle.

— Eh bien, la buse a pris le bébé oiseau, mais quand elle est revenue pour essayer de prendre le nid, les gros oiseaux se sont rassemblés et ont battu des ailes si fort que ça a fait peur à la buse. Celle-ci s'est rendu compte qu'elle ne pouvait pas intimider les oiseaux, alors elle a rendu le bébé et elle est partie.

— Il n'est jamais revenu ?

— Elle. La buse était une fille.

Évidemment.

— Mais non, elle n'est jamais revenue, et ils ont tous vécu heureux pour toujours.

Saylor bâilla et posa sa tête contre moi. Elle s'endormit en quelques minutes. Voilà à quel point mon histoire ennuyeuse avait été captivante.

Je décidai de rester là pendant un moment, juste pour la regarder dormir. Je me rendis compte qu'en ce moment, j'étais la seule femme dans sa vie, mis à part la mère et la sœur de Colby. Ça me donnait un sentiment de responsabilité. J'avais l'impression que c'était mon rôle de la protéger, même si ça signifiait la protéger de sa propre mère.

Le désastre imminent qui allait se produire me bouleversait. Je fus soudain prise de nausées, et je sortis du lit aussi rapidement que possible sans la réveiller.

Je me dirigeai droit vers les toilettes, et je me penchai au-dessus de la cuvette en essayant de ne pas vomir. Je me concentrai sur le tatouage qui représentait la clé de ma grand-mère sur mon bras, en lui demandant silencieusement de me donner de la force. Toutefois, quelques secondes plus tard, je succombai à la nausée et vomis dans les toilettes. *Eh bien, cette journée est décidément pleine de surprises.* Je pus entendre les pas de Colby dans le couloir.

— Tu vas bien ? demanda-t-il d'un air paniqué, tout en saisissant mes cheveux pour les retenir en arrière.

Je hochai la tête en priant pour que ce soit fini. Je ne voulais pas vomir une deuxième fois devant lui. Qu'est-ce qui était plus attirant que ça ?

— Je pense que c'est fini, déclarai-je en haletant dans la cuvette.

Je savais que c'était la manifestation physique de tout ce que j'avais retenu en moi aujourd'hui. L'amour. La peur. L'angoisse. Finalement, c'était la conclusion que j'en avais tiré qui m'avait fait vomir. Parce que ça me rendait malade au sens propre du terme.

Je me tournai vers lui pour verbaliser mes pensées.

— Il faut que tu le fasses. Il faut que tu te maries avec Maya et que tu t'en débarrasses. Plus vite tu le fais, plus vite on sera tranquilles.

CHAPITRE 21

Colby

— Alors, le grand jour c'est demain, c'est ça ? demanda Holden en retirant la capsule d'une bière, avant de la faire glisser vers moi sur la table. Tu dois donner ta décision à Maya ?

Je fronçai les sourcils.

— Ne me le rappelle pas.

— Tu sais ce que tu vas faire ?

Cette dernière semaine, j'avais changé mon fusil d'épaule une dizaine de fois. Le problème, c'était que ma tête pensait qu'une solution était la bonne, alors que mon cœur pensait le contraire.

— Je suis presque sûr que je vais changer d'avis vingt fois entre maintenant et demain matin huit heures, soupirai-je.

Holden hocha la tête.

— Je comprends. Je ne sais même pas quelles chaussures mettre la plupart du temps, alors j'imagine ce que ça doit être avec le merdier que tu vis. Qu'est-ce que Billie pense de tout ça ?

— Elle a été géniale. Je ne suis pas sûr que je serais aussi coopératif qu'elle l'a été si les rôles étaient inversés et qu'elle envisageait d'épouser quelqu'un d'autre. Mais Billie est convaincue que je dois me marier avec Maya.

— Vraiment ? réagit Holden en arquant les sourcils.

— Elle veut que je ne prenne aucun risque avec Saylor. Elle a dit que nos sentiments n'avaient pas d'importance, que tout ce qui comptait, c'était de protéger ma petite fille.

— Waouh.

Je bus quelques gorgées de bière.

— Je sais. C'est la femme la plus incroyable que j'aie jamais rencontrée. Tu veux que je te dise un truc dingue ?

— Dingue est mon deuxième prénom, mon pote, répondit Holden avec un sourire en coin.

— Hier soir, j'ai rêvé que Billie était enceinte de notre enfant. Elle devait être à six mois de grossesse, elle avait un gros ventre rond, et je n'arrivais pas à la lâcher.

Mon ami sourit.

— Tu lui as déjà dit que tu l'aimes ?

— Pas avec ces mots-là, non, avouai-je en secouant la tête. Pour être honnête, je me suis en quelque sorte dégonflé et je lui ai dit que j'étais en train de tomber amoureux d'elle plutôt que de lui dire que je *l'aime*.

— Pourquoi ça ?

Je haussai les épaules.

— Ça ne me semble pas juste de lui révéler ça avec tout ce qui se passe. Je ne veux pas rendre les choses plus difficiles pour elle si elle venait à avoir besoin de s'éloigner.

— Tu parles beaucoup, mais est-ce que tu t'es entendu parler ces dernières minutes ? Vous faites tous les deux passer l'autre avant vous-mêmes, avant votre propre bonheur. Elle préfère que tu épouses quelqu'un d'autre pour protéger Saylor, et tu ne veux pas lui dire que tu l'aimes pour qu'elle ait moins de mal à te larguer. Tu penses vraiment que ne pas prononcer ces mots les rend moins vrais pour vous deux ?

Je passai mon doigt sur la condensation de l'étiquette de la bière.

— Je ne pense pas, mais ça me semble égoïste de lui imposer ce poids pour l'instant.

— Je suis passé par là, déclara Holden en croisant mon regard. Mais tu sais ce que ça rapporte de ne pas dire la vérité ?

— Quoi donc ?

— Une soirée à voir la fille dont tu es dingue tenir la main de son fiancé des années plus tard. Ce qui en retour te pousse à prendre une cuite et à rentrer chez toi avec une inconnue qui crie le mauvais prénom quand elle jouit, puis te tend ton pantalon dix minutes plus tard en te disant qu'elle doit se lever tôt le lendemain matin.

Je fronçai les sourcils.

— Tu as vu Lala ?

Holden acquiesça.

— J'ai fait un concert à Philadelphie la dernière fois. Elle est venue avec son fiancé, le docteur Crétin.

— Qu'est-ce qu'il a fait pour être un crétin ?

Mon ami me fixa droit dans les yeux.

— Il tenait la main de Lala.

C'était la première fois que Holden parlait d'elle, de Laney – la petite sœur de Ryan, que nous appelions Lala –, depuis la semaine après l'enterrement de Ryan. Ce jour-là, il avait bu et m'avait avoué qu'il avait des sentiments pour elle depuis longtemps. Je m'en étais douté, mais je n'avais rien dit, car ça ne me regardait pas. Et puis, Lala pouvait gérer seule. Elle était plus intelligente que nous tous réunis.

— Comment elle va ?

— Elle a bien grandi... m'apprit-il en regardant au loin pendant un moment. Ce que je veux dire, c'est que si tu penses que c'est la bonne, dis-le-lui. Ne tourne pas autour du pot et ne te sens pas coupable de ressentir ça. Crois-moi, il n'y a qu'un pas entre l'amour et la perte. C'est tellement facile de rater le coche et de finir avec la mauvaise personne.

Bon sang. Et moi qui pensais que son béguin pour Lala était passé depuis longtemps. Holden était la dernière personne que j'aurais pensé capable de donner des conseils pertinents en amour, pourtant, il avait marqué un point.

— Merci, mon pote, tu as raison, acquiesçai-je. Je vais me remuer les fesses et m'assurer que Billie sache que je suis plus que seulement en train de tomber amoureux d'elle.

— Alors comment ça marche si tu épouses Maya ? Est-ce que tu emménages avec elle ?

— Hors de question. Ce serait seulement un morceau de papier. Je n'aurai absolument aucun contact avec elle mis à part pour l'interrogatoire nécessaire pour l'immigration. Je me suis renseigné. Mon avocat dit que la procédure prend en moyenne neuf mois, mais j'ai aussi lu que parfois, les choses ralentissent et peuvent prendre plusieurs années. La seule façon pour moi de faire ça, c'est d'oublier que Maya existe pendant cette période. Je ne voudrais même pas savoir où elle habite.

— Je ne veux pas rendre les choses plus compliquées, mais qu'est-ce qui se passera si Billie tombe enceinte entre-temps ? Qu'un imprévu arrive ? Est-ce que tu pourrais laisser tomber ce faux mariage si besoin, pour obtenir un divorce rapide ou une annulation ? Enfin, ce genre de truc arrive tous les jours dans la vraie vie, pas vrai ? Est-ce qu'il y a une quelconque clause dérogatoire ?

Je passai une main dans mes cheveux.

— Je n'en ai aucune idée. Mais l'avocat que j'ai rencontré a dit que parfois, certains dossiers peuvent être traités rapidement quand quelqu'un est en danger d'expulsion en ayant un enfant citoyen américain. Il a dit qu'on pouvait en faire la demande, mais qu'il n'y avait aucune garantie.

— Est-ce que Saylor la rencontrerait ?

— Absolument pas. Maya est seulement revenue dans nos vies pour l'utiliser comme monnaie d'échange. Ce n'est pas une femme qui s'est rendu compte qu'elle avait fait une grosse erreur et qui veut vraiment apprendre à connaître sa fille. Je pense que ça ne pourrait que faire du mal à Saylor d'apprendre que c'est sa mère biologique, ou qu'elle a un lien quelconque avec elle, d'ailleurs.

— Est-ce que tu comptes la mettre sur ton assurance maladie au travail et parler d'elle aux autres ? Je ne te le souhaite pas du tout, mais qu'est-ce qui se passerait s'il t'arrivait quelque chose ? Ça voudrait dire que Maya aurait la garde ? Tu as un testament ? J'avais un oncle qui a été marié pendant six mois. Sa femme l'a trompé pendant toute la durée de ce court mariage, mais il est mort d'une crise cardiaque juste avant que le divorce soit prononcé, et elle a obtenu sa maison et le reste. Est-ce qu'il y a un moyen de contourner ça, juste au cas où ?

Je soufflai en secouant la tête.

— Tu me donnes mal à la tête, Holden.

— Désolé, mec. J'essaie juste d'aider.

— Je sais, mon pote, concédai-je. Et j'apprécie plus que tu ne le penses. Si je décide de me lancer, je vais devoir m'asseoir avec mon avocat et lui poser toutes ces questions avant qu'il se passe quoi que ce soit, pour m'assurer que Saylor et moi sommes suffisamment protégés. Mais pour l'instant, j'ai juste besoin de ne plus en parler.

— Pas de problème. Et si on parlait de mon sujet préféré ? proposa Holden en souriant, avant de siroter sa bière. *Moi.*

Je ris.

— Ça me va. Raconte-moi ce qui t'est arrivé ces derniers temps. Mis à part le fait de voir Lala et son fiancé. Je suis sûr que tu as amassé au moins une dizaine d'histoires pour me divertir depuis la dernière fois qu'on s'est parlé.

Holden but le reste de sa bière.

— Eh bien, j'ai failli me faire un Prince Albert l'autre jour.

— Tu allais te faire percer la queue ? demandai-je en arquant les sourcils.

— Pas volontairement, mais ça a failli arriver accidentellement.

Je secouai la tête en souriant. C'était exactement ce dont j'avais besoin en ce moment – entendre la vie dingue de Holden.

— Disons ça. Comment exactement est-ce que tu as *failli accidentellement* te faire un piercing à cet endroit ?

— C'est une très bonne question, observa-t-il en agitant son doigt devant moi. Mais avant que je t'explique, laisse-moi d'abord te dire que j'ai eu en quelque sorte le vent en poupe après avoir croisé Lala et le docteur Crétin. Je sais maintenant que j'essayais de combler un vide en passant tant de temps à parler avec des femmes sur Tinder, alors je n'ai pas besoin qu'on me fasse la leçon. Et puis, Owen s'en est déjà chargé quand je lui ai raconté cette histoire. Bref, je suis tombé sur cette femme qui m'a clairement fait comprendre qu'elle cherchait à passer un bon moment et rien de plus. On s'est retrouvés dans un bar et on a bu un verre, puis elle a proposé qu'on prenne un Uber pour qu'elle puisse me faire une fellation sur la banquette arrière. Elle voulait que le chauffeur nous regarde dans le rétroviseur en conduisant.

Je secouai la tête.

— Il n'y a que toi pour faire ça, mon pote.

— Elle était aussi très mignonne. Une rousse avec un bras tatoué. Elle me faisait un peu penser à Billie, précisa-t-il en me faisant un clin d'œil. C'est sûrement pour ça qu'elle me plaisait.

— Ne plaisante même pas là-dessus, mec.

Ça le fit rire.

— Je te taquine. Elle s'appelait Ryland, et elle avait un de ces petits anneaux dans le nez. On est montés dans le Uber, et elle n'a pas attendu une seconde avant de baisser la tête entre mes jambes. Après ça, je lui ai proposé d'aller chez elle pour pouvoir lui rendre la pareille – parce que tu vois, je suis un gentleman. Mais elle m'a dit que c'était la mauvaise période du mois et elle a suggéré qu'on se retrouve la semaine suivante dans un autre bar. Elle veut que je m'occupe d'elle dans les toilettes des femmes, en étant assise sur le lavabo, sans verrouiller la porte.

— C'est une exhibitionniste ?

Holden haussa les épaules.

— Je ne sais pas, mais je suis partant. Chacun son truc, tant que ça ne fait de mal à personne, pas vrai ? Bref, la soirée se termine et je prends le métro pour retourner au bar où on s'est rejoints. C'était une belle journée, alors j'avais pris ma moto et il fallait que je la récupère. Mais quand je suis monté dessus, la batterie était à plat. J'ai dû pousser plus de trois cents kilos dans une montée pour pouvoir sauter dessus et démarrer en descente. Quand j'ai sauté, j'ai senti un gros pincement à la base de mon sexe. Ça faisait super mal et ça ne partait pas. J'ai dû arrêter la moto pour retourner au bar et aller aux toilettes pour voir ce qui se passait. Il s'avère que ma petite rousse exhibitionniste avait perdu son anneau en me suçant. Le truc était bien pointu, et il a fini je ne sais comment dans mon boxer. Il a percé la peau à la base de ma queue. D'où le Prince Albert presque accidentel.

— Bon sang, tu es une vraie catastrophe, déclarai-je en éclatant de rire. Mais merci, mec. J'en avais vraiment besoin.

— Avec plaisir. Si je peux aider.

Le lendemain matin, je ne savais toujours pas ce que j'allais faire en marchant en direction du café pour retrouver Maya. La voir en ouvrant la porte me répugna. Mon estomac se souleva et je sentis la bile dans ma gorge. Je détestais que cette femme ait un lien avec ma douce petite fille innocente.

Elle sourit quand je m'assis en face d'elle.

— Je t'ai commandé un café et un petit déjeuner. Si je me souviens bien, tu m'as fait des pancakes après la nuit qu'on a passée ensemble, alors je me suis dit que c'était une valeur sûre.

Si seulement je pouvais la fusiller des yeux au sens propre.

— Je n'ai pas faim.

— Comme tu veux, soupira Maya en croisant ses mains sur la table. J'essayais juste d'être sympa. Et si on allait droit au but, alors ? Est-ce qu'on se marie ou pas ?

Putain. Je ne veux pas prendre cette décision.

Pourtant elle était là, sans aucune émotion sur son visage, en attendant une réponse.

Je ne pus m'en empêcher. Je me penchai vers elle et lui adressai un regard noir.

— Comment tu peux faire ça ? Te servir de ton propre enfant ? Est-ce que tu as été maltraitée quand tu étais petite ? Torturée ? Négligée par tes propres parents au point de ne plus avoir un minimum de respect pour les êtres humains ? Ou alors abusée ? Il doit bien y avoir une raison.

— C'est un oui ou un non ? demanda-t-elle en baissant les yeux sur sa montre, comme si je l'ennuyais.

Rien de ce que je disais ou faisais ne pourrait faire déroger cette femme de son plan. Elle n'avait qu'une seule idée en tête, et ça me terrifiait. Ça voulait dire que rien ne l'arrêterait pour obtenir ce qu'elle voulait, et elle se fichait de savoir si des personnes seraient blessées dans la manœuvre. Je fermai les yeux et priai pour avoir de la force, avant de les rouvrir.

— Je veux que tout soit rédigé par mon avocat, pas le tien. Je ne fais confiance à aucune personne ayant un lien avec toi. Je t'épouse seulement pour que tu puisses rester dans ce pays et que tu laisses ma fille tranquille. Quand ce sera fait, ne me contacte plus. Je ferai comme si ce faux mariage n'avait jamais existé.

— Très bien. Quel est le nom de ton avocat ?

— Adam Altman, révélai-je, les dents serrées.

Maya fouilla dans son sac à main accroché à sa chaise, et en sortit un téléphone. Elle tapa quelque chose sur son écran, puis leva les yeux.

— Sur la 53ᵉ Rue ?

J'acquiesçai.

Elle cliqua encore quelques fois, avant de porter son portable à son oreille, et de parler sans jamais me quitter des yeux.

— Bonjour, j'aimerais prendre rendez-vous avec maître Altman, s'il vous plaît.

Elle garda le silence quelques instants, avant de reprendre :

— Oui, un souci plutôt urgent avec l'immigration. Est-ce qu'il serait disponible de suite ? Demain, peut-être ? Je sais qu'on sera samedi, mais on a vraiment besoin de parler à quelqu'un le plus vite possible.

Encore un silence. Elle couvrit le téléphone et se pencha en avant.

— Demain à quinze heures ?

— Très bien.

J'écoutai à peine ce qu'elle dit durant les minutes qui suivirent, tandis qu'elle donnait nos noms et d'autres informations pour prendre le rendez-vous. Quand elle raccrocha, elle sembla contente d'elle-même.

— C'est tout bon. Je te retrouve là-bas.

— J'ai hâte, grommelai-je.

— Alors dis-moi, comment va Marisol ? Est-ce qu'elle est en bonne santé et heureuse ? m'interrogea-t-elle, avant de secouer la tête. Enfin, Saylor, je veux dire. C'est comme ça que tu l'appelles maintenant, c'est ça ?

— Est-ce que ça t'intéresse vraiment ?

— Bien sûr, elle a été prénommée en l'honneur de ma grand-mère, tu sais.

— Ah oui ? Est-ce que ta grand-mère a élevé ta mère ?

— Oui, répondit-elle en fronçant les sourcils.

— Eh bien, je suis au moins ravi que son nom de naissance soit celui d'une bonne mère et pas le tien.

Je me levai de table.

— D'ailleurs, elle s'appelle Saylor parce que tu es partie sans même me donner son prénom. Il fallait bien que je lui en trouve un. Je serai là demain à quinze heures.

♥

Maya arriva le lendemain après-midi avec son avocat. Xavier Hess était tout aussi tordu que sa cliente.

— Je connais quelqu'un au bureau local de l'immigration, déclara-t-il. Je ferai accélérer la procédure dès que le dossier sera rempli.

Mon avocat secoua la tête.

— Je ne veux rien d'illégal.

— Il n'y a rien d'illégal à avoir des amis. Ne me dites pas que vous n'avez jamais caressé un greffier du juge dans le sens du poil pour que votre dossier passe en premier lors d'une journée chargée.

— Tant que ce n'est que ça.

— Combien de temps ça prendra si on accélère les choses ? demandai-je.

— Probablement seulement quelques mois, répondit Xavier.

— Bien. J'aimerais être divorcé avant la fin de l'année.

Mon avocat fronça les sourcils.

— Colby, tu vas devoir garder ce genre de commentaires pour toi. Je ne peux pas te représenter si je pense que ton mariage avec Maya est faux.

Pour la première fois depuis que la sorcière diabolique était revenue dans ma vie, Maya semblait un peu nerveuse. Elle prit ma main qui était posée sur ma cuisse.

— Ce n'est pas un faux mariage. Colby a juste un drôle de sens de l'humour, *n'est-ce pas, trésor* ?

Je retirai ma main.

Mon avocat nous regarda tour à tour, avant de reprendre la parole.

— Il va falloir que vous vous connaissiez très bien. L'interrogatoire n'est pas si simple. Ils posent parfois des questions indiscrètes qu'un mari et une femme doivent savoir l'un sur l'autre.

— Comme quoi? l'interrogeai-je en fronçant les sourcils.

— Tout ce qu'ils veulent. Combien de temps avez-vous attendu avant de coucher ensemble pour la première fois? Combien de frères et sœurs avez-vous? Comment s'est passée la demande en mariage? Vos réponses doivent correspondre, sinon vous serez convoqués à un interrogatoire pour fraude. Comme je l'ai dit la dernière fois, la sanction pour avoir tenté de frauder en épousant quelqu'un afin d'obtenir un permis de séjour peut aller jusqu'à cinq ans de prison et une amende de deux cent cinquante mille dollars.

— Ne nous emballons pas, intervint l'avocat de Maya. Ces deux-là ont un enfant de quatre ans ensemble. Ce n'est pas un cas de mariage par correspondance.

J'étais sur le point de dire que c'était pire, qu'on me faisait du *chantage*. Cependant, je me retins de le faire, car je savais que mon avocat avait des scrupules. Au lieu de ça, je ravalai cette information. Et puis, nous n'avions encore rien fait d'illégal, alors j'avais encore le temps de me retirer. Après une autre demi-heure, j'annonçai à mon avocat que je le contacterais *si* et *quand* nous voudrions remplir une demande de citoyenneté. Toutefois, j'avais encore quelques questions à propos de ce que je pouvais faire pour me protéger avant de me marier, et je ne voulais pas les poser devant Maya. Alors je leur dis que j'avais besoin de quelques minutes seul avec mon avocat. Maya me répondit qu'elle m'attendrait dehors.

J'aurais vraiment aimé qu'elle se contente de partir, car cette journée avait été suffisamment épuisante, mais bien sûr, elle ne le fit pas. Son escroc d'avocat et elle attendaient dans la rue quand je sortis de l'immeuble.

— C'est tout bon ? demanda-t-elle.

— Je ne sais même pas si on y arrivera. On ne sait rien l'un de l'autre. Comment on pourrait réussir un interrogatoire avec des questions indiscrètes, comme mon avocat l'a mentionné ?

— Des entreprises vous prépareront, m'informa Xavier. Je donnerai quelques numéros de téléphone à Maya.

— Nous préparer ? Comment ça ?

— Des services de préparation aux interrogatoires de l'immigration. Ils tiennent une base de données des questions les plus posées lors des entretiens. Vous répondez chacun de votre côté, et vous échangez vos réponses pour pouvoir mémoriser ce que vous devez dire. Certains de ces services sont plutôt high-tech et peuvent être faits directement en ligne.

Je fronçai les sourcils et secouai la tête.

— Des personnes gagnent leur vie en aidant des gens à escroquer le gouvernement. *Génial.* Dieu bénisse l'Amérique.

— Voyez ça comme une préparation à un examen, Colby, reprit Xavier. Quand on veut être avocat, on prend des cours pour réviser et étudier des questions pratiques venant d'anciens examens du barreau. Ça ne veut pas dire qu'on ne peut pas échouer, mais plus on s'entraîne, mieux on est préparés, et il n'y a pas de surprises.

Toute cette histoire était écœurante, mais quel choix avais-je?

— Peu importe. D'accord, répondis-je en secouant la tête.

Les épaules de Maya se détendirent.

— OK, très bien. Maintenant que les choses sont réglées, et si on se voyait lundi matin?

— Pour quoi faire?

— Pour aller chercher notre certificat de mariage, évidemment. Comme ça, la cérémonie pourra avoir lieu mardi.

CHAPITRE 22

Billie

Tic-tac. Tic-tac.

Je vérifiai mon téléphone pour la centième fois en ce mardi matin. Apparemment, je comptais les minutes avant l'heure cruciale.

La fausse cérémonie de Colby était prévue juste avant seize heures cet après-midi. Il ne restait que cinq heures avant que mon petit ami épouse une autre femme. Je savais que ce n'était pas aussi simple que ça – ce n'était pas un « vrai » mariage –, mais ça faisait quand même très mal. Même si je détestais que nous soyons obligés d'en arriver là, j'étais contente qu'il ait décidé de franchir le pas. Ça signifiait faire un pas de plus vers la fin du cauchemar.

Saylor.

Saylor.

Saylor.

Tout ça, c'est pour Saylor, me rappelai-je.

Je ne cessai d'essayer de me plonger dans le travail, parce que je n'avais pas d'autre choix. Toutefois, mon cerveau et mes mains n'arrivaient pas à communiquer entre eux. J'avais déjà eu un mauvais jour de travail comme celui-ci, juste après la venue de Maya. Mais cette journée était la cerise sur le gâteau. Et pour ne rien arranger, mon emploi du temps était complet, alors j'allais avoir de nombreuses occasions de rater quelque chose.

Deek m'avait observée faire n'importe quoi toute la matinée : faire tomber des outils, oublier où se trouvaient les choses, demander plus d'une fois à un client de répéter les détails du tatouage qu'il voulait. La seule chose que je n'avais pas faite, c'était rater un dessin. C'était quelque chose que je n'avais *jamais* fait, et je ne voulais pas que ça commence aujourd'hui.

Après le départ de mon deuxième client, Deek se dirigea à l'avant du salon et descendit les stores.

— Mais qu'est-ce que tu fais ?

— Je ferme pour la journée, expliqua-t-il.

— Pourquoi ?

— Tu n'es pas dans ton état normal. J'ai chargé Justine d'appeler les clients restants pour reprogrammer leurs rendez-vous.

Je jetai un coup d'œil vers l'intéressée, qui était au téléphone. Elle me fit un petit signe de la main. Ça ressemblait à une embuscade.

— Les clients comptent sur moi, répliquai-je en regardant désespérément autour de moi. Tu ne peux pas simplement décider de fermer. C'est mon salon !

— Qu'est-ce que tu vas faire ? Me virer ? lança-t-il en riant, tout en s'approchant de la porte. Arrête, ma petite maladroite. Partons d'ici.

Après avoir passé quelques secondes à rester là à souffler, les bras croisés, je cédai et récupérai mon sac à main. Je fis au revoir de la main à Justine, qui était toujours en plein appel.

— Tu fermeras ? lui demandai-je.

Elle acquiesça en levant son pouce en l'air.

— On va où ? interrogeai-je Deek.

— On verra bien, mon amie. Je vais occuper chaque seconde de cette journée pour que tu ne souffres pas en pensant à tu sais quoi. On va faire passer le temps de la manière la moins douloureuse possible.

Nous passâmes la porte ensemble, et je suivis Deek dans les rues de New York, secrètement soulagée qu'il m'ait évité de devoir rester professionnelle aujourd'hui.

Pour notre premier arrêt, Deek m'emmena dans un magasin de bonbons, dans le genre de ceux où on prenait un sachet qu'on pouvait remplir comme bon nous semblait.

— Pourquoi venir ici ? le questionnai-je.

Il haussa les épaules.

— Parce que j'improvise ? Tu m'as dit une fois que quand tu étais plus jeune, tu remplissais un de ces sachets et tu allais en ville quand tu étais triste. Je trouvais que ce serait nostalgique. Et puis, j'avais envie de chocolat.

Je n'avais jamais été du genre à refuser des bonbons. Je saisis un sachet et cherchai tous mes préférés : Sour Patch Kids, Skittles, vers gélifiés, et SweeTARTS. Deek remplit principalement le sien de chocolats.

Passer dix minutes à choisir des cochonneries m'avait définitivement fait penser à autre chose, jusqu'à ce que j'arrive à l'un des derniers bacs.

Le panneau au-dessus des dragées disait : *Parfait pour les cadeaux de mariage !* Soudain, toutes mes pensées à propos de la cérémonie à venir revinrent au galop.

Deek dut remarquer que j'étais figée devant les amandes.

— Oh, merde, souffla-t-il derrière moi.

— Journée parfaite pour un mariage, n'est-ce pas, Deek ?

Je levai les yeux au ciel.

— Ces amandes couvertes de sucre sont nulles. J'ai failli me casser une dent avec ça quand j'étais petit, m'apprit-il en me tirant par le bras. Viens, on va payer.

Après être passés à la caisse, nous parcourûmes de nouveau les rues.

— On va où maintenant ? demandai-je en mâchant un vers gélifié bleu et rouge.

— Si je te le dis, tu vas t'y opposer. Alors contente-toi de me suivre.

Il héla un taxi et ordonna au chauffeur de nous conduire à Times Square. Très vite, nous nous retrouvâmes devant Madame Tussauds. Je restai bouche bée.

— Tu m'emmènes dans un musée de cire ?

— Tu as dit que tu n'y étais jamais allée.

— C'est vrai, mais il y a une raison à ça. Ça ne m'intéresse pas.

— Viens, ce sera amusant, insista-t-il en m'aidant à sortir du taxi.

Honnêtement ? Il avait raison. Deek et moi nous régalâmes à poser pour des photos avec les personnages en cire et interagir avec eux. Nous discutâmes de politique avec Barack Obama, et nous confiâmes à Britney Spears que nous étions soulagés d'apprendre la fin de sa tutelle. Nous nous mêlâmes également à la famille royale britannique et aux Kardashian. Je me mélangeais plutôt bien à ces derniers. Avec mes longs cheveux noirs, j'étais un peu comme la sœur tatouée perdue de vue. Nous dansâmes également avec Beyoncé, ce qui était sûrement ma partie préférée.

Toutefois, l'amusement prit fin quand nous arrivâmes devant une scène présentant les Beatles. Il n'y avait rien de mal en soi, mis à part le fait que John Lennon me fit penser à Colby Lennon, ce qui me renvoya sur la mauvaise pente. *Argh.*

Mes yeux étaient rivés sur John quand Deek arriva derrière moi.

— Qu'est-ce qui se passe dans ta petite tête, Yoko ?

Je continuai à fixer la statue.

— Tu sais que le nom de famille de Colby est Lennon, n'est-ce pas ? À la fin de cette journée, ce sera aussi celui de Maya.

— Bon sang, soupira Deek. Il faut encore changer d'air, tout de suite ! Sortons d'ici et trouvons quelque chose à manger.

Nous quittâmes Madame Tussauds pour aller chercher mon sandwich au pastrami préféré chez Katz's Deli. Ensuite, nous prîmes le métro pour nous rendre à Central Park et déjeuner sur un banc. Nous venions juste de finir de manger quand je repérai un couple en train de s'approcher. Elle portait une robe de mariée et soulevait le bas de sa traîne pour qu'elle ne touche pas le sol. Ils s'apprêtaient à prononcer leurs vœux au milieu du parc. Puis un cheval et une calèche apparurent, prêts à les emmener juste après.

Quand Deek les repéra, il baissa la tête en signe de défaite. Le pauvre avait fait tout son possible pour me distraire, et l'univers lui avait mis des bâtons dans les roues.

— Quelqu'un là-haut veut à tout prix que je n'oublie pas, Deek.

— Déjà, regarde sa robe. Elle est horrible. Et elle n'a pas un seul tatouage sur elle. Ennuyeux à mourir.

Il soupira, puis se leva.

— OK, tu sais quoi ? Je pensais qu'on pourrait supporter cette journée sans alcool, mais on dirait que ça ne va pas être le cas. Allons trouver un bar.

— Il est bien l'heure de l'apéro quelque part, acceptai-je en me levant du banc. Ouvre la voie.

Nous retournâmes dans la rue, et Deek chercha le bar le plus proche. Dès qu'il le trouva, nous entrâmes, et nous nous installâmes dans un coin pour passer l'après-midi ici.

J'étais déjà à ma deuxième bière quand mon téléphone sonna. *Colby.* Il était presque quinze heures, ce qui voulait dire que « ça » ne s'était pas encore passé. Je décrochai et tentai de paraître enjouée.

— Salut !

Lui, en revanche, semblait essoufflé.

— Tu es où ? Je suis au salon, mais c'est fermé.

Oh, non.

— Mince. Vraiment ? Je suis au bar avec Deek.

— Pourquoi ?

Je ne voulais pas mentir.

— OK… Il se peut que j'aie eu du mal à me concentrer ce matin. Deek a pris la décision de fermer après les deux premiers clients. On s'est promenés en ville.

— Vous êtes dans quel bar ?

Je ne savais même pas.

— Comment s'appelle cet endroit ? demandai-je à Deek.

— Chez Sammie.

— Chez Sammie. C'est quelque part près de Central Park.

— Mince. C'est loin. Il fallait que je te voie et je me suis dit que tu aurais peut-être le temps pour une petite visite avant que je doive aller au palais de justice.

Je me sentais mal.

— Ce n'est pas ce qui était prévu, Colby. Tu as dit que tu irais là-bas directement après le travail. Je n'étais pas au courant.

— Je sais, soupira-t-il. C'est juste que... je voulais m'assurer que tu allais bien. Je ne pensais pas pouvoir aller jusqu'au bout si ce n'était pas le cas. Et évidemment, je voulais te voir. Mais je...

Il ne finit pas sa phrase tout de suite.

— Je ne sais pas. Je ne vais pas très bien, avoua-t-il.

— Moi non plus, révélai-je, le cœur serré. Mais ça n'a pas d'importance. Parce que le fait que tu l'épouses ne nous fera jamais aller bien. Et il n'est pas question de ça. Rien ne pourra nous faire trouver ça bien, tu sais. Il faut juste qu'on l'accepte.

— Je ne suis pas obligé d'aller jusqu'au bout, déclara-t-il d'un ton urgent.

— Bien sûr que si, répliquai-je en soupirant profondément. Tu sais que tu dois le faire.

Il y eut une longue pause où je pus entendre sa respiration. J'aurais aimé ne pas avoir bu d'alcool, car ça me rendait encore plus émotive que je ne voulais l'être à ce moment-là. Les larmes me montèrent aux yeux.

— Laisse-moi parler à Deek, finit-il par prononcer.

Je tendis le portable à mon ami.

— Colby veut te parler.

— Salut, lança-t-il en prenant le relais.

Il écouta, puis hocha la tête.

— Oui. Ne t'en fais pas, déclara-t-il, avant de marquer une pause. Prends soin de toi, mec. Je m'en occupe.

Deek me rendit le téléphone.

— Salut, soufflai-je.

— Je suis désolé de ne pas avoir pu te voir, reprit Colby. Mais je suis content que tu sois avec Deek.

— C'est sûrement mieux qu'on ne se soit pas croisés. Me voir aurait fait remonter toutes nos émotions. Tu ne devrais pas en avoir pour faire ce que tu vas faire. C'est une transaction commerciale.

— La pire qui soit, oui. Je suis presque sûr que je préfèrerais rencontrer la mafia.

Je regardai l'heure. Il lui restait moins d'une heure.

— Tu ferais mieux d'y aller. Le palais de justice est de l'autre côté de la ville. Tu ne veux pas être en retard.

— Si, je *veux* être en retard. J'aimerais ne jamais me marier avec elle.

Je pris mon courage à deux mains l'espace d'un instant.

— Colby, tout ira bien. Tu vas y arriver. Appelle-moi quand ce sera fini, d'accord ? ajoutai-je en soupirant.

— D'accord.

Puis je raccrochai avant qu'il puisse ajouter autre chose. Je savais qu'il ne raccrocherait pas le premier. Je regrettai aussitôt d'avoir mis fin à l'appel, mais je n'aurais pas pu supporter de l'entendre dire quelque chose qui m'aurait fait pleurer. Je ne voulais pas m'effondrer dans ce bar. Ça n'aurait fait de bien à personne.

— Qu'est-ce qu'il t'a dit ? questionnai-je Deek.

— Il m'a remercié d'avoir veillé sur toi aujourd'hui. C'est tout. Il est vraiment inquiet à ton sujet.

Je passai mon doigt sur la buée de la bouteille de bière, et je me perdis dans mes pensées. Quelques minutes plus tard, je levai les yeux et aperçus quelqu'un qui nous faisait signe en s'approchant de nous. C'était... Owen ?

— Sympa de vous voir ici, lança-t-il en souriant.

Il était vêtu d'un costume trois pièces bleu marine. Sa montre étincelante brillait. Il était tiré à quatre épingles.

— Qu'est-ce que tu fais là ? demandai-je.

Il tapa dans la main de Deek.

— Le bar n'est pas très loin de mon bureau. Je me suis dit que j'allais venir pour une petite *happy hour*.

— Vraiment... répondis-je en plissant les yeux.

Owen s'installa avec nous et appela la serveuse avant de commander une bière.

— Quoi de neuf, les gars ? nous interrogea-t-il.

— Pas grand-chose. J'essaie juste d'oublier que Colby va se marier dans une heure.

Je bus une grande gorgée de ma boisson.

— Oh, c'est aujourd'hui ? réagit-il en faisant l'innocent.

— Arrête, Owen. Tu le sais très bien.

Son expression s'assombrit.

— Oui, c'est vrai. Il vient juste de m'envoyer un message pour que je passe prendre de tes nouvelles. Il savait que Deek était avec toi, mais je pense que Colby voulait l'avis de quelqu'un qui était de son côté pour être sûr que tu allais bien. S'il ne pouvait pas venir lui-même, j'étais le deuxième sur la liste.

— Eh bien... merci, mais ce n'est vraiment pas nécessaire, affirmai-je.

— Je ferais tout mon possible pour rendre cette journée plus facile pour Colby.

— C'est quand même exceptionnel. Tu as quitté le bureau avant seize heures ? le taquinai-je.

— Honnêtement, je ne pourrais pas te dire la dernière fois que j'ai quitté le travail plus tôt.

Un peu plus tard, Brayden arriva à notre table dans le coin en arborant un grand sourire.

— Pas toi aussi ! m'exclamai-je.

— Quoi ? Je suis juste ici pour prendre un verre, se défendit-il en haussant les épaules.

Il me fit un clin d'œil, puis regarda Deek.

— Quoi de neuf, mec ? lança-t-il, avant de m'adresser un regard désolé. Comment tu vas ?

— Bon sang, personne n'est mort ! m'écriai-je. Pourquoi tout le monde agit comme si c'était le cas ?

Brayden me tapota l'épaule.

— Si tu vas bien, alors nous aussi.

— J'ai entendu dire qu'il y avait une fête ! s'exclama quelqu'un d'autre.

Holden. Je secouai la tête en riant.

— J'aurais dû me douter que ça allait être un trio gagnant.

— Salut, Billie, déclara Holden en m'embrassant sur la joue. Toujours aussi belle.

Il fit ensuite un signe de tête à Deek.

— Salut, mec. J'ai vu ton Instagram. Qu'est-ce que vous avez fait avec les Kardashian aujourd'hui ?

— T'es pas sérieux, si ? ricana Deek.

Holden lui fit un clin d'œil en s'asseyant.

— Alors, qu'est-ce qu'on boit ?

— De la bière, répondis-je en levant ma bouteille.

— Ça me va, acquiesça-t-il en prenant un menu. Voyons voir ce qu'ils proposent.

Holden leva la main pour appeler le serveur.

— Comment se fait-il que vous ayez tous les trois le temps de jouer les baby-sitters avec moi aujourd'hui ?

— C'est simple, affirma Holden. Quand l'un de nous a besoin de quelque chose, on laisse tomber tout le reste. Et il n'y a rien de plus important pour Colby aujourd'hui que de s'assurer que tu ailles bien. Alors évidemment, il fallait que je vienne veiller sur toi. Je suis son meilleur ami.

Brayden et Owen tournèrent la tête vers lui en même temps.

— Qui t'a couronné meilleur ami de Colby ? lâcha Owen.

— Oui, renchérit Brayden. Depuis quand tu as hérité du rôle de meilleur ami ?

— Depuis la mort de Ryan, imbécile, répondit Holden.

Le silence se fit autour de la table, puis Holden les pointa du doigt.

— D'ailleurs, avez-vous proposé d'épouser Maya hier soir pour que Colby ne soit pas obligé de le faire ?

— Non, avoua Brayden en plissant les yeux.

Holden arbora un sourire arrogant.

— Exactement, vous ne l'avez pas fait. Parce que c'est moi son *meilleur ami*. Et un meilleur ami aurait proposé de le faire.

Je clignai des yeux.

— Attends... Recommence, Holden. Qu'est-ce que tu as fait ?

— C'est ce que toutes les filles me demandent. *Recommence*, plaisanta-t-il.

— Sérieusement, Holden, intervint Deek. Tu as proposé de te marier avec Maya ?

Holden but une grande gorgée de sa bière et haussa les épaules.

— Oui. Enfin... je suis allée chez Colby tard hier soir et je lui ai proposé de faire le sale boulot pour qu'il n'ait pas à le faire lui-même et qu'elle le laisse tranquille. J'étais sérieux. Je l'aurais fait.

— C'est très gentil de ta part, Holden, mais c'est complètement dingue, affirmai-je. Parce que je sais que c'était plus qu'une simple proposition. Tu serais allé jusqu'au bout.

— C'est vrai. Pourquoi est-ce que c'est si fou ? Je n'ai pas de petite amie, contrairement à Colby. C'est sans conséquences pour moi. Personne ne serait blessé. Mais il a pensé que ce serait trop compliqué à cause de Saylor et des avocats. J'aurais aimé y avoir pensé plus tôt. J'étais totalement partant pour faire semblant d'être amoureux de cette garce juste pour qu'elle lui fiche la paix. Il n'y a rien que je ne ferais pas pour ce type. S'il y a bien une chose que Ryan m'a apprise, c'est que nos vrais amis sont ce qu'il y a de plus important dans la vie. Peut-être même plus important que la famille parfois, selon la famille qu'on a.

Deek posa une main sur mon épaule.

— À qui le dis-tu. Cette fille est ma bouée de sauvetage. Quand les temps sont durs, je sais que je peux compter sur elle. Et elle sur moi. Voilà pourquoi je l'ai baladée dans toute la ville aujourd'hui pour essayer de lui changer les idées, confia-t-il, avant de lever un doigt. Cependant, je n'ai pas proposé d'épouser Maya. Alors, Holden, tu es une meilleure personne que moi.

Tout le monde se mit à rire.

J'avais de la chance d'avoir tous ces garçons à mes côtés aujourd'hui.

— Billie, tu es prête à te marrer ? demanda Owen.

— Bien sûr. Raconte-moi tout.

Il jeta un coup d'œil à Holden.

— Est-ce que tu as déjà entendu une histoire sur quelqu'un se faisant un Prince Albert par accident ?

Owen se mit alors à raconter de manière exagérée l'histoire folle de Holden et de la fellation qui avait failli lui faire gagner un piercing au pénis. Ils parvinrent vraiment à me faire rire. Mais à un moment donné, mon attention se porta ailleurs, alors qu'ils continuaient à plaisanter. Tout disparut autour de moi quand je jetai un coup d'œil à l'horloge.

Seize heures moins le quart. Colby était en train de se marier avec Maya à ce moment précis, ou il allait bientôt le faire. Dès lors, je fus totalement ailleurs.

Puis mon téléphone bipa. C'était un simple message. Mais un message profond.

Colby : Je t'aime.

Mon cœur se brisa. Parce que je savais. Il m'avait envoyé ça parce que ça allait se produire. *Et il m'aimait.*

CHAPITRE 23

— Tu en as bu combien ?

Je jetai la petite bouteille de tequila dans la poubelle du couloir, puis en sortis une autre de ma poche.

— Apparemment pas assez, puisque je distingue encore ton visage.

Maya grimaça.

— Tu agis comme si c'était la fin du monde d'épouser une belle femme. Beaucoup d'hommes remercieraient leur bonne étoile de pouvoir se marier avec moi.

Je ricanai et retirai le bouchon de la tequila.

— Pour commencer, la beauté vient de l'intérieur, alors tu es on ne peut plus laide. Et ensuite, si tant d'hommes seraient heureux de t'épouser, alors pourquoi tu n'es pas venue avec l'un d'entre eux ?

Maya observa autour d'elle.

— Parle moins fort. Et tu connais la réponse. Parce qu'un mariage qui a lieu juste au moment où le gouvernement essaie de nous expulser est douteux. C'est plus crédible de le faire avec quelqu'un avec qui je suis depuis quelques années, et avec qui j'ai un enfant.

— *Nous* n'avons pas d'enfant ensemble. Un enfant est quelqu'un qu'on fait passer avant tout le reste, quelqu'un qu'on aime et qu'on protège. *Moi*, j'ai un enfant. Toi, tu as un foutu pion.

Elle leva les yeux au ciel.

— Si tu le dis. Mais il faut que tu ralentisses sur l'alcool, parce que si l'officiant pense que tu es ivre, il pourrait considérer que tu n'es pas en état de te marier.

Je ricanai.

— En capacité de me marier... Quand est-ce que tu es allée en fac de droit ?

— Ce n'est pas parce que je suis strip-teaseuse que je ne suis pas instruite.

— Ce que je pense de toi n'a rien à voir avec ta profession, ma belle. Ça a tout à voir avec tes actions. Seule une garce débile abandonnerait son enfant sans prévenir. *Flash info : je suis un adulte qui ne fuit pas ses responsabilités.* J'aurais pris soin d'elle si tu galérais, et on aurait pu trouver une solution pour que tu viennes la voir de temps en temps.

Pour la première fois depuis qu'elle était revenue dans ma vie, le visage de Maya se décomposa. À ce moment-là, un homme ouvrit la porte devant laquelle nous étions assis.

— Lennon et Moreno ! s'écria-t-il.

J'avalai la tequila en une seule gorgée et levai la main.

— C'est à notre tour d'aller devant le peloton d'exécution ?

— Il plaisante, intervint Maya, avant de se tourner pour m'adresser un regard de mise en garde. *N'est-ce pas, chéri ?*

Le type avait l'air de se moquer que ce soit le cas ou non. Il regarda à droite, puis à gauche, avant de parler d'une voix monotone.

— Où est votre témoin ?

— Un témoin ? répéta Maya. Je pensais que vous en fournissiez un.

— Ça ne fonctionne pas comme ça, répondit-il en secouant la tête. C'est clairement écrit sur la brochure que vous avez reçue quand vous êtes venus demander votre certificat. Pas de témoin, pas de mariage.

— Euuuh... vous pouvez nous accorder une minute ? demanda Maya.

— Je ne pourrai pas vous accorder beaucoup plus. Vous êtes la dernière cérémonie de la journée, et ils ont encore réduit notre budget, alors plus d'heures supplémentaires. On ferme à seize heures pile. C'est pour ça que le dernier rendez-vous est à quinze heures quarante-cinq.

— J'en ai juste pour une minute, promis.

Le type haussa les épaules et retourna dans le bureau du greffier.

— Il faut croire que tu n'as pas pensé à tout, ricanai-je.

Maya plissa les yeux.

— Attends ici et *ne bois rien d'autre.*

Je répondis en sortant une autre bouteille de tequila de la poche de ma veste et en retirant le bouchon avec le sourire aux lèvres.

Elle secoua la tête avant de s'éloigner.

Elle revint dans le couloir trois minutes plus tard avec un type qui ressemblait à un sans-abri. Il n'avait même pas de chaussures.

— Allons-y, déclara-t-elle. Frank est notre témoin.

Je glissai ma main dans ma poche et tendit une mini bouteille à l'homme.

— Vous en voulez une ?

Il me la prit des mains et regarda Maya.

— Vous me devez quand même cent dollars.

Je titubai un peu.

— Vous devriez lui demander de vous les donner maintenant. On ne peut pas lui faire confiance.

Maya me lança un regard noir, mais Frank était assez intelligent pour tenir compte de ma mise en garde. Il tendit la main vers elle.

— Donnez-moi mes cent dollars ou je pars.

Elle fouilla dans son sac à main.

— Vous avez intérêt d'avoir votre carte d'identité, comme vous me l'avez dit.

Quelques minutes plus tard, notre charmant trio se tenait dans le bureau du greffier. Je m'étais attendu à signer quelques papiers avant d'aller dans une sorte de salle d'audience, mais apparemment, à New York, les mariages *dans les palais de justice* ne se déroulaient pas vraiment dans un tribunal. Le greffier ne quitta même pas son bureau.

— Souhaitez-vous joindre vos mains ? demanda-t-il.

Maya s'apprêta à prendre mes mains, mais je les retirai.

— Est-ce nécessaire ?

— Non, pas du tout, répondit le greffier en fronçant les sourcils.

— Alors finissons-en, répliquai-je en glissant mes mains dans mes poches.

L'homme nous observa tour à tour.

— Y a-t-il un problème ?

L'alcool commençait à faire effet, et ça faisait toujours ressortir mon sens de l'humour. Du moins, je le pensais.

— Non, ma religion m'interdit juste de la toucher avant qu'on soit mariés, affirmai-je en haussant les épaules.

Je ris de nouveau.

— Dommage qu'elle ne m'interdise pas de coucher avec des strip-teaseuses, n'est-ce pas, mon Père ?

— Euuh... je ne suis pas prêtre. Je suis un employé de la ville, un greffier du tribunal.

— Je me demandais pourquoi vous n'aviez pas un de ces cols. Ces trucs doivent tenir sacrément chaud en été, hein ? C'est comme porter un col roulé.

Maya me fixait.

— Et si on laissait cet homme faire son travail et nous marier ?

Elle afficha un sourire digne des concours de beauté et regarda le greffier.

— Il fait des blagues quand il est stressé. Pardon.

L'homme haussa les épaules et poursuivit la cérémonie. Sept très longues minutes plus tard, il prononça :

— Félicitations, vous êtes désormais mari et femme. Vous pouvez embrasser la mariée.

Je fus pris de nausée, et je dus couvrir ma bouche.

— Je ne me sens pas très bien. Est-ce qu'on peut partir ?

Maya adressa un sourire désolé au greffier.

— Sushis pas frais pour le déjeuner.

Le type s'en fichait totalement. Il voulait juste qu'on parte d'ici avant seize heures. Il tamponna quelques papiers et pointa du doigt les lignes où nous devions signer, avant de nous donner un certificat.

— Bonne chance. Je pense que vous allez en avoir besoin.

J'eus à peine le temps d'arriver à la poubelle dans le couloir avant que tout remonte. Je ne savais pas vraiment si c'était ce que j'avais bu, ou juste ce que je venais de faire de ma vie. Toutefois, ma nouvelle femme ne semblait pas s'en préoccuper.

Elle posa ses mains sur ses hanches, tandis que mon visage se trouvait toujours au-dessus de la poubelle.

— L'enquêteur ne laissera pas passer ce genre de comportement, Colby. Tu ferais mieux d'apprendre à agir comme si j'étais ta tendre épouse.

Je crachai le goût amer que j'avais dans la bouche.

— De Niro lui-même n'est pas assez doué pour faire ça.

Maya secoua la tête.

— Je te contacterai bientôt pour la préparation à l'interrogatoire.

— Va te faire foutre, lançai-je en relevant la tête.

— Qu'est-ce que je vous sers ? me demanda le serveur en posant une serviette en papier devant moi.

— Tequila.

— Un shot ou un verre ?

— Les deux.

— Un type de tequila en particulier ?

— Peu importe.

L'homme haussa les épaules.

— Je vous apporte ça.

Quelques minutes plus tard, il revint et posa un verre à shot, un verre à whisky rempli de glaçons, des tranches de citron vert, et une canette de Coca. Il versa de la tequila Don Julio venant d'une bouteille avec un bac verseur.

— Celle-ci est un peu plus chère, mais vous l'apprécierez demain. Je vous ai aussi apporté plusieurs choix pour la suite. Je ne vous conseille pas d'enchaîner encore avec de la tequila.

— Merci.

J'avalai d'un trait le shot et fis la même tête que si je venais de manger un citron.

— C'est bien ce que je pensais, ricana le serveur.

— Quoi donc ?

— Vous n'avez pas l'habitude de faire ça, pas vrai ?

— Absolument pas.

Il posa son coude sur le bar.

— Vous voulez en parler ?

Je jetai un coup d'œil dans sa direction. Il devait avoir une petite soixantaine et portait une chemise à carreaux rentrée dans son jean, avec un torchon posé sur son épaule.

— Vous êtes marié ?

— La troisième fois est la bonne, répondit-il en levant trois doigts.

Je compris à ce moment-là que si j'épousais Billie, elle ne serait pas ma première épouse. Elle serait toujours la deuxième, et elle ne méritait rien d'autre que d'être la seule et l'unique.

Je levai mon verre de tequila et en sirotai une gorgée.

— Qu'est-il arrivé aux deux premières ?

— Je suis sobre depuis six ans. Je ne peux pas vraiment vous dire ce qui s'est passé les deux premières fois, parce que je ne me souviens pas vraiment de ces années. Mais je suppose que ça a quelque chose à voir avec le fait que j'étais un alcoolo. Je n'ai pas l'alcool joyeux.

— Vous êtes en rémission et vous travaillez dans un bar ?

— Je suis le propriétaire. Je ne sais pas vraiment faire grand-chose d'autre.

J'acquiesçai.

— Je m'appelle Stan Fumey, déclara-t-il en me tendant sa main. Ravi de faire votre connaissance.

— Colby Lennon, répondis-je en la lui serrant.

— Alors, quelle est votre histoire? demanda Stan. Votre femme vous en fait voir de toutes les couleurs alors vous êtes venu ici pour essayer d'oublier qu'elle existe?

— Quelque chose comme ça...

— Vous êtes mariés depuis combien de temps?

— Il est quelle heure?

Stan jeta un coup d'œil à l'horloge Budweiser accrochée au mur par-dessus son épaule.

— Il est à peine dix-sept heures.

Je hochai la tête.

— Alors ça fait une heure.

— Vous vous fichez de moi, répliqua-t-il en fronçant les sourcils.

— J'aurais préféré, affirmai-je en sirotant mon verre. Je me suis marié à seize heures.

— Où est votre femme?

— Avec un peu de chance, en train de se faire renverser par un bus.

Le serveur se mit à rire.

— Je n'ai que deux mots pour vous aider.

— Lesquels?

— *Walter Potter.*

Je fronçai les sourcils.

Stan s'éloigna un peu et récupéra quelque chose à côté de la caisse, puis il lança une carte de visite dans ma direction.

Je plissai les yeux pour la lire.

Walter Potter
Avocat à la cour
Spécialisé en divorces

— Il est bien et pas cher. Peut-être qu'il pourra vous faire une annulation.

— J'aimerais que ce soit si simple, avouai-je en secouant la tête.

Stan m'étudia un instant.

— Vous l'avez mise enceinte ?

— Je crois que oui, confirmai-je en finissant ma tequila.

— Pas de chance. C'est prévu pour quand ?

— Il y a quatre ans.

Stan avait l'air complètement perdu.

— Ça a l'air compliqué.

— Ça l'est.

— Eh bien, vous savez déjà que je ne suis pas un expert en mariage, donc je ne peux pas vous donner de conseils pour que le vôtre fonctionne. Mais je peux vous dire une chose. Parfois, rester ensemble pour les enfants cause plus de dégâts qu'une séparation. Je vous félicite d'essayer de faire en sorte que ça marche, mais n'oubliez jamais que les enfants apprennent en observant, pas en écoutant ce qu'on leur dit de faire. Alors si ce n'est pas déjà fait, commencez à donner l'exemple.

Comme si je ne me sentais pas déjà assez mal. La dernière chose dont j'avais envie, c'était que ma fille se retrouve dans ce genre de situation. J'étais sûr que Stan voulait bien faire, mais il n'aidait pas. Alors je poussai mon verre en avant.

— Je peux en ravoir ?

— Bien sûr, accepta-t-il.

Quelques heures plus tard, j'étais si bourré que mon nouvel ami Stan me priva d'alcool. Je jetai sur le bar les billets qu'il me restait dans mon portefeuille, puis grommelai que je devais aller quelque part, avant de sortir en titubant. Cependant, quand j'arrivai dans la rue et que je tentai de marcher, je n'étais pas vraiment sûr de pouvoir tenir debout sans aide. Alors j'appuyai une main contre le mur de briques à l'extérieur du bar et avançai en y appuyant mon poids, un pas à la fois. Il me fallut probablement dix minutes pour passer quatre immeubles et arriver au coin, tout ça pour me rendre compte que j'étais foutu puisque je n'aurais pas de mur sur lequel m'appuyer pour traverser. Plutôt que de me faire écraser par un taxi, je me dis que je ferais mieux de m'asseoir quelques minutes, et c'est ce que je fis. Je me laissai glisser le long du dernier bâtiment de la rue et m'assis dans cette rue dégoûtante de New York.

Juste au moment où je commençais à être bien, mon téléphone vibra dans ma poche. Cependant, mon état d'ébriété m'empêcha d'avoir suffisamment de coordination pour le sortir avant de manquer l'appel. En lisant le nom de la personne qui m'avait contacté, la nausée de tout à l'heure refit surface. Billie. Je détestais lui faire endurer tout ça. Cependant, je ne voulais pas qu'elle s'inquiète, alors je la rappelai.

— Salut, soupira-t-elle. Comment tu vas ?

— Je vais *buper vien.*

Non... ce n'était pas ça.

— Je veux dire que je vais *buper vien.*

— Oh, bon sang. Tu n'as pas l'air d'être en grande forme. Ou devrais-je dire en *frande gorme.*

Elle marqua une pause.

— Alors... je suppose que ça s'est passé.

— Tu veux dire que j'ai vendu mon âme au diable ? demandai-je en fronçant les sourcils. Oui, je l'ai fait.

Billie garda le silence pendant quelques secondes.

— Ça va aller, Colby.

Sa voix était si tendre que les larmes coulèrent sur mon visage.

— Ça ne va pas aller. Tu sais pourquoi ? Parce que tu ne mérites pas ce merdier.

— Toi non plus, Colby. Toi non plus.

Le silence se fit de nouveau, jusqu'à ce que je l'entende renifler.

Putain.

— Ne pleure pas, s'il te plaît. Je ne supporte pas de te faire du mal comme ça.

— Je suis désolée. Je devrais être le dernier de tes soucis en ce moment.

— Est-ce que je peux te voir ? demandai-je. Saylor dort chez mes parents ce soir.

— Je ne pense pas que ce soit une bonne idée, Colby. Pas ce soir, en tout cas. Mais peut-être demain ? Je sais juste que je serais encore plus émue si je te voyais maintenant, et tu as besoin d'une bonne nuit de sommeil.

Je ressentis un poids sur la poitrine.

— D'accord.

— Tu es où ? m'interrogea-t-elle.

— Pas très loin du palais de justice. Je suis allé directement au bar le plus proche.

— Tu pourrais faire quelque chose pour moi ?

— Ce que tu veux…

— Tu veux bien rentrer chez toi tout de suite ? Ne bois plus. Appelle un Uber et dors.

— Oui, je peux faire ça, acquiesçai-je.

— Merci, répondit-elle, avant de marquer une pause. Je vais te laisser, mais tout ira bien. On va s'en sortir, Colby.

Je ne savais pas comment ce serait possible, mais je savais qu'elle voulait bien faire.

— Bonne nuit, trésor.

Après avoir raccroché, je fis exactement ce qu'elle m'avait demandé. J'ouvris l'application Uber et commandai une course. Du moins, je pensais l'avoir fait… jusqu'à ce qu'une voix me réveille quelque temps plus tard.

— Colby?

J'ouvris péniblement les yeux.

— Billie? Tu es là…

— Bien sûr que je suis là. Pourquoi je ne serais pas chez moi à trois heures du matin?

Chez elle? Je regardai autour de moi. J'étais allongé par terre dans un couloir, alors je me redressai en m'appuyant sur mon coude.

— Je dors ici depuis combien de temps?

— Je ne sais pas. Je dormais aussi et je ne savais pas du tout que tu étais là. Ma voisine travaille tard. Elle m'a appelée pour me demander si je connaissais l'homme devant ma porte ou si je voulais qu'elle appelle la police.

Je passai une main dans mes cheveux.

— *Putain.* Je suis désolé. Je pensais que j'étais rentré chez moi.

Je secouai la tête et tentai de me rappeler comment j'étais arrivé ici, mais tout était flou.

Je me souvenais d'être monté dans un Uber et d'avoir fermé les yeux. Mais après ça, c'était le trou noir.

— Viens, entre, proposa-t-elle en me tendant une main pour m'aider à me relever.

J'acceptai son offre et me mis debout, avant de la suivre à l'intérieur.

Billie ferma la porte derrière nous et se mit à taper un message.

— Je dois juste dire à Amber que tout va bien pour qu'elle n'appelle pas la police.

J'acquiesçai et attendis qu'elle pose son téléphone sur le comptoir.

— À quelle heure tu m'as appelé tout à l'heure ? la questionnai-je.

— Il devait être environ vingt-et-une heures, je crois.

— Mince. Il faut croire que j'étais là depuis un moment. Désolé. Tu veux que je parte ? m'enquis-je en désignant la porte avec mon pouce.

Billie secoua la tête et tendit sa main.

— Et si tu venais te coucher avec moi ?

J'acquiesçai et la suivis dans sa chambre. En temps normal, je n'aurais pas hésité à me déshabiller, du moins en gardant mon boxer, mais je me sentais mal à l'idée de retirer plus que mes chaussures avant de me glisser sous la couverture. La pièce était sombre, mais une fenêtre était ouverte, et les lumières de la rue éclairaient suffisamment pour que je puisse voir une fois que ma vision s'ajusta. Je roulai sur le côté, et Billie en fit de même.

— Ça va ? murmura-t-elle.

Une boule se forma dans ma gorge. J'avais l'impression que si je parlais, elle allait bouger et tous les sentiments coincés derrière allaient se déverser. Alors je secouai la tête.

— Oh, Colby. Je suis tellement désolée que tu traverses tout ça.

Je n'en revenais pas que ce soit *elle* qui essaie de *me* consoler. Ça aurait dû être le contraire. Au lieu de ça, c'était encore une autre preuve que j'étais tombé amoureux de l'âme la plus belle et la plus gentille de cette planète. Je tentai de déglutir, mais ça ne servit à rien. Je ne pouvais plus me retenir. Les larmes coulèrent sur mes joues, alors que je prenais son visage en coupe.

— Je t'aime tellement que c'en est douloureux, Billie. Je déteste te faire de la peine, et je m'en veux de te dire que je t'aime pour la première fois aujourd'hui, alors que cette journée a été horrible. Je voulais que tu puisses garder uniquement de bons souvenirs de ce moment.

Les larmes se formèrent également dans les yeux de Billie.

— Il est trois heures et demie du matin, Colby. La journée d'hier est pleine de mauvais souvenirs, mais on a encore le temps de remplir celle-ci de bonnes choses. Ne regardons plus en arrière et contentons-nous d'aller de l'avant et de choisir d'être heureux, parce que je t'aime aussi.

Je secouai la tête.

— Je ne sais pas ce que j'ai fait pour te mériter.

Elle sourit.

— C'est pour ça que je sais que c'est réel. Parce que le véritable amour, c'est quand on a tous les deux l'impression d'avoir trouvé quelqu'un qu'on ne mérite pas.

CHAPITRE 24

Billie

Quelques semaines plus tard, tôt le matin, alors que Colby dormait encore, j'étais allongée au lit à côté de lui en me disant à quel point nous avions de la chance que tout ait été si calme dernièrement.

Comment cette tranquillité était-elle possible après ce faux mariage ? Maya avait disparu depuis un moment, et c'était une bénédiction.

Je touchai du bois.

Plusieurs fois.

Je ne voulais pas nous porter la poisse, mais j'espérais qu'elle resterait loin le plus longtemps possible.

Nous avions eu pratiquement trois semaines de ce bonheur tranquille. Il était presque possible de faire comme si ce cauchemar ne s'était jamais produit. Presque. La dernière fois, j'avais rêvé qu'elle me surprenait en train de faire l'amour avec Colby, et qu'elle m'ordonnait de m'éloigner de son « mari ». Je m'étais réveillée en sueur. C'était l'un des quelques rêves que j'avais faits d'elle. Dans un autre, elle avait dit à Saylor qu'elle était sa mère, et la petite s'était mise à pleurer. Dans ce rêve, je n'avais pas su dire si c'étaient des larmes de joie ou de tristesse, et je m'étais réveillée avant de pouvoir le découvrir. Alors même si Maya n'était pas revenue pour l'instant, j'aurais aimé pouvoir dire aussi que je ne pensais pas à elle. Cependant, le fait qu'elle reste loin me convenait déjà parfaitement.

Jusqu'à ce que tout ça soit fini, il y aurait toujours un nuage noir au-dessus de nos têtes. Et je savais que le répit actuel pouvait s'arrêter à n'importe quel moment, étant donné que Colby serait bientôt scruté par les gens de l'immigration. Mais le temps qu'ils prenaient à agir était bénéfique pour nous. Et il n'était pas question de prendre une seule seconde de cette pause pour acquise.

Il était six heures quand je sentis Colby caresser mon dos. Je me retournai pour me retrouver face à son beau visage.

— Je te veux avant de devoir me lever, souffla-t-il d'une voix endormie.

J'aurais pu jurer que cet homme était excité même dans son sommeil. Il n'était même pas réveillé depuis deux secondes qu'il voulait déjà faire l'amour. Et même si je n'avais pas encore complètement émergé, j'étais toujours partante pour coucher avec lui. Ces derniers temps, il avait été encore plus insatiable. Depuis que j'avais commencé à passer quelques nuits par semaine chez lui, les choses étaient devenues plus intenses. Toutefois, nous nous assurions toujours de nous lever avant Saylor, pour qu'elle nous retrouve à la cuisine plutôt que dans la chambre. Elle semblait toujours heureuse de me voir, et pour le moment, rien de bizarre ni de perturbant ne s'était passé pendant les nuits que j'avais passées ici. Elle avait l'air de vouloir que je sois là autant que moi.

Plus tôt dans la semaine, Colby avait passé plusieurs heures dans sa chambre à réparer son lit grinçant pour qu'il fasse moins de bruit. Il avait pris cette tâche très au sérieux. Il n'avait pas voulu lâcher l'affaire tant que le lit ne faisait plus aucun bruit quand nous mettions du poids sur le matelas. Tout ça parce qu'il ne voulait pas que je trouve des excuses pour ne pas vouloir faire l'amour dans son lit. Le bruit avait été l'une des premières raisons qui m'avaient fait hésiter à commencer à passer la nuit chez lui. L'opération Stop Grincements impliquait de remplacer son matelas actuel par un matelas à mémoire de forme qui ne rebondissait pas. Il resserra également les vis de la tête de lit. Inutile de dire que nous l'avions testé de nombreuses fois, et que c'était un succès *fracassant*.

— Tu as quoi en tête, ce matin ? demandai-je en me blottissant contre lui.

— Je pensais que tu pourrais me chevaucher. Enfin... si tu en as envie.

— J'ai envie de penser que tu me prendrais de n'importe quelle façon, là, tout de suite.

— Ta façon de penser est juste, confirma-t-il avec un sourire espiègle.

— Mais tu as de la chance, parce que je suis vraiment d'humeur à prendre le dessus. Je ne suis pas une étoile de mer, Lennon. Tu le sais.

— Non, tu es plutôt du genre requin et j'adore ça.

Il me fit un clin d'œil.

— Un requin, et parfois un poisson-pipe, ajoutai-je en haussant les épaules.

Colby se mit à rire, alors que je me redressais. Mes longs cheveux couvrirent ma poitrine lorsque je le chevauchai, et quand je me laissai glisser sur son érection parfaitement rigide, il ferma brièvement les paupières.

J'aimais être au-dessus, surtout parce que ça me permettait de voir clairement son visage magnifique.

— Bon sang, tu t'es réveillée aussi mouillée que ça ? souffla-t-il d'une voix rauque. Tu es tellement prête.

— Je suis toujours prête pour toi.

J'enfonçai mes ongles dans son torse et remuai mes hanches. Ses yeux se rivèrent aux miens d'une manière qui me donnait l'impression que rien d'autre n'existait pour lui à ce moment-là. J'étais sûre que je le regardais de la même façon.

Il empoigna mes fesses.

— Bon sang, ma belle. Tu fais ça si bien.

Je bougeai mes hanches plus fort et plus vite, en me soulevant parfois pour me laisser tomber brusquement sur lui. Colby prit mes seins dans ses mains et caressa mes mamelons avec ses pouces.

— Putain ! lâcha-t-il en fermant les yeux, alors que son corps tremblait. Désolé... putain, je vais jouir. C'est trop bon. Je ne peux pas me retenir, bébé.

Il avait de la chance que je sois en train de retenir mon propre orgasme, sinon je lui en aurais fait voir de toutes les couleurs pour avoir craqué avant moi. Je me laissai aller lorsque mes muscles se contractèrent autour de lui pendant qu'il jouissait en moi. J'adorais sentir la chaleur de son sperme.

Après ça, je me rallongeai en lui faisant face.

— C'était incroyable, haleta-t-il. Je ne peux pas me rassasier de toi.

Je jetai un coup d'œil à l'heure.

— On ferait mieux de ne pas tarder à se lever.

— D'accord. Encore cinq minutes, réclama-t-il en m'attirant à lui pour enfouir son nez dans mon cou. J'ai rendez-vous avec des entreprises aujourd'hui pour parler des rénovations du toit de l'immeuble, ce qui veut dire que je ne peux pas emmener Saylor à l'atelier mère-enfant ce matin. Elle va être triste.

— Je peux y aller avec elle, proposai-je sans même avoir à y réfléchir.

— Tu es sûre ? Tu n'as pas de clients aujourd'hui ?

Je massai ses cheveux.

— Seulement un tôt ce matin. J'essaie de moins charger mes samedis. Mais je connais ce client. Je parie qu'il sera d'accord pour que Deek s'occupe de lui. Il a déjà travaillé sur lui dans le passé.

— Tu es sûre ? Je ne veux pas te déranger.

— Certaine. J'étais curieuse à ce sujet, d'ailleurs. Je pense que ça va être amusant.

— Saylor va être super excitée d'y aller avec toi.

Je souris.

— J'espère.

L'atelier avait lieu dans un brownstone de l'Upper West Side.

Sans surprise, Saylor était ravie que je l'y accompagne. Mais devinez qui ne semblait pas du même avis ? Les mamans, alias *Les Femmes de Stepford*, qui se ressemblaient toutes dans leurs vêtements pastel et leurs cheveux blonds parfaitement coiffés. Pas un seul tatouage à l'horizon. Ça ferait rire Deek. Ils les considèreraient toutes comme des femmes indignes de confiance et minables.

Vu les regards étranges qu'elles m'adressèrent quand j'arrivai avec Saylor, je compris qu'elles n'appréciaient pas qu'une nouvelle tête rejoigne leur petit club. C'était soit ça, soit elles étaient vraiment déçues de ne pas pouvoir flirter avec mon petit ami aujourd'hui. Colby m'avait raconté une fois que beaucoup de ces femmes, dont certaines étaient mariées, le draguaient. Je ne pouvais pas leur en vouloir, mais j'avais quand même envie de toutes les frapper.

— Oh, vous devez être la nouvelle nounou de Saylor, tenta l'une de ces garces.

Nounou ? Non, elle n'a pas osé.

— Non, répliquai-je.

Non pas qu'il y ait quelque chose de mal à être nounou. Mais elle trouvait inconcevable le fait que je puisse être plus que ça parce que je n'étais pas du genre sage et classique comme le reste d'entre elles.

Elle inclina la tête.

— Oh, désolée. Ce n'était qu'une supposition…

J'avais envie de compléter mon « non » en précisant que j'étais la petite amie de Colby, mais je me dis que je ne lui devais aucune explication. C'était plutôt drôle de voir son air confus.

Elles avaient installé des tables où les filles étaient censées se faire maquiller le visage par les mamans. J'étais soulagée, parce que ce genre d'activité était mon domaine. Colby avait mentionné qu'on ne savait jamais vraiment quelle activité allait être proposée. Parfois c'était une dînette, d'autres fois, elles allaient toutes ensemble à l'aire de jeux. Mais jouer avec de la peinture ? Ça, je pouvais faire.

— On va peindre ! informai-je Saylor. Ça me rappelle la fois où on t'a transformée en tigre. Tu te rappelles ?

Elle hocha la tête avec enthousiasme, avant de rejoindre rapidement certaines de ses amies dans un coin. Je devais admettre que malgré le fait que les femmes m'aient agacée dès le départ, toutes leurs progénitures étaient absolument adorables.

L'une des mamans apparut près de moi.

— Je m'appelle Lara, m'apprit-elle.

— Billie, répondis-je en hochant la tête, tout en observant les enfants.

— Où est Colby aujourd'hui ? demanda-t-elle.

C'est tout ce qu'elle a à me dire ?

— Il avait quelques affaires à régler.

Elle finit par me poser la question qu'elle avait vraiment en tête.

— Je vous ai entendu dire que vous n'étiez pas la nounou. Quel est votre lien avec Saylor, sans vouloir être indiscrète ?

À ce moment-là, l'intéressée arriva en courant. Je tirai doucement sur l'une de ses couettes.

— Qui je suis pour toi, Saylor ?

— Tu es Billie !

— Je sais, mais mis à part mon prénom, tu penses que je suis qui ?

Elle sautilla plusieurs fois.

— Tu es la fille que mon papa aime. Tu es sa princesse Jasmine !

Lara resta bouche bée, et j'adorai ça.

— Tu as trouvé cette idée où ? demandai-je à Saylor.

— C'est papa qui me l'a dit.

Waouh. Même si Colby était devenu plus démonstratif avec moi devant elle, je ne m'étais pas rendu compte qu'il lui avait dit qu'il m'aimait.

— Il t'a dit ça quand ?

— Quand on regardait *Aladdin*. Il m'a dit qu'il t'aime comme Aladdin aime princesse Jasmine.

— Si ce n'est pas *adorable*, renchérit Lana.

Je ne me rappelais même plus qu'elle était là. Cependant, la façon dont elle avait prononcé le mot *adorable* me faisait penser qu'elle se moquait de moi.

— Sérieusement ? rétorquai-je en plissant les yeux.

Elle cligna des paupières, confuse.

Même si je n'avais pas pu m'empêcher de lui tenir tête, j'en restai là en me souvenant que Saylor se trouvait à côté de moi. Toutefois, j'avais envie de dire à cette garce hypocrite qu'elle pouvait se mettre son *adorable* là où je pensais.

Une fois que tout le monde s'installa pour commencer la séance maquillage, je me dis que Saylor voudrait un animal sur le visage comme la dernière fois, mais au lieu de ça, elle me demanda totalement autre chose.

— Je veux peindre mon bras comme le tien, Billie.

— Vraiment ?

Elle confirma d'un hochement de tête.

Bon sang, c'était mignon.

Alors j'offris à Saylor sa propre manchette, en peignant des tas d'animaux colorés et d'autres dessins sur son bras. La peinture ne ressemblait pas vraiment à de l'encre, cependant, son bras était couvert quand même. Mais le meilleur dans tout ça ? Tous les regards noirs que me lançaient ces femmes pour avoir essayé de faire en sorte que la petite me ressemble un peu. J'étais certaine qu'elles pensaient toutes que j'étais une énorme erreur.

Mais elle *voulait* être comme moi. Et je considérais ça comme un immense compliment, alors elles pouvaient toutes aller se faire voir.

Pendant le trajet retour, j'avais hâte de raconter mon expérience avec les *Momsters*. Cependant, je garderais sûrement pour moi ce que Saylor m'avait appris à propos d'*Aladdin*. C'était leur moment privé à eux, même si ça me concernait. Alors je conserverais ça au chaud dans mon cœur.

Quand nous arrivâmes à l'appartement et que je frappai à la porte, je me demandai presque si Colby était rentré étant donné qu'il lui fallut plus de temps que d'habitude pour ouvrir.

Lorsque la porte finit par s'ouvrir, ce n'était pas Colby devant moi. C'était... *tout le monde.*

Vraiment tout le monde. Enfin, tous ceux qui étaient importants pour nous. Deek et son petit ami, Martin. Justine et son mari. Et bien sûr, Holden, Brayden et Owen.

— Surprise ! s'écrièrent-ils tous en chœur.

Puis je me tournai sur ma gauche et aperçus mon homme magnifique qui me tendait un énorme ballon noir avec des taches dorées.

— Joyeux anniversaire, ma belle.

— Oui ! Une fête ! couina Saylor.

— Qu'est-ce que... bafouillai-je, les mains tremblantes. Mon anniversaire n'est que lundi.

— Je sais, mais je voulais te faire une surprise pendant le week-end, quand tout le monde était disponible.

Quand il enroula ses bras autour de moi, je me sentis enveloppée d'amour.

— Je n'en reviens pas que tu aies réussi à me surprendre. C'était pour ça que tu voulais que j'emmène Saylor à l'atelier mère-enfant ?

— Je plaide coupable.

Saylor sauta sur place.

— Joyeux anniversaire, Billie !

— Merci, trésor. Tu étais au courant ?

Elle secoua la tête.

— Je ne lui ai rien dit, m'expliqua-t-il. Je ne pense pas qu'elle aurait été capable de garder le secret. Elle aurait été trop excitée.

— Papa, regarde ! reprit la petite en tendant son bras.

— Elle m'a expressément demandé de lui faire ça, me sentis-je obligée de préciser.

— C'est super, ma chérie. Tu ressembles à Billie maintenant.

— Je sais !

Je lui tendis mon ballon pour qu'elle puisse jouer avec, et je fis le tour de la pièce pour prendre tout le monde dans mes bras. Après ça, j'observai tous leurs visages souriants.

— C'est une très belle surprise. Merci d'être là.

— Tu plaisantes ? On aurait raté ça pour rien au monde, affirma Justine.

Colby avait commandé une immense gamme de mes sushis préférés. Tout était étalé sur la table dans un énorme bateau en bois. Tout le monde s'assit pour manger un délicieux déjeuner. Ensuite, Holden insista pour que chacun prenne un shot de tequila et trinque en mon honneur avant de boire.

Il commença en levant son verre.

— À Billie, la meilleure tatoueuse du pays.

Puis ce fut au tour de Brayden.

— À Billie, la femme qui rend heureux mon meilleur pote ici présent.

— À Billie, qui m'a indirectement fait quitter le travail plus tôt deux fois maintenant, déclara Owen en souriant.

Deek fut le suivant.

— À Billie, la personne sur qui je peux vraiment compter. Tu illumines ma vie.

— À Billie, qui supporte les conneries de Deek la moitié du temps pour que je n'aie pas à le faire, me taquina Martin.

Justine leva ensuite son verre.

— À Billie, une femme qui dira toujours les choses telles qu'elles sont.

— Et toi, Saylor ? Est-ce que tu peux dire une chose gentille sur Billie ? proposa Colby en tendant un gobelet de limonade à sa fille.

Elle rougit un peu, l'air timide.

— Billie est ma meilleure amie, finit-elle par déclarer.

Un « oooh » collectif résonna dans la pièce.

Je m'approchai d'elle pour lui faire un câlin.

— Merci, trésor. Ça signifie beaucoup pour moi.

— À ton tour, Colby, reprit Deek en souriant.

L'intéressé leva sa tequila.

— À Billie... commença-t-il, avant de faire une pause pour me regarder droit dans les yeux. L'amour de ma vie.

Simple.

Adorable.

Absolument tout ce qui comptait pour moi.

Nous nous embrassâmes, et je ne m'étais jamais sentie aussi aimée.

Quelques minutes plus tard, quand je soufflai mes bougies sur mon gâteau, Justine m'incita à faire un vœu. Je n'en avais qu'un cette année : me débarrasser de Maya. Curieusement, j'avais réussi à ne pas penser à elle pendant toute la journée, jusqu'à maintenant. Quand je relevai les yeux, l'expression de Colby s'assombrit un peu. C'était comme s'il avait deviné mon vœu le plus cher. C'était sûrement le même que le sien.

Après avoir fini ma part de gâteau, j'allai jeter mon assiette en carton, et Deek me suivit dans la cuisine.

— Hé, je voulais juste savoir comment ça allait, déclara-t-il.

— Je vais bien. Pourquoi cette question ?

— Tu as eu l'air un peu triste après avoir soufflé tes bougies.

— C'était si évident, hein ? Je crois que Colby l'a remarqué aussi.

— Oui, c'est certain. Parce que ceux qui t'aiment – moi y compris – ont le même souhait en ce moment.

— C'est vrai, répondis-je en baissant les yeux. Merci encore de m'avoir remplacée aujourd'hui.

— J'aime le fait que tu n'aies pas deviné pourquoi il t'a envoyée en ville.

— J'ai été totalement surprise.

— Il était tout tendu. Il se demandait s'il allait avoir assez de temps pour tout préparer avant que vous reveniez. Il t'aime vraiment.

— Je sais, affirmai-je avec un sourire.

— Comment s'est passé l'atelier mère-enfant ?

— Avec *Les Femmes de Stepford*, tu veux dire ? Elles m'ont regardée comme si j'étais Elvira, révélai-je en secouant la tête. Un groupe de garces débiles. Mais ça en valait la peine puisque Saylor m'a demandé de peindre cette manchette sur son bras.

— Oui, j'ai vu ça. C'est vraiment mignon. On dirait que c'est ma fille et pas celle de Colby, ajouta-t-il en me faisant un clin d'œil.

Plus tard dans la soirée, après le départ de tout le monde et le coucher de Saylor, je proposai à Colby de l'aider à ranger. Cependant, il refusa en disant que je ne devrais pas nettoyer après ma propre fête d'anniversaire.

Alors à contrecœur, je l'observai tout faire seul. Lorsque je m'appuyai contre le comptoir, je remarquai une enveloppe. Dès que j'aperçus l'adresse de l'expéditeur, j'eus l'impression de manquer d'air.

— Qu'est-ce que c'est, Colby ? lui demandai-je en la récupérant.

Il posa le verre qu'il était en train d'essuyer et poussa un soupir.

— J'allais t'en parler, mais je ne voulais pas gâcher cette journée.

Je l'ouvris et trouvai une lettre annonçant une date pour la première audience à laquelle Colby devait assister avec Maya. Notre répit allait prendre fin. Dans six jours.

CHAPITRE 25

Colby

— Est-ce que Saylor t'a donné ça pour que tu dormes avec ? demandai-je en désignant d'un signe de tête l'animal en peluche que Billie venait de poser sur la table basse.

— Non, répondit-elle en se laissant tomber à côté de moi sur le canapé. Je lui ai demandé si je pouvais lui emprunter. Je me suis dit que s'il y en avait vraiment un dans la pièce, on ne pourrait plus l'ignorer.

Je fronçai les sourcils, avant de comprendre ce qu'elle voulait dire : *un éléphant en peluche.*

— Il faut croire qu'on a évité un certain sujet, pas vrai ?

— Si l'éléphant dans la pièce continue à grossir, il n'y aura plus de place pour moi.

— Je suis désolé, soupirai-je. J'aurais dû t'en parler plus tôt. C'est juste que je déteste passer ne serait-ce qu'une minute de mon temps avec toi à discuter de ce qui *la* concerne.

— Je sais. Et moi aussi. Mais quand je ne sais pas ce qui se passe, mon cerveau comble les blancs, en général quand je dors. La dernière fois, j'ai rêvé que des agents de l'immigration défonçaient ma porte et m'expulsaient sur l'île de Guam, révéla-t-elle en secouant la tête. Je ne sais même pas situer cet endroit sur une carte.

Je souris d'un air triste.

— Je comprends. Notre subconscient ne se repose jamais. Alors on devrait en parler. Mais d'abord, laisse-moi faire quelque chose.

Je récupérai mon téléphone sur la table basse et démarrai un minuteur de cinq minutes, ainsi que des rappels illimités. Billie m'observa faire.

— Est-ce qu'on limite cette discussion à cinq minutes ? m'interrogea-t-elle.

— Non. On parlera autant que tu en as besoin, mais toutes les cinq minutes, j'arrêterai et je te dirai quelque chose que j'aime chez toi. Je pense que c'est important qu'on se rappelle que ce qu'on a est réel, et que ce dont on va parler est complètement faux.

Billie sourit.

— J'aime cette idée.

Je pris une grande inspiration, puis me tournai pour lui accorder toute mon attention.

— D'accord, alors tu sais que l'audience aura lieu après-demain. Mais ce que tu ne sais pas, c'est que Maya m'a appelé hier soir.

Le sourire de Billie s'évanouit.

— Qu'est-ce qu'elle veut ?

— Il faut qu'on se prépare pour l'interrogatoire avec l'immigration. Toi et moi, on n'a pas vraiment parlé de ce qui se passe pendant cet entretien, mais les agents affectés à notre dossier peuvent nous poser toutes les questions qu'ils veulent pour déterminer si notre mariage est réel.

— Quel genre de questions ?

— Des questions personnelles. Comme la couleur de la brosse à dents de ma femme.

Billie écarquilla les yeux.

— Oh, mon Dieu, Colby. Comment tu es censé savoir ça ?

— Voilà pourquoi Maya a appelé. Elle voulait mon adresse e-mail pour m'envoyer un questionnaire à remplir. Ce truc fait trente pages. Le plan est qu'on remplisse chacun les parties qui nous concernent personnellement, et que je remplisse les questions qui concernent notre relation, pour qu'on puisse faire un échange et mémoriser les réponses de l'autre, expliquai-je en frottant ma nuque. Je suis censé lui renvoyer demain matin, et je ne suis pas allé plus loin que la première page. Chaque fois que je me mets dessus, je me sens mal.

— Je peux voir les questions ? Peut-être que je peux t'aider à le faire.

Je croisai son regard.

— Tu es sûre de vouloir faire ça ? Certaines sont assez indiscrètes et pourraient être difficiles à lire.

Elle confirma d'un hochement de tête.

— Je ferai tout ce que je peux pour t'aider, car plus vite tu passeras cet interrogatoire, plus vite elle sortira de nos vies.

Je n'étais pas sûr que ce soit une bonne idée, mais je me levai quand même pour récupérer les papiers dans le tiroir de la cuisine. Je les tendis à Billie, et j'observai attentivement son visage pendant qu'elle lisait. La première page était plutôt anodine. On me demandait ma couleur préférée, si je dormais sur le dos ou sur le ventre, mes aliments préférés, et combien de tasses de café je buvais le matin. Mais quand elle passa à la page suivante, je savais que ces questions allaient la laisser songeuse. Et ce fut le cas. Elle écarquilla les yeux, avant de se mettre à lire à voix haute.

— Jouissez-vous dans votre femme ou portez-vous un préservatif ? Oh, bon sang, Colby ! C'est super personnel.

Elle poursuivit un peu.

— Quelle est la position sexuelle préférée de votre femme ?

Elle secoua la tête, mais continua à lire.

— Punaise. Est-ce que votre femme *avale* ? Ils peuvent vraiment demander ce genre de choses ? On dirait que ce foutu agent prévoit de prendre son pied en vous écoutant répondre à tout ça. Comment tu es censé savoir tous ces trucs alors que vous n'avez passé qu'une seule nuit ensemble il y a plusieurs années de ça ?

Je secouai la tête.

— Je sais. Voilà pourquoi je ne suis pas allé très loin.

Billie était encore en train de feuilleter le questionnaire quand l'alarme que j'avais programmée se mit à sonner. J'appuyai sur le bouton pour l'arrêter, et j'attendis qu'elle relève les yeux avant de prendre sa main.

— J'aime que tu traites ma fille comme si c'était la tienne.

Son expression s'adoucit.

— Tu ne sais pas à quel point j'aimerais que ce soit le cas en ce moment, Colby.

— Je t'aime, Billie, déclarai-je en effleurant ses lèvres avec les miennes.

— Je t'aime aussi.

Lorsque je m'écartai, elle se redressa.

— D'accord, il faut qu'on s'occupe de ça. Tu peux aller chercher un stylo pour qu'on commence ?

— Tu es sûre ?

— Certaine.

Je trouvai un stylo dans la cuisine, et Billie retourna à la deuxième page.

— Voilà ce qu'on va faire, annonça-t-elle. On va répondre à toutes ces questions comme si elles s'adressaient à toi et moi.

Je secouai frénétiquement la tête.

— Hors de question. Je ne donnerai pas à cette femme ni à personne d'autre des informations sur notre vie.

— Personne ne saura que les réponses nous concernent. Et ce sera plus facile pour toi de te rappeler toutes les réponses si elles sont vraies. Et puis, j'aime un peu l'idée que tu penses à nous pendant l'interrogatoire, et que Maya va devoir inconsciemment faire semblant d'être moi.

Je souris.

— C'est un peu tordu, mais j'adore ça.

Ma remarque la fit rire.

— OK, alors passons tout ça en revue. Je te poserai les questions, tu répondras comme si ça s'appliquait à nous, et j'écrirai la réponse.

— D'accord, si c'est ce que tu veux.

— Jouissiez-vous dans votre femme ou portez-vous un préservatif?

— Je jouis en elle, car elle m'excite tellement qu'un préservatif ne suffit pas à contenir tout mon sperme. Et puis, elle me fait confiance, et elle prend la pilule.

Billie sourit.

— Je pense que je vais omettre la partie qui parle de sperme. Quelle est la position sexuelle préférée de votre femme? demanda-t-elle en levant les yeux, après avoir fini d'écrire.

— Facile. Andromaque.

— J'adore être au-dessus, confirma-t-elle en mordillant sa lèvre. D'ailleurs, je me disais que la prochaine fois, je pourrais me tourner dans l'autre sens, comme ça tu pourrais voir mes fesses rebondir.

Je fermai les yeux et imaginai la scène en gémissant.

— Tu es en train de me tuer.

Elle gloussa.

— Question suivante : est-ce que votre femme avale ?

Et voilà. Imaginer Billie à genoux avec mon sexe au fond de la gorge était trop pour moi. Nous allions devoir faire une petite pause. Je pris la pile de papiers et le stylo de ses mains et les jetai par-dessus mon épaule, avant de la soulever du canapé.

— Qu'est-ce que tu fais ?

— Je m'assure de bien répondre à la question. Comment je suis censé connaître ta position préférée si on n'a pas testé la cowgirl inversée ? Tu ne voudrais pas que je prenne le risque de rater ce test, pas vrai ?

— Absolument pas, répondit Billie avec un immense sourire.

♥

— Monsieur et madame Lennon ?

Deux jours plus tard, un homme avec une moustache en guidon de vélo nous appela. Nous attendions depuis presque une heure sur des chaises en plastique inconfortables. Je me levai et tendis la main pour que Maya passe la première, et nous suivîmes le type dans un couloir mal éclairé jusqu'à une salle de conférence sans fenêtres.

— Je suis l'agent Richard Weber, nous informa-t-il en glissant sa carte de visite sur la table. C'est moi qui suis affecté à votre dossier de demande d'immigration. Est-ce que je peux avoir vos pièces d'identité, s'il vous plaît ?

Je sortis mon permis de conduire de mon portefeuille, tandis que Maya lui tendait un passeport de l'Équateur expiré. L'agent les examina attentivement en vérifiant que la photo correspondait bien à nos visages plusieurs fois, avant de nous les rendre et de s'asseoir.

— Vous devez avoir reçu des papiers contenant la liste de vos droits durant cette audience, déclara-t-il. Deux fois, d'ailleurs. Une fois par courrier avec votre lettre de rendez-vous, et encore une fois aujourd'hui, lorsque le réceptionniste vous a fait signer. Vous l'avez bien reçue ?

Maya et moi nous regardâmes et acquiesçâmes.

— On l'a bien eue, confirma-t-elle.

— Des questions à propos de vos droits ?

Nous secouâmes la tête.

— Bien, alors commençons.

L'agent prit un stylo et cliqua sur le dessus, puis me regarda dans les yeux.

— Monsieur Lennon, en temps normal, comment saluez-vous votre femme quand vous la voyez ?

Je fronçai les sourcils.

— Je suis désolé. Je ne suis pas sûr de bien comprendre la question.

— C'est plutôt clair. Quand vous voyez votre femme, par exemple quand vous rentrez du travail, est-ce que vous l'enlacez, vous l'embrassez sur les lèvres, sur la joue, peut-être ? Vous lui serrez la main ? Ou alors peut-être qu'il n'y a pas de contact physique.

Putain. Cette question ne figurait pas du tout sur le questionnaire que Maya m'avait fait remplir. Toutefois, je décidai de m'en tenir à la méthode que Billie et moi avions utilisée pour remplir les trente pages de questions, et je répondis comme si ça s'appliquait à ma relation avec elle.

— Je l'embrasse sur les lèvres.

Il soutint mon regard.

— Pourtant quand vous êtes arrivé aujourd'hui, vous n'avez pas embrassé votre femme pour lui dire bonjour. Est-ce que c'est correct ?

Mon visage dut poser la question que j'avais en tête, parce que l'agent haussa les épaules.

— Il se trouve que je revenais de ma pause quand vous êtes arrivés, et je vous ai vu saluer madame Lennon.

— On… s'est un peu disputés hier soir, intervint Maya.

L'agent se concentra uniquement sur moi.

— Quel était le sujet de la dispute, monsieur Lennon ?

Je fus soudain très nerveux et je ne savais plus quoi dire. Alors je dis la première chose qui me vint à l'esprit.

— Maya a fait grimper la facture de téléphone et ça m'a contrarié.

— À combien s'élevait cette facture ?

— Euh, je crois environ trois cents dollars.

— Alors qu'elle est de combien normalement ?

Je haussai les épaules.

— Je ne sais pas. Peut-être cent dollars.

— Avez-vous le même opérateur téléphonique ?

— Non, répondis-je.

Il écrivit quelque chose sur son carnet jaune.

— Pour faire suite à cette histoire, après cet interrogatoire, j'aimerais une copie de vos factures de téléphone des soixante derniers jours.

Putain.

Maya arbora un sourire forcé. Même moi je voyais qu'il n'était pas sincère.

— Bien sûr, accepta-t-elle. Je m'assurerai de vous transmettre ça.

— Monsieur Lennon, votre femme est-elle droitière ou gauchère ?

Bon sang, aucune de ces questions ne se trouvait dans les papiers que nous avions remplis. Puisque j'ignorais totalement la réponse, ma première réaction fut de rester cohérent et de répondre comme si ça concernait Billie. Toutefois, Billie était gauchère, et il y avait plus de droitiers que de gauchers dans le monde, alors je décidai à la dernière seconde de m'en tenir aux statistiques.

— Elle écrit de la main droite, affirmai-je.

L'agent posa son stylo sur son carnet et glissa le tout devant Maya.

— Pouvez-vous écrire votre nom et signer en script, madame Lennon ?

Maya m'observa.

— Bien sûr. Mais je pense que mon mari doit être un peu nerveux aujourd'hui. Il sait que je suis gauchère. N'est-ce pas, trésor ?

Les choses ne s'améliorèrent pas vraiment après ça. Même quand nos réponses correspondaient, je n'arrivais pas à arrêter de transpirer. Je dus essuyer plusieurs fois mon front pour éviter que des gouttes de sueur tombent sur la table. Mon avocat avait dit qu'en moyenne, l'interrogatoire durait vingt minutes, mais il s'était écoulé bien plus d'une heure lorsque l'agent Weber nous libéra. Je fis bien attention à ne pas lever mes bras, car j'étais presque sûr d'avoir d'immenses auréoles sur ma veste de costume.

Nous sortîmes avec un simple au revoir, après avoir été informés que nous recevrions une lettre dans quelques semaines.

Maya resta silencieuse durant toute la descente dans l'ascenseur, même si nous étions seuls dans la cabine. Toutefois, dès que nous nous retrouvâmes dehors, elle posa ses mains sur ses hanches et s'en prit à moi.

— *Tu as fait ça exprès !*

— Tu es *dingue* ou quoi ? La dernière chose que je veux, c'est d'être coincé avec toi une seconde de plus.

— Si ma demande est rejetée, ce sera ta faute !

— Ma faute ? C'est toi qui m'as fait répondre à ces questions débiles. *Rien de ce qu'il a demandé n'était là-dedans !*

— Tu n'as pas remarqué à mon écriture que j'étais gauchère ?

— J'étais trop occupé à mémoriser les trente pages de réponses aux questions que *personne n'a posées*. Ta couleur préférée est le noir, ce qui va bien avec ton cœur, et en général, tu vas te coucher vers trois heures du matin et tu te réveilles à onze heures. Tu es quoi ? *Un foutu vampire ?*

Nous nous fusillâmes du regard. Je la détestais un peu plus à chaque seconde qui passait. Il fallait que je me tire d'ici avant de faire quelque chose que je pourrais regretter. Je secouai la tête d'un air dégoûté.

— Je dois y aller.

— Comment on va rattraper ça ?

— C'est *ton* problème. C'est *toi* qui m'as traîné dans ce merdier. *Tu* dois trouver un moyen de nous sortir de là.

— Papa, tu es triste ? demanda Saylor lorsque je la séchais après son bain, ce soir-là.

Je me figeai.

— Non, ma chérie. Pourquoi ?

— Parce que j'ai encore du shampoing sur la tête, indiqua-t-elle en pointant ses cheveux du doigt.

En effet, il restait de la mousse. Je l'avais sortie du bain et j'avais commencé à la sécher sans même le remarquer. Pire encore, je ne me rappelais même pas l'avoir lavée.

— Je faisais juste un test pour savoir si tu étais attentive, me justifiai-je en me forçant à sourire.

Ma petite fille avait peut-être seulement quatre ans, mais elle savait déjà reconnaître quand on lui racontait des conneries.

— Tu as eu des problèmes au travail? m'interrogea-t-elle en remuant son index.

Sa question me fit rire.

— Non, trésor, je n'ai pas eu de problèmes au travail.

— Alors pourquoi tu ne souris pas?

— Je suis désolé. Je crois que je pensais juste à quelque chose.

— Ce n'est rien, papa. Mais peut-être que tu devrais appeler Billie.

— Pourquoi je l'appellerais?

Saylor haussa les épaules.

— Parce que tu souris toujours quand tu es avec elle.

Bon sang, cette enfant ne loupe rien. Je la portai pour la remettre dans la baignoire, afin de rincer ses cheveux.

— Tu sais qui d'autre me fait sourire?

— Qui ça?

Je passai mon doigt dans ses cheveux pour récupérer de la mousse, puis je la déposai sur son nez.

— *Toi.*

Elle sourit, et je le ressentis jusque dans mon cœur. Je ferais absolument tout pour rendre ma fille heureuse. Il fallait que je me rappelle que c'était pour *elle* que je devais endurer ça avec Maya.

Après le bain de Saylor, je lui lus une histoire et la mis au lit. Lorsque je sortis de sa chambre, j'entendis mon téléphone vibrer sur le comptoir de la cuisine. Je fronçai les sourcils en lisant le nom sur l'écran. *Adam.* Mon avocat spécialisé dans l'immigration. Je pris une grande inspiration avant de décrocher.

— Allô ?

— Bonsoir, Colby, c'est Adam Altman. Je suis désolé d'appeler si tard, mais je viens de parler à Xavier Hess, l'avocat de Maya.

— Oh.

— Ça ne s'est pas bien passé cet après-midi ?

Je soupirai.

— C'était un vrai merdier. Apparemment, l'agent revenait de sa pause au même moment où je suis arrivé dans l'immeuble, et il m'a vu rejoindre Maya. Il a remarqué mon accueil glacial, et ça l'a mis sur la défensive dès qu'on a commencé. Ensuite, je me suis trompé sur le fait qu'elle était droitière ou gauchère, et les choses ne se sont pas améliorées ensuite.

— Eh bien, Xavier prétend être ami avec le greffier du bureau dans lequel vous êtes allés, et votre dossier a été classé pour un entretien Stokes après votre départ.

— C'est quoi ?

— C'est un deuxième interrogatoire qui est demandé quand l'agent soupçonne un faux mariage.

— *Mince.* Je suis foutu alors ?

— Ce n'est pas une bonne nouvelle, mais c'est essentiellement une seconde chance pour que vous puissiez prouver que votre mariage est réel. Alors vous pouvez sauver les meubles. Même si cet entretien est bien plus compliqué que ce que vous avez vécu aujourd'hui. Maya et vous allez être interrogés séparément et enregistrés. L'agent comparera ensuite les vidéos de vos réponses à la recherche d'incohérences. Ces interrogatoires sont connus pour être longs et détaillés, et ils peuvent durer parfois pendant huit heures.

Je passai une main dans mes cheveux.

— J'étais déjà trempé de sueur après cinq minutes aujourd'hui. Comment je vais supporter huit heures d'interrogatoire ?

— Ce n'est pas facile. Mais si ça peut vous consoler, je peux assister à celui-ci avec vous si vous voulez, et je pourrai aussi représenter Maya pour qu'on se présente comme un front uni.

Rien ne pouvait me consoler là, maintenant.

— Quand est-ce que ça aura lieu ?

— On va devoir attendre de recevoir l'avis officiel par courrier pour connaître la date. Mais en général, c'est quelques semaines après l'arrivée de la lettre.

— *Super*, soupirai-je.

— Je devrais aussi vous mettre en garde. Cet agent en question est connu pour faire des visites à domicile tôt le matin et tard le soir. Il aime aussi passer sur le lieu de travail des gens pour parler à leurs collègues.

— *Quoi ?* Il peut faire ça ?

— C'est une enquête. Il a une grande marge de manœuvre.

— Qu'est-ce que je suis censé faire s'il vient ici ?

— Procédons pas à pas. En général, ça n'arrive pas avant que l'agent puisse voir comment se passe le deuxième interrogatoire. Je voulais juste vous prévenir de ce qui pourrait se passer ensuite. Essayez de ne pas paniquer. Il n'y a encore rien d'officiel.

J'avais passé le stade de la panique depuis longtemps. Mais que pouvais-je y faire ? *Rien.* Alors je secouai la tête.

— D'accord, je vais essayer.

— Je suis désolé de ne pas avoir de meilleures nouvelles à vous donner, Colby. Mais on peut encore sauver les meubles. J'ai déjà eu des dossiers qui ont passé ce deuxième interrogatoire, et qui ont obtenu une carte verte par la suite. Ce n'est pas encore fini.

Ah bon ? Alors pourquoi j'ai l'impression qu'on est déjà en train de m'enterrer ?

Quinze minutes plus tard, je me versai un deuxième verre de whisky quand quelqu'un frappa à ma porte. Je me figeai en pensant que c'était l'agent Weber, avant de me rendre compte que c'était sûrement Billie. Elle avait dit qu'elle passerait ce soir après son dernier rendez-vous.

C'était la première fois depuis que j'étais entré dans son salon pour me présenter en tant que son propriétaire que je n'avais pas envie de la voir. Je nous avais déçus aujourd'hui, et j'avais peur de la faire souffrir encore plus. Cependant, il était évidemment trop tard pour annuler, alors je me dirigeai vers la porte en essayant de prendre un air moins sombre pour lui ouvrir.

Mais apparemment, elle devait être tout aussi perspicace que ma fille. Dès qu'elle posa les yeux sur moi, son sourire s'évanouit.

— *Mince.* Qu'est-ce qui s'est passé ?

CHAPITRE 26

Billie

Alors que nous avions commencé à nous préparer au pire, rien ne se passa... pendant des semaines. Nous avions eu une longue pause de trois semaines, alors que nous attendions de connaître la prochaine étape dans le processus d'audience. Chaque jour qui passait semblait être du temps gagné, alors encore une fois, Colby et moi en chérissions chaque instant. Et tout comme cette trêve avait été inattendue, le moment où tout s'arrêta brusquement un vendredi après-midi le fut tout autant.

C'était le début du week-end, et Colby était allé chercher des plats à emporter. J'avais fermé le salon plus tôt, et nous avions prévu de dîner tôt et de regarder un film adapté aux enfants avec Saylor.

Quelqu'un frappa à la porte, et je pensai que c'était Colby qui revenait plus vite que prévu avec notre repas : des sushis pour nous et un plat chinois pour Saylor. Elle adorait le poulet à l'orange. Je me dis qu'il frappait parce qu'il avait oublié ses clés ou qu'il portait trop de choses.

J'ouvris la porte avec le sourire, mais il s'évanouit

rapidement quand je me rendis compte que ce n'était pas Colby devant moi. C'était un homme bizarre avec une moustache en guidon de vélo que je ne reconnaissais pas.

— Je peux vous aider ?

— Je cherche Colby et Maya Lennon, déclara-t-il.

Mon ventre se noua.

— Ils ne sont pas là. Qui êtes-vous ?

— Je suis l'agent Richard Weber, j'enquête sur le dossier d'immigration de madame Lennon. J'ai été assigné pour faire une visite à domicile aujourd'hui.

Merde. Même si je me doutais que c'était légal, il fallait que je gagne un maximum de temps.

— Vous avez une carte ? demandai-je.

— Bien sûr, répondit-il avant de sortir son badge officiel pour me le montrer.

Saylor jouait par terre. Je la regardai par-dessus mon épaule, avant de revenir à l'homme.

— Comme je vous l'ai dit... ils ne sont pas là pour le moment.

— Et qui êtes-vous exactement ? m'interrogea-t-il.

— Je suis la baby-sitter. Je m'appelle Billie.

— Ravi de vous rencontrer, acquiesça-t-il. Ils doivent rentrer bientôt ?

— Tôt ou tard, oui. On n'a pas parlé d'heure exacte.

Il fit un pas en avant.

— Ça vous dérange si je reste ici jusqu'à ce qu'ils reviennent ?

Argh. Je marquai une pause pour y réfléchir avant de lui répondre. J'avais envie de lui dire de partir. Mais ensuite quoi ? Le renvoyer allait rendre les choses encore plus suspectes. Peu importait la décision que je prenais maintenant, je savais une chose : il ne s'approcherait pas de Saylor.

— J'allais lui faire faire une sieste, déclarai-je.

Je me rendis rapidement compte que faire ça en fin d'après-midi était bizarre.

— Elle ne se sent pas bien, ajoutai-je. Ils m'ont dit qu'elle n'avait pas bien dormi cette nuit, alors il faut qu'elle se repose.

— Ses parents sont sortis alors que leur fille est malade ?

L'adrénaline se répandit en moi.

— C'est très moralisateur de votre part, répliquai-je. Ils m'ont appelée pour annuler, mais honnêtement, je leur ai dit que ça ne me dérangeait pas de prendre le risque d'être malade. Très franchement, si vous voulez tout savoir... j'ai vraiment besoin de cet argent, soufflai-je. Alors, si vous pouviez attendre juste ici, s'il vous plaît.

Mince. J'aurais pu tout bousiller. Je rejoignis Saylor qui jouait avec ses jouets.

— Viens avec moi un instant, trésor.

Elle lâcha sa baguette magique et me suivit sans poser de questions jusqu'à sa chambre.

Je m'agenouillai pour être à son niveau.

— Saylor, j'ai besoin que tu m'écoutes, d'accord ? murmurai-je. J'ai besoin que tu me rendes un grand service, tu veux bien ?

Elle écarquilla les yeux.

— Oui.

— Tout va bien, mais je dois avoir une conversation d'adulte avec cet homme, alors j'ai besoin que tu restes dans ta chambre et que tu ne sortes pas jusqu'à ce que je te dise de le faire.

— Pendant combien de temps ?

— Je ne sais pas encore, ma belle. Mais il faut que tu joues avec tes jouets ici jusqu'à ce que je te dise de sortir.

Elle prit un air apeuré.

— Est-ce qu'il est méchant ?

Mince. Qu'est-ce que j'ai fait ? Je ne veux pas lui faire peur.

— Non, pas du tout, ma chérie. Pas du tout, lui assurai-je en serrant ses épaules. C'est un gentil monsieur. Mais c'est juste que lui et moi, on doit discuter de sujets d'adultes. Je t'assure que tu n'as pas à t'inquiéter, d'accord ?

Elle cligna plusieurs fois des yeux.

— D'accord, Billie.

Je la serrai fort dans mes bras.

— Merci beaucoup, ma puce. Je reviens dès que je peux.

Je me rendis compte que lui dire de rester dans sa chambre n'était pas l'idéal, mais tout ce que je craignais, c'était que l'agent se mette à lui poser des questions. Ou que Saylor lui donne des informations innocemment. Ensuite quoi ? Ce serait terminé.

Il faut que je prévienne Colby.

Avant de quitter la pièce, je lui envoyai un message, les mains tremblantes.

Billie : Un enquêteur est là.

Les points de suspension s'agitèrent lorsqu'il répondit.

Colby : OMG. Quoi ?

Billie : Je lui ai dit que j'étais la baby-sitter.

Colby : Putain ! Je pensais qu'ils ne faisaient pas de visites avant la deuxième audience !

Billie : Apparemment, si.

Colby : Il ne parle pas à Saylor, hein ?

Billie : Je lui ai raconté qu'elle ne se sentait pas bien et j'ai demandé à Saylor de me rendre un service en restant dans sa chambre. Je lui ai expliqué que j'avais besoin de parler de sujets d'adultes avec cet homme. Je t'écris depuis sa chambre. Je me sens mal.

Colby : Tu as fait ce qu'il fallait.

Billie : Il m'a demandé s'il pouvait rester là jusqu'à ce que vous reveniez. J'avais peur de le renvoyer parce que ce serait une bonne occasion de prendre le problème de front, puisque je peux te prévenir. Une visite en moins pour laquelle tu n'es pas préparé. Si tu peux revenir avec Maya... ça pourrait fonctionner.

Dans quel monde étais-je en train de lui demander de ramener cette garce ici ?

Colby : Bien vu. Je vais essayer de la trouver.

Billie : Si tu n'y arrives pas, ne rentre pas du tout parce qu'il pense que vous êtes sortis tous les deux. Vous feriez mieux de vous accorder sur le lieu où vous êtes allés. Il faut que j'y retourne. Rentre si tu peux.

Je rangeai le téléphone dans ma poche et rejoignis l'homme qui attendait près de la porte.

— Désolée... Elle voulait que je lui lise une histoire, expliquai-je.

Il croisa les bras.

— Alors, depuis combien de temps vous travaillez ici ?

— Je ne me rappelle pas exactement quand j'ai commencé, mais ça fait un moment maintenant.

— Des années ou...

— Des mois, répondis-je.

Il baissa les yeux sur ma poitrine, avant de les relever. *Charmant.* Un pervers.

Il se racla la gorge.

— Vous permettez que je vous pose quelques questions sur cette famille ?

Si je refusais, est-ce que ça rendrait cette situation encore plus suspecte ?

— Bien sûr, acceptai-je en me forçant à sourire.

— C'est comment de travailler ici ?

— Oh, j'adore ça. Saylor est adorable. Et Colby et Maya sont de bons parents. Ils m'appellent principalement quand ils ont besoin d'une pause. Je ne suis pas une nounou à temps plein. Juste une baby-sitter occasionnelle.

— Qu'est-ce que vous savez de leur relation ?

— Ils s'aiment beaucoup. Mais étant donné que je suis là principalement pour Saylor, je ne peux pas dire que je passe beaucoup de temps avec eux.

Richard gratta son menton.

— Vous n'avez pas tort.

— Leur vie ne me regarde pas vraiment, ajoutai-je.

Il écrivit quelque chose.

— Ils sont allés où aujourd'hui ?

— Je n'ai pas pour habitude de leur demander où ils vont, mais c'était un rendez-vous en journée... pour le plaisir.

— Vous avez dit que je pouvais les attendre ici ? demanda-t-il en arquant un sourcil.

— Oui, pas de souci, acceptai-je en feignant une attitude laxiste. Vous voulez boire quelque chose ? Une brique de jus de fruits ? Des Goldfish ?

Il se mit à rire.

— Ça ira, merci. Si mon garçon de dix ans était là, il mourrait d'envie d'avoir des Goldfish.

Richard se mit à se promener dans la pièce. Il n'y avait aucune photo. Rien qui pouvait nous incriminer d'une façon ou d'une autre. Je priai pour qu'il ne demande pas à aller dans la chambre de Colby. Quand il finit par arrêter de marcher et qu'il s'installa sur le canapé, je saisis cette opportunité pour aller prendre des nouvelles de Saylor.

— Si vous voulez bien m'excuser, je vais juste aller jeter un coup d'œil dans la chambre pour m'assurer que la petite va bien et qu'elle n'a besoin de rien.

— Allez-y, répondit-il en souriant.

J'ouvris doucement sa porte et la refermai derrière moi.

— Comment ça va, Saylor ?

— Salut, m'accueillit-elle en agitant sa petite main.

Elle était tellement sage avec ses poupées assises à la petite table. J'avais envie de pleurer. Une scène si innocente au milieu de cette histoire horrible.

— C'est l'heure du thé, ajouta-t-elle d'un air fier.

— Waouh, je vois ça. Quel festin tu as préparé.

— Est-ce que je peux sortir ?

Mon cœur se brisa.

— Non, ma chérie, pas encore. Je voulais juste voir si tu allais bien et te dire que j'apprécie vraiment que tu sois si sage. Si tu as besoin de quoi que ce soit, appelle-moi, d'accord ?

— D'accord, accepta-t-elle d'un ton morose.

Je déteste ça.

Quelques secondes après mon retour au salon, la porte d'entrée s'ouvrit et Colby entra... avec Maya. Même si je n'aimais pas du tout être obligée de la voir, je poussai un soupir de soulagement.

Maya enroula aussitôt son bras autour de lui, et je me sentis mal.

— Qu'est-ce qui se passe ici ? Je peux vous aider ? demanda Colby à l'homme, en faisant l'innocent.

Je répondis avant Richard.

— Monsieur Lennon, voici l'agent Richard Weber de l'immigration. Je lui ai dit qu'il pouvait vous attendre ici.

— Je viens juste pour une visite de routine, déclara l'agent. J'espérais qu'on pourrait discuter quelques minutes.

— Bien sûr, accepta Maya en arborant son meilleur sourire forcé, avant de se tourner vers moi. Comment se sent Saylor ?

— Ce n'est toujours pas la grande forme, mais ce n'est pas pire que lorsque vous êtes partis.

Elle fit la moue.

— Mon pauvre bébé.

Je la fusillai du regard un instant. Heureusement, le type ne remarqua rien.

— Vous étiez où ? leur demanda ce dernier.

— On a passé un petit moment en amoureux, puisqu'elle a été assez gentille pour garder notre fille, révéla Colby en jetant un coup d'œil dans ma direction.

— On a déjeuné ensemble et on est allés au cinéma, ajouta Maya.

Richard inclina bizarrement la tête.

— Vous avez vu quel film ? les interrogea-t-il.

— Le nouveau Tom Cruise, répondit-elle.

— Ah, oui. Je l'ai vu le week-end dernier. Il est très bon, affirma-t-il en se tournant vers Colby. Quel est votre passage préféré ?

Mon petit ami gratta son menton.

— C'est une question difficile. J'aime vraiment toute la dynamique entre le fils de Goose, Rooster, et Maverick.

— Oh, oui. J'ai aimé toute l'intrigue.

Il sourit en ayant l'air de croire à cette histoire.

Maya s'accrocha davantage à Colby.

— On ne va pas souvent au cinéma, alors c'était sympa.

Mon sang bouillonnait.

— J'ai un fils de dix ans, donc je comprends que vous ayez eu besoin de sortir, acquiesça Richard.

Colby dut remarquer mes yeux rivés sur le bras de Maya autour de lui. Je soupçonnais qu'il voulait mettre fin à mon calvaire.

— Est-ce que vous voulez bien aller surveiller Saylor pendant qu'on discute en privé avec l'agent Weber? me demanda-t-il.

— Bien sûr, acceptai-je en désignant sa chambre avec mon pouce. Je vais la rejoindre.

Je retournai dans la chambre de Saylor et la trouvai encore à la table qu'elle avait dressée.

— Je suis revenue, ma chérie. Merci d'avoir été si gentille.

— J'ai entendu papa. Je voulais aller le voir, mais tu m'as dit de rester ici.

— C'est bien! la félicitai-je en souriant. Merci d'avoir écouté. C'est au tour de ton papa de parler avec le monsieur maintenant. Et dès qu'il aura fini, on pourra retourner toutes les deux là-bas. Mais la bonne nouvelle, c'est que j'ai fini de parler avec lui et que je peux jouer avec toi.

Alors que je m'installais avec Saylor et que je commençais à faire semblant de boire un thé imaginaire, je tentai d'entendre ce qu'ils disaient derrière la porte, mais tout était étouffé.

— Il y a une dame aussi là-bas? demanda Saylor.

Mince.

— Oui. C'est une associée de papa. Elle est venue discuter avec le monsieur, elle aussi.

— Elle s'appelle comment?

J'hésitai avant de répondre.

— Maya.

— C'est un joli prénom.

Je grimaçai.

— C'est vrai.

C'était perturbant de devoir être joyeuse avec Saylor, alors que ce merdier se passait dans la pièce à côté.

Quelques minutes plus tard, la porte s'ouvrit.

— Comment va mon bébé ? demanda Colby en se dirigeant droit vers Saylor.

C'était comme s'il n'en pouvait plus d'attendre d'être avec elle.

— Papa ! s'écria-t-elle en courant vers lui.

Colby semblait épuisé.

— Il est parti, murmura-t-il en me regardant.

Il s'agenouilla et fit un gros câlin à la petite.

— Est-ce que tu as été la fille la plus géniale du monde pendant qu'on était en train de discuter ? Merci énormément, trésor.

— Oui, papa. Je peux avoir du poulet à l'orange maintenant ?

Ses épaules s'affaissèrent.

— En fin de compte, je n'ai pas pu récupérer la nourriture. Je suis vraiment désolé. Et si je te préparais ton gratin maison préféré de macaronis au fromage ? Ça fait longtemps que tu n'en as pas mangé.

Ses yeux s'illuminèrent.

— D'accord.

Il se leva pour me murmurer quelque chose à l'oreille.

— Maya insiste pour lui dire bonjour. Je ne voulais pas faire de scène. Je suis trop épuisé. Elle a promis de partir juste après.

Argh. Elle est encore là ? Je poussai un long soupir.

— Très bien.

— Tu veux venir dire bonjour à quelqu'un, Saylor ?

— Est-ce que c'est Maya ? demanda-t-elle.

Il me regarda, confus.

— Saylor a entendu une voix de femme et m'a demandé qui parlait. Je lui ai dit que c'était une de tes associées et qu'elle s'appelait Maya.

Il hocha la tête, avant de se tourner vers sa fille.

— Oui, c'est bien elle, soupira-t-il. Allons lui dire bonjour.

— D'accord, lança Saylor en le suivant jusqu'au salon.

Maya était assise sur le canapé. Elle se leva dès que Saylor arriva dans la pièce.

Celle-ci fut la première à parler.

— Salut, Maya.

— Bonjour, ma jolie. Comment tu vas ? s'enquit-elle en se penchant vers elle.

— Je vais bien. Tu es qui déjà ? l'interrogea Saylor.

— Je suis l'amie de ton papa.

— Oh.

— Tu jouais avec Billie ?

Entendre mon prénom sortir de sa bouche était désagréable.

— Oui, on a pris le thé avec la dînette.

— C'est amusant. Moi aussi, j'adorais jouer à la dînette quand j'étais petite.

Plusieurs secondes gênantes s'écoulèrent, pendant lesquelles Maya fixa la fillette. La pauvre petite ignorait totalement ce qui se passait vraiment.

— Bon… je voulais juste te dire bonjour avant de partir, déclara-t-elle, les larmes aux yeux.

— Bonjour, prononça innocemment Saylor.

Apparemment, elle n'avait pas remarqué que Maya était à deux doigts de pleurer. Je savais qu'elle aurait dit quelque chose si c'était le cas.

Ensuite, Maya fit un câlin à Saylor. Colby devint rouge cramoisi. Il était sur le point de péter les plombs. Mais elle finit par lâcher la petite et elle se tourna vers nous.

— Eh bien, bonne soirée.

Nous gardâmes le silence en la regardant partir.

N'oublie pas de fermer la porte derrière toi.

Heureusement, Saylor ne posa pas d'autres questions sur Maya ni sur rien de ce qui s'était passé. Elle était juste heureuse que son père soit rentré et qu'il lui prépare son plat préféré.

Colby finit par faire un énorme plat de *mac and cheese* pour nous trois. Ce n'était pas le repas que nous avions imaginé, mais là encore, toute cette soirée avait été bouleversée. J'espérais seulement que ça en valait la peine.

Parce que nous avions mangé plus tard que d'habitude, nous décidâmes de laisser Saylor choisir un épisode d'une série Disney plutôt que de regarder un film entier. Colby et moi nous observâmes, toujours incrédules, pendant que la petite regardait la télé.

À la fin de l'épisode, je proposai de la mettre au lit.

Lorsque Colby et moi nous retrouvâmes enfin seuls depuis que ce calvaire avait commencé, il enroula ses bras autour de moi et poussa un long soupir dans mon cou.

— Tu as été une vraie rockstar aujourd'hui. Je ne te remercierai jamais assez d'avoir supporté ça et d'avoir sauvé toute cette situation. Ça aurait pu être un vrai désastre.

— Je n'ai pas fait grand-chose.

— Tu plaisantes ? Tu as géré comme une championne. Tu aurais pu le renvoyer, mais tu savais que faire face au problème était la meilleure solution. Et je pense que ça a fonctionné. Ni elle ni moi n'avons merdé parce qu'on a eu l'occasion de nous mettre d'accord sur ce qu'on allait dire.

— Je ne savais pas si tu allais revenir.

— Je ne l'aurais pas fait si je ne l'avais pas trouvée à temps.

— Comment tu as fait pour connaître les détails sur le film de Tom Cruise ? demandai-je.

— J'ai regardé des spoilers sur Google en venant ici.

— Intelligent.

Il secoua la tête.

— Toute cette histoire est comme un jeu de réflexion, pas vrai ? Du genre, à quelle vitesse peux-tu absorber des informations ?

Le téléphone de Colby sonna, et il décrocha aussitôt.

— Allô ?

Il se tourna pour me murmurer que c'était son avocat.

De nouveau à cran, j'observai Colby lui parler.

Il tira ses cheveux en signe de frustration, tout en l'écoutant.

— D'accord. Eh bien, c'est inévitable, donc au moins c'est décidé, déclara-t-il en se levant pour faire les cent pas. Oui, d'accord. Ça me va. On se voit jeudi prochain alors. Merci.

Après avoir raccroché, il poussa un long soupir.

— Ils ont fixé une date pour le deuxième interrogatoire. L'avocat veut que Maya et moi allions le voir cette semaine pour pouvoir discuter d'un plan stratégique.

— Au moins, ça avance.

— Exactement. C'est comme si on devait traverser l'enfer pour arriver de l'autre côté, ajouta-t-il.

— C'est une bonne façon de décrire les choses.

Il prit soudain un air sombre.

— Qu'est-ce qui ne va pas ? le questionnai-je.

— J'ai l'impression que cette journée me frappe de plein fouet. J'ai honte de te faire traverser tout ça.

Je secouai la tête.

— Ne t'en fais pas pour moi. Je vais bien. Je t'assure.

— Pas moi. Tu es la chose la plus importante dans ma vie avec Saylor, et devoir te réduire à la baby-sitter ? Ça m'a semblé tellement horrible.

— S'il te plaît, ne dépense plus d'énergie à t'inquiéter à propos de mes sentiments. Ce n'était que de la comédie. Je le sais. J'ai géré. Tout va bien, Colby. Arrête de penser à ça ce soir et reviens plutôt avec moi.

Je fis de mon mieux pour le rassurer, mais je savais qu'avec l'interrogatoire qui approchait, les semaines à venir allaient être le début d'un nouveau chapitre difficile de nos vies. Ce soir, j'avais juste envie de le faire se sentir bien de nouveau. De *nous* faire nous sentir bien.

Une seule chose me vint à l'esprit pour réaliser ça.

— Hé, j'ai une idée, annonçai-je.

— Quoi donc ?

— Allons nous coucher tôt pour jouer à monsieur Lennon qui se tape la baby-sitter.

CHAPITRE 27

Colby

— J'ai parlé à Richard Weber tout à l'heure, nous informa mon avocat, alors que Maya et moi étions assis dans son bureau la semaine suivante. En général, j'appelle l'enquêteur par politesse, afin de lui préciser que je me joindrai à un client pour un interrogatoire.

— Comment ça s'est passé ? demandai-je.

Il fronça les sourcils.

— Malheureusement, selon lui, la visite à domicile ne s'est pas aussi bien passée que vous l'avez cru.

Mince. Je jetai un coup d'œil à Maya.

— Est-ce qu'il a dit pourquoi ?

— Il a parlé d'un dessin sur le frigo qui vous représentait en train de tenir la main de la baby-sitter.

Je fermai les yeux. J'avais remarqué l'œuvre de Saylor le lendemain matin de la visite surprise de l'enquêteur, quand j'étais allé chercher du lait dans le frigo. Cependant, je m'étais autorisé à croire qu'il ne l'avait pas vu, étant donné que Billie et moi pensions que cette entrevue s'était bien passée. Je n'avais pas non plus le cœur de mettre fin à l'optimisme de ma petite amie après l'avoir vue endosser le rôle de la baby-sitter sans avoir été prévenue.

Maya me fusilla du regard.

— *Ton imbécile de petite amie* va tout gâcher.

Mes poils se hérissèrent.

— Pour commencer, n'appelle pas Billie *mon imbécile de petite amie*. Elle mérite bien plus de respect que ça, surtout venant de toi, étant donné qu'elle a accepté la responsabilité d'être la figure maternelle dans la vie de Saylor, quand tu t'es débarrassée de ce rôle comme si ça ne représentait rien. Et ensuite, la seule personne capable de tout gâcher ici, c'est *toi*, parce que *tu* nous as tous traînés dans ce merdier.

— Eh bien, si tu n'avais pas… commença Maya, avant d'être interrompue par mon avocat.

— Très bien, très bien, intervint-il en nous faisant signe de baisser le ton. Et si on se calmait ? Se faire des reproches ne va pas du tout aider la situation.

Il nous observa tour à tour, puis soupira.

— Vous devez être sur la même longueur d'onde tous les deux, et vous devez trouver un moyen de vous entendre. Les choses sont devenues sérieuses à présent. L'enquêteur a aussi mentionné qu'il prévoyait d'engager des poursuites pénales si le deuxième interrogatoire ne le convainc pas de la légalité de votre mariage.

Je me levai de ma chaise pour faire les cent pas devant le bureau d'Adam.

— Bon sang. Je ne peux pas aller en prison, affirmai-je en me tirant les cheveux. J'ai une fille de quatre ans qui a besoin de moi. Qu'est-ce qu'on va faire ? Est-ce qu'on peut retirer la demande, peut-être dire à l'enquêteur qu'on veut divorcer parce que Maya me trompe ?

Celle-ci examina calmement sa manucure en levant les yeux au ciel.

— Les hommes sont bien plus susceptibles de tromper que les femmes...

Adam secoua la tête.

— On peut retirer la demande, mais ça ne mettra pas forcément fin aux poursuites. J'ai vu des cas où le couple ne s'est pas présenté au deuxième interrogatoire, pourtant l'enquêteur les a quand même poursuivis.

— *Putain*. Qu'est-ce qu'on fait maintenant ?

— Vous n'avez pas vraiment le choix, Colby. Vous devez passer l'interrogatoire avec brio.

— On n'a même pas réussi un entretien commun qui a duré *une heure*, et voilà que ce type s'acharne sur nous. Comment est-ce qu'on va réussir à passer un interrogatoire qui dure huit heures ?

— Vous voulez un conseil ?

— Bien sûr.

— Vous avez deux semaines devant vous. Emménagez ensemble. Vous apprendrez tout l'un de l'autre. Croyez-moi, j'ai été marié pendant douze ans et je n'ai pas vécu avec ma femme avant le mariage. Le vieux dicton qui dit qu'on ne connaît jamais vraiment quelqu'un avant de vivre avec lui est vrai.

— Hors de question, refusai-je en secouant la tête.

— Arrête d'être aussi buté. On n'a pas le choix, Colby, insista Maya.

— Je préfère pourrir en prison plutôt que de passer deux semaines coincé avec toi.

Elle leva de nouveau les yeux au ciel.

J'arrêtai de marcher et posai les mains sur mes hanches, avant de m'adresser à mon avocat.

— Est-ce qu'on doit discuter d'autre chose ?

— Je ne crois pas, répondit Adam en secouant la tête. Vous savez ce qui vous attend à l'audition.

— Très bien, alors je m'en vais.

Je me dirigeai vers la porte.

— Tu penses aller où ?! s'écria Maya.

— Aussi loin de *toi* que possible.

Le bureau se trouvait à deux rues de ma ligne de métro. Cependant, juste au moment où je m'apprêtais à descendre les escaliers, j'aperçus un bar à quelques mètres de là. J'avais l'impression que mon cœur allait exploser dans ma poitrine, alors je décidai de prendre un shot ou deux pour me détendre un peu. À l'intérieur, le bar était sombre, avec seulement quelques hommes d'un certain âge. Je m'installai à une place inoccupée près de la porte et commandai un double shot de tequila. Heureusement, le serveur n'avait pas envie de discuter et se contenta de prendre mon argent en échange de l'alcool et d'une rondelle de citron vert. Je le descendis d'un trait sans toucher au fruit, car je voulais que la brûlure dure le plus longtemps possible. Ensuite, je levai la main pour que le serveur revienne.

— Un autre, s'il vous plaît.

— Tout de suite, acquiesça-t-il.

Le second double shot descendit plus facilement que le premier, et j'aurais probablement pu continuer. Toutefois, je ne voulais pas me saouler, alors je jetai deux billets de vingt dollars sur le bar pour régler ma note. Au même moment, mon téléphone vibra pour m'annoncer l'arrivée d'un message. Le nom de Maya s'afficha sur l'écran, ce qui me fit serrer les dents. J'étais sur le point de remettre mon portable dans ma poche et d'ignorer le message, mais je me souvins que Billie devait passer plus tard, et je ne voulais pas que Maya me harcèle. Alors j'ouvris le SMS sans décontracter ma mâchoire.

Maya : Il faut qu'on emménage ensemble sinon tu iras en prison.

Je répondis aussitôt.

Colby : Va te faire foutre.

Quelques secondes plus tard, un autre message arriva. Sauf que cette fois-ci, c'était un message vocal. J'appuyai sur le bouton lecture en m'attendant à entendre le ton moralisateur de Maya, mais au lieu de ça, j'entendis ma propre voix.

— *Je t'épouse seulement pour que tu puisses rester dans ce pays et que tu laisses ma fille tranquille. Quand ce sera fait, ne me contacte plus. Je ferai comme si ce faux mariage n'avait jamais existé.*

Cette garce avait dû m'enregistrer lors de notre deuxième rendez-vous au café. Avant que je puisse comprendre ce qu'elle essayait de prouver en m'envoyant ça maintenant, un autre message arriva.

Maya : Je serai chez toi avec mes affaires samedi matin. Si tu ne me laisses pas entrer, cet enregistrement sera envoyé à l'enquêteur.

♥

— Oh, non.

Billie fronça les sourcils dès qu'elle m'aperçut, même si je me forçais à sourire.

Je secouai la tête en m'écartant pour la laisser entrer.

— Comment tu fais pour savoir que j'ai passé une journée merdique alors que je n'ai pas prononcé un seul mot ?

Elle s'arrêta devant moi en passant et se hissa sur la pointe des pieds, avant de poser ses lèvres sur les miennes et d'ébouriffer mes cheveux.

— Ça. C'est un indice révélateur.

— Mes cheveux ?

Elle sourit en acquiesçant.

— Tu les tires quand tu es stressé, et ensuite ils partent dans tous les sens.

— Pas étonnant que j'aille en prison, je ne peux rien cacher, lançai-je en fermant la porte. Je ne savais même pas que je faisais ça.

Billie pointa du doigt la bouteille de vin à moitié vide sur la table à manger.

— J'ai le sentiment que je vais avoir besoin de ça.

— Va t'asseoir, proposai-je en indiquant le salon. Je vais t'en servir un verre et remplir le mien. Ou peut-être même que je boirai directement à la bouteille.

Après nous être servis, nous nous installâmes sur le canapé.

— Qu'est-ce qui s'est passé ? demanda-t-elle.

— L'enquêteur a vu le dessin que Saylor a fait de toi en train de me tenir la main.

— Celui sur le frigo ? Je ne pensais pas qu'il était allé à la cuisine.

Ses épaules s'affaissèrent.

— Je pense que ça devait être quand je suis allée avec Saylor dans sa chambre. Je suis désolée de ne pas l'avoir caché, Colby.

— Tu n'as pas à t'excuser. Tu as géré cette visite surprise comme une championne. J'aurais tout fait foirer si c'était moi qui lui avais ouvert la porte.

Billie sirota son vin.

— Alors, il va se passer quoi ?

— On est censés se présenter à l'interrogatoire dans deux semaines. Si on ne le réussit pas, l'enquêteur prévoit d'engager des poursuites pénales.

Billie écarquilla les yeux.

— Tu as dit « on est censés ». Est-ce que ça veut dire que tu prévois de ne pas y aller ?

— Je réfléchis à aller voir l'enquêteur pour lui dire la vérité, que c'est un faux mariage, mais qu'on m'a fait du chantage, avouai-je en haussant les épaules. Il a mentionné le fait qu'il a un enfant. Peut-être qu'il fera preuve de compassion quand je lui dirai pourquoi j'ai fait ça, et qu'il me fera juste payer une grosse amende.

Billie secoua la tête.

— Je ne sais pas, Colby. Et s'il se fiche que tu sois le seul tuteur de ta fille et que tu aies fait ça pour la protéger ? Alors tu auras juste avoué avoir commis une fraude à un enquêteur de l'immigration. Peut-être que tu devrais tenter ta chance à l'interrogatoire et voir comment ça se passe.

— On ne le réussira jamais. Il sait déjà qu'on fraude, et il va nous tomber dessus avec toutes ses questions.

— Mais vous avez au moins une chance. Si tu vas le voir et que tu avoues ce que tu as fait, vous n'en aurez *aucune*.

Je bus mon vin.

— Je n'ai aucune chance, de toute façon. Maya m'a enregistré en train de lui dire que je l'épouse seulement pour qu'elle puisse rester dans ce pays, et que ce mariage est une mascarade. Elle dit que si je ne fais pas exactement ce qu'elle veut, elle enverra l'enregistrement à l'enquêteur.

Billie fronça les sourcils.

— Je ne comprends pas. Tu fais déjà exactement ce qu'elle veut.

— Ce n'est jamais assez avec elle, expliquai-je en secouant la tête. À présent, elle demande à ce qu'on emménage ensemble jusqu'à l'interrogatoire. Mon avocat l'a suggéré pour qu'on puisse apprendre à se connaître et qu'on ait plus de chances de bien répondre aux questions.

Billie cligna plusieurs fois des yeux.

— Oh... waouh. C'est vrai que si vous viviez comme un couple marié, vous pourriez apprendre à vous connaître bien mieux.

— Ça n'a pas d'importance. Je ne le ferai pas.

— Alors revenons-en à ton plan et réfléchissons-y. Disons que tu vas voir l'enquêteur, que tu avoues ce que tu as fait, qu'il est sympa et te donne seulement une amende et qu'il ne t'envoie pas en prison. Il se passe quoi ensuite ? Même si ça fonctionne, le seul autre moyen pour Maya de rester dans le pays est d'en faire la demande en tant que mère d'un enfant citoyen américain, c'est ça ? Alors tu reviens au point de départ.

Je secouai la tête.

— Pas si elle est emprisonnée pour fraude à l'immigration.

— D'accord, disons qu'elle passe un certain temps en prison. On doit imaginer qu'à sa sortie, elle voudra rester aux États-Unis. Est-ce que ce ne serait pas simplement repousser l'inévitable ? Et si elle aussi ne reçoit qu'une amende et qu'elle demande la garde immédiatement ?

— Bon sang, Billie, tu es de quel côté ?

— Du tien, Colby, évidemment. C'est pour ça que je ne veux pas que tu prennes une décision précipitée. Il faut que tu y réfléchisses, que tu regardes ça sous tous les angles et que tu penses à toutes les conséquences possibles.

J'avais l'impression d'avoir la tête qui tournait.

— Je ne me sens pas très bien. Ça te dérange si on parle de ça plus tard ? Là, maintenant, j'ai juste besoin de te prendre dans mes bras.

— Pas de souci, répondit-elle en prenant un air plus doux.

Pendant la demi-heure qui suivit, je restai assis avec ma copine dans mes bras. Elle appuya son dos contre mon torse, et je posai mon menton sur sa tête. C'était bon, mais même ça ne suffisait pas à faire disparaître la sensation de danger imminent. Puisqu'elle était venue après sa longue soirée de travail, il fut bientôt presque vingt-deux heures.

— Tu veux regarder un peu la télé avant d'aller au lit ? proposai-je.

Billie se tourna vers moi et posa une main sur ma poitrine.

— En fait, je pense que je vais rentrer chez moi.

— Quoi ? Pourquoi ?

— Tu as besoin de temps pour réfléchir, et moi aussi.

Je n'aimais pas du tout ça, mais je ne pouvais pas la contredire si elle avait besoin d'espace. Alors je hochai la tête en essayant de ne pas faire la moue.

— D'accord. Comme tu veux. Mais je t'appelle un Uber.

Malheureusement, quand je confirmai la course sur l'application, la voiture n'était qu'à trois minutes d'ici et elle devait descendre avec l'ascenseur lent comme un escargot.

— Le chauffeur sera là quand tu arriveras en bas.

Billie acquiesça, et je la raccompagnai à la porte. Avant de l'ouvrir, je pris son visage en coupe.

— Je t'aime. Je suis désolé de te faire traverser tout ça.

— Je t'aime aussi.

— On peut se voir demain soir ?

— J'ai un après-midi chargé au salon. Est-ce que je peux te reconfirmer ?

Je sentis un poids m'écraser la poitrine, mais je hochai la tête.

— Bien sûr. Repose-toi bien.

— Toi aussi.

♥

Le lendemain, je dus prendre sur moi pour ne pas envoyer de message à Billie avant l'après-midi. Je parvins à tenir jusqu'à quinze heures.

Colby : Salut, ma belle. Je peux te préparer à dîner ce soir ?

Il lui fallut presque une heure pour répondre.

Billie : Mon dernier rendez-vous est à dix-sept heures. Est-ce qu'on peut parler un peu quand j'aurai fini, avant que la baby-sitter s'en aille ?

J'avais l'impression qu'elle voulait dire qu'elle ne prévoyait pas de rester encore ce soir, mais j'étais désespéré, et je prendrais tout ce qu'elle me donnerait.

Colby : Bien sûr. Je vais voir si elle peut aussi rester un peu plus longtemps.

Billie : À tout à l'heure.

Lorsque j'entrai dans le salon après le travail, le visage de Deek me dit que je n'avais pas été le seul à passer la journée à réfléchir.

— Reste fort, mec, m'avisa-t-il en posant une main sur mon épaule.

J'acquiesçai et me dirigeai vers Billie, qui était à l'arrière en train de recharger son chariot.

— Salut, soufflai-je en effleurant ses lèvres avec les miennes.

Elle arborait un sourire triste.

— J'aurai fini dans quelques minutes.

— Prends ton temps. La baby-sitter peut rester aussi longtemps que j'en ai besoin.

— D'accord.

Nous gardâmes tous les deux le silence jusqu'à ce qu'elle finisse et récupère son sac à main.

— Tu veux qu'on marche un peu ?

— Pourquoi pas, accepta-t-elle en haussant les épaules. Comme tu veux.

Nous nous rendîmes dans un parc à quelques rues de là, et nous commandâmes des hot-dogs au food truck qui était toujours garé à l'entrée. Ensuite, nous nous installâmes sur un banc en discutant de tout et de rien un peu maladroitement tout en mangeant. Après ça, je m'essuyai la bouche et posai mon genou sur le banc pour pouvoir la regarder en parlant.

— Je donnerais n'importe quoi pour trouver un moyen de réparer ça et que les choses puissent redevenir comme avant, Billie.

Elle posa sa main sur ma joue.

— Je sais, Colby, et c'est ce qui fait de toi quelqu'un de spécial. Tu es prêt à tout sacrifier pour ceux que tu aimes, y compris ton propre bonheur, déclara-t-elle, avant de faire une pause pour prendre une grande inspiration. C'est aussi pour ça que je sais que si je te demande de faire quelque chose pour moi, tu le feras.

Je fronçai les sourcils.

— Évidemment. Tout ce que tu voudras.

Billie soutint mon regard.

— Je veux que tu laisses Maya emménager avec toi.

— Tu plaisantes, n'est-ce pas ?

— Je suis très sérieuse, Colby, affirma-t-elle en secouant la tête. J'ai passé toute la nuit à réfléchir à tout ça. C'est la seule vraie solution qu'on a. Il faut que vous vous rachetiez en tant que couple marié pendant cet interrogatoire, et la seule chance que vous ayez de faire ça, c'est en passant du temps ensemble. Il faut que tu saches des choses que tu ne peux pas apprendre autrement, comme vos routines matinales et vos habitudes, et vous n'avez que deux semaines pour y arriver.

Je secouai la tête.

— Je ne peux pas faire ça, Billie. Je ne peux pas *nous* faire ça.

— Tu ne feras pas ça *contre* nous. Tu feras ça *pour* nous. Je nous vois Saylor, toi et moi comme une équipe, et cette équipe a besoin de faire ce qu'il y a de mieux pour Saylor, peu importe ce qu'on ressent, insista-t-elle, les larmes aux yeux. J'aime aussi cette petite fille. Je ne pourrais plus me regarder en face si je refusais par égoïsme que tu vives avec une autre femme pendant deux semaines, et que ça la faisait souffrir. Alors je n'accepterai pas que tu refuses. Maya va vivre avec toi, et vous allez passer tout votre temps à faire connaissance.

Je dus ravaler l'énorme boule dans ma gorge pour pouvoir reprendre la parole.

— Ce que tu ressens pour Saylor représente absolument tout pour moi.

Elle renifla.

— Eh bien, c'est une bonne chose, parce que c'est sur ça qu'on doit se concentrer ces deux prochaines semaines.

Je posai mon front contre le sien et ne parvins plus à retenir mes larmes.

— Tu es la meilleure chose qui me soit arrivée.

Les larmes se mirent aussi à couler sur son visage.

— Alors c'est décidé. Maya vient vivre avec toi.

Mon cœur me hurlait que c'était mal, mais ma tête ne pouvait pas nier que c'était probablement notre meilleure chance de réussir l'interrogatoire. Alors j'acquiesçai.

Billie prit une grande inspiration.

— Il y a juste une autre chose que j'aimerais que tu fasses pour moi.

— Tout ce que tu voudras.

— Je ne peux plus te voir pendant quelque temps.

Je me figeai.

— Comment ça ?

— Mon cœur sera avec toi, mais ce sera trop douloureux de te voir en sachant que tu habiteras avec une autre femme. Et il faut que tu passes tout ton temps libre à faire connaissance avec Maya, et non pas à rester avec moi.

— Mais...

Billie posa un doigt sur mes lèvres en secouant la tête.

— J'ai besoin que tu fasses ça pour moi, Colby. S'il te plaît.

CHAPITRE 28

Colby

Quelques jours plus tard, ma vie fut complètement bouleversée. Maya emménagea chez moi, mais heureusement, jusqu'à présent, elle n'avait pas été souvent présente. C'était la bonne nouvelle. La mauvaise, c'était que ma séparation avec Billie avait commencé, et ne pas pouvoir la voir ou lui parler tous les jours était nul. Ce qui était nul aussi, c'était de devoir mentir à ma fille en lui disant que Maya était une amie qui avait besoin d'un endroit où dormir.

Maya n'était pas à la maison tôt le lundi matin, quand j'invitai Holden pour m'aider sur un petit projet, avant de devoir aller au travail.

— Ce sont ses affaires ? demanda-t-il en passant sa tête dans la chambre d'amis.

Maya avait posé une veste en cuir et d'autres vêtements sur le lit.

— Oui.

Holden jeta un coup d'œil dans la pièce.

— Elle n'est pas là en ce moment, n'est-ce pas ?

— Non. Elle a apporté ses affaires et a passé la nuit ici, mais on ne l'a pas beaucoup vue. Je l'ai entendue se lever à cinq heures du matin. Je ne sais pas du tout où elle est allée si tôt, mais je m'en fiche.

— Elle est toujours strip-teaseuse ?

— Aucune idée.

— Tu veux que je mène ma petite enquête ? proposa-t-il en me faisant un clin d'œil. Ça fait un moment que je ne suis pas allé dans un club.

— Fais ce que tu veux, mec, répondis-je en riant.

— Mais sérieusement, tu ne sais pas si c'est toujours son métier ? Tu sais quelque chose sur sa vie, au moins ?

— Je n'ai pas besoin de connaître la vraie Maya. Seulement la fausse que j'ai épousée.

— Ce n'est pas faux, concéda-t-il en levant sa boîte à outils. Alors, sur quoi je dois mettre un verrou ?

— Ma porte de chambre. Je veux pouvoir la fermer de l'extérieur pour qu'elle ne puisse pas y entrer quand je suis au travail.

Il arqua un sourcil.

— Tu penses qu'elle va te voler quelque chose ?

— Elle m'a déjà volé ma vie, pourquoi pas ma montre et l'argent que je garde ici ? Je ne lui fais pas confiance.

— Comment Billie gère tout ça ?

— J'aimerais le savoir, soupirai-je.

— Comment ça ?

— On s'est mis d'accord pour ne pas se voir pendant que Maya vit ici. On ne se parle pas non plus.

Holden resta bouche bée.

— Putain... Vous avez rompu ?

— Non ! rétorquai-je fermement. On fait juste une pause parce que c'est trop dur pour elle. *Une pause.* Pas une rupture.

— Mais pourquoi ne pas parler ?

— Parce qu'on ne peut pas être seulement à moitié impliqué dans la vie de l'autre. C'est tout ou rien. Mais on gère ça parce qu'on sait que c'est temporaire. C'est la seule façon pour que ce soit faisable. Ce n'est pas ce que je veux, mais c'est pour la santé mentale de Billie. Je sais que ne pas se parler peut sembler extrême, mais je comprends. Toute cette situation est douloureuse, et je veux faire tout ce qui est en mon pouvoir pour m'assurer qu'elle soit encore là quand tout sera terminé.

— Bon sang, j'aurais préféré que tu me laisses épouser cette garce.

Je levai les yeux au ciel.

Je paraissais bien plus confiant à propos de la situation avec Billie que je ne l'étais vraiment. Dieu seul savait combien de temps Maya allait rester ici. Pour autant que je sache, elle pouvait encore me faire chanter pour pouvoir gagner du temps et vivre ici à mes frais. Si ce petit arrangement durait plus de quelques semaines, il allait être très difficile pour moi de maintenir mon accord de ne pas voir Billie. L'autre chose qui m'inquiétait, c'était de savoir si pendant cette séparation, Billie n'allait pas retrouver son bon sens et prendre conscience qu'elle n'avait pas à supporter toutes ces conneries. Elle pourrait facilement trouver un homme qui n'avait pas un passé si compliqué ni une femme « illégale ». Je ne pouvais même pas y penser pour l'instant.

— C'est tout bon, déclara Holden un peu plus tard, en testant le verrou qu'il venait d'installer.

— Merci, mec. J'aurais aimé que tu puisses aussi changer les serrures de la porte d'entrée pour qu'elle ne puisse plus rentrer.

Si seulement.

Ce soir-là, après avoir lu son histoire à Saylor, elle eut des questions. Je savais que ça arriverait.

— Pourquoi Maya habite avec nous, déjà ?

J'avais déjà menti une fois à ma fille, ce que je détestais faire, mais elle n'avait visiblement pas compris. Ce qui était logique, puisque rien de tout ça n'avait de sens.

— Elle avait besoin d'un endroit où vivre pendant un petit moment... lui rappelai-je. Alors, puisqu'elle est mon... amie... j'ai accepté de l'accueillir ici.

— Billie revient quand ?

Billie avait eu une conversation avec Saylor pour lui expliquer qu'elle allait partir pendant quelque temps, mais qu'elle reviendrait. Elle ne voulait pas que ma fille s'inquiète ou pense que quelque chose n'allait pas. Toutefois, ça n'empêchait pas celle-ci de demander des nouvelles. Qui pouvait lui en vouloir ?

— Avec un peu de chance, bientôt, trésor.

Elle hésita, avant de me poser une autre question.

— Est-ce que tu aimes Maya ?

Pourquoi demande-t-elle ça ? Ma fille était bien trop intelligente. Elle commençait à assembler les pièces du puzzle. Le départ de Billie correspondait exactement à l'arrivée de Maya.

— Non, je n'aime pas Maya. Je veux que tu gardes ça en tête, d'accord ? Maya est juste une amie, lui assurai-je en la prenant dans mes bras. J'aime Billie. Et je t'aime toi, évidemment.

Saylor fit la moue.

— Je veux que Billie vienne. Elle me manque.

Ça me brisa le cœur.

— Je sais, ma chérie. Crois-moi, elle me manque aussi. Plus que tout.

Derrière la porte, je pouvais deviner que Maya était rentrée, puisque j'entendais du bruit dans la cuisine. Ne voulant pas sortir pour me retrouver avec elle, je lus une autre histoire à Saylor. Puis encore une autre. Mais avant d'en lire une troisième, je me rendis compte qu'éviter Maya allait à l'encontre du but recherché dans cette situation horrible. Si j'étais obligé de vivre avec elle, autant étudier les informations que je devais connaître pour réussir cet interrogatoire.

Alors je bordai ma fille et l'embrassai pour lui souhaiter bonne nuit. Lorsque je sortis de la chambre de Saylor, Maya se trouvait devant la cuisinière, en train de faire frire quelque chose.

— Salut, lança-t-elle en se tournant vers moi.

Je gémis et tirai une chaise.

Avant que je puisse avoir le temps de faire quoi que ce soit, des flammes jaillirent de partout. Maya paniqua en agitant ses mains.

— C'est quoi ce bordel ?! m'exclamai-je en bondissant.

J'attrapai aussitôt un plateau dans un tiroir et m'en servis pour couvrir les flammes. J'ignorais comment, mais un sac en papier brun avait pris feu. Je parvins à tout éteindre avant que ça devienne hors de contrôle et que mon appartement brûle. Ça aurait vraiment été symbolique, hein ? Tout serait parti en fumée, comme ma vie en ce moment...

Maya continua à trembler sans pouvoir se contrôler.

— Détends-toi, c'est fini.

— Je suis vraiment désolée, Colby, s'excusa-t-elle en couvrant sa bouche de ses mains tremblantes.

— Il faut que tu fasses plus attention.

J'observai de plus près ce qu'elle cuisinait.

— Pourquoi il y avait un sac en papier près des flammes, d'ailleurs ?

— Je faisais des frites. Je les avais mises dedans pour retirer la graisse.

— Tu ne peux pas simplement acheter des frites comme tout le monde ?

— Ce n'est pas pareil.

Elle continua à secouer la tête, puis elle s'appuya contre le comptoir et se mit à pleurer.

Je n'avais pas le temps pour ses larmes de crocodile. Toutefois, les secondes s'écoulèrent et je me rendis compte qu'elle était vraiment secouée. Alors je pris sur moi pour jeter les frites brûlées qui trempaient dans l'huile et nettoyer le bazar qu'elle avait fait. Je jetai un coup d'œil dans sa direction en me débarrassant des feuilles d'essuie-tout imbibées d'huile dans la poubelle.

— Tu avais un plan B ?

— Hein ?

— Pour le dîner.

Elle secoua la tête, confuse.

— Je n'ai rien d'autre à cuisiner. Je n'ai acheté que des pommes de terre.

Je levai les yeux au ciel.

— Assieds-toi. Essaie de te calmer. Il y a des restes de ragoût si tu as faim, proposai-je à contrecœur.

Elle écarquilla les yeux.

— Vraiment ? Ce serait super. Je meurs de faim et il est tard.

Je lui réchauffai une assiette, la déposai devant elle, puis m'assis en face. Je croisai les bras en la regardant manger. De temps à autre, elle avalait une bouchée et essuyait ses larmes. Elle semblait encore bouleversée par cette histoire de feu, et je ne comprenais pas vraiment pourquoi.

— Pourquoi tu pleures encore ? me forçai-je à demander. C'est fini.

Elle renifla.

— Tu te fiches de savoir pourquoi je pleure. Tu n'es pas obligé de faire semblant.

Est-ce qu'elle essayait de me faire passer *moi* pour le sans-cœur de l'histoire ?

— Je me fiche peut-être de tes sentiments – parce que tu te fiches bien des miens –, mais ce qui m'intéresse, c'est de survivre à ces journées passées avec toi. Il faut qu'on se reprenne et qu'on trouve comment établir des liens si on veut que ça fonctionne. Rester assise en face de moi à pleurer sans vouloir me dire ce qui ne va pas n'aide en rien.

Elle essuya ses yeux.

— Je ne suis pas fière de la façon dont j'ai géré la situation avec toi. Je suis allée trop loin tellement je suis désespérée à l'idée de devoir partir, mais il est trop tard pour revenir en arrière, à présent. Je savais que tu n'accepterais de m'aider que si je te forçais à le faire. Je ne m'attends pas à ce que tu me pardonnes un jour ou que tu comprennes, mais j'ai mes raisons de vouloir rester dans ce pays.

Elle se moucha dans une serviette en papier.

— Je ne peux pas retourner en Équateur, Colby, c'est un cauchemar.

— Pourquoi c'est un cauchemar ? Ta famille n'est pas là-bas ? demandai-je en plissant les paupières.

Elle baissa les yeux sur son assiette.

— C'est une très longue histoire.

— Eh bien, au cas où tu ne l'aurais pas remarqué, j'ai mis toute ma vie sur pause pour toi, indiquai-je en me penchant en avant. Je pense que je mérite au moins de savoir pourquoi *ton* cauchemar est devenu le mien.

Elle soupira, puis hocha la tête.

— Tu as raison, confirma-t-elle en essuyant ses yeux. Tu mérites de savoir.

— Alors… explique, insistai-je en m'adossant à ma chaise, les bras croisés.

Maya enfouit son visage dans ses mains.

— Je ne devrais pas être là, Colby.

— Ça, c'est sûr. Je compte les jours avant que cet arrangement se termine.

Elle leva les yeux vers moi.

— Non, ce que je veux dire… c'est que je devrais être morte.

Je restai bouche bée. *De quoi elle parle ?*

— J'ai tenté de me suicider en Équateur, révéla-t-elle en secouant doucement la tête. Mais je suis tellement nulle que je n'ai même pas réussi à faire ça correctement. Alors je suis encore là. Mais je ne devrais pas.

Je restai là, la bouche ouverte. Je la détestais peut-être, mais je ne souhaitais quand même pas sa mort.

— Qu'est-ce qui s'est passé ? finis-je par la questionner.

Elle regarda au loin pendant un moment.

— Il y a six ans, je travaillais en tant que nounou chez moi. Ironiquement, je m'occupais d'une petite fille de l'âge de Saylor, m'apprit-elle, avant de marquer une pause. Un jour, pendant que je la surveillais, j'ai été absorbée par quelque chose sur mon téléphone. Je devais être sur Facebook depuis moins d'une minute. Rocio était dans sa chambre, alors je me suis dit que je pouvais prendre ma pause tranquillement. Je ne savais pas du tout qu'elle s'était échappée. Elle était sortie par la porte arrière qui menait à la piscine.

Je déglutis. J'avais l'impression de savoir où elle voulait en venir, et en tant que père d'une petite fille, ça me rendait malade.

Maya poursuivit, les larmes aux yeux :

— Elle est tombée, et je ne le savais même pas. Quand je suis allée la voir dans sa chambre, elle n'était plus là. Je suis devenue folle, je l'ai cherchée dans toute la maison, mais pendant que je regardais à l'intérieur, elle était dehors, dans la piscine, en train de se noyer. J'ai fini par remarquer la porte ouverte et je me suis rendu compte qu'elle était tombée dans le bassin. Je l'ai trouvée dans l'eau, sur le ventre. J'ai essayé de la sauver, mais elle était déjà morte quand je suis arrivée. J'ai appelé de l'aide, mais c'était trop tard.

Oh, bon sang.

— Mince.

Je murmurai ensuite des mots que je ne pensais jamais prononcer pour elle :

— Je suis désolé.

— Ses parents ont dit à ma famille qu'il valait mieux qu'ils ne me revoient plus jamais. Ils se sont assurés de raconter à toute la ville ce qui s'était passé. Ma famille n'a pas pu supporter les commentaires négatifs et les ragots. Mon père a perdu son travail à cause de ça, et ma famille m'a mise de côté, poursuivit-elle en fixant le plafond, alors qu'elle se remettait à pleurer. Tout le monde me détestait, mais pas autant que je me détestais moi-même. J'ai essayé de prendre des médicaments un soir pour mettre fin à tout ça, mais je n'en ai pas pris assez. Quelqu'un m'a trouvée allongée par terre dans la rue et m'a emmenée à l'hôpital où ils m'ont fait un lavage d'estomac.

C'est tellement triste et dingue.

— Bon sang... murmurai-je.

— À l'hôpital, j'ai rencontré une gentille infirmière qui a été la première à me demander ce qui n'allait pas et qui a vraiment écouté ma version de l'histoire. Elle m'a trouvé un médecin à qui parler. Ils m'ont aidée. J'ai commencé à croire que je méritais peut-être le pardon et une seconde chance. Mais je savais qu'il fallait que je m'éloigne de ma famille et des gens de cette ville, parce qu'ils ne feraient que me convaincre que je méritais de mourir. Alors j'ai commencé à économiser de l'argent pour un billet, et j'ai pris l'avion pour les États-Unis, en me promettant de laisser ma famille derrière moi et de ne jamais regarder en arrière. Quand mon visa a expiré, je suis restée ici illégalement. Je n'ai rien d'autre que de la honte en Équateur. J'ai l'impression que je vais mourir si je retourne un jour là-bas.

— Alors tu es venue ici et tu as commencé à danser tout de suite après ?

— Oui, acquiesça-t-elle. C'était le seul travail que je pouvais obtenir. Et les propriétaires du club se fichaient que je n'aie pas de papiers. Ils voulaient juste que je me déshabille et que je leur rapporte de l'argent.

— Tu es toujours strip-teaseuse ?

— Oui, pour un autre club, m'informa-t-elle avec un petit sourire. Je n'oublierai jamais la soirée où je t'ai rencontré. Je n'avais jamais eu un client aussi beau — quelqu'un qui me rendait vraiment nerveuse. Tes amis ont payé pour que je t'offre une danse privée, et on est allés dans une salle à l'arrière. Tu as sûrement pensé que puisque j'avais couché avec toi, je couchais avec tout le monde. Mais ce n'est pas vrai. Tu es le premier client avec qui je passais la nuit. Tu n'es pas obligé de me croire, mais c'est la vérité, Colby. Tu étais ivre. Moi aussi je l'étais un peu, mais je savais ce que je faisais. Je voulais me sentir bien le temps d'une soirée, oublier tous les mauvais souvenirs. Je n'ai jamais imaginé que je tomberais enceinte. On a utilisé un préservatif et je prenais la pilule. Mais en y repensant, j'oubliais parfois de la prendre. Dès que j'ai su que j'étais enceinte, j'ai compris que c'était de toi parce qu'il n'y a eu personne d'autre. Mais je savais aussi que je ne pouvais pas garder le bébé. Je ne m'autoriserai jamais à m'occuper d'un autre enfant après ce qui est arrivé à Rocio. Je n'étais pas capable d'être mère. Et je ne méritais pas de donner la vie alors que j'en avais pris une autre.

Elle soupira.

— Cela dit, je ne voulais pas avorter. Je ne savais pas quoi faire, et je ne savais pas comment te le dire. Je n'ai pas arrêté de repousser les choses, jusqu'à... ce qu'elle arrive. Quand elle est née, elle était parfaite. J'étais encore plus certaine que je devais l'abandonner pour ne pas tout gâcher.

Elle jeta un coup d'œil dans ma direction.

— Elle était ton portrait craché. Je savais que c'était un signe que je devais te la laisser. Elle était à toi. Elle a toujours été à toi. Et c'est là que je te l'ai déposée. Je m'en suis voulu de l'abandonner, mais je savais que c'était ce qu'il y avait de mieux pour elle. Visiblement, j'avais raison.

Je tirai mes cheveux. J'avais toujours ignoré ce à quoi elle avait pensé à l'époque.

— Je suis désolé de ce qui t'est arrivé chez toi, déclarai-je après quelques secondes. Et je suis content que tu n'aies pas réussi à mettre fin à ta vie.

— Je suppose que Saylor ne serait pas là si ça avait fonctionné, hein ?

Elle avait lu dans mes pensées. Même si je détestais Maya, sans elle, Saylor n'existerait pas. Cependant, j'avais beau ressentir un peu de peine pour son passé tragique, ce n'était pas suffisant pour que je compatisse avec ce qu'elle me faisait vivre. Il n'y avait toujours aucune excuse pour ce qu'elle avait fait.

— Écoute... repris-je. On va aller jusqu'au bout, d'accord ? On est déjà arrivés jusque-là. Apprenons à nous connaître pour ne pas perdre de temps.

Je me levai de table.

— Je vais chercher des feuilles et des stylos pour qu'on puisse prendre des notes. Il faut qu'on réussisse cet interrogatoire.

Elle essuya ses larmes et sourit.

— D'accord.

Le lendemain, je n'arrivais pas à penser à autre chose qu'au manque de Billie. Plusieurs jours s'étaient écoulés depuis la dernière fois que je l'avais vue. Je savais qu'on avait décidé de ne pas se voir, mais ça me tuait d'être loin d'elle.

Après le travail, je décidai de passer à son salon. J'avais seulement prévu de jeter un coup d'œil, de la voir pour avoir ma dose, et de monter chez moi sans qu'elle m'aperçoive.

Mais curieusement, je ne m'étais pas rendu compte à quel point il était tard quand j'arrivai sur place. Ces derniers temps, j'avais l'impression de ne plus avoir la notion du temps. Toutes les journées me paraissaient interminables. Je m'étais attendu à voir Billie occupée à travailler, à travers la vitrine, mais ce ne fut pas le cas.

Elle était seule.

Je ne m'étais pas préparé à ça.

Je ne m'étais pas attendu non plus à ce qu'elle ait l'air si triste en lavant le sol après la fermeture. Elle paraissait morose et perdue dans ses pensées. Comment pouvais-je simplement partir, à présent ? Mon cœur s'emballa lorsque j'hésitai à frapper pour attirer son attention.

Avant que je puisse prendre une décision, Billie leva les yeux et me repéra. Je devais avoir l'air d'un chien malheureux en train de regarder par la fenêtre. Elle se précipita vers la porte pour me faire entrer.

— Tu es là depuis combien de temps ?

Je me contentai de secouer la tête.

— Colby... soupira-t-elle.

— J'ai juste... besoin de te serrer dans mes bras, l'interrompis-je. Je sais que c'est contre les règles.

— On n'a jamais été doués pour s'y tenir, hein ?

Je la pris contre moi et la serrai fort, en me laissant envelopper par son parfum à la vanille. Mon cœur cognait dans ma poitrine, alors que nos corps se balançaient doucement. J'avais tellement désiré ça.

Quand nous finîmes par reculer pour regarder l'autre, j'eus besoin de retrouver son goût, et je ne pus m'empêcher de poser mes lèvres sur les siennes pour un baiser lent et douloureux.

— Tu devrais y aller, murmura-t-elle contre ma bouche, avant de s'écarter.

C'était très difficile de s'arrêter, mais j'y parvins.

— Merci, soufflai-je.

Billie resta à la porte et me regarda partir. Je savais qu'elle ne voulait pas que je m'en aille, mais je savais aussi pourquoi elle m'avait dit de partir. Ma présence était une violation de notre accord. Toutefois, ça en valait la peine.

À l'étage, je fus surpris de trouver Maya au salon, en train de colorier avec Saylor, pendant que la nounou surveillait. Je ne savais pas si je devais être en colère, mais je supposais que si elle vivait sous notre toit, il fallait que je m'attende à ce qu'elle ait des interactions avec ma fille.

— Que se passe-t-il ici ? demandai-je en entrant dans l'appartement.

Saylor se précipita vers moi.

— Papa ! Tu es rentré !

— Qu'est-ce que tu fais, trésor?

— Je colorie avec Maya.

— C'est... chouette.

Saylor me pointa du doigt.

— Tu as du rouge partout sur ta bouche!

Le rouge à lèvres de Billie.

— Ah bon? m'étonnai-je en frottant le coin de ma bouche.

Hors de question que je le retire.

— Il faut croire qu'on sait pourquoi tu es en retard, me reprocha Maya.

Je la fusillai du regard.

Ce soir-là, Maya se joignit à nous pour le dîner. Les choses n'étaient toujours pas au beau fixe entre nous, mais je me sentais un peu plus tolérant envers elle à présent. Après notre discussion, nous avions passé du temps à mettre notre fausse histoire au point pour l'interrogatoire.

Au lit, cette nuit-là, je n'arrêtai pas de penser à Billie. Le fait de la serrer dans mes bras et de l'embrasser tout à l'heure m'avait rendu dingue. Ça m'avait fait me rendre compte que je ne pouvais pas vivre sans elle.

À côté de mon lit, j'avais un stylo et des feuilles de papier que j'avais utilisées pour prendre des notes sur Maya. J'en détachai une nouvelle et me mis à écrire mes pensées et à parler à cœur ouvert à Billie, pour lui confier tout ce que j'avais eu envie de lui dire ce soir. Je ne lui enverrais probablement jamais, mais il fallait que je mette ces sentiments quelque part.

CHAPITRE 29

Colby

C'était la troisième fois que je surprenais Maya en train de m'observer ce soir. Saylor et moi étions assis par terre dans le salon, en train de jouer à Candy Land, et Maya était en train de ranger après avoir mangé son repas. J'aurais pu l'ignorer ou me dire qu'elle m'étudiait pour se préparer à l'interrogatoire qui aurait lieu demain, mais après presque deux semaines de cohabitation, j'avais appris à déchiffrer son comportement. Ce soir, son regard me faisait penser qu'elle voulait quelque chose.

Elle me sourit lorsque nos yeux se croisèrent, et je me forçai aussitôt à regarder le plateau de jeu sans lui retourner son sourire. La dernière chose que je voulais, c'était lui donner l'impression que je voulais plus que nous sortir de ce merdier. Elle dut comprendre le message, car elle disparut dans la chambre d'amis et n'en ressortit que lorsque Saylor fut couchée.

— Elle dort ? demanda Maya en revenant au salon, alors que je regardais la télé.

Enfin, elle était allumée, et mes yeux étaient rivés dans cette direction.

Je hochai la tête.

— La baby-sitter l'a emmenée au parc après l'école. Elle est obnubilée par l'échelle horizontale en ce moment, et on dirait que ça l'épuise à chaque fois.

Elle sourit.

— Je pense que je vais prendre un verre de vin. Je suis un peu à cran à cause de demain. Tu en veux un ?

— Non, merci.

Même si la situation était devenue plus cordiale entre nous cette dernière semaine, je n'allais rien faire qui ressemblait de près ou de loin à quelque chose que ferait un couple. Ce serait trop irrespectueux envers Billie.

Maya se servit un verre de merlot et s'assit à l'autre bout du canapé.

— J'ai un implant contraceptif dans mon bras droit, m'informa-t-elle en me montrant son triceps.

Peut-être que c'était sa façon de m'avoir observé tout à l'heure, ou le fait qu'elle ne portait qu'un mini short et un débardeur en guise de pyjama, mais j'en tirai la mauvaise conclusion.

— Hors de question que je couche avec toi.

Maya soupira.

— Je t'en parle parce que je me suis rendu compte tout à l'heure que c'est le genre de chose qu'un mari devrait savoir à propos de sa femme. L'enquêteur pourrait demander quel genre de protection on utilise.

— Oh, d'accord.

— Et aussi, je dors nue en général. Et toi ?

— J'ai une fille, donc non, je ne dors pas nu. Parfois, elle se lève avant moi, et je ne voudrais pas la marquer à vie.

Maya fronça les sourcils.

— Oui, bien sûr. C'est logique. Je devrais dire la même chose si on me pose cette question, non ?

— Si tu veux, répondis-je en haussant les épaules.

Elle acquiesça.

— Et si on disait que je dors en débardeur et en short comme ce que je porte ? Pas de soutien-gorge, évidemment.

— Très bien.

— Et toi ? Je dois dire que tu portes quoi ?

— Un boxer, ça ira.

— Est-ce qu'on verrouille la porte quand on couche ensemble ?

— Bien sûr.

— Peut-être qu'on pourrait dire qu'on le fait la plupart du temps, mais qu'il y a eu quelques fois où la température est vite montée et qu'on n'en a pas eu l'occasion. Ça a l'air plus crédible puisqu'on est censés être de jeunes mariés.

Toute cette conversation me mettait mal à l'aise.

— Comme tu veux.

— Tu te souviens le soir où on s'est rencontrés ? m'interrogea Maya en sirotant son vin. On n'arrivait pas à se détacher l'un de l'autre. On a à peine eu le temps d'arriver chez toi avant de s'envoyer en l'air contre le mur de l'entrée. J'imagine que si nous étions vraiment en couple, notre passion serait toujours intacte, tu ne penses pas ?

Je serrai les dents.

— *Non*, je n'y pense pas. Mais si tu as envie de dire qu'on a oublié de verrouiller la porte quelques fois, alors je dirai la même chose si on me pose la question.

Je pris la télécommande et visai la télévision en appuyant sur le bouton pour l'éteindre.

— Je vais me coucher. On doit être au rendez-vous à huit heures trente. Tu seras ici ou on se rejoint là-bas ?

— Je serai là. Ça ne m'étonnerait pas que l'enquêteur observe encore notre façon d'entrer, alors on devrait arriver ensemble.

Je hochai la tête et me levai.

— Je reviendrai après avoir déposé Saylor à l'école.

— Ou alors... on pourrait l'y emmener tous les deux.

Je refusai en secouant la tête.

— Je reviendrai ici.

Dans ma chambre, je me changeai, et j'étais sur le point d'entrer dans ma salle de bain pour me brosser les dents quand quelqu'un frappa doucement à la porte. Je l'ouvris et me retrouvai face à Maya, qui pointait du doigt derrière elle.

— Je me préparais à aller au lit, et je me suis rendu compte qu'on ne connaît pas nos habitudes du soir à la salle de bain.

Je posai ma main en haut de la porte, et ne bougeai pas pour la laisser entrer.

— Je brosse mes dents et je lave mon visage.

Maya leva son téléphone.

— Chaque soir, je lis un article différent sur les questions que les gens ont eues pendant ce genre d'interrogatoire. Celui de ce soir dit que l'enquêteur s'est concentré sur les petits détails de leurs routines avant d'aller au lit. Il leur a demandé s'ils rangeaient le dentifrice ou s'ils le laissaient sur le comptoir, et s'ils utilisaient un bain de bouche ou du fil dentaire.

Je jetai un coup d'œil à son portable, qui affichait un site Web avec une liste de questions, avant de relever les yeux sur elle.

— J'ai vraiment envie qu'on réussisse pour que je puisse te laisser tranquille, affirma-t-elle. Je te promets que ça ne prendra pas longtemps. Je resterai juste derrière sans faire de bruit pendant que tu fais ta routine, au cas où on nous pose des questions dessus.

Je pris une grande inspiration, avant de m'écarter pour la laisser passer.

— Très bien.

Elle s'appuya contre la porte de la salle de bain pendant que je me brossais les dents, avant de sortir mon fil dentaire.

— Oh, tu utilises du fil à l'ancienne ? s'étonna-t-elle. Moi j'utilise ceux en plastique de la marque Plackers, avec un fil attaché au bout.

J'observai son reflet dans le miroir, en nettoyant entre mes dents. J'avais déjà retiré mon haut pour aller au lit, et je vis Maya poser les yeux sur mon torse. Ça me mit *extrêmement* mal à l'aise. Alors je bâclai ce que je faisais et finis aussi vite que possible, avant de me tourner vers elle.

— Contente ?

— Tu veux venir me regarder, maintenant ?

Je secouai la tête.

— Et si tu racontais que tu avais exactement la même routine que celle que tu viens de voir, si on nous pose la question ?

— Oh, d'accord. Je peux faire ça, oui.

— Tu penses que je peux aller me coucher maintenant ? lançai-je en désignant ma chambre derrière elle.

Maya fit un pas sur le côté pour que je puisse sortir de la salle de bain, puis elle s'approcha lentement de la porte. Lorsqu'elle passa devant le lit, elle fit courir son doigt le long de la couette jusqu'à atteindre le bout, puis elle me regarda par-dessus son épaule.

— Peut-être qu'on devrait passer la nuit ensemble. Tu sais, pour retenir des détails de dernière minute. Je ne sais même pas si tu es du genre à te blottir contre la personne avec qui tu dors, ou si tu préfères être sur le ventre.

Elle m'observa sous la barrière de ses cils, en mordillant timidement sa lèvre inférieure.

— Ça pourrait être notre petit secret. Je n'en parlerais pas à Billie.

Je serrai si fort les dents que je fus surpris de ne pas m'en casser une.

— *Dégage* de ma chambre.

Maya cligna plusieurs fois des yeux. Il fallait croire que peu d'hommes avaient décliné ce genre d'invitation venant de sa part. Elle eut le culot de faire la moue.

— Tu n'es pas obligé d'être si méchant.

— Je serais méchant si je te disais de dégager de chez moi et d'aller dormir dehors, rétorquai-je en pointant la porte du doigt. Ce que je suis à deux doigts de faire si tu ne sors pas tout de suite de ma chambre.

Elle souffla et rejoignit la porte, avant de la claquer derrière elle.

Le lendemain matin, Maya et moi échangeâmes à peine deux phrases pendant le trajet en métro pour aller passer l'interrogatoire. J'étais stressé comme jamais, au point où je sursautais si une voiture osait klaxonner. La seule chose qui m'apaiserait, ce serait la fin de cette journée. Mon avocat, Adam, nous retrouva devant le bâtiment fédéral, et nous discutâmes pendant quelques minutes avant d'entrer tous ensemble. Il nous avait dit que cet entretien pouvait durer jusqu'à huit heures et se dérouler séparément, comme durer moins d'une heure et que nous soyons interrogés dans la même pièce. Alors je ne savais pas du tout à quoi m'attendre, jusqu'à ce que l'agent Weber arrive.

— Madame Lennon peut attendre ici, annonça-t-il sans préambule. L'équipement vidéo est en place dans le couloir. Je voudrais d'abord m'entretenir avec monsieur Lennon.

Adam hocha la tête et s'adressa à Maya.

— Je reviens dès qu'on aura fini.

— D'accord.

Elle s'approcha de moi et ouvrit ses bras pour me faire un câlin.

— On se voit tout à l'heure.

Du coin de l'œil, j'aperçus l'enquêteur en train de regarder, alors je n'avais pas d'autre choix que d'accepter son étreinte. Maya m'embrassa sur la joue avant que je puisse m'écarter, et murmura un « je t'aime » suffisamment fort pour que tout le monde entende.

Je hochai la tête et me dépêchai de quitter la pièce. Faire face au peloton d'exécution au bout du couloir était plus attrayant que d'être dans les bras de cette femme.

Encore une fois, l'enquêteur ne perdit pas de temps. Dès qu'il eut mis en route le matériel d'enregistrement, il me posa la première question, à savoir quel était le moyen de contraception que Maya utilisait. Grâce à la conversation que je n'avais pas voulu avoir hier soir, je connaissais la réponse. La dizaine de questions qui suivirent portèrent sur des sujets que nous avions soit révisés, soit appris sur l'autre durant ces deux dernières semaines de cohabitation. Il me demanda comment Maya prenait son café et où elle mettait son linge sale. Connaître les réponses m'aida à m'apaiser, et je me rendis bien compte que je n'aurais probablement pas pu donner la moitié de celles-ci si elle ne m'avait pas forcé à la laisser s'installer chez moi. Tout semblait bien se passer, et je commençai à avoir l'impression de vraiment connaître un peu Maya. Jusqu'à la première question qui me troubla.

— Combien de fois par semaine madame Lennon et vous sortez-vous dîner ?

— Euuh… pas très souvent.

L'agent Weber pinça ses lèvres.

— Il me faut une vraie réponse. Cinq fois, zéro, trois ?

— Eh bien, ça varie selon les semaines.

— D'accord, soyons plus spécifiques, alors. Combien de fois êtes-vous sortis dîner à l'extérieur ces sept derniers jours ?

Mince. Je pris quelques secondes pour réfléchir à la question.

— Une fois, je crois.

— Vous croyez ?

— Oui, une fois, confirmai-je.

— Et pouvez-vous me dire si madame Lennon a des cicatrices ?

— Des cicatrices ?

— Oui, vous savez ce que c'est, n'est-ce pas ?

Oh, bon sang. Ce n'est pas bon du tout.

Durant les trois heures qui suivirent, je fus interrogé comme un criminel. Il y eut encore quelques questions dont je n'étais pas sûr, et je tentai d'y répondre aussi vaguement que possible. Après avoir terminé avec moi, l'enquêteur me demanda d'attendre dans l'entrée, et Maya et Adam entrèrent à leur tour. Je mourais d'envie de faire les cent pas pendant que les minutes défilaient à une allure d'escargot, mais je me dis qu'il valait mieux rester sur ma chaise et essayer de ne pas avoir l'air terrifié, juste au cas où le réceptionniste rapportait mon comportement à l'enquêteur. Il s'écoula trois heures et demie avant que Maya et mon avocat reviennent.

L'agent Weber fit un signe de tête à Adam. Son expression était un masque indéchiffrable, tout comme ça avait été le cas pendant presque tout l'interrogatoire.

— Je vous recontacterai, déclara-t-il.

Adam hocha la tête en retour.

— Merci. Passez un bon après-midi.

Aucun de nous ne parla pendant toute la descente en ascenseur. Il se pourrait même que j'aie retenu mon souffle jusqu'à notre sortie de l'immeuble.

— Alors... commença Adam en se tournant vers nous. Vous pensez que ça s'est passé comment ? Aucun de vous n'a semblé faire de grosse erreur.

— J'ai l'impression que ça s'est bien passé, affirma Maya.

— J'ai peur de dire que je ressens la même chose, acquiesçai-je.

Adam sourit et posa une main sur mon épaule.

— Je comprends. Mais au moins, maintenant, c'est terminé. Il se passera plusieurs semaines avant la suite.

Après le départ de mon avocat, Maya et moi commençâmes à comparer nos entretiens. Nous rejoignîmes le métro en débitant toute une liste de questions et de réponses.

— Qu'est-ce que tu as dit quand il a demandé combien de fois on est sortis dîner ? demandai-je.

— J'ai dit ce dont j'avais été témoin jusqu'ici... peut-être une fois, tout au plus.

Je poussai un grand soupir en hochant la tête.

— Bien... super. J'ai dit la même chose. Et les cicatrices ? Tu en as ?

— Seulement celle de la césarienne.

Je m'arrêtai net.

— Saylor est née par césarienne ?

— Oui.

— Pourquoi ça ?

— Elle se présentait en siège.

Je secouai la tête en me sentant soudain secoué – même si ça n'avait rien à voir avec l'interrogatoire, mais plutôt avec le fait que je ne savais même pas comment ma fille était née.

Je passai ma main dans mes cheveux.

— Je ne savais pas que tu avais eu une césarienne. J'ai dit que tu n'en avais pas.

— C'est la seule.

— Tu penses qu'on doit donner absolument toutes les bonnes réponses ? Est-ce que c'est comme au lycée où on valide un examen quand on a plus de soixante-cinq pour cent de bonnes réponses, ou est-ce qu'on doit atteindre les cent pour cent ? Enfin, je n'ai peut-être pas considéré la césarienne comme une cicatrice. Quand il m'a posé la question, j'ai essayé de me souvenir si tu m'avais parlé de blessures ou d'accidents. Alors je ne sais même pas si j'aurais pensé à la césarienne si j'avais su que tu en avais eu une. Les gens peuvent oublier des choses.

Maya haussa les épaules et secoua la tête.

— Je ne sais pas le score qu'il faut obtenir pour réussir, déclara-t-elle, avant de lever un doigt. Oh, une autre question pour laquelle je n'étais pas sûre. Quelle était la couleur de tes sous-vêtements hier ?

— Qu'est-ce que tu as dit ?

— Gris, au hasard.

— Bien joué, parce que c'est ce que j'ai répondu. Même si je n'étais pas sûr.

Nous continuâmes à comparer nos réponses pendant tout le trajet jusqu'au métro, et presque jusqu'à notre arrivée. Finalement, il semblerait que nous nous soyons trompés à une seule autre question, mis à part celle de la cicatrice. L'enquêteur avait demandé quand nous devions sortir les poubelles dans notre immeuble, et Maya avait répondu les mardis, tandis que j'avais répondu les vendredis. Toutefois, elle avait essayé de rire de la question en admettant que ce n'était qu'une supposition, parce que les ordures et les réparations étaient mes corvées, tandis que la lessive et le lave-vaisselle étaient les siennes.

J'avais l'impression que ce ne serait pas si rare qu'une personne qui ne sort pas les poubelles se trompe sur le jour de ramassage. Mis à part ces deux questions, nous nous en étions plutôt bien sortis. J'espérais juste que ce serait suffisant. Quoi qu'il en soit, ce qui était fait n'était plus à faire, et lorsque nous descendîmes à notre arrêt, mes épaules étaient bien plus détendues que ces dernières semaines.

J'avais même l'impression de respirer un peu mieux en approchant des escaliers qui menaient à l'extérieur. Juste avant d'arriver en haut, mon téléphone vibra dans ma poche. Je le sortis pour voir qui c'était, et je trébuchai sur quelque chose par terre. Je me débattis pendant plusieurs secondes pour tenter de retrouver l'équilibre, mais je finis par tomber sur les fesses. Avant de me relever, je jetai un coup d'œil autour de moi pour voir dans quoi je m'étais pris les pieds, et j'aperçus une chaussure de travail au milieu du chemin. Je secouai la tête et me mis à rire en me relevant.

— Qui peut bien perdre une chaussure dans le métro ?

Maya écarquilla les yeux en pointant mes fesses du doigt.

— Oh, mon Dieu, Colby ! Tu as déchiré ton pantalon !

Je me tordis pour y jeter un coup d'œil. Effectivement, il avait craqué au niveau de la couture. Et pas juste un peu. Ce truc était déchiré d'un bout à l'autre.

— Mince, lançai-je en riant.

Maya éclata de rire.

— Maintenant, je sais de quelle couleur est ton boxer aujourd'hui.

Les dernières semaines avaient été si stressantes que j'étais presque sûr de ne pas avoir souri une seule fois. Alors craquer mon pantalon fut un soulagement comique bien nécessaire, et nous nous mîmes à rire bien plus que nécessaire. En fait, nous étions encore en train de nous esclaffer au moment de monter de nouveau les escaliers qui menaient à la rue. Toutefois, mon rire s'arrêta net quand je levai les yeux et aperçus le visage de la femme qui descendait. Elle ne souriait *pas du tout*.

Billie.

Je me figeai.

Elle fit de même.

Maya, ignorant tout, riait encore en continuant à monter les marches devant moi.

— Billie, qu'est-ce que tu fais là ?

Son visage se décomposa.

— Apparemment, je ne m'amuse pas autant que vous...

— Non, non, non. Ce n'est pas ce que tu crois, répliquai-je en secouant la tête. Je te le jure.

Elle leva les mains et se remit à descendre les escaliers.

— Ce n'est rien, Colby. Je dois y aller si je ne veux pas rater mon métro.

— Billie, attends ! m'exclamai-je en la suivant.

Mais elle se dépêcha de passer le tourniquet en secouant la tête.

— Pars, Colby. Ta *femme* doit sûrement t'attendre dehors.

Des heures plus tard, j'étais assis seul dans ma cuisine avec une bouteille vide de tequila, quand Maya arriva. Je ne l'avais pas vue depuis l'incident avec Billie cet après-midi.

— Tu étais où ? demandai-je d'une voix traînante.

— J'ai vu que Billie était contrariée, alors je me suis dit que j'allais me faire discrète pendant un moment. Est-ce que ça va ?

Je bus le reste de mon verre et pouffai de rire.

— Bien sûr. Pourquoi ça n'irait pas ? La femme que j'aime ne veut pas me voir parce que je vis avec une autre femme, qui s'avère être mon épouse, et aujourd'hui, elle a cru que je passais du bon temps avec l'épouse en question, déclarai-je en haussant les épaules. Tout va *super bien*.

Maya soupira et s'assit en face de moi.

— Je suis désolée pour tous les problèmes que je t'ai causés, Colby. Vraiment.

Si je n'avais pas su qu'elle n'avait pas de cœur, j'aurais pu croire à sa petite comédie, et j'aurais pu penser qu'elle se sentait mal pour moi.

— Je vais me coucher, annonçai-je en me levant de table.

Après m'être changé et m'être brossé les dents, mon esprit repensa encore à la même chose. J'avais eu envie d'envoyer un message à Billie, mais je ne voulais pas la contrarier encore plus, alors je m'étais abstenu. Cependant, dans mon état d'ivresse actuel, je parvins à me convaincre que ce serait *irresponsable* de ma part de ne pas prendre de ses nouvelles alors qu'elle avait été en colère. Je récupérai mon téléphone et m'allongeai dans mon lit pour taper.

Colby : Salut. Je suis désolé pour aujourd'hui. J'ai juste trébuché et craqué mon pantalon. L'interrogatoire a eu lieu ce matin, et j'ai eu l'impression que j'allais péter les plombs. Je te jure que ce n'était pas ce à quoi ça ressemblait. Cette journée n'a pas du tout été amusante. Je veux m'assurer que tu vas bien et te dire que je t'aime.

J'observai le message passer de « envoyé » à « reçu », puis une minute plus tard, passer en « lu ». Je fixai mon téléphone en attendant sa réponse.

Encore.

Et encore.

Et encore...

CHAPITRE 30

Un malheur n'arrive jamais seul.

En plus de mon humeur maussade, je me réveillai dimanche matin avec une fuite sous l'évier de ma cuisine qui nécessitait une intervention immédiate. La première personne que je pensai à appeler fut Holden, étant donné qu'il touchait à tout et qu'il gérait tout le temps ce genre de choses. Même si je ne vivais pas dans l'immeuble, je savais qu'il viendrait chez moi avec ses outils et qu'il m'aiderait si j'avais besoin de lui. Toutefois, ce n'était pas envisageable pour l'instant. Holden était une extension de Colby. Il irait tout de suite le voir pour tout lui raconter, et ensuite, ce dernier penserait que tout allait bien entre nous alors que ce n'était pas le cas. Rien n'allait bien, du moins dans ma tête, depuis plusieurs jours maintenant – depuis que j'avais croisé Colby à la station de métro.

Je connaissais un autre plombier : Eddie Stark, alias « Eddie Muscle », mon client que j'avais laissé m'inviter à un rencard. Je décidai de ravaler ma fierté et de l'appeler à l'aide.

Il accepta de venir à une seule condition : que je me joigne à lui pour le déjeuner – en tant qu'amis. Il savait désormais que je ne m'intéressais pas à lui autrement, alors je lui faisais confiance. J'acceptai de déjeuner avec lui tant que c'était moi qui offrais, pour le remercier de son aide.

Eddie passa plus d'une heure dans ma cuisine avant de trouver enfin ce qui n'allait pas avec mes tuyaux. Pendant que je le regardais travailler et que j'entendais tous les bruits métalliques sous l'évier, mon esprit était totalement ailleurs et rejouait la scène du métro pour la énième fois, en alternant entre la colère et la tristesse. À ce stade, je ne pouvais même plus être sûre que ma mémoire n'avait pas tout déformé et exagéré ce que j'avais vu et entendu. Je n'avais plus de vision nette de ce qui s'était passé. Pourtant, je continuais de ruminer.

Qu'est-ce qui les faisait rire ?

Qu'est-ce qui a changé entre eux ?

Est-ce qu'il l'aime bien à présent ?

Est-ce que je devrais répondre à son message ?

Je devrais vraiment lui répondre.

Hors de question que je lui réponde !

Est-ce que j'ai eu tort d'être si en colère ?

Comment va Saylor ? Est-ce qu'elle rit aussi avec eux ?

Est-ce que je lui manque toujours ?

Est-ce que Maya et elle se rapprochent ?

J'avais l'impression de devenir dingue.

Oui, je savais que j'aurais pu contacter Colby pour avoir les réponses à ces questions, mais mon ego n'avait pas l'air de vouloir me laisser faire. Au lieu de ça, il m'avait condamnée à l'inaction.

Eddie finit par ressortir de sous l'évier, et il annonça qu'il pensait avoir réparé le problème. Nous fîmes couler l'eau plusieurs fois pour faire des tests, et il n'y avait plus de fuite à l'horizon. Il était en train de ranger ses affaires quand ses yeux atterrirent sur un objet dans ma corbeille à fruits.

— C'est quoi ce truc ?

Argh. Je voulais la jeter.

— Tu n'étais pas censé voir ça, répondis-je.

— Tu peux m'expliquer ?

— Pas vraiment.

— Billie… insista-t-il en la récupérant. Il y a une Barbie nue, les cheveux coupés, au milieu de tes bananes. J'ai besoin d'une explication, sinon je vais devoir supposer que tu t'es mise aux poupées Barbie vaudou.

Je ris.

— Ce n'est pas du tout ça.

— Alors qu'est-ce que c'est ? m'interrogea-t-il en arquant un sourcil.

— C'est une vieille habitude de mon enfance, soupirai-je. Les cheveux des poupées étaient sacrifiés pour mon bien-être mental.

— Oooh, d'accord. C'est parfaitement logique.

Il écarquilla les yeux comme pour dire « cette fille est folle ».

— OK, laisse-moi t'expliquer, repris-je en lui prenant la poupée des mains, et en posant les yeux sur elle. Quand j'étais plus jeune et en colère, je prenais une de mes vieilles Barbie et je lui coupais les cheveux, mèche par mèche, jusqu'à ce qu'il ne reste plus rien. Faire ça était thérapeutique pour moi. Un peu comme ces balles anti-stress qu'on serre quand on est nerveux. Ou le papier bulle qu'on éclate.

Il croisa ses bras en riant.

— Oui, un peu comme ça... mais en version complètement dingue. Je comprends.

Je ne pouvais pas lui en vouloir de penser que c'était fou, mais il m'avait demandé une explication.

— Il s'est passé quelque chose il y a plusieurs jours de ça, avouai-je. Ce soir-là, j'étais tellement contrariée que je suis allée à la boutique où tout est à moins de cinq dollars pour acheter des bonbons pour calmer mon stress, et j'ai aussi pris une sous-marque de Barbie. Je n'avais pas fait ça depuis des années.

Il me fusilla du regard.

— Billie...

— Hmm ?

— Est-ce que tu veux discuter de ce qui t'a poussée à faire ça ?

Mon ventre grogna.

— Je meurs de faim. Allons au restaurant et je t'expliquerai tout là-bas.

C'était une journée ensoleillée et parfaite pour une balade à New York. Même si le pick-up d'Eddie était garé près de chez moi, nous marchâmes jusqu'à un bistrot à quelques rues de là.

— Bon, raconte-moi ce qui se passe, déclara-t-il en posant ses mains sur la table, une fois nos commandes passées. J'ai entendu dire que tu sortais avec le type à qui appartient l'immeuble où tu travailles. C'est à cause de lui que Barbie a eu droit à une coupe à la brosse ?

J'acquiesçai en soupirant.

— Je ne *sors* pas simplement avec lui, Eddie. Je suis tombée éperdument amoureuse de lui. Et de sa fille. Et ils me manquent, avouai-je, le cœur serré.

— Ils te manquent ? répéta-t-il en écarquillant les yeux. Vous avez rompu ?

— Pas exactement.

Il plissa les yeux.

— Ça a l'air compliqué.

— Tu n'as pas idée.

— Est-ce qu'il faut que j'aille lui botter les fesses ?

— Ce n'est pas à ses fesses à *lui* que j'ai envie de m'en prendre, répondis-je.

— Qu'est-ce qui se passe ? Parle-moi.

— Combien de temps tu as ? demandai-je en sirotant mon verre d'eau. Sérieusement, c'est une très longue histoire.

— Combien de temps j'ai ? Plus que pour couper les cheveux d'une Barbie mèche par mèche. Ça ira ?

Je finis par expliquer toute cette situation à Eddie, en finissant par le moment où j'avais croisé Colby avec Maya en train de rire dans le métro, et à quel point ça m'avait dérangée.

— Ce jour-là, il m'a tellement manqué, et c'était juste... déroutant de le voir rire avec elle, admis-je en baissant les yeux sur mon verre et en jouant avec ma paille. Il est censé la détester, et voilà qu'ils rient ensemble comme deux meilleurs amis ? Enfin, c'est quoi ce bordel ?

Eddie gratta son menton.

— Eh bien, analysons ça pour découvrir l'origine du problème. Parce que quelque chose me dit qu'il y a plus que cette histoire de rires. Est-ce que c'est *vraiment* le fait de le voir rire qui t'a dérangée ?

— C'est un tout ? proposai-je en haussant les épaules. Comment je suis censée décortiquer tout ça ?

— Eddie est là pour ça, m'assura-t-il en riant. Je vais t'aider.

À ce stade, j'accepterais toute l'aide que je pourrais trouver.

— D'accord…

Notre déjeuner arriva, interrompant brièvement notre conversation.

— Alors d'abord, demande-toi si tu préfères qu'il soit malheureux pendant toute la période où il doit subir cette cohabitation avec elle, reprit Eddie en glissant une frite dans sa bouche.

Je secouai la tête en mettant du ketchup dans mon assiette.

— Non, pas du tout. Ce n'est pas ça. Je *veux* qu'il soit heureux.

— D'accord, donc le bonheur comprend le fait de rire, je me trompe ?

— J'ai un peu l'impression d'être à la barre au tribunal, confiai-je en ricanant. Mais non, tu as raison.

— Alors on sait que ce n'est pas le fait qu'il soit joyeux qui t'a déplu.

Il mordit dans son burger et reprit la parole, la bouche pleine.

— Prochaine question. Est-ce que tu as eu l'impression que le fait qu'il puisse rire avec elle signifiait qu'il développait des sentiments pour elle ?

Même si mes insécurités voulaient s'accrocher à cette idée, je ne pouvais pas m'y résoudre.

— Ça ne sonne pas bien non plus, en sachant à quel point il lui en veut et la déteste. Alors ce n'est pas ce que je pense.

Il reposa son burger et essuya ses mains.

— Tu sais ce que *je* pense ?

— Dis-moi.

— Je pense qu'Eddie a rendu son verdict.

— Et quel est-il ?

— Je pense que ça t'a contrariée de le voir rire parce que tu as en quelque sorte appliqué ça à ce qu'il ressent pour *toi*. Tu t'es demandé comment il pouvait être heureux alors qu'il est censé se sentir mal et être en manque de toi. Je me trompe ? D'une certaine manière, son rire montrait que la Terre ne s'était pas arrêtée de tourner pour lui en ton absence.

Waouh. J'écarquillai les yeux. Il fallait croire qu'Eddie avait visé juste.

— C'est exactement ça. C'est ce qui m'a dérangée. J'ai eu l'impression que ça reflétait ses sentiments envers moi, alors qu'il ne m'a jamais donné aucune raison de douter d'eux. Je pense que j'ai été hypersensible ces derniers temps à cause du stress de la situation. Ça a dû déformer ma vision de la réalité.

Je pris une grande inspiration. Bizarrement, avoir pu déchiffrer tout ça me faisait me sentir un peu mieux.

— Bon sang, tu es doué, Eddie Muscle. Tu veux qu'on échange des tatouages contre une thérapie ?

— J'aime cette idée, admit-il en mordant dans son burger. Dis-toi juste que Barbie aurait pu éviter une coupe ratée si tu m'avais parlé de ça plus tôt.

Je ris.

— Tu n'oublieras pas cette histoire de Barbie, hein ?

— Probablement pas, confirma-t-il en me faisant un clin d'œil.

— Génial.

Il versa du sel sur ses frites.

— Beaucoup de choses font rire les gens, Billie. Tu ne devrais pas te tracasser avec ça. Parfois, on rit pour survivre. Tu as sûrement dû être témoin d'un de ces moments, supposa-t-il en me pointant avec une frite. Je vais te donner un exemple tiré de ma propre vie. Tu es au courant pour mon divorce, n'est-ce pas ?

— Oui, bien sûr.

— Ce n'était pas joli à voir. Beaucoup d'amertume. Beaucoup de rancunes. Je t'ai déjà raconté cette histoire.

— En effet... confirmai-je en sirotant mon eau.

— Elle et moi, on ne s'est pas parlé pendant longtemps. Le jour où on a enfin signé les papiers du divorce, on était dans la salle d'audience avec les deux avocats. C'était silencieux. Et je ne plaisante pas, son avocat en a lâché une au beau milieu du truc.

— Quoi ? lançai-je en éclatant de rire.

— Je ne pense pas que c'était intentionnel, évidemment, mais quand même. Il a éternué et a lâché un énorme pet. Nicole et moi nous sommes regardés comme pour dire « Tu as entendu ce que j'ai entendu ? ».

Il sourit en y repensant.

— Ensuite, on a craqué tous les deux. Vraiment. Alors qu'on s'était à peine parlé en deux ans. On se détestait toujours autant, mais on a quand même apprécié ce moment ensemble. Tu sais pourquoi ? Parce qu'on est humains. Et c'est ce que les humains font. On rit pour des conneries, on rit avec nos ennemis, et parfois, on rit quand on devrait pleurer.

J'essuyai mes yeux sans savoir si je riais ou si je pleurais.

— Merci pour ce point de vue, Eddie. Tu m'as aidée à voir les choses différemment.

— Parfait.

— Est-ce que ça fait de moi une égoïste si je veux toujours qu'il sache que ça m'a contrariée, et que je le lui fais comprendre en ne répondant pas à son message pendant trois jours ? l'interrogeai-je.

— Il n'y a rien de mal à le faire suer parce qu'il *faut* qu'il se rende compte à quel point cette situation est compliquée pour toi.

Le pauvre Eddie me laissa me décharger sur lui pendant tout le déjeuner. Ensuite, il nous conduisit au salon, puisque je lui avais proposé de faire un ajout rapide à son tatouage le plus récent, comme il en avait envie. C'était moi qui offrais, évidemment.

Après ça, nous restâmes devant le salon. Tout comme je le faisais quand j'étais devant l'immeuble ces derniers temps, je regardai aux alentours à la recherche de Colby, au cas où il passerait par-là. Je ne savais jamais vraiment si j'espérais le croiser ou si je priais pour ne pas le voir, mais l'adrénaline se répandait toujours en moi jusqu'à ce que je sois de nouveau en sécurité à l'intérieur.

— Je ne te remercierai jamais assez de m'avoir changé les idées aujourd'hui, ainsi que pour ton regard lucide sur la situation, déclarai-je.

— Eh bien, tu as fait beaucoup pour moi au fil des années, Billie, répondit-il en levant son bras. Chacune de ces magnifiques œuvres m'apporte de la joie tous les jours. Le moins que je puisse faire est de te rendre la pareille.

— Tu es quelqu'un de bien, Eddie. Tu rendras une femme très heureuse, un jour.

— Avec un peu de chance, pas comme je l'ai fait avec mon ex, s'esclaffa-t-il.

— Tu trouveras la bonne. Elle est quelque part. Je le sais.

— Tu parles comme une véritable pote, ajouta-t-il en me faisant un clin d'œil. Même si j'ai tenté de sortir avec toi pendant toutes ces années, je suis content de t'avoir comme amie, Billie. Mais si jamais tu changes d'avis, je suis partant pour être ton SF.

Sex Friend.

— Je plaisante, ajouta-t-il. Je sais que c'est trop tard.

Il me fit un clin d'œil.

— À moins que tu en décides autrement, renchérit-il.

Je ris et pris Eddie dans mes bras pour lui dire au revoir, puis il déposa un baiser sur ma joue. Lorsque je m'écartai, mon ventre se noua. Brayden s'approchait de l'immeuble. Il m'adressa un petit sourire et me fit signe de la main, avant d'entrer. Je supposai qu'il m'avait vue enlacer Eddie. Mon premier réflexe aurait été de courir après lui pour lui expliquer, mais je me dis que ça me rendrait encore plus coupable. Après tout, Eddie et moi étions seulement deux amis partageant une étreinte, il n'y avait rien à justifier.

Cependant, je soupçonnais que Brayden allait dire à Colby qu'il m'avait vue. Peut-être que ce serait le bon moment de contacter ce dernier en répondant enfin à son message. Mais ensuite, je me ressaisis. Je me laissais trop emporter par mes peurs et mes émotions. Colby et moi étions censés faire une pause. Alors je décidai de laisser les choses telles qu'elles étaient.

Après avoir fermé le salon, je choisis de marcher jusqu'à chez moi pour me vider la tête. En chemin, la culpabilité se mit à m'envahir quand je repensai à mon absence de réponse au message de Colby et au fait que Brayden m'avait vue avec Eddie. Je ne voulais pas faire encore plus de mal à Colby. Je décidai que lorsque j'arriverais, je prendrais une douche chaude et je réfléchirais à ce que je voulais dire avant de lui envoyer un message ce soir.

En arrivant à mon appartement, je découvris une grande enveloppe devant ma porte. Elle m'était adressée et venait de Colby.

Je rentrai avec, puis l'ouvris pour trouver une pile de lettres rédigées sur du papier jaune, ainsi qu'un mot de sa main.

Je suis censé prendre des notes tous les jours sur la femme avec qui je vis, mais quand je suis seul le soir, tout ce que j'ai envie de faire, c'est écrire à celle que j'aime. Je n'avais pas prévu de te montrer toutes ces lettres. Je les ai écrites pour leurs bienfaits thérapeutiques, pour ma santé mentale, afin de pouvoir libérer tout ce que je ne peux pas te dire directement. Je t'ai écrit presque chaque soir depuis que tu as disparu de mon quotidien. Si tu veux connaître la vérité sur ce qui se passe dans ma tête, tu pourras la trouver ici. Mais tu sais où tu ne pourras pas trouver la vérité ? Dans un seul petit moment, un bête malentendu comme celui qui a eu lieu dans le métro.

La première lettre me toucha en plein cœur.

Billie,

D'accord, ça ne fait pas si longtemps que ça, mais je deviens déjà dingue. Je ne vais pas tenir le coup sans te voir. Ça craint plus que tout ce que j'ai déjà pu vivre. Ton rire me manque. La sensation de tes fesses contre mon sexe lorsque je me blottis contre toi le soir me manque. La façon dont le visage de Saylor s'éclaire quand tu entres dans la pièce me manque. Ta brosse à dents me manque. Je sais que ça peut paraître bizarre, mais la première fois que tu l'as laissée dans ma salle de bain, ça a représenté quelque chose pour moi, comme si tu prévoyais de revenir régulièrement. Et maintenant, elle n'est plus là.

Je lus chaque lettre jusqu'à arriver à la dernière, écrite le jour où je l'avais croisé dans le métro.

Billie,

J'ai l'impression de te perdre, et je ne vais pas mentir : ça me fait terriblement peur. Je n'ai jamais été aussi terrifié de quelque chose. En même temps, j'ai peur de te pousser à bout. J'ai accepté ta demande de ne pas te contacter pendant un moment, alors je suppose que le fait que je t'écrive au lieu de prendre mon téléphone me fait respecter ma part du marché.

Tous les soirs avant de dormir, Saylor demande si tu vas revenir. Je lui assure toujours que oui. Ma réponse a été la même ce soir, mais une petite partie de moi s'est inquiétée pour la première fois d'être en train de lui mentir à ton sujet.

Aussi douloureux que ça ait été de te croiser tout à l'heure, c'est si bon de te voir. J'étais de meilleure humeur que d'habitude parce qu'on venait de sortir de l'interrogatoire. J'étais tellement soulagé que cette torture soit terminée. Et ça s'est mieux passé que ce que je pensais. Quand on rentrait, j'ai trébuché sur une chaussure égarée, je suis tombé sur les fesses, et j'ai craqué mon pantalon. J'ai craqué mon foutu pantalon, Billie. C'était ridicule et hilarant. Donc j'ai ri. Ça faisait un moment que je n'avais pas autant ri. Je suis presque sûr qu'il fallait que ça sorte. C'est là que je t'ai vue. Et tu sais comment ça s'est passé.

Ce que tu n'as pas vu, c'est tout ce qui s'est passé depuis que tu es partie, comme lorsque je souffre de ton absence le soir quand je suis dans mon lit, lorsque je prie pour que le jour qui arrive ne soit pas celui où tu reviennes à la raison et que tu te sentes dépassée par tout ça. Tu mérites tellement mieux, mais je suis trop égoïste pour te laisser partir, Billie. Je t'aime beaucoup trop. Alors je vais me battre pour toi. Je ne nous abandonne pas, même si tu me détestes en ce moment. Déteste-moi si tu veux. Mais ne pars pas.

Avec tout mon amour,

Colby

Alias Les fesses à l'air dans New York

Je souris en lisant ça. Il me fallut un long moment pour décider de ce que j'allais faire ensuite. J'étais épuisée mentalement de toutes les émotions que la lecture de ces lettres avait fait remonter.

Je finis par lui envoyer un message.

Billie : Et dire que j'étais tellement perturbée à la station de métro que je n'ai même pas aperçu ton cul sexy dans ton pantalon troué.

CHAPITRE 31

Colby

En sortant de l'ascenseur, je trouvai Maya en train d'attendre devant la porte de mon appartement. Elle sourit, et je fronçai les sourcils. Deux semaines et demie s'étaient écoulées depuis le deuxième interrogatoire, pourtant je ressentais toujours un choc quand je rentrais et que je voyais son visage et non pas celui de Billie.

— Tu m'attendais ? demandai-je en sortant mes clés de ma poche.

— Oui, j'espérais qu'on pourrait discuter quelques minutes.

— Est-ce que tout va bien avec Saylor ?

Elle hocha la tête.

— Je ne suis pas entrée parce que je t'attendais, mais je peux l'entendre rire avec la baby-sitter.

— D'accord, répondis-je en haussant les épaules. Qu'est-ce qu'il y a ?

Elle désigna d'un signe de tête la porte de l'escalier de secours, situé en diagonale de mon appartement.

— Ça te dérange si on va parler là-bas ? Je ne veux pas qu'on puisse nous entendre.

— Pas de souci.

Maya et moi entrâmes dans les escaliers. Elle s'assit sur la première marche et tapota la place à côté d'elle, alors je m'installai à contrecœur.

— J'ai eu des nouvelles de mon avocat il y a une heure...

Je me figeai.

— Et ?

Elle soupira.

— Il ne connaissait pas le résultat, mais apparemment, une décision a été prise pour notre dossier. Son amie qui travaille là-bas a vu une enveloppe à notre attention dans le courrier prêt à partir. Elle a tapé nos noms dans leur base de données, et le statut est passé de « en attente » à « classé ». Mais leur système enregistre les utilisateurs qui consultent les dossiers électroniques, alors elle n'a pas voulu l'ouvrir.

— D'accord... Eh bien, il faut croire qu'il ne nous reste plus qu'un jour ou deux avant d'avoir la réponse.

Maya hocha la tête et baissa les yeux. Elle resta silencieuse un long moment, avant de reprendre la parole.

— Mon avocat a dit qu'une fois qu'une décision finale a été prise, il n'y a plus de risques que l'enquêteur vienne. C'est contre la procédure de faire une visite à domicile ou quoi que ce soit dans ce genre quand l'affaire est classée. Alors je partirai demain matin, si ça te va.

— Oh... oui. Ça me va.

Elle se tourna pour me faire face.

— Écoute, Colby, je sais que je te l'ai déjà dit, mais je suis vraiment désolée pour tout ce que je t'ai fait subir. Je n'ai aucune excuse pour ce que je t'ai fait, mais c'était vraiment plus facile quand je ne vous connaissais pas, Saylor et toi. Dans ma tête, je justifiais mes actions. Tu étais juste un type qui fréquentait les clubs de strip-tease et qui ramenait chez lui toute femme vulnérable voulant bien le suivre. Un type qui se servait des filles. Alors pourquoi je ne me serais pas servi de toi en retour ? soupira-t-elle. Mais tu n'es pas du tout comme je me l'étais imaginé.

Je passai une main dans mes cheveux.

— Peut-être qu'une partie de moi était vraiment cette personne quand on s'est rencontrés. Mais j'ai changé dès que ma fille est arrivée dans ma vie, lui assurai-je en secouant la tête. Tu t'es excusée plus d'une fois, mais pas moi. Ce n'était pas comme si j'étais retourné dans le club où tu travaillais dans les semaines qui avaient suivi pour savoir si tu voulais qu'on mange ensemble. Alors peut-être que je me suis servi de toi. Et j'en suis désolé. Je ne voudrais pas qu'un homme traite Saylor de cette façon.

Maya eut les larmes aux yeux.

— Le fait que tu puisses t'excuser auprès de moi après tout ce que je t'ai fait en dit beaucoup sur toi. Saylor a énormément de chance de t'avoir comme père.

— Merci. Ça signifie beaucoup pour moi.

— C'est une petite fille spéciale, Colby. Je n'ai pas besoin de te le dire. Et tout ça, c'est grâce à l'exemple que tu lui donnes tous les jours. Tant de parents disent à leurs enfants d'être gentils, alors qu'ils leur montrent tout autre chose à travers leur propre comportement. Mais avec toi, il n'y a pas de paroles en l'air. Tu montres à ta fille la bonne façon d'agir. Bon sang, elle n'est même pas là pour voir comment tu te comportes, pourtant tu t'es excusé auprès de moi et tu as fait preuve de bien plus de gentillesse que je n'en mérite.

Une larme roula sur sa joue.

— J'aurais aimé pouvoir être une mère pour elle. Vraiment. Mais je ne peux pas me faire confiance.

J'avais toujours pensé que Maya était partie parce qu'elle était égoïste, mais peut-être que j'avais mal interprété les choses.

— Au fil des années, je me suis demandé ce que j'allais dire à Saylor quand elle finirait par me poser des questions sur sa mère. Je n'ai jamais réussi à trouver une réponse qui ne lui ferait pas de mal. Mais je pense que j'en ai une, à présent.

— Laquelle ? demanda-t-elle en essuyant ses larmes.

— Quand elle me posera la question, je lui expliquerai que parfois, partir n'est pas un geste égoïste, mais un geste altruiste, et que sa mère l'aimait assez pour vouloir une meilleure vie pour elle que celle qu'elle pensait pouvoir lui offrir.

Elle renifla.

— Merci. Merci du plus profond de mon cœur.

— Je devrais aller libérer la baby-sitter, indiquai-je en désignant la porte d'un signe de tête.

— Est-ce que… je peux te demander un grand service ?

J'arquai les sourcils en souriant.

— Tu veux dire un *autre* grand service ?

— Oui, effectivement, répondit Maya en riant.

Je me levai et lui tendis la main pour l'aider à en faire autant.

— Qu'est-ce que tu veux ?

— Est-ce que je pourrais emmener Saylor manger une glace ce soir ? Juste elle et moi ?

J'avais peut-être trouvé un moyen d'accepter ce que Maya avait fait, mais je n'étais pas sûr d'être prêt à lui faire autant confiance…

Elle hocha la tête quand je ne répondis pas immédiatement.

— Je sais que j'en demande beaucoup, mais ça ne prendrait pas plus d'une heure. Quand j'étais petite, ma mère avait deux emplois. Nous étions quatre enfants, et on ne la voyait pas souvent, mais tous les dimanches après-midi, elle emmenait l'un d'entre nous manger une glace en tête-à-tête.

Putain, il était difficile de refuser après une telle explication.

— Où est-ce que tu l'emmènerais ?

— Il y a un petit glacier sympa en bas de la rue. Je passe tout le temps devant. Je crois que ça s'appelle Coyle's.

Coyle's ne se trouvait qu'à cinq ou six immeubles de chez moi. Elle n'aurait même pas à traverser la rue...

— Et tu ne lui diras rien sur ton lien avec elle ?

— Bon sang, bien sûr que non. Je ne ferais rien qui pourrait la perturber ou lui faire du mal.

— Tu seras de retour dans une heure ?

— Je te le promets.

Même si ça me terrifiait, j'acquiesçai.

— D'accord, mais s'il te plaît, sois de retour dans une heure.

Maya voulait attendre quelques minutes pour que son visage redevienne un peu moins rouge, alors je rentrai le premier. La baby-sitter était partie lorsque Maya arriva enfin, et quand elle apparut, Saylor se précipita vers elle.

— Salut, Maya ! J'apprends à danser en ligne à l'école. Tu veux voir ?

— J'aimerais beaucoup. Je n'ai jamais fait ça.

— Je peux t'apprendre !

Pendant dix minutes, Saylor compta les pas en bougeant de droite à gauche et d'avant en arrière. Maya la suivit comme une bonne élève. En les observant, je me demandai pour la première fois si cacher la véritable identité de Maya à ma fille était la bonne chose à faire. Mais ensuite, je me rappelai que Maya n'avait même pas demandé à garder contact avec moi après son départ. Savoir comment Saylor allait ne l'intéressait pas. Qu'elle ait une bonne raison ou pas, elle ne prévoyait pas de faire partie de la vie de ma fille.

À la fin de leur danse, Maya s'agenouilla.

— C'était très amusant, mais danser m'a donné chaud. Tu sais ce qu'on devrait faire pour se rafraîchir ?

— Quoi ?

— Aller manger une glace après le repas.

Saylor sautilla sur place.

— On peut, papa ? On peut aller manger une glace avec Maya ?

— J'ai du travail, trésor. Mais est-ce que ça te dirait d'y aller avec elle ?

— D'accord !

Quarante-cinq minutes plus tard, j'étais totalement tendu en les observant passer la porte main dans la main. Je sortis dans le couloir lorsqu'elles se dirigèrent vers l'ascenseur.

— Ça ne prendra qu'une heure, *pas vrai* ?

Maya se tourna vers moi en souriant.

— Oui. On revient tout à l'heure.

J'attendis qu'elles disparaissent avant de rentrer chez moi. Je décidai de prendre une douche chaude, et d'utiliser peut-être la fonction massage du pommeau pour voir si je pouvais me débarrasser de la tension au niveau de ma nuque.

Ça aida un peu, mais j'avais été si préoccupé à l'idée d'avoir laissé Saylor partir avec Maya que j'avais oublié que je n'avais pas remis de serviettes propres après avoir fait la lessive. Alors j'ouvris doucement la porte en mettant de l'eau partout.

— Saylor ? Tu es là ?

Pas de réponse.

— Maya ?

Silence.

Je me servis de la chemise que j'avais portée aujourd'hui au travail pour au moins couvrir mon entrejambe, avant de filer dans la buanderie. Je récupérai une serviette dans le sèche-linge et l'enroulai autour de ma taille. Cependant, en sortant de la pièce, je me rendis compte que quelque chose semblait différent. Il me fallut une minute pour comprendre ce que c'était.

Le dessus du sèche-linge est vide.

La grosse valise de Maya avait été stockée à cet endroit pendant des semaines, depuis le premier jour de son installation. Un sentiment inquiétant s'empara de moi, mais je me souvins qu'elle devait partir le lendemain matin. Elle était probablement revenue plus tôt aujourd'hui pour la mettre dans sa chambre et commencer à ranger ses affaires.

Oui, voilà pourquoi elle n'est plus là. Je me rendis quand même dans la chambre d'amis pour vérifier.

Mon cœur s'arrêta lorsque j'ouvris la porte. Toutes les affaires de Maya avaient disparu. Elle avait entassé des trucs sur la commode pendant des semaines, et à présent, elle était totalement vide. Mais j'étais dans le déni, alors je me précipitai vers les tiroirs et je les ouvris tous, en priant pour qu'elle ait juste fait du rangement. Toutefois, ils étaient tous vides, tout comme le placard et les tables de nuit. Et il n'y avait aucun signe de sa valise non plus. Puis j'aperçus quelque chose au milieu du lit. C'était une lettre imprimée et pliée. Je la récupérai, et mon cœur se serra en voyant *Services de la citoyenneté américaine et de l'immigration* en haut de la feuille. La lettre datait de la semaine dernière.

DÉCISION

Merci d'avoir soumis votre demande d'enregistrement de résidence permanente ou de modification du statut aux Services de la citoyenneté américaine et de l'immigration, en vertu de l'article 204(c) de la loi sur l'immigration et la nationalité.

Après un examen approfondi de votre dossier, des attestations et des pièces justificatives, nous sommes au regret de vous informer que nous refusons votre demande pour les raisons suivantes :

— témoignages incohérents lors d'un interrogatoire

— preuves insuffisantes d'une relation de bonne foi

— informations défavorables recueillies lors de l'enquête réalisée par nos services, incluant une visite à domicile.

Ma tête tournait tellement que les mots du reste de la lettre se mélangèrent, même si mes yeux continuaient à étudier la feuille, et que les termes *fraude* et *expulsion* des derniers paragraphes étaient parfaitement lisibles.

C'est quoi ce bordel ? Pourquoi Maya m'avait-elle dit qu'elle ne connaissait pas la décision si elle avait déjà reçu la lettre ? Quand la réponse me frappa, je courus aux toilettes pour y vomir mon déjeuner.

Je lui avais ouvert la porte de mon foutu appartement pour qu'elle puisse partir avec ma fille et ne jamais revenir.

J'enfilai rapidement des vêtements et passai précipitamment la porte, avant de dévaler les escaliers. Le T-shirt que j'avais récupéré sur le sol de la salle de bain était à l'envers, mes cheveux étaient encore trempés de ma douche, et je n'avais pas pris la peine de mettre des chaussettes avant de glisser mes pieds dans mes chaussures. Mais rien de tout ça n'avait d'importance. Tout ce qui comptait, c'était d'arriver chez le glacier.

Courir à toute vitesse dans une rue de Manhattan en heure de pointe n'était pas tâche facile. Je percutai ou poussai une dizaine de personnes en me précipitant vers ma destination. J'ouvris brusquement la porte en arrivant, et cherchai des yeux Saylor dans la pièce.

— Une table pour une personne ? proposa la serveuse en levant un menu. Ou vous préférez vous asseoir au comptoir ?

— Est-ce que vous avez vu une petite fille de quatre ans aux cheveux blonds... et une femme avec de longs cheveux noirs, la vingtaine ?

La femme fronça les sourcils en jetant un coup d'œil dans le petit salon. Il y avait moins d'une dizaine de tables occupées, et ma fille n'était nulle part.

— Je ne vois personne qui leur ressemble.

— Est-ce que quelqu'un qui leur ressemblerait serait parti récemment ?

Elle secoua la tête.

— Je suis là depuis quinze heures. Je ne crois pas.

Putain.

Putain.

Putaaaaiiiiin!

Je ressortis dans la rue et regardai des deux côtés. Où est-ce que j'allais, maintenant? Cette ville comptait huit millions d'habitants, et j'avais l'impression qu'ils étaient tous en train de me bloquer la vue. Maya aurait pu l'emmener n'importe où! Par où commencer mes recherches?

Réfléchis.

Réfléchis.

Réfléchis.

Si je devais quitter la ville sans me faire repérer, comment je pourrais y arriver?

Maya ne voudrait pas prendre l'avion parce qu'elle était là illégalement. Elle aurait trop peur de se faire attraper par la sécurité à l'aéroport. Elle n'avait pas non plus de permis de conduire pour louer une voiture.

Puis je compris. La gare routière n'était qu'à trois rues d'ici, alors je m'y rendis en courant. Évidemment, tout comme le reste de la ville, c'était bondé. Je me faufilai frénétiquement parmi les gens, mais je ne les vis nulle part. Sans savoir quoi faire ensuite, je sortis mon téléphone pour demander de l'aide à mes amis. Nous pourrions nous partager la ville et vérifier plus d'endroits.

Holden ne répondit pas, alors je laissai un message.

— J'ai besoin de ton aide! Maya a pris Saylor! Rappelle-moi!

Puis j'appelai Owen, et je tombai directement sur sa foutue messagerie. *Putain.*

Mes doigts tremblaient lorsque je fis défiler l'écran pour trouver le numéro de Brayden. Cependant, avant que je puisse appuyer sur le bouton d'appel, mon portable se mit à vibrer.

Billie.

Je décrochai.

— Je ne peux pas parler. Maya a pris Saylor !

— Je sais. Elle l'a amenée ici.

— *Quoi ?*

— Elle est là avec moi au salon, Colby. C'est pour ça que je t'appelle. J'ai trouvé ça bizarre. Maya est arrivée il y a deux minutes avec elle, elle m'a donné une lettre à te remettre, et elle m'a dit de prendre bien soin de Saylor.

Mon cœur battait à tout rompre.

— Elle va bien ?

— Oui, Colby. Elle va bien. Qu'est-ce qui se passe ?

Je me penchai en avant et posai mes mains sur mes genoux pour reprendre mon souffle.

— Bon sang, Dieu merci.

— Tu me fais peur. Qu'est-ce qui s'est passé ?

— Je ne sais pas vraiment, mais je serai là dans deux minutes. S'il te plaît, ne quitte pas Saylor des yeux.

— Promis.

Même si ma fille était apparemment en sécurité, je courus pour rejoindre le salon de tatouage. Quand j'entrai, le regard de ma petite fille s'illumina.

— Papa !

Je la serrai très fort dans mes bras.

— Tu es allée où, trésor ?

— Maya m'a emmenée manger une glace.

— Chez Coyle's ?

Elle secoua la tête.

— Non. Le marchand de glace était garé dehors et je voulais un cône avec des vermicelles.

Je reculai et l'observai de la tête aux pieds. Elle avait une grosse tache brune sur son T-shirt.

— Je parie que tu as pris une glace au chocolat.

Elle acquiesça.

Je la repris dans mes bras et la serrai fort.

— Tu es bizarre, papa, déclara-t-elle en riant.

Je pris une grande inspiration avant de la relâcher.

— Désolé. Tu m'as manqué, c'est tout.

Deek, que je n'avais même pas encore remarqué jusqu'à présent, s'approcha.

— Salut, petite. On vient juste de recevoir de la peinture qui brille dans la nuit. Ça te dirait d'écrire ton prénom et qu'on éteigne la lumière des toilettes pour voir ce que ça donne ?

— Je peux, papa ? demanda ma fille avec de grands yeux.

— Bien sûr, ma chérie.

Billie attendit qu'ils s'éloignent.

— Qu'est-ce qui s'est passé, bon sang ? Tu avais l'air perturbé au téléphone.

Je pris une grande inspiration.

— Je l'étais. Je pensais que Maya avait kidnappé Saylor.

— Pourquoi tu as cru ça ?

Je lui expliquai tout, de ma conversation avec Maya dans les escaliers, à la découverte de sa chambre vide avec la lettre des services de l'immigration sur le lit.

— Pourquoi elle t'a menti, pour au final la laisser ici ?

— Je n'en ai aucune idée.

Billie leva son index.

— Tiens, elle m'a donné ça. Peut-être que ce qui se trouve à l'intérieur expliquera tout.

Je fixai l'enveloppe pendant un moment, avant de l'ouvrir.

Cher Colby,

Le jour où je suis arrivée devant ta porte avec Saylor, j'étais si inquiète de ne pas pouvoir offrir une belle vie à ma petite fille. Mais il s'avère que je lui ai donné la meilleure vie qui soit avec toi, là où est sa place. Je suis si reconnaissante que tu sois son père. Si j'ai appris une chose de toi au cours de ces derniers mois, c'est que les mots ne valent rien, contrairement aux actes. Ton exemple m'a montré ce que les mots sacrifice, famille *et* amour *signifient, et il est temps que je reconnaisse le mal que j'ai fait.*

Aujourd'hui, j'ai envoyé une déclaration sous serment à l'agent Weber de l'immigration. À l'intérieur, j'ai détaillé toutes mes actions, y compris le chantage que j'ai fait pour que tu te maries avec moi, au risque de devoir partager la garde d'une enfant avec une femme qui n'avait que de mauvaises intentions. J'espère que ça t'évitera toutes les poursuites que l'agent pourrait demander. J'ai aussi laissé les papiers pré-signés du divorce sans notion de torts à mon avocat.

Ce soir, je prends un vol pour l'Équateur pour assumer mes erreurs. Je participerai à l'enquête en cours concernant la noyade, puisque je suis partie avant qu'elle puisse être terminée. Si j'ai la chance de pouvoir garder ma liberté, j'espère pouvoir essayer de sauver ma relation avec ma famille.

Prends soin de notre petite fille.

Pour toujours,

Maya

Je clignai plusieurs fois des yeux.

— Qu'est-ce qu'elle dit ? m'interrogea Billie.

Toujours abasourdi, je lui tendis la lettre. Elle la lut et secoua la tête.

— Alors, c'est fini ? Maya est partie ?

— Il faut croire, répondis-je en haussant les épaules.

— Qu'est-ce qu'on fait maintenant ?

Je ne savais absolument pas ce qui allait se passer avec les services de l'immigration ni avec le divorce, mais je savais exactement ce que je devais faire pour l'instant. J'enroulai mes bras autour de Billie et la serrai contre moi.

— Ça, déclarai-je en posant mes lèvres sur les siennes. Voilà ce qu'on va faire dès maintenant...

CHAPITRE 32

Billie

C'est juste moi ou est-ce que le soleil brille un peu plus aujourd'hui ?

Colby avait voulu que je passe la nuit chez lui hier, mais j'avais insisté pour qu'il garde Saylor et qu'il décompresse. Je lui avais promis que nous nous retrouverions ce soir. Lui laisser de l'espace, même s'il n'en voulait pas, était la bonne décision. Ce qu'il avait traversé quand il avait pensé que Saylor avait été kidnappée était traumatisant. Je voulais qu'il passe du bon temps avec elle et qu'il ne s'inquiète pas pour moi. Parce que je connaissais assez Colby pour savoir qu'il aurait passé la soirée à rattraper le temps perdu et à s'excuser pour tout.

J'étais reconnaissante d'avoir été au courant de la fausse alerte seulement une fois que tout était résolu. Croire que Saylor aurait pu être en danger m'aurait fait faire une crise cardiaque. J'avais été si confuse quand Maya l'avait déposée au salon. Je n'en revenais toujours pas que Colby ait dû passer toutes ces minutes à croire que Maya s'était enfuie avec sa chère petite fille.

Mais aujourd'hui était un autre jour.

Puisque Maya était repartie en Équateur – pas assez loin, si vous voulez mon avis –, le pire semblait passé. Toutefois, je savais que beaucoup de choses nous attendaient. Nous ne savions pas si les aveux de Maya allaient innocenter Colby pour la faute qu'il avait commise. Il était toujours responsable d'avoir tenté de tromper les autorités, même si elle avait *vraiment* tenu une arme imaginaire contre sa tempe. Alors une partie de moi retenait toujours son souffle.

Tandis que je me préparais à quitter le salon pour monter à l'étage après mon dernier client, Deek me souhaita le meilleur.

— Salut, lança-t-il. Ce bordel est enfin derrière vous, alors essayez de profiter de la soirée, d'accord ? Gardez les longues discussions pour plus tard. Vous méritez un peu de paix. Profitez l'un de l'autre.

— Merci. Je vais essayer.

— Et j'ai appelé tes rendez-vous de demain pour les prévenir que c'est moi qui m'occuperai d'eux. Profite de ta soirée et fais une grasse mat. Prends ta journée.

Toujours sur mon petit nuage, j'acceptai sa proposition, même si ça ne me ressemblait pas.

— Je ne vais même pas discuter, Deek.

— Tu t'améliores, indiqua-t-il en me faisant un clin d'œil.

— Merci, mon ami.

Je le serrai dans mes bras pour lui dire au revoir.

En prenant l'ascenseur pour monter dîner avec Colby et Saylor, je me sentis bizarrement nerveuse. Ça faisait un moment que je n'étais pas allée chez eux. Et Saylor ne connaissait toujours pas la vraie raison de mon absence. Hier soir, j'avais eu l'impression qu'elle était un peu vigilante avec moi, comme si elle ne savait pas trop si j'allais les laisser encore une fois. Elle n'avait pas été aussi enthousiaste à l'idée de me voir que je l'aurais pensé. C'était compréhensible, mais c'était nul de devoir une nouvelle fois gagner sa confiance. Est-ce que j'étais censée agir comme s'il ne s'était rien passé ? J'avais l'impression de lui devoir une meilleure explication sur les raisons de mon absence. Cependant, toutes les justifications que je pourrais lui donner seraient des mensonges, et je n'étais pas à l'aise avec ça non plus. Peut-être que ne pas trop en dire serait une meilleure solution.

Je frappai à la porte, mais ce ne fut pas Colby qui m'ouvrit.

Brayden se trouvait devant moi, et ma première réaction fut de paniquer.

— Brayden, qu'est-ce qui se passe ?

— Salut, Billie, lança-t-il en souriant. Tu as l'air inquiète de me voir. Ne le sois pas.

— Tout va bien ?

Avant qu'il puisse répondre, Saylor me rejoignit en courant.

— Billie !

Je m'agenouillai et ouvris grand mes bras, tellement heureuse qu'elle ait l'air plus enthousiaste qu'hier.

— Salut, trésor ! Comment tu vas ?

Elle me serra dans ses bras.

— Tu es revenue ?

— Oui, ma chérie.

— Trop bien ! s'exclama-t-elle en me serrant plus fort.

— Où est ton papa ? lui demandai-je.

— Je sais pas.

Elle haussa les épaules, mais elle avait l'air de se retenir de sourire.

— Tu ne sais pas ? répétai-je en plissant les yeux.

Elle s'agita.

— Je ne dois pas te dire qu'on a fait une pizza pour toi et que papa l'a prise avec lui !

J'étais encore plus perdue.

— Une pizza pour moi ?

— Merci beaucoup, Saylor, intervint Brayden en riant.

Je levai les yeux vers lui.

— Où est Colby ?

— Il a préparé un petit quelque chose en privé pour vous deux. On a déjà expliqué à Saylor qu'elle pourra passer du temps avec oncle Brayden ce soir, pendant que Colby et toi vous retrouvez.

Il tira doucement sur l'une des couettes de la petite.

— Ce qui fait d'elle une petite fille très chanceuse.

— Oh... Colby a dit qu'on allait dîner avec Saylor.

— Oui, eh bien, changement de plan. Il a pensé que vous devriez passer un peu de temps seuls.

Brayden me fit un clin d'œil et me tendit une enveloppe.

Je l'ouvris et lus la feuille à l'intérieur.

Un jour, tu as sous-entendu que tu aimerais dîner sur le toit. J'ai pensé que cette soirée était l'occasion de le faire. Prends l'ascenseur jusqu'au dernier étage, puis tourne sur la droite pour accéder à l'escalier qui mène au toit.

— Oh, mon Dieu, murmurai-je.

— Tu ferais mieux de ne pas faire attendre mon pote, reprit-il.

— Merci, Brayden.

— Prenez tout votre temps, ajouta-t-il en m'adressant un regard entendu.

Je fis un câlin à Saylor, puis traversai le couloir. J'eus des frissons lorsque je remontai dans l'ascenseur pour me rendre au dernier étage. Je suivis les instructions de Colby jusqu'à arriver sur le toit, et lorsque j'ouvris la porte, je fus accueillie par la plus belle vision qui soit.

Colby m'attendait. Il était en train d'observer l'horizon, mais il se tourna en entendant la porte s'ouvrir. Ses lèvres s'étirèrent. Il avait installé des lanternes, des lumières blanches et des chauffages d'extérieur, puisque nous étions au beau milieu de l'hiver. Des fleurs rouges et bordeaux se trouvaient sur la table, ainsi qu'un seau à champagne. C'était terriblement romantique.

— Salut, ma belle. Tu m'as retrouvé.

Retrouvé. C'était en effet comme si nous nous étions perdus, et ce moment marquait nos retrouvailles. Il ouvrit les bras, alors je me précipitai vers lui. Il m'enveloppa, et je savourai la sensation de sécurité et d'amour que m'offrait son étreinte.

Enfin.

Nous échangeâmes un long baiser passionné. Je ne m'étais pas rendu compte à quel point j'en avais envie jusqu'à ce que nos langues se trouvent.

— Tu n'avais pas à faire tout ça... soufflai-je après un moment.

Il caressa ma lèvre inférieure avec son pouce.

— Ça fait bien trop longtemps que je n'ai pas pu être le petit ami que tu mérites. Je sais qu'il faut qu'on parle de beaucoup de choses, qu'on a beaucoup à réparer dans notre relation, mais ce soir, je veux te montrer à quel point tu comptes pour moi. J'espère que ce sera le premier de beaucoup d'autres dîners sur ce toit que je partagerai avec toi.

Dans le coin, j'aperçus une table sur laquelle se trouvait de la nourriture.

— Qu'est-ce que tu as fait par ici ?

— Juste quelques-uns de tes plats préférés.

Je soulevai l'une des cloches en métal et découvris des boulettes de viande.

— Ce sont celles que tu adores de chez IKEA, précisa-t-il.

L'autre plat contenait des parts carrées de différentes sortes de pizzas faites maison.

— Saylor m'a aidé à les faire.

— Je sais, elle me l'a dit, révélai-je.

— C'est vrai ? Quelle pipelette.

— Elle a essayé de garder ça pour elle pendant trois secondes, précisai-je en riant.

— Tu te rappelles ce qu'on a mangé le soir où Maya est revenue pour bouleverser nos vies ? demanda-t-il.

Je me creusai la tête.

— Non, je ne crois pas.

— C'était le soir où on a fait des pizzas avec Saylor.

— Oh, c'est vrai ! Bien sûr. Comment j'ai pu oublier ?

Il sourit.

— Je repense souvent au fait que ce repas avec ma fille et toi est le dernier bon souvenir que j'ai, avant que ma vie change. Ce soir-là a été le dernier où j'ai pu vivre sans avoir constamment peur de perdre tout ce qui compte pour moi. Je ne peux même pas te dire combien de fois j'ai prié pour revenir en arrière et reprendre là où on s'était arrêtés, avant ce coup donné à la porte.

Il soupira.

— Alors la pizza est le symbole des pièces qu'on ramasse et qu'on remet *exactement* à l'endroit où on les a laissées, lors de cette simple soirée où on avait tant d'espoirs concernant l'avenir.

— En réalité, je ne voudrais pas revenir en arrière, Colby, affirmai-je en le regardant droit dans les yeux.

— Ah bon ? s'étonna-t-il.

— Je t'assure… confirmai-je en caressant sa joue. J'ai appris beaucoup de choses sur moi ces dernières semaines. Être loin de toi m'a montré ce qui m'est le plus cher dans ce monde : la famille. Pas celle dans laquelle je suis née, mais celle que j'ai choisie. Ce qui me dérangeait plus que tout, c'était que Maya pouvait passer du temps avec les gens auxquels je tiens le plus, les deux personnes qui sont devenues tout mon monde. Ça n'avait rien à voir avec elle ou ce qu'elle pourrait avoir. Ma frustration et ma colère étaient liées aux choses que *je* manquais.

— Je comprends, chérie. Je comprends tellement, m'assura-t-il en passant sa main dans mes cheveux.

— En fin de compte, on ne peut pas affirmer qu'on serait mieux si toute cette histoire n'était pas arrivée. On ne le sait pas. Les choses se produisent pour une raison qu'on ne comprend pas toujours. Tout ce que je sais, c'est que je ne serais peut-être pas là, sur ce toit, en ta compagnie, si tout ne s'était pas passé comme ça. Et je suis très reconnaissante de pouvoir vivre ce moment.

Les yeux de Colby se mirent à briller.

— Cette soirée est différente de ce que j'avais imaginé.

— Ah oui ? Tu avais imaginé quoi ? l'interrogeai-je en inclinant la tête.

Il soupira.

— Je ne sais pas. J'ai pensé que tu serais encore un peu fâchée pour la fois où tu m'as vu rire.

— Non, le rassurai-je en riant. Un sage nommé Eddie Muscle m'a aidée à comprendre ce qui me contrariait dans tout ça. Ça n'a jamais été le fait que tu puisses rire. C'étaient mes propres insécurités. Tu mérites d'être heureux. C'est juste que j'ai toujours envie de faire *partie* de ce bonheur.

— Viens par ici.

Colby me serra fort dans ses bras.

— J'avais l'impression d'avoir beaucoup de choses à te dire ce soir, mais tu viens de prononcer tout ce que j'aurais pu espérer, souffla-t-il dans mes cheveux. Qu'est-ce que j'ai fait pour avoir autant de chance ?

Je l'embrassai et tapotai son épaule.

— Allons manger avant que ce soit froid.

Chacun se servit, puis nous nous installâmes sous le magnifique ciel de Manhattan. Nous dévorâmes la pizza et les boulettes de viande, puis ouvrîmes la bouteille de champagne et nous mîmes à rire quand elle explosa partout sur la manche de Colby. J'étais euphorique. Et maintenant, aussi un peu éméchée.

— Tu veux du dessert ? Je t'ai fait des brownies aux épinards, m'apprit-il en souriant.

— Mmmh... bien sûr que j'en veux un. Mais il y a quelque chose qui me fait encore plus envie là, tout de suite.

Ses yeux brillèrent de désir.

— Je me demande si tu penses à la même chose que moi.

— Est-ce que cette porte se verrouille ? m'enquis-je en jetant un coup d'œil derrière moi.

— Oui. Et si ce n'était pas le cas, j'aurais trouvé un moyen de la bloquer.

Colby sortit une clé et alla fermer la porte.

Lorsqu'il revint, il me porta et j'enroulai mes jambes autour de lui. Nous nous embrassâmes comme si nous dépendions de l'autre pour respirer. Le vent soufflait dans nos cheveux. J'avais l'impression d'être dans une scène de film à l'idée de pouvoir faire l'amour sur un toit, sous le ciel étoilé, avec de magnifiques lumières tout autour de nous. C'était si intime et beau.

L'érection de Colby poussait contre mon ventre.

— J'ai l'impression que ça fait une éternité, murmura-t-il sur mes lèvres.

— J'ai envie de toi, Colby, haletai-je. Tout de suite.

Il baissa son pantalon juste assez pour libérer son sexe, puis il releva ma jupe et poussa ma culotte sur le côté pour pouvoir me pénétrer en un seul mouvement.

Je fermai brièvement les paupières sous l'effet du plaisir, alors qu'il posait sa main sur ma nuque. Ses yeux étincelaient sous les lumières blanches, tandis qu'il m'observait en faisant des va-et-vient. Je glissai mes doigts dans ses cheveux épais, en savourant son regard et son visage magnifique pendant qu'il me faisait l'amour. J'inclinai le bassin, et mon clitoris frotta contre le bas de ses abdos. Je pourrais jouir à tout moment si je ne me retenais pas. Ça faisait beaucoup trop longtemps.

Toujours en me portant, il avança jusqu'à un canapé en cuir tout au bout du toit, et il s'assit pour que je le chevauche. Je me mis à le prendre fort et vite, furieusement. Je n'étais pas furieuse contre lui, mais seulement contre le temps que nous avions perdu. Même si tout s'était fini de la façon dont le destin en avait décidé, nous ne pourrions jamais retrouver les moments qui nous avaient été volés.

Ses yeux étaient embués lorsqu'il les releva vers moi.

— J'avais tellement peur de te perdre, murmura-t-il.

— Je suis à toi, Colby, affirmai-je en me laissant descendre plus violemment sur lui. Tu ne m'as jamais perdue.

Mes mots semblèrent le faire basculer, car dès que je les prononçai, ses yeux se révulsèrent.

— Je t'aime tellement, Billie.

Il gémit quand son corps se mit à trembler sous le mien. Il remua plus vite, alors qu'il déversait son sperme en moi.

— Moi aussi, je t'aime, répondis-je en contractant mes muscles et en laissant mon orgasme s'emparer de moi. Sentir ton sperme en moi m'a manqué.

— Continue à dire ce genre de choses et je serai prêt pour le deuxième round dans trois, deux, un...

Il marqua une pause.

— Je suis déjà prêt, affirma-t-il en me donnant une fessée.

Il nous enroula dans une couverture qu'il avait apportée, et nous restâmes allongés ensemble pendant un long moment, rassasiés après ce rapport sexuel divin, rapide et sauvage – exactement ce dont j'avais besoin après une si longue séparation.

Alors que nous observions les étoiles, je ne sus pas vraiment ce qui me poussa à risquer de plomber l'ambiance. Toutefois, il fallait que je pose la question.

— Est-ce qu'elle a tenté quelque chose avec toi ?

Il lui fallut quelques secondes pour comprendre.

— Tu parles de Maya ? Pas directement, non, révéla-t-il en secouant la tête. Mais un soir, elle a demandé si elle pouvait me regarder me brosser les dents pour avoir une idée de ma routine du coucher, alors j'ai accepté. Ensuite, elle ne voulait plus partir et elle a proposé de passer la nuit dans ma chambre... tu vois, pour en apprendre plus sur mes habitudes de sommeil.

Argh. Je me tendis.

— Qu'est-ce que tu lui as dit ?

— De dégager.

Je souris.

— Elle t'a écouté ?

— Oui. Et elle n'a plus rien tenté de ce genre.

— Elle s'est sûrement dit que les hommes étaient faibles et que tu pourrais craquer.

— J'étais peut-être une personne faible quand elle m'a rencontré, mais je ne suis plus du tout comme ça. Même pour tout l'or du monde, je n'aurais pas couché avec cette femme, affirma-t-il en me regardant. Puisqu'on se pose des questions désagréables, je devrais te demander des détails sur ton *rencard* avec Eddie.

Colby ne souriait qu'à moitié, alors je ne pouvais pas dire s'il était en colère ou non.

— Ce n'était pas un rencard, je te le promets. Eddie est juste un ami et ça restera comme ça. Il m'a aidée à dépasser ma colère après t'avoir croisé dans le métro.

— Il est peut-être ton ami... commença-t-il en levant les yeux au ciel. Mais malgré ce que tu dis, je suis sûr qu'il aimerait obtenir plus.

Je haussai les épaules. Il avait sûrement raison.

— Quoi qu'il en soit, je me suis sentie mal que Brayden me voie l'enlacer pour lui dire au revoir. J'avais peur que tu te fasses des idées.

— Au fond de moi, je savais que tu ne me tromperais pas. Mais comme tu l'as dit, ça m'a rappelé ce que je manquais. Quand Brayden m'a dit qu'il t'avait vue, j'ai fait un trou avec mon poing dans le mur de ma chambre.

— Oh, mon Dieu, lâchai-je en couvrant ma bouche.

— Oui. Holden était fâché. Il a dit que je suis seulement autorisé à abîmer les murs si ça arrive pendant des parties de jambes en l'air.

— Je suis désolé que ça t'ait contrarié.

— Tout va bien maintenant.

Le téléphone de Colby vibra, et il baissa les yeux dessus pendant quelques secondes.

— Bon sang, marmonna-t-il.

— Qu'est-ce qui se passe ? C'est qui ?

— Brayden.

Il tourna son portable pour que je puisse lire.

Brayden : Je sais que vous devez être « occupés », mais Saylor n'arrête pas de me demander si elle pourra dire bonne nuit à Billie. Je pense qu'elle a un peu peur qu'elle ne revienne pas. Je ne sais pas si vous voulez que je la couche ou non, histoire de pouvoir lui dire bonne nuit. Sinon tout va bien, mais on a eu un petit incident. Saylor a pris mon téléphone pendant que j'étais aux toilettes et elle a regardé mes photos. Elle est tombée sur la photo qu'une fille m'a envoyée d'elle, nue. Alors j'ai menti et je lui ai dit que je prenais des cours de médecine et que j'étudiais l'anatomie. Elle n'a pas douté du fait que j'étais en fac de médecine, mais suite à cette discussion, j'ai désespérément besoin d'un verre d'alcool fort, alors si vous pouviez abréger mes souffrances, ce serait super.

— Oh, bon sang.

Je secouai la tête.

— Ça aurait pu être pire. Ça aurait pu être le téléphone de Holden, déclara Colby en riant.

— C'est vrai, soupirai-je.

— Qu'est-ce que tu en penses ? demanda-t-il. On devrait aller le sauver, non ?

— Si, acceptai-je en souriant. On devrait aller coucher Saylor tous les deux. Je veux lui lire une histoire.

— Elle va adorer ça.

Il sourit.

— Et ensuite, c'est moi qui te mettrai au lit, ajoutai-je en lui faisant un clin d'œil.

Il m'embrassa dans le cou.

— Et moi je mettrai quelque chose en *toi*.

CHAPITRE 33

Colby

Trois semaines s'étaient écoulées depuis le départ de Maya, et les choses commençaient enfin à revenir à la normale.

Comme elle l'avait dit, elle avait laissé les papiers du divorce signés à son avocat, et avait disparu sans laisser de traces, comme elle l'avait fait quatre ans plus tôt. Même si je ne lui souhaitais pas de mal, j'espérais aussi qu'elle reste loin de ma vie pour de bon.

Billie et moi avions passé beaucoup de temps à renouer. Nous étions plutôt solides à présent, mais je connaissais quelque chose qui aiderait vraiment à passer à l'étape suivante. Elle pensait qu'on ne pouvait rien faire concernant une certaine chose. Mais elle ne connaissait pas le pouvoir du sexe de Holden...

Je sortis de l'ascenseur à l'étage de mon pote et frappai à sa porte. Comme toujours, il lui fallut un moment avant de m'ouvrir. Quand il le fit, il était tout décoiffé et cligna des yeux face à la lumière du soleil, comme s'il se faisait agresser.

— Il est quelle heure ?

Je m'invitai à l'intérieur.

— Neuf heures. Désolé de te réveiller à l'heure où les gens normaux se lèvent, mais je ne pouvais plus attendre. Tu as pu l'avoir ?

Holden se dirigea vers sa cuisine et récupéra une enveloppe brune.

— Est-ce que je te laisserais tomber ?

Je le pris dans mes bras.

— Putain ! Je n'en reviens pas que tu aies réussi. Tu es le meilleur. Est-ce que tu as un truc magique au bout de la queue ou quoi ? Tu la sors de ton pantalon et les femmes font tout ce que tu veux ?

Un soir, la semaine dernière, Holden et moi étions sortis boire une bière. Il m'avait demandé comment ça se passait avec Billie. Je lui avais dit que ça allait, mais que ça irait encore mieux s'il ne fallait pas au moins trois mois pour qu'un juge signe les papiers du divorce. Holden m'avait demandé dans quel tribunal les papiers avaient été remplis. Je lui avais répondu que c'était à celui de Center Street, et il m'avait appris qu'il était sorti avec une greffière qui travaillait là-bas. Ils ne s'étaient pas parlé depuis un moment, mais il avait proposé de reprendre contact pour voir si elle pouvait faire quelque chose afin d'accélérer le processus. J'avais accepté, mais je n'avais pas vraiment eu d'attentes. Jusqu'à ce fameux jour où Holden m'avait envoyé un message pour me dire qu'il avait déjeuné avec la femme en question, et qu'elle avait affirmé qu'elle pourrait obtenir les papiers signés en quelques jours.

Je sortis le dossier de l'enveloppe et lus le jugement de divorce signé.

— Je ne sais pas comment te remercier, mec.

Holden arbora un grand sourire.

— Inutile de me remercier. Tessa l'a fait dans les toilettes des femmes quand je suis passé récupérer le dossier au tribunal hier après-midi.

Je secouai la tête.

— Il n'y a que toi pour t'envoyer en l'air et finaliser un divorce dans la même journée, mon ami.

Il rit et posa une main sur mon épaule.

— Content d'avoir pu te rendre service. Maintenant, dégage de chez moi pour que je puisse retourner dormir, et va annoncer la bonne nouvelle à ta copine.

— Je vais lui donner ces papiers... mais pas tout de suite, donc si tu la croises dans la journée, n'en parle pas, d'accord ?

— Compris, mec.

Ensuite, je passai au salon de Billie. Elle n'était pas là ce matin parce qu'elle avait emmené Saylor à son atelier mère-enfant, ce qui était parfait puisque j'avais besoin de faire le point avec Deek sans qu'elle soit présente.

Justine était au téléphone lorsque j'entrai. Elle couvrit le combiné et me sourit.

— Elle n'est pas là ce matin, beau gosse.

— Je sais. Je suis venu voir Deek. Mais rends-moi service et ne dis pas à Billie que je suis passé.

— Est-ce que vous manigancez quelque chose ? demanda-t-elle, alors que son visage s'éclairait.

— Oui, et je veux que ce soit une surprise.

— Ton secret ne craint rien avec moi, m'assura-t-elle, avant de désigner le studio derrière elle d'un signe de tête. Va à l'arrière. Son premier rendez-vous n'est pas encore là.

Deek était en train d'installer son poste de travail quand j'entrai.

— Quoi de neuf, mec ? lança-t-il en levant la tête.

— Est-ce que tu as pu travailler sur ce dont on a parlé ?

Il acquiesça et ouvrit son tiroir pour en sortir un stencil et une photo.

— J'ai trouvé cette photo d'elle où on voit son avant-bras, alors je m'en suis servi comme repère. Ça devrait être parfait. Tu en penses quoi ?

Mes yeux passèrent plusieurs fois du stencil à la photo. Sur le cliché, Billie levait les bras en l'air, alors on voyait parfaitement la clé qui était tatouée sur son avant-bras. Elle m'avait dit que son grand-père avait donné cette clé à sa grand-mère le jour de leur rencontre, pour symboliser ce qu'elle représentait pour lui. Cette histoire m'avait donné l'espoir que sous son armure, Billie était une femme qui croyait en l'amour véritable. À présent, j'allais me faire tatouer un cadenas victorien en forme de cœur, au même endroit qu'elle. Ça me semblait approprié puisque Billie détenait la clé du mien.

— C'est parfait, mec, lui assurai-je en souriant.

— Et c'est aussi bien mieux qu'une rose débile…

Je me mis à rire.

— Je suis content d'avoir ton approbation.

— Quand as-tu prévu de lui demander de te le tatouer ?

— Ce soir. J'ai pris un rendez-vous sous un faux nom.

— À quelle heure ?

— Dix-huit heures.

— J'ai un rendez-vous à dix-huit heures trente, mais je peux sûrement le déplacer à demain pour que vous soyez seuls.

— Ce serait génial.

— Pas de souci, acquiesça-t-il.

— Merci, Deek, ajoutai-je en lui rendant le stencil. Il faut que je file. Tu peux le remettre dans ton tiroir pour qu'il soit en sécurité jusqu'à tout à l'heure ?

— Bien sûr.

— C'est gentil.

Je lui fis au revoir de la main.

— Au fait, si je trouve l'empreinte de tes fesses sur mon fauteuil demain, on va avoir un problème ! s'écria-t-il lorsque je m'éloignai.

Je souris et lui fis un salut militaire avec deux doigts.

— Compris, boss.

Je rejoignis ensuite Billie et Saylor après l'atelier. Ma fille avait un rendez-vous médical à onze heures, alors j'avais promis à mes parents que je passerais pour le déjeuner juste après. Ma mère m'avait subtilement rappelé que ça faisait longtemps qu'elle ne m'avait pas vu. J'arrivai quelques minutes avant la fin de la séance et je pus observer Billie et Saylor par la fenêtre. Elles étaient toutes les deux en train de rire en secouant des tambourins et en dansant comme si elles se fichaient de tout le reste. Ça remplissait mon cœur d'amour. Ces deux filles étaient tout mon monde. Je savais qu'il était trop tôt pour demander à Billie de m'épouser, mais elle serait ma femme un jour. Aussi ringard que ça puisse paraître, j'avais rencontré mon âme sœur.

Comme pour prouver qu'elle était ma moitié, Billie se tourna et ses yeux se posèrent aussitôt sur moi. Je lui fis signe de la main, avant d'entrer pour attendre la fin de l'atelier près de la porte.

— Salut, papa ! s'exclama Saylor en sautillant jusqu'à moi. Les étagères sont réparées ?

Je fronçai les sourcils.

— Quelles étagères ?

— Billie a dit que tu réparais les étagères cassées dans la buanderie.

Je jetai un coup d'œil à cette dernière, qui se pencha pour parler à Saylor.

— Euh... trésor, est-ce que tu peux aller chercher mon sac à main dans le casier, s'il te plaît ?

Billie attendit que ma fille se soit éloignée.

— Deux des femmes ont demandé où était mon patron aujourd'hui, en présumant encore que j'étais la baby-sitter. Alors je leur ai dit qu'il était à la maison en train de récupérer parce qu'il avait passé sa matinée à s'occuper de moi dans la buanderie. Je ne pensais pas l'avoir dit suffisamment fort pour que Saylor puisse entendre. Mais apparemment, elle a écouté une partie parce qu'elle m'a demandé ce que tu faisais dans la buanderie. Cette histoire d'étagères est tout ce que j'ai pu inventer.

J'enroulai mon bras autour d'elle et la serrai contre moi.

— J'adore quand tu es possessive.

— Ah oui ? répondit-elle en souriant. C'est super, parce qu'un autre membre de ton stupide fan-club arrive.

Elle empoigna ma chemise et planta sa bouche sur la mienne.

Je confirme. J'adore ma copine possessive.

Après que Billie eut marqué son territoire, nous descendîmes tous les trois la rue. Nous nous arrêtâmes au coin, où Billie devait descendre pour prendre le métro qui la mènerait à son salon.

— On peut se voir plus tard ? demandai-je en l'embrassant rapidement.

— Bien sûr. Mais je vais peut-être arriver tard ce soir. Mon dernier client est nouveau, et j'ai le sentiment que ça être compliqué.

J'eus du mal à contenir mon sourire.

— Qu'est-ce qui te fait dire ça ?

— Eh bien, pour commencer, il a pris son rendez-vous en donnant l'initiale de son deuxième prénom. Qui prend un rendez-vous en utilisant son prénom, l'initiale de son deuxième prénom, et son nom de famille? Quelqu'un qui est très précis et pointilleux, voilà qui. Et évidemment, il veut que je lui tatoue une *rose*. Même pas un dessin original. Il a dit à Deek qu'il aime celle qui est affichée.

Cette fois-ci, je ne pus dissimuler mon sourire.

— Ça a l'air horrible. Mais peut-être qu'il te surprendra et sera sympa.

— J'en doute. Bref, il faut que je file. Je t'enverrai un message quand j'aurai fini ma journée.

À dix-huit heures précises, j'entrai dans le salon avec un énorme bouquet de fleurs sauvages et une enveloppe rangée dans ma poche arrière. Je m'étais attendu à voir Justine à l'accueil, mais c'était Billie qui s'y trouvait.

Ses lèvres s'étirèrent.

— Quel régal pour les yeux! C'est une bonne chose que tu ne sois pas venu à l'atelier mère-enfant en ayant l'air aussi adorable avec ces fleurs. Ton fan-club m'aurait piétinée.

Je ris.

— Je suis venu pour mon rendez-vous.

— Ton rendez-vous? Pour un tatouage?

— Oui, acquiesçai-je. C'est moi ton client de dix-huit heures.

Billie fronça le nez.

— C'est toi le type à l'initiale?

— C'est ça.

— Pourquoi un faux nom?

— Je voulais te surprendre. Je suis un peu contrarié que tu n'aies pas deviné que c'était moi.

— Comment j'aurais pu le savoir ?

Je pointai du doigt le carnet de rendez-vous sur le bureau.

— Lis le nom à voix haute.

— Beau P Nisse.

Il lui fallut quelques secondes pour comprendre, puis elle se pencha au-dessus du comptoir et jeta un coup d'œil à mon entrejambe en arborant un sourire en coin.

— Je ne vois rien.

— Crois-moi, tu pourras vérifier *très* bientôt.

J'avançai vers la porte d'entrée et la verrouillai, avant d'éteindre le panneau OUVERT.

— Je suppose que Deek est complice, pas vrai ? demanda Billie en fermant le carnet de rendez-vous. Parce qu'il s'est sauvé rapidement il y a quelques minutes, juste après avoir dit à Justine qu'elle pouvait partir plus tôt. Normalement, il ne me laisserait jamais seule un samedi soir.

— Oui, Deek est dans le coup.

Je passai derrière le comptoir et posai mes lèvres sur les siennes.

— Tu te souviens de ce rêve dont je t'ai parlé il y a longtemps ? Celui où on fait l'amour sur ton fauteuil.

— Oui, confirma Billie en mordillant sa lèvre.

— Il va aussi se réaliser ce soir. Mais d'abord... je veux le tatouage que tu me dois.

— La rose ?

— Absolument pas. En fait, je suis ravi que tu n'aies pas voulu me tatouer ça. Tu avais raison en disant qu'un premier tatouage devait signifier quelque chose.

— Alors qu'est-ce que tu veux ?

— Je vais te montrer. Mais pour commencer... lançai-je en la soulevant. Je t'emmène à l'arrière pour pouvoir te dévorer sans que personne puisse nous voir depuis la rue.

Billie gloussa lorsque je la portai jusqu'au studio. Je me perdis tellement dans le baiser que je faillis oublier la grande nouvelle que je mourais d'envie de lui annoncer. Quand nous reprîmes notre souffle, je me servis de mon pouce pour essuyer le rouge à lèvres que j'avais étalé sous sa bouche.

— J'ai quelque chose pour toi.

Elle sourit.

— Je sais. Je le sens contre ma hanche. Il se pourrait que tu portes bien ton nom imaginaire, en fin de compte.

Je l'installai sur son fauteuil, avant de sortir l'enveloppe de ma poche arrière.

— Qu'est-ce que c'est ? demanda-t-elle.

— Ouvre et tu verras.

Billie se dépêcha de s'exécuter. Elle sortit les pages et examina celle du dessus pendant quelques secondes, avant de lever ses yeux écarquillés.

— C'est réel ? Je croyais que prononcer le divorce allait prendre des mois.

— Holden connaissait quelqu'un au tribunal, et il a utilisé son pouvoir de persuasion pour que le dossier remonte en haut de la pile.

— Alors tu n'es vraiment plus marié ?

— Je suis tout à toi, trésor.

Billie fixa les papiers pendant un long moment en secouant la tête, et quand elle me regarda de nouveau, je vis qu'elle était émue.

— Oh, mon Dieu, Colby. Je suis tellement heureuse. Je ne m'étais pas rendu compte que c'était un tel poids pour moi jusqu'à maintenant. Je me sens tellement plus légère.

J'acquiesçai.

— Moi aussi. Et mon avocat a parlé à l'enquêteur. Il est presque sûr qu'on pourra régler une petite amende pour ce que j'ai fait, plutôt que des poursuites pénales. J'ai l'impression qu'on peut mettre tout ça derrière nous, à présent.

Elle secoua la tête.

— Cette journée a été superbe. J'ai passé la matinée avec Saylor, tu es à nouveau un homme libre, et je vais prendre ta virginité des tatouages.

— Hé, n'oublie pas la partie de jambes en l'air sur le fauteuil.

— Ça aussi, concéda-t-elle en riant. Alors, qu'est-ce que je te fais, d'ailleurs? Tu as apporté une photo de ce que tu veux?

— J'ai mieux que ça...

Je me dirigeai vers le poste de travail de Deek, ouvris son tiroir, et en sortis le stencil qu'il avait fait. Je le lui tendis, et pointai du doigt l'intérieur de mon avant-bras.

— Je le veux juste ici.

Je pensais que j'aurais besoin d'expliquer, mais quand Billie couvrit sa bouche et que les larmes lui montèrent aux yeux, je sus qu'elle avait compris. Elle tourna son bras et me montra son tatouage.

— C'est le cadenas qui va avec ma clé.

Je hochai la tête.

— Deek l'a dessiné. Il a utilisé une photo de ton tatouage pour avoir des repères et faire en sorte que ça corresponde. Je ne t'ai peut-être pas donné une clé lors de notre premier rencard, comme ton grand-père l'a fait avec ta grand-mère, mais mon cœur t'a appartenu dès que je t'ai rencontrée. Maintenant, tu auras toujours la clé qui t'en donne l'accès.

Les larmes se mirent à couler sur le visage de Billie.

—Oh, mon Dieu, Colby. Tu es l'homme le plus adorable et le plus romantique du monde. Je t'aime tellement.

— Je t'aime aussi, chérie. Mais je ne suis pas sûr d'être si adorable que ça. Parce que même si tu me trouves romantique, je suis quand même assis là avec une érection, en me demandant si je pourrais te prendre sur ce fauteuil *avant* que tu commences mon tatouage.

Billie rit et pleura en même temps, tout en ouvrant ses bras.

— On peut faire ça. Viens par ici et laisse-moi enfin réaliser ton rêve.

Je pris son visage en coupe.

— Trésor, j'ai hâte de te déshabiller, mais tu as déjà réalisé tous mes rêves...

ÉPILOGUE

Colby

Un an plus tard

Holden se tenait au niveau de l'estrade, prêt à prononcer son discours. Le DJ leva la main pour inviter tout le monde à se taire, alors que mon ami prenait le micro. Je retins mon souffle, incapable d'imaginer mon témoin prendre ça sérieusement, et en me demandant si j'étais sur le point de me faire humilier.

Holden me sourit, puis se mit à parler.

— Loyal... talentueux... extrêmement mignon... le meilleur ami qu'on puisse avoir.

Il marqua une pause.

— Mais assez parlé de moi.

Nos invités éclatèrent de rire.

— Je m'appelle Holden Catalano, et je suis venu pour la nourriture gratuite et l'alcool, poursuivit-il en souriant, et tout le monde se remit à rire. En fait, à ma grande stupéfaction, je suis le témoin de Colby.

Il jeta un coup d'œil dans ma direction.

— Même si j'aimerais pouvoir dire que Colby m'a choisi pour endosser ce rôle, je me tiens ici aujourd'hui parce que j'ai tiré un papier avec écrit *témoin* dessus dans un chapeau. Nos amis Owen et Brayden, quant à eux, ont tiré des papiers vierges et ont été relégués au rang de placeurs.

Il se tourna vers moi.

— Colby, je veux que tu saches que je prends cette responsabilité très au sérieux. J'ai même attendu la fin de ce discours pour me saouler parce que je ne voulais pas bâcler ça. Parce que soyons réaliste, je ne suis pas le meilleur témoin qui soit. Mais hélas, il va falloir que tu fasses avec, soupira-t-il. On sait tous que si Ryan était là, c'est *lui* qui serait ton témoin. Au lieu de ça, il te regarde en ce moment, en se disant... *comment tu as fait pour dégoter une femme aussi géniale que Billie ?*

Les rires reprirent dans la salle de réception. Lorsqu'ils se calmèrent, il reprit la parole.

— Colby et moi, ainsi que Owen, Brayden, et notre défunt pote Ryan, nous sommes des amis d'enfance. En grandissant, on a compté sur Colby, le plus âgé du groupe, pour nous montrer l'exemple, confia-t-il, avant de marquer une pause. Ça explique pourquoi on est tous bêtes.

J'applaudis. Billie et moi nous regardâmes en éclatant de rire.

— Mais honnêtement, je ne suis pas le meilleur témoin en partie parce que Colby et moi avons toujours été comme le yin et le yang. Il est allé dans des écoles réputées et a décroché des super boulots. J'ai décroché la plupart des postes que j'ai occupés grâce à un passage sous le bureau.

Billie posa ses mains sur les oreilles de Saylor. Heureusement, ma fille ignorait ce que ça voulait dire et ne sembla pas perturbée.

— Et on n'est certainement pas obligés d'aller dans une fac réputée pour être un batteur comme moi, poursuivit Holden. Ceci dit, Colby et la musique, ça fait deux. Quand on voulait rompre en douceur avec des filles, on les emmenait au karaoké pour qu'elles puissent entendre Colby chanter, et elles disparaissaient comme par magie.

Je levai les yeux au ciel en secouant la tête.

— Et je ne parle même pas de nos styles vestimentaires. On ne pourrait pas être plus différents. Colby porte régulièrement des costumes trois pièces. La dernière fois que j'en ai porté un, j'étais assis à côté de mon avocat au tribunal après une bagarre.

Mes épaules s'agitèrent.

— C'est vrai, prononçai-je à son attention.

— Alors, si on est si incompatibles... pourquoi est-ce que j'ai accepté cette tâche si importante ? Eh bien, la réponse est simple.

Il marqua une pause.

— Je suis là pour Billie.

Je tournai les yeux vers mon épouse, qui essuyait une larme de rire sur son œil.

— J'ai compris dès la première fois où Billie a travaillé sur mes tatouages qu'elle avait très bon goût. Je pensais qu'elle ne pouvait pas se tromper. Puis j'ai découvert qu'elle était amoureuse de Colby, et je me suis rendu compte que... personne n'est parfait.

Encore une fois, tout le monde se mit à rire.

Holden gratta son menton.

— Alors, oui, Colby et moi... on est le yin et le yang. Et je le sais parce que tout à l'heure, j'ai cherché la signification de yin et yang pour la première fois de ma vie. Pour être sûr de ne pas dire de bêtises.

Il parcourut la salle des yeux.

— C'est l'un de ces trucs dont on entend toujours parler, mais qu'on ne comprend jamais vraiment. Et en me renseignant sur ce sujet, je me suis rendu compte que Colby et Billie étaient encore plus yin et yang que Colby et moi.

Il se tourna vers nous.

— Écoutez ça : le yin représente une énergie féminine et sombre. C'est totalement Billie la dure à cuire, pas vrai ? lança-t-il en pointant du doigt ma femme. Et le yang représente une énergie brillante, masculine, et je ne déconne pas... séductrice. De rien, Colby.

Il se mit à rire.

— Ça ne vous fait pas penser à ces deux-là ? Des opposés qui vont si bien ensemble que c'était comme s'ils étaient faits l'un pour l'autre, comme le soleil et la lune.

Il regarda dans notre direction.

— Ce que j'ai découvert de plus important dans mes recherches, c'est que même s'ils sont opposés, ils ont besoin de l'autre pour exister. Sans la nuit, il n'y a pas de jour. Sans amour, il n'y a pas de chagrin. On l'a tous appris à nos dépens quand Ryan est décédé. Et je pense que je peux dire que sans Colby, il n'y a pas de Billie. Et que sans Billie, il n'y a pas de Colby. Ils sont devenus un tout aujourd'hui, déclara Holden en arborant son sourire éclatant. Et oui, j'ai réussi à finir ce discours par une phrase sentimentale.

J'avais mal aux joues tellement je souriais.

Il saisit sa coupe de champagne et la leva.

— Alors, à Billie et Colby, le yin et le yang. Vous me donnez envie de tomber amoureux un jour... quand j'aurai soixante-cinq ans et que je n'arriverai plus à la lever. Je vous aime ! ajouta-t-il par-dessus les rires. Et Colby, mec, si tu n'as pas aimé ce discours, je te suggère de choisir un autre témoin la prochaine fois que tu te marieras.

Il me fit un clin d'œil.

Je lui répondis par un doigt d'honneur et me levai pour lui faire un gros câlin. Ces deux gestes l'un après l'autre résumaient plutôt bien notre relation.

Lorsque je revins à ma place, Billie était rayonnante.

— C'était génial.

— Il n'y a que lui pour faire ça, affirmai-je.

Notre fêtions notre mariage en grande pompe dans la salle de réception d'un hôtel du centre-ville. Billie avait insisté pour avoir un mariage plus intimiste, mais je l'avais convaincue qu'après tout ce que nous avions traversé, nous méritions une énorme fête. Puisqu'elle n'était pas vraiment intéressée par la planification de tout ça, je fis à ma mère le cadeau de toute une vie en la laissant s'occuper de tous les préparatifs. Évidemment, elle avait consulté Billie de nombreuses fois et avait pris en compte les goûts et le style de mon épouse. Nous avions fini avec un thème coloré qui était vif, mais chic. Des fleurs rouges et bordeaux avec des plumes noires. On pouvait appeler ça gothique chic.

Ma femme se tourna vers moi lorsqu'ils commencèrent à servir le gâteau.

— Je n'en reviens pas que cette journée ait été si géniale.

— Presque aussi géniale que tes seins dans ce corset, répliquai-je en baissant les yeux sur sa poitrine. J'ai failli mourir quand je t'ai vue avancer dans l'allée au bras de Deek.

— Tu pensais vraiment que j'aurais choisi un autre haut pour la robe ?

La robe de Billie était tout simplement spectaculaire. Elle était en deux parties : un corset blanc en satin, et une énorme jupe bouffante. La moitié de ses cheveux noirs étaient relevés, et l'autre moitié était lâchée et ondulée.

J'avais toujours imaginé que je pleurerais en la voyant avancer dans l'allée, mais ma réaction m'avait surpris. Évidemment, j'étais très ému, mais au lieu de pleurer, je n'avais pas pu arrêter de sourire. En fait, je n'avais pas encore versé une seule larme à mon propre mariage, même pendant la danse père-fille avec Saylor. Toutefois, la soirée ne faisait que commencer.

Après le repas, tout le monde rejoignit la piste de danse. À un moment donné, le DJ lança un slow, et lorsque je tournai les yeux, j'aperçus quelque chose d'intéressant : Holden dansant avec la petite sœur de Ryan, Laney. Enfin, je disais *petite*, mais elle devait avoir au moins vingt-quatre ans, à présent. Quelques minutes plus tôt, elle était en train de danser avec son fiancé, mais celui-ci n'était nulle part en vue. En temps normal, il n'y aurait rien eu de notable à propos d'une fille dansant avec un ami de la famille. Sauf que j'étais au courant que Holden craquait pour elle depuis longtemps. La façon dont il avait débarqué à ses côtés dès qu'il en avait eu l'occasion ce soir me faisait me demander s'il avait une idée derrière la tête.

À la fin de la chanson, il l'embrassa sur la joue, puis il s'éloigna.

Je le suivis des yeux lorsqu'il se dirigea tout droit vers le bar pour commander un verre. Ensuite, je regardai de nouveau Laney et aperçus son fiancé, Warren, de retour sur la piste de danse à côté d'elle. C'était comme si ce petit moment avec Holden n'avait jamais eu lieu. Mon regard passa de Warren à Laney, puis à Holden, qui les observait désormais depuis le bar.

Billie était en train de discuter avec des invités à l'une des tables, alors je saisis cette opportunité pour aller rejoindre Holden.

— Tu veux qu'on prenne un peu l'air ? proposai-je en posant une main sur son épaule. Il fait bon dehors.

— Pourquoi pas, accepta-t-il en haussant les épaules.

Je commandai une bière, et nous nous dirigeâmes vers la véranda.

— Je t'ai vu danser avec Lala.

Le vent fit voler les cheveux de mon ami.

— Tu veux dire la danse qui a duré deux secondes ?

Je souris.

— Tu as saisi ta chance dès que Warren est allé aux toilettes, hein ?

— Qu'est-ce qu'elle lui trouve, d'ailleurs ? répliqua-t-il en grimaçant.

— Il a l'air sympa. Très intelligent, comme elle. Peut-être que ce n'est pas ce que tu veux entendre.

— Intelligent ? répéta-t-il en écarquillant les yeux. Pourquoi ? Parce qu'il a un métier scientifique débile ?

Je lui lançai un regard noir.

— Il travaille dans la recherche contre le cancer.

— C'est un détail.

Holden sirota sa bière.

— Bref... C'est quand même un foutu ringard, insista-t-il.

— Eh bien, Lala l'est aussi, en quelque sorte, ajoutai-je en riant. Et je ne dis pas ça méchamment. C'est une *nerd* gentille et adorable.

— C'est vrai, marmonna-t-il en regardant au loin.

— On ne choisit pas par qui on est attiré, Holden. Tu l'as dit toi-même. Les opposés s'attirent. Mais enfin, même si elle n'avait pas de fiancé, tu penses que tu serais bien pour elle à ce stade de ta vie ? Lala n'est pas le genre de fille qu'on peut tromper, expliquai-je en le fixant droit dans les yeux. Tu le sais ?

— Non, c'est sûr, concéda-t-il en regardant le sol.

— Alors peut-être qu'il vaut mieux qu'elle soit avec ce type s'il la rend heureuse et qu'il prend soin d'elle. C'est ce que Ryan aurait voulu.

— C'est vrai. Ryan n'aurait *pas* voulu qu'elle soit avec moi. On le sait tous.

Il laissa échapper un rire amer, avant de boire une autre gorgée de sa bière, puis il posa brusquement sa bouteille sur une table.

— On peut arrêter de parler de ça ? Ça ne sert à rien.

Je regrettais d'avoir abordé le sujet.

— Comme tu veux, mec.

Holden s'éloigna en passant devant Billie pour rentrer.

— Te voilà, lança-t-elle en regardant par-dessus son épaule. Tout va bien avec Holden ?

Je secouai la tête.

— Pas vraiment. Mais ça va aller. Je pense qu'il a un peu trop bu.

— Est-ce que c'est à propos de la sœur de Ryan ? demanda-t-elle, l'air inquiet.

— Tu es au courant ? Je ne pensais pas qu'il t'en avait parlé.

— Tu as déjà écouté ce type parler pendant un rendez-vous tatouage ? J'ai entendu toute la vie de Holden au moins dix fois. En plus, je l'ai vu danser avec elle. Elle est vraiment mignonne... et gentille. Dommage que Holden n'était pas...

— Holden ?

— Oui.

Elle sourit d'un air triste, et je soupirai.

— Est-ce que quelqu'un a vu ma fille dernièrement ?

— Ne t'en fais pas. Ma mère la surveille. Bizarrement, elle aime sa compagnie. C'est sûrement la seule.

— Saylor aime tout le monde, affirmai-je.

— Je pense que ma mère aime que Saylor soit si *girly*, puisqu'elle n'a jamais connu ça avec moi.

Je ris en enroulant mon bras autour d'elle.

— Hé... question. Est-ce que quelqu'un a déjà déserté son propre mariage pour s'envoyer en l'air dans les buissons?

Billie et moi avions décidé de ne pas coucher ensemble pendant une semaine avant l'événement, pour rendre notre grand jour encore plus intense.

— J'ai dit qu'on pouvait attendre jusqu'au mariage, je n'ai pas dit pendant le mariage, répondit-elle.

Je l'embrassai sur le front.

— Je ne pourrais probablement pas défaire tous ces liens sur ta robe à temps pour qu'on puisse y retourner avant la fin de la réception. Alors je suppose que je vais devoir attendre, soufflai-je, avant d'inspirer de l'air frais. C'est sympa de faire une petite pause, juste tous les deux, tu ne trouves pas? J'ai l'impression que je n'ai pas arrêté de la soirée.

Elle passa ses doigts dans mes cheveux.

— Je sais.

— Écoute... Je voulais te parler de quelque chose dès qu'on aurait un moment à nous.

— Parler de quoi? m'interrogea-t-elle en inclinant la tête.

— Après notre danse, Saylor m'a demandé à l'oreille si elle pouvait t'appeler maman maintenant qu'on était mariés.

— Oh, mon Dieu, réagit Billie en posant une main sur sa poitrine. Tu sais que j'en ai envie. C'est juste que je ne veux pas lui forcer la main. Je me suis toujours dit que ça arriverait quand elle se sentirait prête, tu vois?

— Oui, bien sûr. Je pense qu'elle se retient de le faire parce qu'elle a besoin de savoir que c'est ce que tu veux aussi.

Les larmes lui montèrent aux yeux.

— Je suis tellement contente que tu m'en aies parlé. Et dire qu'elle a eu peur que...

Nous entendîmes le DJ nous appeler, alors nous retournâmes à l'intérieur, où Billie lança son bouquet. Une femme travaillant dans mon entreprise finit par l'attraper, en manquant de tomber sur les fesses dans la manœuvre. Peu de temps après, je fus surpris de voir Billie aller voir le DJ pour lui demander le micro.

Elle se racla la gorge pour attirer l'attention de tout le monde.

— Merci à tous d'être venus ce soir célébrer avec nous le début du reste de notre vie. Je voulais juste vous dire à quel point je vous apprécie tous. C'est le jour le plus important de mon existence...

Elle me chercha des yeux sur la piste de danse.

— Non seulement parce que j'ai épousé l'homme de mes rêves, mais aussi parce que je vais pouvoir passer ma vie avec cette jolie petite fille.

Elle observa Saylor qui se trouvait à côté de moi.

— Saylor m'a acceptée à bras ouverts dès qu'on s'est rencontrées. On est tout de suite devenues amies, mais avec le temps, on est devenues tellement plus que ça. Il n'y a qu'une chose que je désire plus que d'être la femme de Colby. C'est d'être la mère de Saylor.

Elle fit signe à ma fille de venir la rejoindre, et je l'observai avancer doucement vers Billie.

Avancer vers sa mère pour la première fois.

Billie se pencha pour la prendre dans ses bras.

— Je t'aime tellement, trésor.

Ma fille se mit à pleurer.

— Moi aussi je t'aime, maman.

Mon cœur n'avait jamais été aussi comblé. C'était le moment qui concluait tout ce que nous avions traversé. Parce que peu importait ce qui se passerait entre Billie et moi, accepter d'être la mère de quelqu'un était un rôle pour la vie. C'était l'engagement ultime, plus fort qu'une cérémonie de mariage ou un papier légal. Je savais que Billie serait toujours là pour Saylor. Même si j'avais essayé d'être tout pour elle, la seule chose que je ne pourrais jamais être, c'était sa mère. J'étais reconnaissant que ma fille n'ait pas à vivre toute sa vie sans en avoir une.

Alors que je regardais mes deux anges s'enlacer dans leurs robes blanches, pour la première fois le jour de mon mariage, je finis par craquer et me mis à pleurer.

Vous avez aimé faire la connaissance des amis de Colby?
Retrouvez l'histoire de Holden dans
L'art de séduire la sœur de mon meilleur ami. (https://
vikeeland.com/international-books/lart-de-seduire-la-
soeur-de-mon-meilleur-ami/)

DE VI KEELAND & PENELOPE WARD

Nos Lettres Enflammées
Bien à Vous

De Vi Keeland
Bientôt disponible
Disponible dès maintenant

De Penelope Ward
Disponible dès maintenant
Entre amis et amants
Hors d'atteinte
Step Brother
The Boy Next Door
Room Hate
Mack Daddy
Hors d'atteinte
Mon Voisin Idéal... Ou Pas
Love Online
The Crush

Plus De Vi Keeland & Penelope Ward
Cocky Bastard
Avec Toi Malgré Moi
Playboy Pilot
My Little Lie

Chers lecteurs,

J'espère que vous avez aimé l'histoire de Colby et Billie ! Afin d'être informés de notre actualité, n'hésitez pas à rejoindre notre groupe Facebook!

**Rejoignez le groupe des lectrices
de Penelope Ward**
(https://www.facebook.com/groups/715836741773160)

Rejoignez le groupe des lectrices de Vi Keeland
(https://www.facebook.com/groups/841227192640345)

**Inscrivez-vous à sa liste de diffusion pour être
informé·e de ses prochaines publications !**
(https://www.subscribepage.com/vi-keeland-
penelope-ward-french)

REMERCIEMENTS

Merci à tous les blogueurs, Bookstagrammers et BookTokers géniaux qui nous ont aidées à promouvoir ce livre. Votre enthousiasme nous donne envie de continuer, et nous serons toujours reconnaissantes de tout votre soutien.

À nos piliers : Julie, Luna et Cheri. Merci pour votre amitié et d'être toujours à portée de clic quand on a besoin de vous.

À notre super agent, Kimberly Brower. Merci de toujours croire en nous, et de nous aider à mettre nos livres dans les mains des lecteurs partout dans le monde.

À Jessica. C'est toujours un plaisir de travailler avec toi comme éditrice. Merci de t'être assurée de Colby et Billie étaient prêts à rencontrer leur public.

À Elaine. Une éditrice, correctrice, maquettiste et amie. Nous t'apprécions énormément !

À Julia. Merci pour ton œil de lynx !

À Kylie et Jo de *Give Me Books Promotions*. Nos sorties seraient tout simplement impossibles sans votre dur labeur et votre dévouement à nous aider à les promouvoir.

À Sommer. Merci d'avoir donné vie à Colby sur la couverture et d'avoir créé le meilleur arrière-plan.

À Brooke. Merci d'avoir organisé cette sortie et de nous avoir aidées à venir à bout de nos listes de choses à faire quotidiennes.

Enfin et surtout, merci à nos lecteurs. Nous continuons d'écrire grâce à votre soif de lire nos histoires. Nous sommes très excitées à l'idée de vous présenter notre prochaine histoire avec Holden et Lala ! Merci comme toujours pour votre enthousiasme, votre amour et votre fidélité. Nous vous aimons !

Avec toute notre affection,

Penelope et Vi

À PROPOS DE L'AUTEURE

PENELOPE WARD est auteure de best-sellers au classement du *New York Times*, *USA Today* et *Wall Street Journal*.

Elle a grandi à Boston avec cinq grands frères et a été présentatrice de journaux télévisés quand elle avait une vingtaine d'années. Aujourd'hui, Penelope vit à Rhode Island avec son mari, leur fils et leur jolie fille atteinte d'autisme.

Auteure de plus de vingt-cinq romans, elle a vendu plus de deux millions de livres et a fait partie de la liste de best-sellers du *New York Times* vingt et une fois. Ses livres ont été traduits dans plus d'une douzaine de langues et sont disponibles dans les librairies du monde entier.

À PROPOS DE L'AUTEURE

VI KEELAND est une auteure de best-sellers n° 1 au classement du *New York Times*, n° 1 au classement du *Wall Street Journal* et figurant au classement de *USA Today*. Avec des millions d'exemplaires vendus, ses titres sont mentionnés dans plus d'une centaine de listes de best-sellers et sont actuellement traduits en vingt-cinq langues. Avec son mari et ses trois enfants, elle habite à New York où elle vit son propre conte de fées avec le garçon qu'elle a rencontré à l'âge de six ans.

www.ingramcontent.com/pod-product-compliance
Lightning Source LLC
Chambersburg PA
CBHW022253310726
48973CB00001B/52